偶有不同却最终如常的世界

OU YOU BUTONG QUE
ZUIZHONG RUCHANG DE SHIJIE

北京大学"创意写作"课程
作品选（2018）

陈旭光　陈　均——编

宁波出版社

序：以思想照亮细节 [1]

王一川

我们北京大学艺术学院本科毕业生应当有着怎样的艺术素养？在培育过十多届毕业生后，我们确实需要有所总结和反思。

我想简要谈论的是，我们北大艺术学院的课程和其他相关环节，都是要具体落实或兑现我们为毕业生设定的人才培养目标的。这目标应符合我们的办学定位。俗话说："一方水土养育一方人。"道理很简单，有什么样的学科专业环境，就会生长出什么样的人才苗子。全国有不少单科性或全科性高等艺术学府，它们在艺术学科专业上都有自己的无与伦比的独特优势，这些是我们综合大学艺术学科专业需要学习、借鉴的，但又是不能简单仿效的。因为，作为综合大学的艺术学科专业，我们没有必要去重复单科或全科艺术院校的路，而是需要依托自身的独特优势，发挥自己的潜能，走出自己的育才道路来。北大的学科专业环境的特点，可以简括为三点：一是人文底蕴丰厚，二是文理专业会通，三是思想的园地。正是这种专业环境特质决定了我们的专业毕业生应当具有与其他艺术学府不同的独特气质。

这种属于我们北大艺术人自己的独一无二的气质，在我个人看来，可以有下列特征：

一是新奇的创意。周圣葳同学的《巴别塔》片长只有4分17秒，对古老的巴别塔神话做了新的诠释。两声庄严的钟声过后，一团圆形的泥巴快乐地分离成两块，男人和女人，他们两人都因为吸收了红色心形图案而先后发明了铁锁和钥匙、牙膏

---

[1] 本文原为在第10届学院奖颁奖暨影视专业毕业作品展映10周年庆典上的发言，略有改动。

和牙刷,以及铅笔和铅笔刀。瞧这三对现代文明装置之间各自相互匹配,世界一度多么和谐!但是,当他俩孕育出了小孩后,却不愿承担对小孩的义务,将之抛弃,于是他俩之间开始了争吵、打架,相互充满了敌意,先后分别孕育出的铁锁与铅笔、牙刷与铅笔刀,以及牙膏和钥匙之间,分别发生了怪异的匹配。其后果可想而知:它们因为相互不匹配而只能以自相残杀而告终,世界重新回归到一个浑圆的圆形泥团。这个故事以新奇而独特的创意告诉我们,人类创造的任何一种现代文明装置都可能蕴藏着它的自反性力量,从而必须对自己的创造物,哪怕是文明杰作也保持应有的警觉和自省。今天的全媒体、互联网及"互联网+"等新技术显得很牛了,但是它们难道不正潜伏着自反的或异化的因子?这样的新奇创意点到了我们的现代文明的命门,可谓发人深省。我想,这样的创意作品,特别是这样的创意人才正是我们所期待的。

二是展现跨学科拓展素养及想象力。入选大学生中国梦微电影十佳作品的2011级本科生孙可同学执导的《时间贷款》,讲述拥有时间静止能力、号称"游戏王"和"学霸"的男生牟为止,通过使用特异功能而获得惊人成绩以及随之而来的麻烦,故事简短却寓意丰厚。影片从编剧到演员、摄制、剪辑等都是由艺术学院的学生自己合作完成的,讲述的是大学生自己的日常生活,但由此反思的却是我们这个公民国度所有公民都可能面临的当代社会伦理或社会责任问题,体现了北大学子的跨学科拓展素养、想象力和社会关怀。

三是传承"思想自由"的道统。北大人的艺术品是应当善于表达独立的思想的。陈宇老师执导的《星空日记》大胆地同以往主旋律式大学精神传播的老套路相诀别,精心刻画个人青春梦想与家庭及周围环境发生激烈冲突的过程,有力地传达了北大人"思想自由,兼容并包"的精神传统或道统,诠释了北大人的理想主义精神。周圣葳同学的《变形记》以古老的西西弗斯神话为叙述框架,通过向卡夫卡、加缪和库布里克等文艺大师致敬的方式,描绘了当代人在电话机、铅笔、铅笔刀、纸张、橡皮擦等众多现代文明装置之间无休止地重复劳动,直至精神崩溃和平复的图景。当这些重复的信息及动作宛如无孔不入的红色电波以变形的方式钻入个体的身体及心灵时,当无所不在的苍蝇以其令人厌恶的声音不断烦扰个体时,当堆积成山的废纸向我们袭来时,当所有这一切都变形为红色巨浪几乎要把我们吞没时,我们在《蓝色的多瑙河》的旋律中还能做什么?结尾,当讨厌的苍蝇缀满电视屏幕一样的天空时,一切似乎又重新回到了开端,主人公安静地坐在电话机前,重复着那注定还要过下去的无聊的日子。这样的故事足以让我们思考：当代人应该怎样度过自己的人生，怎样追求人生的幸福？是西西弗斯式的推石头，抑或柏拉图式的人生意义叩问，还是儒家式的"依仁游艺"、道家式的"乘物以游心"，或佛家式的"磨砖作镜"？每个人可能都有自己的答案。总之，它本身的反思的力量是意味深长的。

当然，我上面说的或许只是主要的几个特征，大家不妨见仁见智，但我想这几方面应当是不可缺少的。有同学可能会感叹，怎样才能成为有创意、有跨学科素养和有思想的北大艺术人呢？我想事在人为。在这里，我向各位推荐作家王汶石的一段话。他说："常常因为没有探索出生活事件的深刻思想意义，我们虽然有了大量的素材，它们还是静静地堆积在生活仓库里动也不动，鼓不起创作冲动；有时即便想写它，也鼓不起劲头。可是，当我们一旦明白了它的内在意义，获得一个深刻而新颖的思想，找到了主题，情况立刻就不同了。思想的火光一旦燃起，所有的生活事实、细节，都被通统照亮，活动了起来，向主题思想的光点聚焦，各找各的位置，各显各的面目；一个作品的轮廓就明显起来，形成起来。"（王汶石：《漫谈构思》，《论短篇小说创作》，人民文学出版社 1979 年版，第 136—137 页）我想这话说得很有道理：只要坚持不懈地探索和寻求，终究能捕捉到我们要的东西。思想的火光，也就是创意的火光一旦燃起，所有的生活细节都会被点亮，向着这个光点聚集，生成完整的富于形象魅力及思想蕴藉的艺术品。

浏览收在这本集子里的创意作品，我欣喜地看到，作者们已经自觉地走在北大艺术人应走的道路上了。相信只要这样坚持不懈地走下去，终会顺利抵达自己的目的地。衷心地祝愿各位年轻朋友，自觉地长期坚持艺术修养，勇于成为有思想的艺术人、有思想的艺术家！

导论：理解"创意写作"

陈旭光

要理解"创意写作",自然需要对"写作""创意""创意写作"这三个关键词进行梳理和阐释。

一、关于"写作"

写作是什么?人为什么要写作?

在我看来,首先,写作是一种语言的"炼金术",一种语言文字的艺术,进而写作具有某种寄托精神、弘扬主体灵性的形而上意义,甚至一定程度上特别是在某些诗人、作家、艺术家那里成为他们生命的寄托、生命价值的实现方式和精神的家园。

诗人西川在《炼金术士之歌》里曾经对自己所从事的诗歌写作进行了诗性化的阐述:

> 我要把高山、大海炼成一锭黄金／风吹雨打不变形／让上帝在上面行走,赞叹我的艺术／让那些小气的天使们也心怀嫉妒／清除垃圾靠的是一场大火／我熔化了一切,让孤独惩罚我／一条条大河流泻水银／一座座村庄生满罂粟／遍地矿石皆备于我,我的劳动／挽救上帝习以为常的人心的堕落／黄金不是疯狂也不是赞美／黄金是静止,是同归于尽／最终的静止／没有呼吸,没有光合作用的静止／最终的辉煌／没有舞蹈,没有歌唱的辉煌／让时间崩溃,没有腐朽／让完美胜利,没有亵渎／让夜像密密麻麻的爱情之鸟／围住我窗台上的小灯／千奇百怪的物质回归元

素……

西川在诗中以充满激情和想象力的语词,把诗歌写作对于语言的提纯比喻成"炼金术",他对诗歌写作的赞美之情溢于言表。

在技能的层面上,写作还是一种"与语言的搏斗"。

高尔基曾经说过:"我的失败常常让我想起一位诗人所说的悲哀的话,世上没有比语言的痛苦更强烈的痛苦。"

诗人南野曾借用诗歌的形式来表达这种"与语言的搏斗"的痛苦:

> 我关上房门,弹奏一架巨大钢琴/额头怀着思想者的倨傲,与全世界/赤手较量/而我持枪的手痛苦颤抖/打不中那飞鸟如鼓的胸脯……(《孕育诗歌》)

早在一千多年前,南北朝时的文论家刘勰就曾在《文心雕龙·神思篇》中道出了创作过程中一种言不及义的痛苦:"方其搦翰,气倍辞前,暨乎篇成,半折心始……"这是说,在写作者那里,笔下实现了的篇章往往仅达到原先想表达的一半。什么原因呢?因为"意翻空而易奇,言征实而难巧也"。这就是说,无论在提笔动手之前创作主体的"意"可以如何的海阔天空、竭尽想象之能事,但最后表达成形之"言"却是实实在在,来不得半点虚假和乖巧。这也正如古人常说的"书不尽言,言不尽意"。

明代画家沈颢也在《画尘》中写道:"胸中有完局,笔下不相应,举意不必然。落楮无非是机之离合,神之去来,既不在我,亦不在他。临纸操笔时,如曹瞒欲战,若罔欲战,头头取胜矣。"就是说,画画之前,即便胸有成竹,下笔之时也未必能如愿以偿,画出自己之所想。最为关键的,是在创作过程中掌握"操笔落纸"时的"机之离合,神之去来",一旦落笔,身不由己,结局会如曹阿瞒的战术那样变化无穷、玄妙莫测。这的确是极为准确地道出了艺术家创作时的实际状况。

究其实,无论艺术家在艺术体验和艺术构思阶段怎么样进行海阔天空式的想象,但从根本上说,艺术家若是不把他的所思所想所想象付诸"手中之笔",通过具体的艺术媒介和手段凝定成艺术文本,则这一切还都是空的。若是仅仅停留在想象阶段,可以说人人都是艺术家。但之所以有人是艺术家,有人成不了艺术家,正是因为，人人都得经受艺术语言这一"试金石"的检验。

正如A.雷诺阿（A.Renoir）说的："一个人是在一幅画面前，而不是在一片美景面前立志要当画家的。"

写作常常是写作者的精神寄托，乃至成为写作者的某种"精神家园"。

精神家园的意义可以从艺术创造主体来看，正是通过创作过程本身，艺术家可以净化生活的苦难所导致的"恐惧""绝望"和"悲剧感"。在这里，写作或创作往往成为艺术家寻找自我、肯定自我、实现自我、宣泄自我的无可替代的方式。这种自我肯定的方式按曹丕的说法就是"……寄身于翰墨，见意于篇籍，不假良史之辞，不托飞驰之势，而声名自传于后"（《典论·论文》），就是说，写作可以不假其他人，而独立发表自己的见解，并借凝定的作品形态而流传下去且流芳千古。曹丕也正是在这种意义上，相信文章乃"经国之伟业，不朽之盛事"，从而昭示了魏晋南北朝时期"文的自觉"意识的觉醒。

不同时代的艺术家对艺术创造、写作有着打上鲜明的时代印痕的不同寄寓。

有的高亢、昂扬、壮怀激烈。

雪莱："诗人是世界上未经公认的立法者。"

巴尔扎克："拿破仑用剑未能完成的事业，我要用笔来完成。"

有的冷静、清醒，对人的"囚徒"窘境了然于胸而又慨然担当荒诞。

卡夫卡："写作维持着我，但这样说不是更正确些吗：写作维持着这一种生活？当然我的意思并不是说要是我不写作，我的生活会更好。相反，不写作我的生命会坏得多，并且是完全不能忍受的，必定以发疯告终。"

显然，随着人类从童年、少年到盛年、中年、暮年，随着"认识你自己"的不断深入和成熟，人类面临的种种问题也越来越严峻甚至惨烈。人类的问题在作为人类灵魂的代表和良知的艺术家、作家、诗人那里，首先表现为对"艺术为何存在""艺术家为何创作""为何写作""写作为何"等本体论问题的深沉思索。

存在主义作家和思想家加缪曾清醒地认识到：在我们以前的艺术家所感到的怀疑是同他们本人的才能有关的。而今天的艺术家感到的疑虑则与他们对艺术的不可缺少性，进而对自身生存的必然性有关。[1]

存在主义哲学家、文学家萨特在他著名的论著《为何写作》中深入地探究了"为

---

[1] 王宁、顾明栋，《诺贝尔文学奖获奖作家谈创作》，北京大学出版社1987年版，第276页。

什么写作"这一关涉艺术家存在的意义的"生命本体论"问题。

萨特认为："艺术创作的主要动机之一，当然在于我们需要感到自己对于世界而言是本质性的。"也就是说，外在世界原本是没有意义的，只是因为人的存在，需要人的意识的介入和投射才能获得"存在"，因此写作是人的主体性之外射和发挥的一种重要方式。真正的艺术创造欲望不是外加的，真正的艺术创造，也不是在画布上或纸上的客观，而是"来自我们内心最深处的冲动"，是自己的欢乐与爱情、烦恼和孤寂，是自己的一种别无选择的谋划和自由选择。因为在创造过程中，"主体在创造中寻求并且得到本质性"。总而言之，"写作既是揭示世界又是把世界当作任务提供给读者的豪情。写作是求助于别人的意识以便使自己被承认为对于存有的总汇而言是本质性的东西；写作就是通过其他人为媒介而体验这一本质性"。

当然，如果说上面所述的写作偏于某种精神性的形而上意义，对写作者个体而言，写作还具有一种中间层次的意义：自我慰藉、自我寄托、自我升华，乃至自我把玩。就此而言，写作就是个体人对语言媒介的掌握和征服，是让语言文字为我所用，表我之情，达我之意。当年，阿斯特吕克曾经热情洋溢地宣称一个电影人征服了摄影机媒介的"摄影机如自来水笔"时代的来临，写作无疑是对语言文字媒介的征服。当然，写作还具有实用性的"形而下"的意义。写作成为我们生存、工作、表达实用、安身立命的重要工具。这一点不用赘言。

二、关于"创意"

在目前全球化时代的艺术文化领域中，创意文化或文化创意产业正日益成为文化热点、产业热点和学术热点。近年来，"创意"的风潮亦在我国方兴未艾，"创意"在艺术、文化、经济和学术领域都成为关键词，成为热门话题。无疑，在未来世界各国文化的整体发展中，创意将日益成为关键的决定性因素。因为正是新创意才能衍生出无穷的新产品、新市场和财富创造的新机会，成为推动文化产业经济成长的原动力。"创意写作"，也就应运而生。

事实上，"直到十七世纪末期，人文主义意义上的'原创'一词才出现"[1]。法语中首次出现 originalité 是 1699 年。而在英语中，"原创"一词则出现得更晚，

---

[1] [英]约翰·霍金斯著,洪庆福、孙薇薇、刘茂玲译,《创意经济——如何点石成金》,上海三联书店 2006 年 1 版,第 19 页。

original 出现于 1742 年，create 则在 1775 年。

在汉语里，"创意"一词则出现较早。东汉章帝元和三年（公元 86 年）的《论衡·超奇》中，王充论《春秋》时提出："孔子得史记以作《春秋》，及其立义创意，褒贬赏诛，不复因史记者，眇思自出于胸中也。"其后，唐朝李翱（772—841，贞元进士）在继承韩愈"唯陈言之务去"的观点的基础上，提出了"创意造言，皆不相师"说。清朝的学者方东树在《答叶溥求论古文书》中说："及其营之于口而书之于纸也，创意造言，导气扶理，雄深骏远，瑰奇宏杰，蟠空直达，无一字不自己出。"王国维《人间词话》有言："美成深远之致不及欧秦。唯言情体物，穷极工巧，故不失为第一流之作者。但恨创调之才多，创意之才少耳。"郭沫若《鼎》："文学家在自己的作品的创意和风格上，应该充分地表现出自己的个性。"[1]

最初的"创意"主要是指文学上的创新和立意，也许因为文学和艺术是创意汇聚、创意体现的最佳方式。直到 20 世纪 90 年代中期，创意才摆脱专业用语的角色，甚至成为一种新的经济、社会话语通货[2]，这与创意产业（creative industries）在西方的提出、发展以及在中国的传入、翻译、影响力的扩展等不无关系。

在这种变迁之下，"创意"这个词语的意义也发生了巨大变化，尤其是进入"创意产业"这个语境之后，它的定义、概念都成为理论界研究的焦点。

"创意经济"的提出者约翰·霍金斯这样定义创意："'创意'就是催生某种新事物的能力，它表示一个或多人创意和发明的产生，这种创意和发明必须是个人的、原创性的，且具有深远意义的和有用的（personal, original, meaningful and useful，简称为 POMU）。"[3]

约翰·霍金斯认为"创意"其实可以被简单地定义为"有新点子"，在上述定义中他用了四个标准来衡量一个新创意，即"个人的""独到的""有意义的"和"有用的"。他提出："'创意'必须是根据这些标准，创作一幅油画、发明一个新的装置、解决交通堵塞以及是黑人和少数民族能充分参与经济生活都是或可以是同样富有创造力的。"[4]

---

[1] 赵宏，《汉语中"创意"一词源自华夏文化》，《现代语文（语言研究版）》2007 年 04 期。
[2] ［英］查尔斯·兰德利，《创意城市：如何打造都市创意生活圈》，清华大学出版社 2009 年版，第 33 页。
[3] ［英］约翰·霍金斯著，洪庆福、孙薇薇、刘茂玲译，《创意经济：如何点石成金》，上海三联书店 2006 年版，第 17 页。
[4] ［英］约翰·霍金斯：《创意产业市长委员会》，选自［澳］约翰·哈特利编著，曹书乐、包建女、李慧译，《创意世界》，清华大学出版社 2007 年版，第 98 页。

他还概括出"创意"的六项特质：

"它是生命的一项基本要素"；"创意是普遍性的才赋"；"创意其乐无穷"；"竞争意识"；"若干可辨识的人格特质"；"令人惊讶"。[1]

通过这样的研究和定义的树立，约翰·霍金斯将"创意"的范围扩展到了几乎人类可以涉猎的所有领域，因为在他看来，任何一个范围内的任何一个有"新点子"的行为都可以是"创意"，并且可以带动一种创意经济的起步和发展。

英国威克大学的学者克里斯·比尔顿的创意观则主张"'创意'实质上是一个复杂得多的、异常艰巨的过程，而不是简单的凭'灵光'乍现或沉溺于片刻偶发得来的聪明点子……创意需要我们兼具非理性与理性的思维，跨越不同思维方式的边界，不仅要有新点子，还要拥有与之相关的资源与偏好"[2]。比尔顿进一步结合了霍金斯和伦尼的理论，并结合产业实践中的具体问题进行深入。他所强调的不仅仅在于"灵光一现"的"想法"和"点子"，更重要的是一种来自理性世界对于这种非理性的头脑风暴的调控。

伦敦城市大学教授安迪·普拉特关于创意的定义注重媒介的传达与创意的媒介化实现。他认为："创意是一个包含创意工作者、知识、网络与技术，以让新的想法与背景脉络得以交互连接的过程。"在他看来，创意并不能够单独存在，它不能够仅仅依靠一个"点子"存在，也不能够完全依靠理性对"灵感"的调控和管理，而是要强调它必须是存在于一个"交互连接"的网络平台上，或者说它存在于一个能够达成迅速"沟通""交互"的环境里。这个时候，"创意"就已经不再局限于"想法""点子"或是一种对于脑力与灵感的管理，因为它自身必须包含成为一个连接、传输新想法的过程。

从约翰·霍金斯的"新点子"到比尔顿的"理性管理"到普拉特的"交互连接"，我们可以看到"创意"的概念已经在这个梳理、讨论和碰撞的过程当中逐渐地发生了改变，含义不断驳杂和丰富，越来越明显地与产业、经济等背景发生重要关联。但创新、创造、别出心裁、创造效益、效能和价值等意义、功能或价值则基本没有什么大的变化。

---

[1] [英]约翰·霍金斯著，洪庆福、孙薇薇、刘茂玲译，《创意经济：如何点石成金》，上海三联书店2006年版，第21至24页。
[2] [英]克里斯·比尔顿著，向勇译，《创意与管理：从创意产业到创意管理》，新世界出版社2010年版，第2页。

三、关于"创意写作"

在上述关于"写作",关于"创意"的概念、内涵、意义等的梳理的基础上,我们试图给出一个关于"创意写作"的参考定义。

"创意写作",是一种具有创造性的写作,一种在头脑、思想上有新意,在写作表达上有创新,能产生感染力、影响力和现实效应的创造性的写作活动。它以语言文字为主要传达媒介,但又不仅仅限于语言文字,它既涵盖传统的各个文体的写作,又适应文化产业新发展的趋势和需要,是一种有可能指向文化创意产业,有可能产生巨大的文化生产力的新型写作活动。

话说我们这门"创意写作"课程,乃是艺术学院在教学改革中新设立的课程,也是艺术史论、戏剧影视文学和文化产业管理三个专业的同学都必选的专业基础课。我们通过"创意写作"的教学,试图给各个专业的同学以必备的技能和相关的理念。北大近年的教学改革目标之一就是建立"通识教育与专业教育相结合"的本科教学模式,使本科教育成为一个"师生共同探索、发现和创造之旅"。而写作,高扬创意理念、创新追求的各体写作训练,一种既见思想也考量语言文笔表达功力的创意写作不正是同学们非常需要的重要素质或技能吗?而那种课上课下的互动、点评、修改、碰撞也是一场老师、同学、助教携手进行的话语、文本和思想的探索、发现之旅。

"创意写作",这是有创意的写作,是培养创意能力,培养通过写作表达创意的能力与技法,在写作中交互创意,有新思想有新意有力量的写作。

那么,较为成功的创意写作的标准是什么?我认为,严格的标准不好说,大体的标准则不外乎:新颖有创意,表达合适,能引发共鸣,能产生现实效应,能产生影响力。而从更高标准讲,就是追求"艺道合一"的境界。

中国古代艺术理论中,有一种对艺术与世界的本源性关系的看法,即把艺术作品看作不无神秘色彩的"道"的一种体现或外化。这也就是刘若愚所概括的一种"形而上"的文学理论观念。老子在《道德经》中把"道"看作化生万物的始源,"道生一,一生二,二生三,三生万物"。以故,道的状态是一种混沌的初始状态:"有物混成,先天地生,寂兮寥兮,独立而不改,周行而不殆,可以为天下母。吾不知其名,字之曰'道'。"

从哲学层次上的"道"与世象万物的关系,延及文学艺术与道的关系,就形成了中国艺术理论史上独特的"艺"与"道"的关系。

宗白华在《中国艺术意境之诞生》一文中借庄子在《养生主》中关于"庖丁解牛"的故事来说明"道"与"技""艺"的关系:"庄子是具有艺术天才的哲学家,对于艺术境界的阐发最为精妙。在他是'道',这形而上原理,和'艺',能够体合无间。'道'的生命进乎'技','技'的表现启示着'道'……'道'的生命和'艺'的生命,游刃于虚,莫不中音,合于《桑林》之舞,乃中《经首》之会。音乐的节奏是它们的本体。所以儒家哲学也说:'大乐与天地同和,大礼与天地同节。'《易》云:'天地氤氲,万物化醇。'这生生的节奏是中国艺术境界的最后源泉。"

按宗白华先生最后的概括就是:"中国哲学是就'生命本身'体悟'道'的节奏。'道'具象于生活、礼乐制度。'道'尤表象于'艺'。灿烂的'艺'赋予'道'以形象和生命。'道'给予'艺'以深度和灵魂。"

在中国古代,刘勰是这一观念的集大成者。《文心雕龙》的开篇"原道"就探讨了这一最根本的问题:

> 文之为德也大矣,与天地并生者何哉?夫玄黄色杂,方圆体分;日月叠璧,以垂丽天之象;山川焕绮,以铺理地之形:此盖道之文也。仰观吐曜,俯察含章,高卑定位,故两仪既生矣。惟人参之,性灵所钟,是谓三才。为五行之秀,实天地之心。心生而言立,言立而文明,自然之道也。
>
> 傍及万品,动植皆文;龙凤以藻绘呈瑞,虎豹以炳蔚凝姿;云霞雕色,有逾画工之妙;草木贲华,无待锦匠之奇。夫岂外饰,盖自然耳。至于林籁结响,调如竽瑟;泉石激韵,和若球锽:故形立则章成矣,声发则文生矣。夫以无识之物,郁然有彩,有心之器,其无文欤?
>
> 人文之元,肇自太极,幽赞神明,《易》《象》惟先。庖牺画其始,仲尼翼其终。而《乾》《坤》两位,独制《文言》。言之文也,天地之心哉!若乃《河图》孕乎八卦,《洛书》韫乎九畴,玉版金镂之实,丹文绿牒之华,谁其尸之,亦神理而已。
>
> ……
>
> 爰自风姓,暨于孔氏,玄圣创典,素王述训:莫不原道心以敷章,研神理而设教;取象乎《河》《洛》,问数乎蓍龟。观天文以极变,察人文以成化;然后能经纬区宇,弥纶彝宪,发辉事业,彪炳辞义。故知道沿圣以垂文,圣

> 因文而明道,旁通而无滞,日用而不匮。《易》曰:"鼓天下之动者存乎辞。"辞之所以能鼓天下者,乃道之文也。

刘勰在这里的大致意思是,自然界的纷繁景象,文学艺术的多姿多彩,都是"文"的种种表现。而文是以人为中心的,人为万物之灵,天地之心。而无论"天文""地文"还是"人文",都是"道"的一种体现,是"道之文",是道的神秘的内在的理路和秩序的外化。人类文章的开端,就起于天地未分之前的那一团元气,也就是"道"。好的文章要符合自然之道,言下之意,矫揉造作、华而不实都是违背自然之道的。符合自然之道的文章才能产生"鼓动天下"的力量。

愿大家经过各体写作的练习,经过各位我们专门请来讲授的各体写作名家名师的言传身教,能妙笔生花,不仅能自我欣赏沉醉,也能经世致用,更内蕴有"鼓动天下"的力量,进而如马克思在对美的本质进行阐释时所悬拟的那样,在"他所创造的世界中直观自身",实现"人本质力量的对象化"。

若能如此,则幸甚矣!

目 录

第一辑／词语练习

春天…………………………………………王相程／003
春眠…………………………………………张文赫／004
新诗…………………………………………苏诗芮／006
逃离…………………………………………孙晴岩／007
梦……………………………………………倪　玮／008
诗……………………………………………杨榕雨／009
观我…………………………………………严亦平／010
小可爱的自我独白…………………………路子杰／011
难题…………………………………………李林静／012
眠……………………………………………罗玥沁／013
春……………………………………………刘梦然／014
秋风…………………………………………万江平／015
故作深沉的小诗……………………………曹书航／016
守墓人………………………………………刘芊妤／018
俄狄浦斯……………………………………毛天与／020
看见…………………………………………胡雨晴／022
北大燕园……………………………………李侑珍／024

随笔	公　主 /	025
我人类世界	王秋琪 /	026
冬·眠	冯　妍 /	028
诗,诗人和假的诗人	何雨霏 /	029
那湖	刘庭暐 /	031
某天我走过未名湖畔	黄川夏 /	032
郑中华	郑中华 /	033
吃鸡	牛瀚溥 /	034
新春与那位朋友的一封信	栾琬婷 /	036

第二辑 / 童话改写

—《小红帽》—

童话	刘庭暐 /	041
小红帽	崔　妍 /	042
星星	陈一芃 /	044
灰毛	李不言 /	047
偶有不同却最终如常的世界	漆　园 /	049
狼少年	李林静 /	052
开始	曹雨姗 /	054
命运	金艺智 /	055
假外婆	李侑珍 /	056
狼少年	冯　妍 /	058
小红帽	刘梦然 /	061
他	石欣然 /	065
狼	过好好 /	067
小红帽之主角不是小红帽系列之一头有思想的狼	王　佳 /	069
绛与塑	罗玥沁 /	071
快乐森林与快乐王子	栾琬婷 /	077
小红帽	朱洁冰 /	080

小红帽……………………………………………………宋　朝 / 087
"童话"……………………………………………………丁文华 / 089

― 《灰姑娘》―

水晶鞋……………………………………………………何雨霏 / 093
丹德拉……………………………………………………胡雨晴 / 100
雨中曲……………………………………………………苏诗芮 / 102
水晶鞋的自白……………………………………………郝正洋 / 103
在月下的爱情……………………………………………郑海邻 / 105
榛树栽培法………………………………………………黄川夏 / 107
灰姑娘……………………………………………………万江平 / 112
舞会………………………………………………………张文赫 / 114
舞会………………………………………………………曹书航 / 116
灰姑娘故事的由来 —— 幕后……………………………郑在念 / 119
被传诵的辛德瑞拉的故事………………………………倪　玮 / 121
谎言与真实：橱柜里的骷髅……………………………杨榕雨 / 123
灰姑娘……………………………………………………郑中华 / 126
两生花……………………………………………………路子杰 / 129
灰姑娘的美好生活………………………………………武　杨 / 131
辛氏女……………………………………………………毛天与 / 133
赌约………………………………………………………文莘乔 / 135
台词之间…………………………………………………王昵泥 / 139

― 《木偶奇遇记》―

魔法黑森林………………………………………………金昇度 / 144
匹诺曹……………………………………………………邓乔中 / 147
女匹诺曹…………………………………………………丁　倩 / 149

第三辑 / 生活札记

风沙十札 —— 关于沙和沙的无限联想 …………………… 毛天与 / 153
札记十则 ………………………………………………… 冯　妍 / 158
叙述生活 ………………………………………………… 万江平 / 162
札记十则 ………………………………………………… 黄致浩 / 169
札记 ……………………………………………………… 刘庭暐 / 174
札记诗 …………………………………………………… 牛瀚渟 / 180
北京的春天 ……………………………………………… 王姝璇 / 185

第四辑 / 非虚构写作

White skin ……………………………………………… 杨榕雨 / 195
李喆：行走在胜负之外 ………………………………… 郑中华 / 203
PKU 女子图鉴（节选） ………………………………… 苏诗芮 / 211

第五辑 / 小说

战场上的拾荒者 ………………………………………… 金昇度 / 225
爷爷和小提琴 …………………………………………… 徐现庆 / 229
拜佛记 …………………………………………………… 武　杨 / 232
在山上 …………………………………………………… 郝正洋 / 235
三天 ……………………………………………………… 文莘乔 / 239
玫瑰花与机械脑 ………………………………………… 何雨霏 / 247
佛罗伦萨的中餐厅 ……………………………………… 冯　妍 / 292

第六辑 / 艺术批评

清晰到模糊以至于陌生
　　——《蒙娜丽莎关于微笑的设计》的艺术批评 ……… 朱洁冰 / 331

窥探绘画电影之奥秘
　　——《至爱梵高·星空之谜》影评 …………………郝正洋 / 335
从原型的角度看新时代的科幻漫游
　　——《星际穿越》影评 ………………………………丁　倩 / 342
《请以你的名字呼唤我》：维斯康蒂式美学与酷儿电影的无界化表达
　　………………………………………………………………路子杰 / 346
流淌的真实与孩子的目光，苦涩与柔情的二重奏
　　——评《小鞋子》………………………………………杨榕雨 / 350

后　记……………………………………………………………… / 354

第一辑

词语练习

在黑板上,由全班同学随机提供数个词语,如下:春天,啊,尴尬,停顿,理教,俄狄浦斯,惊蛰,冬眠,老坛酸菜,梦境,中华,炸鸡。选择九个以上(包含九个)的词语写作一首诗或一篇短随笔。

春 天

○王相程

突如其来的惊蛰
逼着空虚的理教
从与计算中心的尴尬狂热
抽身望向天空的妖娆

于是他用嘶哑的铃
恶狠狠地洞穿
还冬眠于梦境中他信徒的鼓膜
如炸鸡刺激饿汉般尖锐心酸

枕下的俄狄浦斯
和桌上的中华烟相对无言
灰烬却还新鲜
不停顿向我述说着一切
啊——
又是一个调皮的春天

春 眠

○张文赫

春天,惊蛰,理教 107;
咖啡,啤酒,和炸鸡[1]。
冬眠的动物悠悠醒转,
春眠的人沉沉呼吸。

"啊!原来是你!"
歌声在海上跳跃着,穿过晨曦:
"梦的国度没有俄狄浦斯[2],
人人都是小安琪[3]——"

"请让我拂掉痛苦的记忆!"
清风环抱过来,温暖而不窒息:
"去吧,倾听、追逐或者沉思!"
"去吧,不必尴尬!不要叹息!"

我走进丛林,蹚过小溪,
掌心贴在年轮上,听杏花轻呓;
双臂抱紧木樨树,看叶子嬉戏。
日出到日落,不停顿不休息。

---

[1] 韩剧《来自星星的你》的女主角喜欢在雪天喝啤酒吃炸鸡,这里用以体现快节奏的现代生活。
[2] 俄狄浦斯命途多舛,杀父娶母,这里指代被命运狠狠嘲弄的人。
[3] 安琪儿(为了押韵去掉了"儿"字),安徒生童话中的小天使,这里指代幸福快乐的人。

夜色姗姗来迟,月明星稀;
月亮一笑,大海就泛起涟漪[1]。
到沙滩上随手摘一颗金星[2],
轻轻揉进心底。

"丁零零——"铃声这时响起,
夜色逐渐溶解,灯光突然清晰。
炸鸡索然无味,咖啡余温尚存。
白衬衫上,隐约着春泥的气息。

注:

此诗的灵感源自我在理教107自习时不小心睡着时做的一个甜甜的梦。梦里的我无忧无虑地在自然中奔跑,没有学习和生活的任何烦恼。春天是代表希望的季节,这个在春天做的梦也让我暂时跳出繁忙的生活,拾起对爱与美的希望。人生实苦,每个人都需要做这样一个美丽的梦,让灵魂得到片刻休息。

---

[1] 月球的引力会引起潮汐。
[2] 古希腊人称金星为"阿佛洛狄忒",是希腊神话中爱与美的女神。

新　诗

○苏诗芮

你谓梦境是一种停顿吗？
不，梦境是惊蛰。
身体发肤的每一个毛孔，尖叫着从湿漉漉的泥里挣扎着破土。
提上剑就启程。
你并不觉尴尬，
你是谁就是谁，这会儿你没有镣铐没有铠甲。

中华是一个人名。
炸鸡最佳的搭档才不是啤酒。
理教是一座年老失修的土地庙。
老坛酸菜是上上好的陈年佳酿。
冬天暖意袭人，而春天的风霜雨雪最凌厉叫人不能忍受。
俄狄浦斯是一个安稳的国度里幸福的呆子。

逃 离

○孙晴岩

我听到,
理教的窗外,
经过冬眠的精灵,
在春天的呼唤中,
从昏睡的梦境中醒来,
他们伸着懒腰,打着哈欠,互相道好。

我听不到,
理教的窗内,
老师在讲述着俄狄浦斯的神话故事,
我只是打着哈欠,伸着懒腰。

啊,
假如给我一个短暂的停顿,
我要逃离,
逃离这令人尴尬的境地,
我要拥抱,
拥抱这惊蛰之后春日的美好。

梦

○倪玮

冬眠的时候,我梦到了春天
一个理教自习的午后
老坛酸菜的味道带来咸咸的想念
就好像
只有在母亲懒惰时才能享受到的盛宴
啊,不能有片刻的留恋
我是离家出走的孩子
用俄狄浦斯肿胀的脚将深秋踏遍
现在却突然停顿
接受斯芬克斯的质问
他问我怎么了
我只好尴尬地说
是花粉过敏导致的眼泪

诗

○杨榕雨

无畏的眼睛[1]已经腐朽，
大名鼎鼎的俄狄浦斯[2]
失明、落魄和年迈
人与神进行博弈，
最终世界仍是从冬眠到惊蛰然后春天
原来人的理性只是块碎玻璃啊
原来只是个梦境。
贫穷的时代[3]，不允许做梦
理教，尴尬的停顿。

注：
"人与神进行博弈"，这里是承接上文的俄狄浦斯王的内涵，神隐喻的是命运，后者是无法反抗的规律，"最终世界仍是从冬眠到惊蛰然后春天"是指反抗的失败，人与命运抗衡，显得苍白无力。人的有限性和人性的缺陷，在与命运的对抗中暴露无遗，所以说"原来人的理性只是块碎玻璃啊"，然后突然惊醒，"贫穷的时代，不允许做梦"是指这个时代已经不再去探求什么是人，不再去自我认知了。

---

[1] 尼采对俄狄浦斯那"无畏的眼睛"大加赞颂。
[2] 俄狄浦斯王第一场。
[3] 海德格尔——贫困时代的思想家。

观 我

○严亦平

一鼓轻雷,惊蛰
春天初破
曦光如绶带,铺展我渐蓝的呼吸
冰原中兀地生出响箭,炎炎流云上那匍匐高草处冬眠的人啊
你可听信生而伟大的传言?

这片中华大地上
每一处都有人挣扎着生活
每一刻都有人阵痛着失落
日复一日的混沌中
谁又不曾犯下比俄狄浦斯更荒唐的错

枝头的百灵用谁的喉咙饮下一口酒,哑着嗓子一遍遍地唱:
人间何处非梦境
停顿处,尴尬沉默
忽一阵妒春风恶
散了艳魄

我看见墙角苍老的甲虫俯视生命
触须挂满了露珠,摇曳着花朵
他说
离离离
乐乐乐

小可爱的自我独白

○路子杰

我,小可爱
胖,但可爱

在理教,正春天
小可爱,正冬眠
梦境中,正默念
泡菜炸鸡面,老坛酸菜面

众声,喧哗
鼾响,停顿
刚抬头,口水流
哄堂,大笑
啊啊啊啊,超级尴尬

难　题

○李林静

四周暗下来了
近东门理教灯火通明
思绪停顿的一刻
大地仿佛在冬眠
尽管已临近春天

啊，类似宿命的事
到底该不该尝试改变
这俄狄浦斯的难题
也时常出现在梦境

现实却是暖的
无味的，不容置疑的
像躲在被窝里的
偷吃炸鸡的尴尬
真正做梦的地方
恰恰不是床

眠

○罗玥沁

梦境的春天睡着俄狄浦斯
在喀泰戎的荒海
从冬眠中醒来
理教身披夕阳华盖
他左手炸鸡残骸
咀嚼老坛酸菜

神灵拾起被试图丢弃的悲剧
悬于命运头颅之上
深渊从不停顿
接受盲眼者的灵魂
人们如无知的羔羊
笑口大张

他眼弥漫雾霭
匆忙滞待
桃花落成一排
方兴未艾
春雷尚且未震
惊蛰不来

春

○刘梦然

窗外的猫叫了一夜
俄狄浦斯闯入梦境
细喃着
春天的命运
低语着
中华的烟云

她从漆黑的冬眠中惊醒
像惊蛰一粒骚动的小虫
雨
她要雨
她要那白鸽之翼
她要那长江之水
她要那狂风
要那暴雨
她要爱
要盛满了大海的眼睛
要停顿的留白
褪去僵硬的尴尬

这中华大地的万物啊
便都觉得自己成了精华

秋　风

○万江平

我是一缕曾坠入深渊的秋风
因我掀起希腊的海浪
踏碎中华的平原
做过罪恶缠身的匪徒
而今我穿越千年的岁月
将落叶捎上枝头
抚平湖面的褶皱
偶然经过少年的肩头

想带你听知了的歌颂
送你精心打点过的花束
将夏夜璀璨的星空嵌入你的眼眸
可惜你落入尴尬的命运
被重重浓雾包裹
你眼里只有黑暗看不到我

我深爱的俄狄浦斯啊
你是否希望时间停顿
你是否愿意跟随我
穿过春天穿过惊蛰
回到冬眠回到梦境
打破太阳神庙的枷锁

故作深沉的小诗

○曹书航

我要提醒你,这是一首求贤诗,而不是爱情诗。如有疑惑,请参见我本家曹孟德的诗句:"青青子衿,悠悠我心,但为君故,沉吟至今。"

其一

我总是
试图寻找一些不可能找到的东西
比如
在老坛酸菜牛肉面里
寻找牛肉
比如
在理教
寻找信号良好的 WiFi
又比如
在过了惊蛰的春天
寻找冬眠
再比如
在你的未来里
寻找我

其二

我看到的
梦境分明可以停顿

中华的历史
分明可以倒退
俄狄浦斯
分明可以爱上母亲
然而
我却不可以
爱上你

守墓人

○刘芊妤

春天还未完全苏醒
双眼倦怠,台上的猫儿卧着
等待着惊蛰过后的第一声虫鸣
冬眠了一个季候的老井
叮咚——
幽微一笑

又一年
你坐在废墟之上
啊——快收起
那令人尴尬而烦躁的微笑
快走吧,年轻人
你流着俄狄浦斯的眼泪

这城墙根下就是我家
你说
这是我家祖传的大院儿
四面的高楼包围着你的荒芜
快走吧,年轻人
这里哪还有什么家?

活在梦境中的年轻人

执迷不悟
我能去哪儿呢?
这不就是我的故乡吗?
年轻人依旧坐在那里
守着坟墓般的荒芜

你看——
我家的大院不就在这里吗?
顺着他的手指
落花停顿——
青瓦白墙,葳蕤生光
还有那石桥
摇曳在水中华丽的倒影
叮咚——
幽微一笑

俄狄浦斯

○毛天与

戏剧总是发生在多情的清晨——
惊蛰的雷有些犹豫,
万物苏醒宕出音乐性的停顿。
一切按部就班的无聊规律被拨乱,
故事的琴弦自顾自
鸣动出振聋发聩的亮相。

当春天来到我们的战场;
而冬天又埋葬一岁的悲欢。
由此展开宏大的叙事,
老坛包孕出酸菜,情感酝酿出光怪陆离的酒,
时间操作着令人目眩的神秘魔法,
飞扬尘与土,搅碎云与月。

误会多于理解,
尴尬压倒从容。
戏剧在人世间高高旋转,
随手种出幂篱和仇怨。
泥土人偷食禁果生出七情六欲,
在它的迷宫里原地打转。

天注定!

都怨恨这天注定罢!
注定在人生的冬眠中堕入无法挣脱的灿烂梦境,
与恐惧紧紧捆绑,那深藏的软弱与不堪。
惊蛰虽然来,但是梦却不必醒。
一生生
都怨恨这一生生罢!
这场身不由己的漫长凌迟。
从黄昏到破晓,
起是一声雷,承是一抔沙,转是一声带血啼。
时空变换,永世不得逃生。
合
是
那一滴顿悟的泪。

原来那伟大的、
无知的俄狄浦斯王啊,
跳跃过轮回的波折,你的戏剧重复这无聊的四章节。
千万人虽往矣,生于偶然;
命定在必然。
原来那渺小的、
无奈的我啊,
也因为人间老调重弹的戏剧,
拥有那双肿胀的、伤痕累累的脚。
困在王座里。

看 见

○胡雨晴

春,请永远保持距离
任我沉沉地冬眠

睁开双眼
拨开梦境的第一缕阳光
今天是周几?
手机日历显示 ——
是周一啊
转眼竟又临近惊蛰
桃李抽梢
啊,始开的花香为何浓得刺眼?

冬的冷光,曾隔了重雾,钝了视觉
镜子里,我
漂荡在纯澈的蓝色波纹间
淹没在散逸薄荷汁水的热带氧气里
依偎在就算沉默也不尴尬的恣意温柔中

春的艳阳,却汹涌冲刷,破了高墙
镜子里,我
是制作老坛酸菜的发酵菌
拼命努力地 —— 代谢

被困在炸鸡油腻腻的鸡肉和外层面粉的狭隙里
僵得太难受,发痒
在这悬崖峭壁间的独木上,动弹不得

我不是说了吗?!——请保持距离
该死的春天,破了高墙
怒噪与灯光侵而四起,俄狄浦斯
他刺瞎双眼,自我放逐

北大燕园

○李侑珍

行走在燕园理教
发现春天的景色如同梦境一样美丽
人们都停顿下来,享受花园里的花草
花草们刚从冬眠中醒来,迎接惊蛰的到来

啊!在燕园里生活
享受不到面前这般景色
是有多么尴尬啊
如同俄狄浦斯杀死了自己的父亲并娶了自己的母亲一样尴尬

走着走着
便看到了静园
春风里散发着炸鸡的香味正引诱着我

随 笔

○公主

今日惊蛰,暖和和,春天渐近
啊,一头栽到床上,那就开始冬眠
难以从美好的梦境中苏醒

左手拿着炸鸡,开心地走进理教
再次与你相见,乱了心跳
双方无话,空气中一直停顿的尴尬

我人类世界

○王秋琪

啊,如果我没记错的话
那是通往特尔菲神庙的途中
有着鲜血,还有宣判了的宿命
现在
站在喀泰戎山顶上
在没有光亮的世界里
恍惚间
天意难改万物归心
我应快乐着

啊,如果我没记错的话
那是惊蛰节气的理教中
有着黑鸟,还有恋爱的豹子
现在
偎在晚春慵懒的阳光里
在不时尴尬的停顿的话语声中
恍惚间
宇宙之大品类之盛
我应感知着

啊,如果我没记错的话
那是壬戌之秋的赤壁之下

有着幽歌,还有卒莫消长的明月
现在
就着东方既白的晨曦
在中华哲学的梦境里
恍惚间
吾生之须臾天地之无穷
我应存在着

冬·眠

○冯妍

她说,最美妙的梦境
该是生发在夏夜
冰寒冻结了失约的春天
拖来长长长长的冬眠,其实无眠
啊,北国执拗地不肯回暖
无论惊蛰,或许直到春分
想点一份快餐,靠着理教三层的窗
一个人,把它吃得很慢

他想,绿松石般的未名冰面
是世界的尽头,冷酷的仙境
时间尴尬地停顿,待水下生出一长串枫叶
结成甜甜甜甜的地毯,温柔的镜头
舔舐着鱼儿,悄无声息地打着盹
甘愿被埋进荒芜与虚空
不想解冻,为了咖啡和炸鸡不会变冷

诗，诗人和假的诗人

○何雨霏

无处宣泄的情感藏匿于此，
深夜的心事藏匿于此，
绮丽的情思藏匿于此，
无人倾听的怨愤藏匿于此。
诗人说乌鸦披上了白色的马甲报喜，
诗人说湖底的桃花不愿做新世纪的早餐，
诗人说黑鸟一头撞进了太阳，
诗人向着疲惫的豹张开双臂。

我是假的诗人。
假的诗人给便签纸的文字加上空格，
留住生活里温馨的叹息；
假的诗人笨拙地玩弄音律和韵脚，
只为了女生眼角的风情；
假的诗人逃避典故和沉思，
转而拥抱每一次澎湃的激情；
假的诗人撕碎讲稿，
只愿在亲密的喃喃中触碰你。

如果我是假的诗人，
我要砸开门，
从这里出去。

顺便砸碎无意义的词语堆砌出的意义，
正如——
俄狄浦斯用炸鸡的油腻在惊蛰唤醒冬眠的春天，
中华万岁的呼喊伴着老坛酸菜的味道充斥梦境。

啊——
我用够了九个词，
你说，
这有什么意义。

那 湖

○刘庭暐

那湖好像一夜间从残冰的灰白转到碧如蓝的澄澄水波了。

小只的鸳和鸯自由划着弧线,一种深沉色调的鲜明闪烁,如工笔玲珑。

西面投来灿白的光色,穿林过树,皎皎胜初升。

杂色鸭子有立在翻尾石鱼头顶,余者倏尔随漪摇晃扑腾,倏尔停顿,恍然从漫长梦境挣脱;峡湾对面,三支炮筒正殷殷捕捉这片热闹糊涂。

迎面柳枝屦细近乎隐身(我们都是陷于日常性的存在),旁边的灌木丛则已一身圆叶憧憧透光,莫不是常绿的?不然,怎可能知春先于水中鸭呢?

此刻我有些相信锦鲤的神秘力量了。它们仿若生于乌有之地,乍然浮出湖底之底隐而谧的冰层,逐这洗了花青与墨的凝冻水色,以使自身的橙红与晶黄超脱凡世,修成精灵。

倾靡的乱草薄薄地贴在地面。戴胜诡奇的冠羽色彩是小丘大方给出的惊喜。想象启蛰的惊雷在承载双脚的大地下秘密传递,勾动草根、连通树干、敲破冬眠、唤生春光。

立定看枝动处松鼠跳跃的剪影。有人同样驻足仰首,松鼠毫不尴尬地继续舒展,几乎奔过夕阳上头。

得加快脚步了;晚上还有在理教的课啊。

某天我走过未名湖畔

○黄川夏

几天前我走过未名湖畔,踏上那座小石板桥,脚步不由得停顿。我看到未名湖的冰盖已经被揭开,静默了一个冬季的湖光天色在摇摇荡荡与影影绰绰中浮沉。

一个隐隐约约的静默了18年的念头在我心头蠢蠢欲动,春天来了。

从小到大,我读过无数描写春天的文章。它们说,春天来的时候,水下的鱼儿会吐泡,花苞、嫩芽、潜伏在泥土下的生命都会像一个吃不到心爱的炸鸡的小哭包,气鼓鼓,泛红,静默地颤抖,然后蓄足全力破土而出。春天来得安静又响亮。但春天缺席了我的生命18年。我来自中华大地的最南端,那里是没有春天的。我在20℃的气温里度过一个又一个春节,一年四季到处都郁郁葱葱、花团锦簇。有段时间,大家都说要听一朵花开的声音,南方人大抵很难做到,因为总有千千万万的花在开放,这种声音和周围所有的声音融为一体。这是南方生活的声音。生活里的声音,因为太平常,太好分辨,大家都不会去分辨它。

然而尽管如此,曾经对于我来说,春节过后就意味着春天。一家人团聚,听着鞭炮声,仿佛也能想象出祖国另一端在经历怎样缓慢又突然的质变。这些年,我对春天的认知却越发缺失,而这种缺失在从梦境中醒来又成为我所置身的梦境的未名湖前越发显得尴尬。从手机日历里看来的惊蛰,如何比得上"仲春遘时雨,始雷发东隅"?

难道南方真的被春天抛弃了吗?我和苏醒的湖水一起呼吸,石板路勾着我的思绪,思绪勾着我的脚,脚底仿佛有冬眠过后蛰虫活动的触感。我想起来,尽管12月仍然不时有飞蚊嗡嗡,南方的冬天似乎也是缺少虫子的。这些小玩意儿都藏到哪里去了?

原来从前我只是有眼不识、觉而未察,如同不识父母的俄狄浦斯,该自戳双眼以示惩戒。然而我实在没有这种勇气与决心,只能一遍遍用眼睛描摹、赞叹、爱抚,来弥补它们犯下的过错。

郑中华

○郑中华

郑中华打了一个哈欠，关掉了有关俄狄浦斯的网页链接。"杀了自己的父亲娶了自己的母亲，着实有点尴尬啊。"郑中华喃喃道。

已经开学两周了，郑中华好像并没有从寒假的冬眠中苏醒过来，仍旧处在悠哉的梦境之中。"怎么就开学了……"一边抱怨着，郑中华收拾好东西，匆匆走出教室。昨天是惊蛰，北京的春天却还没有来，走出理教，郑中华缩了缩脖子。结束了一整天学习的郑中华有一些疲劳，但他仍强打着精神。郑中华明白，寝室里的老坛酸菜牛肉面是能赋予他活力的食物。

工业流水线生产出的方便面使得食材缺少了甄选的余地，但想要泡出美味的方便面，仍然要下功夫。水是方便面的灵魂，78摄氏度的宿舍饮水机里的热水再好不过了。郑中华相信，温度适中的热水既能氤氲调料包的味道，又能让机器生产的面条筋道而柔软。用手机盖上方便面的盖子，等待若干分钟，方便面便可以吃了。来自浙江的郑中华口味独特。妈妈是湖南人，做菜香而鲜辣，混以出生地杭州的清淡爽口，培育了郑中华包容的口味。

亲手泡制的老坛酸菜牛肉面酸辣而爽口。作为北大学子的郑中华明白，方便面的酸涩只是整一学期将要遇到的寥寥罢了，而这股味道将陪伴他无数个漫漫长夜。

吃 鸡

〇牛瀚淳

她买了一只鸡。

是一只活的鸡,很普通,与其他养殖场里满地跑的鸡并无什么不同,而这一只普通的鸡遇到了她——不普通的她——可能会变得不普通吧,至少看起来可以逃脱被屠宰的命运吧。

她给这只鸡取名"俄狄浦斯",一位朋友戏谑道:"哪有动物保护主义者会给动物起这么悲惨的名字呢?"她翻翻白眼毫不在意,"有什么所谓呢?它的命运不悲惨不就好了啊。"

是的,她坚信这只鸡的命运不仅不会悲惨,还会无限光明,有那样一番远大前程等着她和它。

她是一名动物保护者,她生来对任何动物都抱有一份罕见的温和与善意,以至成了爱——对于所有动物的爱。于是她拒绝皮质服饰,随身携带着给流浪猫狗的一点食物,还只吃素,连老坛酸菜方便面这种只带塑料肉末的食物都不碰。而注定的,有爱动物的人,就有不爱动物的人,就像春天会偏向一些人,让他们对这个季节满心欢喜,而折磨另一些人,让他们整日红着鼻子打着过敏的喷嚏。这件简单的偏好之事却令她日日皱眉:如何才能让每个人都看到动物的可爱呢?

于是她买了俄狄浦斯,她胸有成竹,想要教会这只被命运选中的鸡仔绘画。一只学会了绘画的肉鸡!她都能想象到吃惊的人们会如何被说服,会如何开始发现动物的讨喜之处,会如何开始保护这些可爱的小生命。

而俄狄浦斯呢,鉴于无从得知其他的肉鸡的学习能力,它姑且被定义为一只不笨的鸡吧。半周的时间,她就教会了它用那尖尖的、捕捉毛毛虫的喙叼住画笔笔杆后部那个最合适的位置。

她很满意,周末的时间给了俄狄浦斯一个短暂的假期,让它在院子里乱跑,担心它走丢,她在它的爪子上拴了一根细细的绳子。而她则如往常一样,去动物园做义工。她照看的园子里,小刺猬们冬眠了,不能和饲养员们撒娇玩耍。她看着一个个安静的刺球,倍感无趣。同行的朋友与她闲谈,建议她放俄狄浦斯回去和鸡仔朋友们玩玩。

"那才叫假期呢。"朋友说。

她停顿了一下,用十分惊讶的表情看向朋友,语气还带上了那么一点斥责:"怎么能呢?它们已经不一样了呀。"

她一向温和,鲜少这么激烈,朋友尴尬地笑笑,连声附和。

而后,俄狄浦斯的绘画天赋却迟迟不见显露,可以衔起笔,却怎么也不愿用那柔软的笔尖往纸上碰一碰。她信心满满的样子也渐渐落灰,甚至要反思自己的伟大计划,但—— 怎么能呢?怎么能有错呢?

焦急和其他一些什么令她渐生怒意,尤其在面对威逼利诱后都无动于衷的俄狄浦斯时。终于这天,她忍不住了,就像儿时她没写完作业时的母亲那样,她打了它。那只是轻轻的一个拍打,不住地,落在俄狄浦斯覆盖着羽毛的小身子上,它惊惧地跳起来一下,连翅膀都乍起,强烈地扑棱。

她愣住了,恍惚间只觉一切仿佛一场梦境,悬空飘浮,下一瞬间,她才能回归人事:俄狄浦斯是一只鸡,一只动物,一个她热爱的生命,而非一个对象,一个客观工具,一个人类意识投射在外界上的物体。

是不是一场梦呢?她手中还攥着一片羽毛,根部的地方扎扎的。

第二天,朋友圈炸了 —— 作为动物保护者的她把自己养的鸡杀了,做成了炸鸡。

新春与那位朋友的一封信

○ 栾琬婷

忽必烈问马可："你去过周围许多地方，见过很多标志，能不能告诉我，和风会把我们吹向未来的哪片乐土？"——卡尔维诺《看不见的城市》

啊，你问我今年春天都去了哪里？

我想告诉你，准确地说，现在刚刚进入春天不到十天呢。

高中地理老师告诉过我们，3、4、5月才是春天。不知道你是怎么想的，但在那之前，我一直以为春节过后就是春天本尊的场子了。春夏秋冬依次排列，本该将一年从一月开始依次塞得满满的，却无论如何也要留下一点时间差。就算是过了"春节"，北方人中怕冷的那一拨也要长长久久地裹着羽绒服，在恍恍惚惚的冬眠时光中看到姑娘们嫩白的大腿逐渐从长靴中解放出来，心中不免有一丝疑惑，疑惑的同时感到略微自卑的尴尬，怨自己不够耐寒，辜负了大好的春光。这种疑惑在渤海北面的家乡的时候就已经有了萌芽，到了渤海西南面的北京的时候愈发明显起来，让我总是在想，难道对于季节，在热量的感知上，人与人之间的不同竟有这么大吗？然后依旧裹紧围巾，在烈风中保护好自己脆弱的颈椎。

三年前的画室里，我们并排坐在白炽灯正下方，颜料桶边干涸的杂七杂八的颜色，被白炽灯织成一张诡异的网。空气中充满了老工业基地熟悉的雾霾味儿和刚刚送到的炸鸡油乎乎的味道，老坛酸菜泡面的热气蒸腾着，你把脸埋在面桶里面猛吸了一口，然后怪不是滋味地说了那么一句：

"这是啥酸菜啊，发明这面儿的不知道东北的酸菜有多好吃是咋嘀？"心里默默赞同了一番之后，我把一张纸巾扔过去，"赶紧吃，吃完再把细节抠一抠。"

不知道你现在在那边的城怎么样，吃没吃到今年份的东北酸菜？

对了，刚刚，母亲告诉我渤海湾上空的水滴终于致雪，传来咱们那可爱的家乡、粗鲁的家乡被雪裹着的照片的时候，我恰巧要去理教上课。途中看到了五四操场中心的草坪刚刚脱下了外套,水管已经开始欢快地四处喷射,而不是像记忆中那样流出优美的凝固着的眼泪。我明白了,那长久的、看似温暖的冬天,是存活于渤海湾以北的暖气十足的教室和与你"堕落"、与你"颓废"的足不出户的梦境中。只存在于少年的梦境中的,春天似的冬天里。

朋友,这个春天,我其实哪里都没有去,只是在惊蛰的那一天夜里,隐隐约约梦见了我们的父亲的父亲的父亲的父亲,在第一声春雷响过之后,一把抹掉汗水,站在北大荒田垄的中央,向太阳、向乌云,叹出的那一声浑浊而又欣喜的低吼,旷古、绵长。

第二辑

童话改写

改写《小红帽》《灰姑娘》《木偶奇遇记》这三部作品中的某个片段，可以用诗歌、随笔、小说或者剧本、漫画等各种形式。

《小红帽》

童　话

○刘庭暐

　　长官,哎,不用说啦。我熟悉这里的草木,也熟悉这里的砖石;一个下午,保证把这地方弄得平平整整,看不出王妃宅子的腐朽气儿。不对,那女孩还没来得及做上王妃呐。

　　来,准备下,把这树清了;别看它粗,生得快,长得就松,一会儿就能成。那石碑底下也是可怜人,昨天打仗没毁掉,今天好些收拾吧。哈,不说建城时候流的汗,在那之前我父辈祖辈都是在这儿弓刀讨生活,能不清楚吗?

　　就说刚锯的那几下,正对着那出了名绝情狠心的豪商遗孀治家的日子;要不是有精灵出手,造出这样的选妃结果,那日子还能再宽一些。

　　这一年商人走了,这一年红裳的女子与他相识,接下来他的妻子早逝入土。

　　这一段新城建造时,也是他的发迹历程。锯末里见不到我的他的汗水。

　　最苦命的女孩出生了,她的生命终归无依靠。

　　下一轮,前朝的国王看上了山野平湖风光。那也是最明媚的时间,年轮似乎都显得健旺清晰。我也在此时此地见到了那个乡野传说,她又披上了红斗篷。

　　已经要到一半了,快吧?

　　传说?我父亲说他也是传说故事中的一角 —— 你不知道,这树的髓心是从大灰狼的尸体上抽生的,而那狼骗了个女孩,吃了她祖母。幸得她被我父亲一斧子救回来了,只落下些狂意。

　　也许是真的,也许是假的,精灵的事情都漫无目的。

　　年轮逆转了,工作要结束了。这根木头,我想拿去做个偶人,疏松正伴我老病之身;或者精灵会让它了无拘束、恣意妄行,且坦坦荡荡、纯粹清白,继续映照这个世道。

小红帽

○ 崔妍

    蔷薇色的日光穿过险些遮蔽了天的密叶，有意无意地投在她鬓边的雏菊上，扬起了细腻的花粉，遗落在她身后的行踪中。她吹着泡泡糖，散发着草莓味的香气，伴着阳光、雏菊和玉颈上金黄而细小的汗毛；她哼哼着"卡门酒保"的歌谣[1]，微微沙哑的音符调皮地钻出了她小巧的鼻腔，溜进逐渐浓密起来的森林，就如同这稀疏的阳光在斑驳的白杨树中跳跃[2]……我完全沉浸在对她身姿乃至气味的回忆之中，把身体拼命缩进这过小的被子里面，厌恶却又沉迷着：我是一头野兽，充斥着对于鲜嫩的肉的欲望，膜拜着少女的生命，又将其毁于一旦。我憎恶着自己布满毛发而粗糙的手，憎恶着自己散发出的腐败的味道，憎恶着藏匿着的利爪，憎恶着自己薄唇后的獠牙……总是我，将森林中的美好，将我的炽爱，撕碎、吞噬。

    天下着雪，木屋就要坍塌了。
    对于你，我又能奈何！
    死去了，死去了，
    我的小红帽，
    噢，我的洛丽塔。
    因为嫉恨，因为懊悔，我要死去。
    又一次我举起汗毛粗重的拳头，
    又一次我听见你在哭泣。
    收起你的笑，逃离这间房。
    急忙跳出去，快快隐蔽——

---

[1] 引自弗拉基米尔·纳博科夫《洛丽塔》。
[2] 引自弗拉基米尔·纳博科夫《洛丽塔》。

你在哪里,你在哪里:多洛雷斯·黑兹[1]?

她朦胧的眼神永不会犹疑。

九十磅就是她全部的体重,她的身高是六十英寸。

我的腿兴奋地颤抖着——

快跑啊,多洛雷斯·黑兹!

"咔哒",门锁被拧响。"早上好",门外的人说。我应该回答吗,招呼他进来,还是叫嚷着让他离开——算了,他终究还是要进来的。

门被推开,我想起了她蜜蜂似的肩膀,闪着细汗的后颈。

罪孽掌握了我

——求求你,别成全我。

"咔哒"

……

最后一段长路又最难行,

我被抛弃在杂草衰败的地方,

化作灰尘似星飘散。

注:

诗句化用《洛丽塔》中的诗句。

---

[1] 洛丽塔的全名。

星　星

○陈一芃

1

我已经死了。

2

初识大约是在冬季,下着跟今年一样的雪。雪花也会落到我的鼻尖,我总是调皮地伸出舌头舔松针上的积雪。

前方,母亲警惕地张望着,低声发出咕噜声,摇着她蓬松的大尾巴示意我快步走。

三天的大雪将山峰白头。

远方父亲强壮的身影渐渐清晰。父亲慈爱的微笑似乎是在催促我、迎接我,我撒开了在雪地里奔跑。

"砰!砰!"突如其来的两声枪声止住了我的步伐。

"呜!"母亲尖锐的叫声刺破天际,我不敢停步,向南方巨大的幽谧森林跑去。

转头望去,父母轰然倒地。血发疯似的渗入厚积的雪中。

3

逃亡使我精疲力竭,饥饿将我推到了死亡的边缘。身下的冰雪把我包围,寒意刺骨。几十米外的村庄飘来食物的香味。

"你把这些蛋糕拿去给生病的外婆,路上小心!"

耳畔积雪松动，脚步声窸窣。

"你怎么睡在这里，这里太冷了。"戴着红帽子的小女孩焦急地问着。

我无力地呜咽了一声。

"喏，这是我妈妈新烤的小蛋糕。反正我每天都要送去给外婆，就给你多带了一点。"她歪着头，"就叫我小红帽吧。"

我舔了舔爪上的残渣，半信半疑地摇了摇尾巴。

4

没想到她真的每天都来，与我一同嬉戏。我好像又有了家人。

每晚，我蜷缩在山洞门口，星星在天上眨眼。我想，她那么纯真，真像星星。

5

不知不觉，这已经是第三年的大雪了。我的皮毛渐渐丰盈，像母亲一般美丽。我长出了尖牙，爪子渐渐锋利，嗜血的基因逐渐被唤醒。

她也出落得愈发可爱。盈满好奇天真的大眼睛，白皙柔软的皮肤，甚至散发出特别的香味。只要她出现，我的神经就变得异常敏感，她的一举一动引起的空气波动通过鼻腔射入我的大脑，血液排山倒海般翻腾，流动加快的血液好像要撑爆我的血管；陡然扩大的瞳孔发出幽幽绿光。我不自觉地露出尖牙发出磨牙声，无意识地伸起利爪。兽性让我想把她拆吃入腹。

理智及时制止了我。我甩了甩脑袋，将尖牙收了起来，假装无事。

"你怎么不吃蛋糕？"她凑了过来，鲜香的肉味因子又争先恐后地蹿入鼻腔。

我害怕地后退几步，决心离开她。我转身飞奔在森林中，直到她的呼喊声消失才停下。

6

茂密的松树遮住了我的身影。

"前几天我看见了一只灰狼，跟三年前那两只一样漂亮。"是猎人的声音。

三年前,不就是双亲死去的那一年。

"天色已晚,不如……"树林稀释了猎人的商讨。

7

雪地里的脚印是这么清晰可见,我轻易地找到了猎人的去向。

他们进了北边一栋偏僻的房屋,房屋昏暗破旧得就像没人住过。这是个好时机。

"咚咚咚",我倚在门上,用力敲打着。他们一开门,我就把他们吞进肚子里。

门把在转动,我的尖牙已经做好准备。

"哗!"巨大的身子差点把我的肚子撑爆。

肉味使我疯狂,我还想要更多!

我的鼻子变得那么敏感,迅速咬住了身侧的腿。

"砰!"

是哪里来的枪声?我的眼睛怎么出血了?

身子控制不住地倾斜,顺着腿向上看去,是——小红帽?!

"不过借宿一夜,没想到你自己送上门,还饥渴到把小红帽的外婆吞下去。"猎人把我按在雪地上,不顾我微弱的挣扎将利器刺入侧腹,好像有东西被拉了出来。

身侧的小红帽惊恐地看着我,逃也似的把外婆拉进屋里。

我不住地向前探出前爪,又倏然顿住,梗梗脖子,用尽力气,却再也发不出一个音节。

未说出的感谢,想要守护世上唯一纯净灵魂的正义感,都化成白雪飘散在风中。

"反正那个老阿婆身染重疾,早死晚死都要死,杀你也不过是为了你这身不错的皮毛。"猎人戏谑地在我耳边低声说着。

血像当年那样渗入积雪,竟铺满了整个大地。舌尖偷偷尝到了雪的凉意,逐渐大起来的雪花模糊了视线,在月光下反射出晶莹的光,星星一样落在了我的鼻头,星星融化了。

远处的她,像星星一样,也融化了。

灰　毛

○李不言

　　三十年前的那天，我听到一声震穿林壑的巨响，半响后回头，是一只血气腾腾的死狼和远处一个端着猎枪的青年。我喜欢他身上散发的雨后松木里的虫穴气息，他也说，喜欢我身上那种极其罕见的淡淡血味儿。其实，我不是天生就带有血味儿，但我十八岁那年异常地对一切动物的血液充满狂热的尝试欲和向往。两只家猫失踪之后，我被因恐惧而癫狂的家人用斧头逼进了深山。

　　十年前的那天，两具带血的身体同时被送到我眼前：她小小的身躯爆发出尖利的哭喊，他平摊的巨大身体却异常沉默。他杀尽了这山里几乎所有的黑狼，到头来被一头狼给啮了喉。她被她母亲也就是我女儿抱走的那天，我将一顶帽子盖在她身上。这顶帽子是用狼毫织成的，用狼血染成绯红。她母亲用指尖把帽子提了起来，又放了下去。

　　黑山莽莽寂寂，十年不曾变样。好在这两年，顶着小红帽的她能够给我带来唯一的色彩和喧闹。和她一同来的还有一头小灰狼，胖乎乎的，幼态可掬。我想，大概这是这山中唯一的狼崽了。她每次都会提着妈妈准备好的水果和熟食敲开木门，踮起脚把篮子往我桌上放，同时又会拿期盼的小眼睛瞄我，心不在焉地，以至于常常是踮了好几次脚，篮子还没放稳。好吧，每次的食物都归了这两个圆滚滚的小家伙。

　　两年的时间里，小灰狼已经进入青少年时期，时不时会给我衔来一些山里的小东西。就这样，两个小家伙每次都会吃饱喝足到犯困。趁他们在凉席上安睡之时，我就去到屋后，蹲下来，偷偷地品尝那苦涩的腥甜。

　　夏天到了，气温一天天高起来，林子里腐坏的动物尸骨散发着诡异的臭味。今天一大早红帽和灰毛就来了，恰好避开了升起的烈日。他们吃了好大一根玉米香肠，足足是一个成年人一整天的分量。这困得两只眼睛都睁不开的小生命懒懒地躺在凉席上，他们满足的模样怎么那么可爱啊。这个世界上还会有比他们更可爱的存在吗？还会有比我更爱他们的存在吗？

我擦掉嘴角的残血回到屋子时，看见两个小家伙的脸热得紫红。我忙伸手摸，却只摸到冰冷。胳肢窝也凉了，凉得和已经升起的烈日格格不入，和这个酷暑格格不入。

你说这是为什么呢。

为什么有人小时候受尽宠爱，长大那一瞬间却要因为命中注定的怪癖饱尝疏离？为什么有人婴儿般纯洁无瑕，却要阴差阳错替人受剐？为什么有人充满爱人的能力，却永世得不到爱人和被爱的幸运？

篮子里的玉米香肠已经丝毫不剩了。

我割开灰毛的脖颈，轻轻地，生怕疼醒它。

我躺在他俩身边，似乎看见屋外白惨惨的日光从窗子晃上天花板。有点奇怪，今天的正午没有往常那么闷热。不过也好，凉快一点能睡得更深。

偶有不同却最终如常的世界

○漆园

一、读书改变生活

有这样一只饿狼,天生瘦弱,捕猎不利,境况颇为困窘。

一天,它购来一本名为《历史恶狼述评》的畅销书,希望通过学习书中总结的各类恶狼形象的经验教训,提升自己的能力,改变生活条件。

书的第三章名为"《小红帽》中的历史经验与教训",这一章的末尾总括性地给出了两条建议:

1. 运筹帷幄,运用智谋,提前解决力量强大的敌人(猎人等)。
2. 速战速决,远离人烟,尽早下手,何必等到外婆家。

饿狼深以为是,当晚便动手,将一只毒蘑菇投入了猎人家的水井。这一招确实奏效,第二天猎人一整天都没有离开过自家的茅厕。

二、相遇 I

森林入口处的小红帽听见由远及近的脚步声,驻足眺望。

只见一个身高与自己相仿、四肢纤细、走路姿势略有些奇怪的孩子向自己这条小路走来。待其走近了,仔细一瞧,原来是一个会行走的木偶,还与自己打了招呼。小红帽见其不是本地人,便问起了他的来历。

那木偶称自己为匹诺曹，正游历四方。"爷爷离世了，我也再没什么挂念，于是想着到各处去走走。你想，生命只有短短几十年，只有一次，何其珍贵，我想尽全力去感知我所存在与我所能接触到的世界，目睹它的美，感受它的永恒。这样的话，待到我要死的时候，也许就不会感到遗憾不甘了。我的最大的理想就是能够从容面对死亡。"

小红帽觉得他说的话有几分道理，但又似乎有些不妥。无妨，最重要的是他没有亲人，又独自旅行，多么孤苦。"这些点心你带着，还有这顶红色的帽子，感觉很适合你。我一会儿回家再重新拿点吃的给外婆送去。祝你好运，希望你能看到最美丽的风景，希望你能实现理想。"

"谢谢，祝我们大家都一切顺利。"

三、相遇Ⅱ

饿狼在小道旁埋伏已久，多日未食，着实难挨。

小路远方，枝叶遮挡，隐隐约约有一顶小红帽一摇一晃地走来，手里似乎还拎着什么。

越来越近了，就要来了，大餐就要来了，来了！

"嗷——！小朋友，你手里拎着的，可是什么好吃的哇？能不能给叔叔吃点呢？不愿意啊？不愿意也没关系，你先吃掉，叔叔再把你吃掉，两全其美，岂不美哉？哼哼哼哼……"

匹诺曹心想，这是新交的好朋友送给自己的，岂能随便舍弃？

"不……不是，这不是吃的！"他撒谎了……鼻子尖开始微微颤抖。

饿狼的腹内早已如开水般咕嘟不停，"那就别怪我不客气咯！"说罢便一阵腥风似的向木偶人扑去

"嗞——噗……"

四、历史的承续

几乎在茅厕住了一整天的猎人，第三天终于得以外出活动，这天森林里的空气也显得格外新鲜。

等等，小路那边隐约飘来些许血腥之气，莫不是有恶兽伤人？自己祖上就是在各个童话故事中惩恶救人的正义英雄，此时焉能袖手旁观！

利刃在手，大步奔跑，缥缈中看到一具人……不对，是狼的尸体。走近一瞧，那狼的脑袋上被开了一个不大不小的洞。

不久，新版《历史恶狼述评》印刷出版。书的第三章名为"《小红帽》中的历史经验与教训"，这一章的末尾总括性地给出了三条建议：

1. 运筹帷幄，运用智谋，提前解决力量强大的敌人（猎人等）。
2. 速战速决，远离人烟，尽早下手，何必等到外婆家。
3. 化繁为简，兵贵神速，哪有那么多时间让你讲许多废话。

故事变了，最终却好像又没变。

旅行的人仍在路上，善良的人常遭惦记，邪恶的人终要受刑，英勇的人总是独行。

狼少年

○李林静

这天，小红帽去镇上采购了一些食物，盘算着回家做一顿佳肴哄外婆开心。走进森林时，她看见一只受伤的野狼在呜咽，想起外婆时常教诲自己要远离野狼，她迅速绕开它向前走。但这只狼的叫声非常痛苦，并且越来越微弱，实在惹人可怜。小红帽心一软，又调转回来帮狼上了些草药，并用自己的红头巾给它包扎止血，最后看到野狼一瘸一拐地离开了，她才放下心来继续赶路。可天色却暗了下来，往日闭眼都认得的路，今天却怎么绕也绕不出去了，小红帽急得哭了起来。

忽然身后传来一个苍老的声音："孩子，你怎么在哭啊？是迷路了吗？这么晚了，你一人在林子里不安全，这附近有很多野狼出没。这样吧，我先带你去我家住一晚，明天一早我再帮你找回家的路怎么样？"小红帽回头一看，是一位慈眉善目的老奶奶，眉眼间还有些像她的外婆。她立马放下了戒备，跟这位老奶奶走了。

老奶奶的家是一幢小木屋，里面家具齐全，整洁有序，烛灯足够明亮，小红帽感到很温暖。老奶奶还为她熬了一碗热汤，她一口气便喝完了，之后渐渐感到有些困倦，倒在床上昏昏欲睡。这时老奶奶来到了她的身边，缓缓开口问她："孩子，你怎么这么晚还在林子里面啊？你的外婆没告诉过你要在天黑之前回家吗？"小红帽想告诉她那只受伤的野狼的事，却发现自己连开口说话的力气也没有了。老奶奶却并没有等她回答的意思，又说道："你的外婆没告诉过你这片森林里有许多野狼吗？"小女孩点点头，示意外婆说过。没想到老奶奶竟哈哈大笑，过了好一会儿才幽幽地说道："看来你外婆只告诉你这片森林里有狼，忘了告诉你还有妖怪，一到晚上，就变成老奶奶的样子抓迷路的小孩儿来吃……"说完面露凶光，向小红帽扑来。小红帽顿时被吓得昏死过去。

不知过了多久，小红帽渐渐恢复了意识，她睁开眼看了看四周，发现自己仍然躺在小木屋里，不过已经到了白天，窗外阳光正好。她慢慢回忆起昏过去之前的那一幕,仍被吓得不轻,同时也好奇自己为什么还活着。这时她才发现离她不远处坐着一位少年,从外表来看似乎大她几岁,正盯着她看呢,她有些不好意思,问道:"是你救了我?"少年有些得意:"不然呢?这荒无人烟之地,若不是我,你早死在那老妖嘴下了!不过你也不用感激我,我只是来报恩的,我不太喜欢欠人人情。"小红帽发现少年的手上系着她的红头巾,她有些吃惊,外婆从小给她讲野狼吃人的故事,她没有想到狼也会救人,还正好救了自己。不过奇怪的是,她明知少年的真身是狼,却一点也不觉得害怕。

"既然这样,那你把头巾还我吧!"

"我的伤还没好全,日后有缘再来拿吧。"

开 始

○曹雨姗

"小红帽,这几天妈妈会比较忙,你自己去外婆家玩玩好不好?"女人尽快打理自己的行装,眼睛跟着手一起忙着。身后的小豆丁为难地皱起眉头:"可是,妈妈,中间有一片森林,黑漆漆的。""妈妈带你去过很多次了,你自己上次不也去了吗?没什么好怕的,我已经联系外婆了,她会做一大桌好吃的等你呐。小红帽,乖啊!"女人临出门前不忘捧起小红帽的脸,飞快地亲了一下,门砰的一声带上了。

小红帽大人似的叹了口气,怔怔地看向窗外,明明是阳光明媚,脑子里却总浮现老人们讲的有关那片森林的传说,那些吃人的狼、迷途的小儿、威严的山神⋯⋯她不禁打了个冷战。"总归要过去的,得赶去吃饭,"她想,"不然外婆要失望了。"找来自己的小篮子,带上外婆和自己都喜欢的小零嘴,小红帽犹豫了一下,还是拿上了床头的小熊,手里边有个伴儿就不怕一个人了。照照门边的镜子,最后摆弄一下自己的红帽子,她迈进阳光,门在身后"咔哒"锁住。

当阴郁的森林压到眼前,小红帽还是有点畏缩,手指颇为紧张地掐住小熊,慢慢走进去。"其实也还好,你看树叶之间,好像星星啊。"小红帽小心地踩着地上的光斑,时不时抬头看看林叶碎光,悄悄跟小熊说。

寂静的森林里,似乎什么声音都能激起回响,不论是水滴的声音、脚踩枯枝的声音,还是呻吟的声音。什么,呻吟?!小红帽顿住脚步,呼吸停滞了一下,凝神细听,似乎就在前面。小红帽走上前,扒开灌木丛,见到一只被猎人陷阱伤到的狼⋯⋯

命　运

○金艺智

　　小的时候我喜欢纳撒尼尔·霍桑的《红字》。我都忘了是谁向我推荐它或什么时候我发现了它或者为什么喜欢它的，只知道我曾经喜欢过它。到现在，我觉得，当时对它的感情不是一种爱，而是一种命运的暗示。

　　20岁那年，我见到了他。就像我对《红字》的印象一样，我记不住为什么爱上了他，还有孩子气的我只相信他是我的命运。但他却不是，他留下了两个灾难。第一是"伤心"，我整整三个月吃不下去东西。病情越来越严重，我不得不去了医院。那天才发现他留下的第二个灾难，就是孩子。我为了找孩子的爸爸，千方百计地到处打听，但最后我发现他在森林里遇到狼死了。他留给我的伤心变成了愤怒，他留给我的生命变成了我的敌人，像珠儿一样是私生子的我的女儿。

　　反正，从那天以后父母抛弃了我，啼笑皆非，我和女儿相依为命。父亲去世了以后，母亲才原谅了我，但她依然不愿意和我相处，只是有时想见她的外孙女而已。但不原谅我的不只是我的父母，我也不原谅自己。到现在，我心中只有一个目标，抛弃她，我的女儿，我的敌人。

　　上个月听说森林里又出现了狼。冬天马上就要到了，恶狼必须为严酷的冬天做好准备。这对我而言，确实是难得的机会。如果恶狼吃光了女儿后又发现我的母亲，那就是最完美的。但万一恶狼不能发现我的女儿，万一它不饿不要吃她怎么办？我要准备所有的对策。首先，我准备了又华丽又单纯的红色斗篷。其次，我准备了肉糕。我知道如果被发现的话，我就永远不能被原谅。但我没有别的选择。

　　我温和地叫我的小敌人："宝贝，我的小红帽，能不能帮我一下？"

假外婆

○李侑珍

在中国南方的一个小山村里,从前有个可爱的小姑娘,大家叫她"小红帽",小红帽有个姐姐。

在这个南方的小山村里,有着红毛野人的传说。红毛野人体形很大,据说是专门吃人的怪物。而小红帽的外婆住得离小红帽家比较远,小红帽很少见外婆,只知道外婆嘴上有一颗痣。

有一天,小红帽的爸妈出门去外地,临走时对小红帽说,爸妈要出远门了,让外婆来照顾你们,小红帽听了高兴极了。

小红帽的外婆走在山路上,要到小红帽家里来,路上光线比较昏暗,外婆走起来很不方便。走到山脚下时,突然从树林里跳出来一个红毛野人,可是外婆看不清红毛野人的样子,便放松了警惕。

"你好,老人家,你这是要去哪里?"红毛野人说道。

"去我外孙女家啊,我外孙女家里没大人,等我给她们做饭呢!"小红帽的外婆说。

"那你外孙女家住哪啊,离这里远吗?"红毛野人问道。

外婆放松了警惕,把地址告诉了红毛野人。这时,红毛野人露出了凶相,一口把外婆吞进了肚子,并且穿上了外婆的衣服,向小红帽家走去。

天快黑时,假外婆敲了敲小红帽家的门。

小红帽姐妹俩开了门,假外婆进来了,天很黑,山村里没有电灯。外婆进来后,对着小红帽姐妹说:"哎呀,你们都长这么高了。"

小红帽姐姐听了很高兴,不过小红帽有点怀疑:"外婆的声音怎么有点粗呢?"

到了晚上要睡觉时,外婆说:"你们姐妹俩今天谁和外婆睡一起?"

"我和外婆睡!"小红帽姐姐抢答。

为了不和姐姐争,小红帽睡到了家里做饭的杂房里。到了晚上,小红帽听到了奇怪的声音,好像是咯吱咯吱吃东西的声音。她偷偷地跑过去,听到外婆在吃东西的声音,是在吃姐姐!

　　这时小红帽没有害怕,她想着怎么为姐姐报仇。她突然想到了一个办法,走到了屋子外,取了好多牛粪,然后跑回屋子,开始烧开水。

　　"小红帽,你在干吗呢?"假外婆问道。

　　"我在做饭呢,肚子有点饿。"小红帽说道。

　　然后她把牛粪倒在从卧室到杂房的路上,锅里的水也烧开了。这时假外婆走了过来,一不小心滑倒在地上,想站起来却爬不起来。小红帽赶紧泼了一盆开水,假外婆惨叫起来。小红帽又用一根烧得火红的木棍使劲按到了假外婆身上,把这个假外婆烧死了。

狼少年

○冯妍

"外婆,你不要着急,我很快就回来。"小红帽拎起手边的篮子,轻声说着,关上了门。

她把背贴在身后的小木门上,任时间停顿了几秒,长长地呼出一口气。仰面看天,一片雪花落在她黑得发亮的睫毛上。身后隐约传来外婆的咳嗽和喘息声,雪花在小红帽的眼角无声地融化,雪水顺着她光洁的脸颊,缓缓向下爬。

漫天的雪花,宛若刚被解冻的一朵又一朵蒲公英,柔软地落在小红帽的头顶,在红色的绒布上融化,凝结成一颗颗宛如泪痣的斑点。

只能去森林了。——几经踌躇后的小红帽对自己说。外婆病得很严重,而能够提供药的"人",她能想得到的,只有他。她唯一的办法,就是去森林找他。

小红帽在厚厚的雪地里走着,脚下松软的感觉,加重了她的疲惫和晕眩感。她仿佛身处不真实的空间,连脚印都轻易被掩埋。但小红帽顾不得想这些,她在夹杂着雪粒的寒风的狂暴吹拂下,艰难地睁开眼睛,小心翼翼地朝着森林的方向行进。

每一次呼吸仿佛都要吞进几斤重的水汽。

快了,就快到了。小红帽对自己说道。不远处就可以看到露出的树冠——在雪的涂鸦般的覆盖下,那若隐若现的葱绿,是这片纯白世界里唯一可见的色彩。

那些树,是整个四季都不会变黄、落叶的。那是传说中充斥着危险的不老森林。

"传说",只是外婆们口中的传说罢了。小红帽早就对其嗤之以鼻。从小,外婆就严厉禁止她靠近这片森林——"那里的狼人会吃掉小红帽的。"外婆坐在火炉旁的竹椅上,一边织着手中的粗线毛衣,一边郑重其事地对她说道。小红帽倏然想起外婆那副常年挂着水汽的金丝眼镜,还有那双爬满皱纹却总是温柔慈祥的眼睛。

可小红帽不信，还是偷着跑了过去。在那里，她果真遇到了外婆所说的"狼人"。一位狼少年。

他长着毛茸茸的银灰色耳朵，眼睛宛如明黄色的琥珀，散发出温暖的荧光。他身材高大，走起路来全无兽性的野蛮，而是如人类般风度翩翩。他的爪子也是毛茸茸的，但触感却很绵软，从不会伤害人——她确信这一点，因为他曾经轻轻地、真实地牵过她的手。

狼少年爱笑，温柔，而且善良。他还会变各种神奇的魔法，任何植物在他手中都能变成有用的药材，他调配的药曾几度缓解了困扰外婆的头痛。小红帽无论如何也不相信，这样的狼少年会是外婆口中"吃人"的坏家伙。后来，她愈发频繁地跑来大森林，和狼少年的关系也愈加亲密。

直到不久前的一个早晨，小红帽感到自己头部有些不对劲。

想到这里，雪地里的小红帽倏地打了个寒战。她颤抖着把手从袖子里伸出来，缓慢举过头顶，伸进红色的帽子里。

——不出意料，她摸到了自己那对刚刚长出的却已毛茸茸的小耳朵。

"有人吗？我是小红帽。"小红帽站在森林中央，反复呼喊，却没人应答。

真奇怪。往常每一次来到这里，他都会第一时间出现的。

小红帽在森林里四处寻找，徘徊了许久，却一无所获。她失落地屈膝蹲下，望着白雪覆盖下悄悄探出头的各类植物，深感无奈——没有他在，这些潜在的药材她根本无法分辨。

时间就这么流逝了，小红帽只得无功而返。外婆虚弱而痛苦的模样总在眼前浮动，像利剑般刺痛她的心。

长出耳朵的事情，小红帽没敢告诉外婆。她自己心里其实也怕得很——自打那次以后，她再也没去过大森林。她并非惧怕狼少年，但直觉告诉她，这件事一定跟他有关。

返回的路上，小红帽没有心思去想关于耳朵的事情。她只想快快回到外婆身边，只想外婆快快好起来。

——无论用什么办法，都要让外婆好起来。

"外婆，我回来了。"小红帽推开小木屋的门，屋内却无人应答。

"——外婆？我是小红帽，我回来了。"她环视四周，屋内阒无一人，寂静无声，一切物品都平和地摆放在原本的位置，如同没有一丝波纹的水面，却给人以盛大阴谋般的恐怖预感。

小红帽赶忙放下臂上的篮子，推开外婆卧室的房门——床上只剩下了空荡荡的被子，如哭泣的表情般褶皱着脸。前所未有的惶恐与不安宛如潮水向她袭来，她听到自己呼呼的喘息声，感觉心脏几乎要跳了出来。而在床边，一个熟悉的、令她苦苦找寻的身影，猝不及防地闯进她的视线——

是他。狼少年大睁着明黄色的双眼，面露焦灼之色，看到小红帽，他疾步走到她身边，想抓住她的手。而她强忍住心底的恐惧与慌乱，下意识地后退，避开了他。

狼少年的脸上倏地流露出委屈与失落的神色，转瞬间垂下了手。那一刻，小红帽的内心仿佛又拉近了一丝同他的距离。狼少年沉默了半晌，抬起头，满脸真挚地对小红帽说——

"外婆出了意外，我们得一起去救她。"

小红帽

○刘梦然

一

再等等……再等等……

他的小腿因久坐而轻轻抽搐。车里的暖气开得有些太足了,空气里混着尼古丁和昏沉的睡意。

一夜了,他竟在这路上停了一夜了。饥饿的脑电波在油箱亏空信号灯红光的映射下,一波波冲击着他全身的神经,一丝丝抽走了肌肉的力气。"车真是个没用的东西,没了油便和废铁没什么区别了。"他心想,"就和人离了食物一样。"

这是什么鬼地方,树影绰绰令人生畏,信号全无,人影也难寻,更别提加油站了。他等了一夜,想着找个过路人帮忙,竟是硬生生等到了天亮。

"不如下车看日出吧。"黎明的晨昏蒙影还暂时照射不到他的脚边,清洌的露水的气息像浓稠的细腻的缎子,将他缠了个紧。他又点了根烟,将打火机抛进车窗内,搓了搓僵冷的手,又把它们揣进灰色冲锋衣兜里,顺势便背靠在了车旁,看着太阳同月亮争夺着天空的势力范围。

"那是什么?"他眯了眯眼睛。

公路的尽头突地出现了一个黑影,逆着光行走,晨曦为他的轮廓镶上了神祇一样的金边。

是一头鹿吗?是一匹狼吗?

不!是人!是人!!

是八个小时内,百公里开外遇到的第一个人!

那人身披暗红色的斗篷,兜帽将头罩了个严实。他看了看那人身前,拉了条细长的影子。

"不是鬼。"他暗喜,将烟屁股弹到地上,待那人走近些便上去搭话。

"兄弟,能问下这附近……"

兜帽底下呼地抬起了一双眸子,像是没料到会遇上另一个人,眼底困倦的湖水瞬间被惊讶激起一朵小小的水花,转眼间又被戒备的寒意封住了。

这村姑好生标致!他看着眼前警惕的红衣女娃子,不禁放缓了语速继续问:"姑娘好,请问姑娘身上备着什么吃的没有?我的车没油了,在这儿待了一夜,着实是饿了。"

女孩定了定神,将身前这人上下打量了一番:一对黑眼圈配上一顶鸡窝头,身上浓重的烟味扑面而来。

她不禁觉得有点好笑,眼中戒备的冰面也因此有了裂痕。能不能相信他呢?她还是不太能确定。"早上走得急,要去亲戚家,没带什么吃的,不好意思。"

男人眼中狼一样的饥渴瞬间灰暗下来,习惯性地掏出一根烟叼在嘴里,想起打火机扔车里了,又悻悻然将烟放了回去。

"先生,"或是觉得把一个人这么放在路上太不近人情了,她轻声开口,还带着点犹豫,"我外婆家就在前面,要不要先吃点东西,再看看能不能找人帮忙?"

灰衣男子抬眼看进红帽子满是关怀的眼里,心里微微动了一下。

"好。"

二

一红一灰前后走着。公路旁边有条不起眼的岔道,二人一闪便进了树林子。

"还不知道你叫什么。"男人先开口打破了尴尬。

"那就叫你小红帽吧。"他接着说。

晨曦的红光跳上了女孩子的红衣,又一下子飞上了脸颊。男人心头一跳,莫名的情绪让他不敢再细看。他扭过头去,赶紧岔开话题:"红帽妹妹,你去外婆家?"

"外婆病了,我从医院开了药给她送过去。"

"你外婆一个人住?"

"她在这儿住习惯了,不肯搬到镇上去。"

正说着,转过一排杨树林,一个小院子便显露出来。小,但依旧精致。墙皮因年代久远剥落了很多,露出了里面的红砖。庭前开了几片地,稀稀落落的菜苗冒出了几茬。

"外婆,外婆?开门啊!"

门没关。

"应该是出去遛弯了,你先坐会儿喝点水,我去煮碗面给你。"

房子不大,厨房更小,门厅里摆了张干净的餐桌,餐桌前有个小火炉。从他的位置望过去,正巧能看见门后忙活的女子。一夜没睡,他有点恍惚了。屋里有股陈腐的空气的气味,被炉子一烤,直叫他脸颊发热,脑袋发昏,像是在做梦一样。他觉得自己就像住在这里,自己的妻子在忙着,自己在炉子旁烤火。

炉子冒出的热气将空气熏到变形。女孩的腰肢好像扭动起来,白皙的后颈在他眼前晃来晃去,一阵热气从他小腹升腾而起,从骨头酥到了皮肤。

他再也忍不住,从椅子上跳起来,几个跨步迈进了厨房,从背后紧紧抱住少女。

他上下其手,她奋力挣扎。

他低吼粗喘,她惊声尖叫。

他暴虐地撕扯女孩的红衣,女孩眼中惊愕又恐惧的泪水使他狼一般的兽性完全战胜了理智。

"啪!"清脆的一记耳光落在他脸上。

"谁借你的胆子?!"他的怒吼从咬紧的牙缝中传出来,狼一样的危险从瞳孔中直射出来。

他被激怒了。女孩儿在扇他耳光时就应当知道,激怒一匹狼是多么危险。

他用右手攥住女孩儿细弱的脖颈,将她抵在墙上。稀缺的空气让女孩的脸憋得通红,两只软若无骨的小手无力地试图掰开男人的钳制,口中不停地求饶。

男人这时候已经疯了。嗜血的渴望和对性的渴望在他的脑海里燃烧起火海。始终有一个声音在他耳边回响:"杀了她……吃了她……杀了她……吃了她……"

女孩儿的瞳孔开始涣散了,手臂无力地垂下,憋红的脸和裙摆一个颜色,头低垂着,再也没发出声响。

三

男人这时才从梦里醒来。

"杀人了?"男人迟疑地移开自己酸胀的右手。女孩脖颈上白色的手印子开始发紫。

"我杀人了……我杀人了……"他混沌的大脑开始旋转:会被发现吗?去自首吗?尸体怎么办?

"不会有事的吧,这么偏僻,有谁会来呢?"

"女孩的外婆会回来的,到时候去报警对比指纹可咋办?"

他乱得不行,偏偏这时候门开了。男人慌乱之下只能靠在冰箱后面躲一躲。

"囡囡啊!"老妇人显然看见了遇害的小红帽,慌乱之中未曾注意到冰箱后面陌生的身影。

"只有这一条路了。"男人心里想着,顺手抄起捆菜的粗麻绳。

老妇人余光里看见灰影闪过,还没等看真切,就觉得背上被人狠狠踩住,脖子被紧紧勒着。

她除了咿咿啊啊几声后颓然倒地外,并无其他选择。

男人毒辣的脸上微微漾起了一个满意的笑容。

转身,锅炉上煮的面有些沸了。他关了火,吃完面,扬长而去。

男人最终没能回去,听说变成了一匹狼,常出没在人性的悬崖上,对月嗥叫。

他

○石欣然

"狼的肚子里被塞满了大石头,然后猎人把狼扔进了小河里。因为石头太重,狼一点点沉入水里,最后死掉了。"

他郁闷地合上了书,一边用爪子拨着书页无聊地来回翻动,一边幽幽地叹了一口气。尾巴一点一点地摇着,好像嫌不过瘾似的,在书的封面上快速地蹬挠了几下,那力道像是要把书撕碎一样。之后他便一点点挪下了书桌,跛着一条腿,在只有昏黄灯光的书房里遁入黑暗,眼睛却亮得惊人。

他推开了隔壁的那扇门,看着儿童床上的小人,刚刚祖先被杀的愤怒心情好像慢慢地消减了下来。床上的小孩睡得好像很香甜,呼吸均匀绵长,嘴边有明晃晃的口水印记,睫毛长长的,好像在时不时地抖动着。本来他想着一口咬断孩子的喉咙,毕竟祖上的仇不可不报。但是他最后也只是伸出舌头,象征性地在孩子的脖子上方舔了一下。

软乎乎的带着奶香气的味道。

他有点舍不得。

他又不是真正的那条狼的后代,只是听说猎人杀死的那条狼是他父亲的叔叔的哥哥的太太太太太爷爷,是不是真的还不知道呢。为了出名乱认亲戚的事情他在电视上可是见了不少。再说了,就算是,这血缘的羁绊经过一辈辈传递早就不知道稀薄成什么样子了,再加上他妈妈那强悍的狗基因,他现在就是一条正儿八经的狼狗。

他一边想一边苦恼,为什么别的狼狗都那么凶悍,自己却和这个小孩一样,浑身上下都是奶香味儿,对无理取闹的小孩还一点都不暴躁。他一边苦恼一边注意着房间外面的动静。

酗酒的主人回来了。

他的眸色沉了沉。

好像想起了什么,跛着的后腿颤了颤。

逐渐张开了嘴,露出了尖尖的牙。

"爸爸,爸爸,之后怎么样了啊?小狼狗有没有咬死孩子啊?"小孩的眼睛里蓄着泪,眼巴巴地看着拿着书的爸爸。

"最后啊,最后小狼狗当然没有咬死小孩子啦,还变成了小奶狗,陪小孩一起长大呢!好了,宝贝,爸爸带你去睡觉,好不好呀?"

"好!"

风从没有关的窗户溜进了书房,悄悄地合上了封面残破的书。

狼

○过好好

狼走在春天的森林里,花应景地开着,树影不断地掠过,低头看看自己的皮毛和身体,只觉得自己才是和这茂密的充满生气的森林不符的一个。原来自己的皮毛油得发亮,身强力壮,而如今好一阵子没吃过饱饭的狼呀,肚子和脸凹进去的样子,毛发柴草一样粗糙,好像与周围格格不入。

"唉!今天无论如何也要拿下猎物,给自己一顿开春的饱饭。"

瞎溜达的灰狼突然伏下身去,将杂草作为掩护,往远处看去。一个戴着小红帽穿着红斗篷的女孩子蹦蹦跳跳地沿着小路向狼的方向走来。女孩走来的时间里,狼在心里打了小算盘:"这个小姑娘看起来细皮嫩肉的,可以让我吃上一顿好的了。"再定睛一看,小红帽手里还拿着一个篮子,"这肯定是要去给别人送吃的,何不让我去搭上两句话,一箭双雕呢?"狼美滋滋地想着自己的大好主意,"吼吼吼"笑出声来。

狼看到小红帽走近了,装作路过的样子走出来。

"哎哟,小红帽,好巧呀,这么早是要去哪里呢?"

"你好狼先生,我要去我外婆家。"

"你那篮子里都有什么啊?"

"蛋糕和葡萄酒,外婆生病了,我带点好吃的给外婆。"

"你的外婆住在哪啊?"

"进了林子要走一段路,就在三棵大橡树底下,低处围着核桃树篱笆,你一定知道的。"

狼心里暗暗盘算着:"想着一个不够吃,果然,还多出一个,待会儿就先吃老的填肚子,再吃小的当甜品,真是享受。得想个办法先把小红帽留在这里,我先去把老的解决掉。"

"小红帽呀,你看看这周围的花,都是新长出来的,摘点回去给你外婆,她的病一定好得更快。"小红帽好像是认可地点点头,什么也没说,走到路旁蹲下身准备采花朵。狼兴高采烈地顺着路向森林深处的外婆家走去,好像自己的大餐已经在桌子上等着他了一样。当狼慢慢走远后,小红帽站了起来,将手伸进篮子,一会儿之后,跟上了狼的步伐。

狼头也不回地走着,远处有一个小红点紧随其后。狼穿过核桃树篱笆,来到了外婆家门口,"咳咳"狼清了清嗓子,正准备抬手敲门。可手还没碰到门上,门唰的一下被外婆拉开了。

外婆小小的个子被狼的影子挡住,狼一看"嘿,得来全不费功夫",正准备露出獠牙,伸出尖爪。外婆迅速地从那小小的身体后面拿出快和她一般高的猎枪,将枪头的黑洞对准狼的肚子。

"砰!"

狼只感觉到肚子上一阵巨大的冲击力和剧痛,身体便不受控制地向后倒去,只觉得身体上的力气在那一瞬间汇集到了肚子上的伤口上,而后又从那枪口慢慢地流走。狼的眼前开始慢慢虚化,在这样迷离的瞬间,狼仿佛看到了小红帽出现在了他的眼前,居高临下。

狼的眼前出现了一个扁扁的方盒子,闪出银白色的光。"妈妈送了我手机,这是我们人类的高科技,早知道你会出现,便提前用手机和外婆联系,也为这森林除了害。"

狼的眼前继续模糊,好像下一秒就要被那白光晃晕了。

"哈哈,蠢狼。"

小红帽之主角不是小红帽系列之一头有思想的狼

○王佳

前情提要：小红帽在摘完花走向外婆家的同时，狼已经把外婆吞了，并假装成外婆等待着小红帽的抵达。

蹦蹦跳跳的小红帽看到三棵大橡树十分欢喜，"终于到外婆家了，外婆一定会喜欢我为她采的花的"。这样一想，倒是忘了妈妈的叮嘱，见外婆家的门开着，她便径直跑了进去。"外婆，我来看你了，你身体好些了吗？"她一边说一边放下点心，坐在了桌子旁边。

正是活泼的年纪，小红帽还是忍不住在房间里转悠了起来，这里翻翻那里翻翻，并没有意识到潜伏着的危险。

这时候躺着的狼却按捺不住了。按剧本，这时候小红帽应该过来看"外婆"了，然后他就可以一口吞了细皮嫩肉的小红帽，就像猪八戒偷吃人参果一样，嚼也不嚼一下，哪里知道细皮嫩肉是什么味道，不过总之是能吃饱的，接着就能美美地睡一觉了。猎人不可能刚好就出现在这里吧，世界上哪有那么多巧合，不然狼是不是每次出门都能遇见猎物。

这样一想，狼的心理活动顿时丰富起来，其实他刚刚完全可以在问清楚外婆的住址之后直接把小红帽吃了，然后再吃外婆。这样自己就不用躺在这里傻傻等着了，毕竟外婆的衣服穿在自己身上并不合适，躲在被子里还是非常热的。

总之这是一头有思想的狼。

陷入沉思的狼已经完全忘记了正在一旁的屋子里淘着各种小物件的小红帽。

狼的思想可能是复杂的，在上一波的思考之后，他发现自己真的蠢得可以，心理活动愈发有深度，这样就激发了他隐藏的善于思考的天分。他思考着自己的狼生——自己这一生真是浑浑噩噩，没有远大的理想，每天只知道摆脱饥饿，吃吃睡睡，为了吃饱甚至连小红帽这样的小孩都不放过。没有理想也就算了，自己甚至连不久前跟小红帽说的赏花、听小鸟唱歌都做不到，根本没有生活的情趣，这样的狼生真的没有一点意思。到自己死了，也不过是自然界里最蠢的一部分，每天在自然法则的安排下像流水生产线一样求生存。

如此，狼抬起深埋在帽子下的头，眼中闪出睿智的光芒，就如同那俯视着世间万物的智者，他起身看着不远处玩得正开心的小红帽，嘴角泛起一丝微笑。

很久以后，世间还在流传着那个狼吃了外婆又把她吐出来饶她一命的故事。据说外婆醒来以后紧紧地抱住了小红帽，看着天际线处已经有些模糊的狼的身影，她语重心长地对小红帽说："思考对有些人来说可能是很困难的一件事，但学会思考，一定可以成为一个与众不同的人！"

很久以后，世间还流传着一个传说，在森林或者草原的某处，一直有一个喜欢听风赏月、饮酒唱歌的有理想、有思想、有情趣的食草狼。

绛与朢

○罗玥沁

红日方升,雾霭渐散。绛受母訇之命,启程去为外祖母沅送延寿丹药、灵糕与仙酒。道路上,野山茶花蕾慢慢绽放出微醺红艳,用花瓣勾缠绛的发丝,却勾缠不住她的醉人风姿。绛红色眼眸带笑,回想母亲的嘱咐——"此次出行,或有灾祸。吾昨日推演,卦象呈离,祸福相倚。你万事小心。"——何为灾祸征兆,如何避免灾祸?她自小缺乏历练,顺风顺水,尚且还不知晓祸事为何!最爱的红绒线斗篷似乎象征着热烈活跃的纯真,她却不知晓鲜血也如这般艳丽。

泥土柔软芬芳,古树苍绿蔽日,鸟鸣声声清脆,此起彼伏。她欣喜地张望四周,周身之景倒映在眼中,蒙上一层朦胧的红。忽见一人影在密林中影影绰绰摇动,定睛看了,人已及近:高眉深目,鹰鼻薄唇,眼瞳深紫,魁梧梧一名男子。

男子名朢,狼形妖修,功力颇深,虽不及訇,却刚炼化了一鹰属妖修内丹,幸获"鹰眼"能堪壁障。方才绛进入树林不久,他便已注意到,并通过鹰眼看穿了訇暗中在绛身上设下的禁制,竟是天降鸿运、紫气缠身之相,又身具单火灵根,不禁起了贪婪心,决心试探一番再做安排,"姑娘安哉,所去为何?"

"前辈贵安。"绛看不透朢的修为,对陌生人也多感新奇,毫无戒备地说,"我欲往爱舒山为外祖母沅传送物什。"

"尔外祖母可是霞爱真人?"朢神色略显惊奇,透露出些许诡秘。绛却看不出一二,只讶然道:"正是,前辈如何知晓?"

朢便朗声大笑,十分畅快,"多年前曾一窥真人风姿,不能忘怀!"心中却感叹时运,能有幸百年之后报得旧仇!不若我前往爱舒山收拾完那老妖,再吸她紫气、夺她灵根、炼她肉身!于是接道:"鄙下仰慕真人依旧,姑娘能否告知如何去往,他日好登门拜见。"

听此言说,绛心道原是外祖母的仰慕者,年轻时外祖母该是何等美貌,就笑回道："她居于爰舒山北陡崖岩穴，紫蔓最密处便是。须知一点：切莫碰触穴口藤蔓，在外说明来意等候其打开禁制即可。"

"如此甚好，我记下了，多谢姑娘。"塱想着设法将这傻子拖住，一个一个解决，就顿了顿，又说，"东边林里岩下有灵草乌怛数棵，镇守灵物已被我击杀。这灵草无甚大用，却能美人肌理、驻人容颜，不算珍贵却胜在年代颇久。我本欲取来与家妹，可不巧，师门传音叫我速速归去，欲收灵草怎奈时间不够。师门遥远，来去也不便捷。不若姑娘采了去，莫浪费了我今日的斗兽苦工，也算回报姑娘善心。"

绛之母筎精于炼丹，便也精于灵药，绛从小耳濡目染，明了这乌怛草生长与采摘的困难与费时，因而惊喜非常，想着可以给外祖母和母亲带去，便答应了。"厚情盛意，应接不遑，切谢切谢。"作揖后便见男子掐诀远去了。直起腰身，她依言东去，林木渐密，乱枝横陈，光线极稀，只见黑暗中莹莹一片青蓝，绛欣喜若狂，此般光亮只怕灵草年份已经超过百年！她连忙取出工具和玉匣，采摘起来。

那边，塱得到地址就速速前去，抵达爰舒山上空，北面山林果然有片片紫色植株，深浅不一。他径直走向颜色最深处，见到一个洞穴被掩藏在紫色藤蔓之下。塱摇身一变，化作绛的模样，操着绛的轻细声音说道："外祖母，外孙女绛给您送东西来了。"不一会儿，听见穴中的声音模模糊糊说了些什么，接着藤蔓如帘自动拉开。他走入黑暗的洞穴，在摇曳不定的紫色火光中，他看见了她。她也看见了他，她却还不知道他是他，以为是自己的外孙女。

床榻上，沅苍老的面容在幽暗灯光的摇曳下如雨后泥土的沟壑纵横。塱用绛的面容在嘴角扯开一道黑洞洞的缝，内里传出张狂笑声——"老家伙，你也有今天！"沅蓦地睁大双目，如俎上之鱼般瞪出眼白——顷刻间被眼前的血盆大口吞了下去，一点点反抗都来不及从百年生命中拖拽出，一句话都来不及吐露——塱心情舒畅地消化着沅的功力和血肉，虽然味道不好，但可算是了结了百年仇怨：当初正是这老婆娘取了他的心头狼毒从而觉醒传承、提升修为，使他差点魂飞魄散、灰飞烟灭！那心头毒对玄狼一族可是珍如性命！不可饶恕，不可饶恕！此仇终得报，何来不畅快！！

盖着榻上的蚕丝被，幽明晦暗的火光笼罩着塱幻化出的苍老而沟壑纵横的面容，他用神识扫荡出了绛的所在地，诡谲地笑着，从容地等待着。

又说，绛正欲将一株八百年乌怛灵草收入玉匣，却发现玉匣已满。抬首张望，只见枝叶遮天蔽日。她终于想起自己在今日前须把丹药送至外祖母处，忆及自己忘乎所以地采摘灵草,只怕错过前方更长年份的每一株,便心生懊恼。马上收起玉匣,掐了法诀,提速往大道去了。

终于来到了爱舒山外祖母住处,如从前一样,绛出声报备,蔓帘拉开,她走入其中被黑暗包裹,心中却感觉不同于往日。这黑暗似乎更浓稠,紫火似乎更狂乱,光影更交错纵横,她心生不安,想道:"一定有哪里不对。"修士的直觉是极为敏锐的,母亲䌹曾说,要相信自己的本能感觉与选择。

"绛儿,为何呆站在此?过来让吾仔细看看。"沉的声音一出,她悚然一惊,全身汗毛直立,心中警觉。"是,外祖母,我先将灵糕灵酒放到桌上。"她侧着身体准备把物什放到桌上,一边用手在储物袋中假装搜寻,一边用余光暗中观察外祖母——沉的目光直勾勾地戳着她,让她感觉如芒在背;渐渐,她看见,沉的皮肤上——脸上、脖子上、捏着蚕丝被的手背上——长出了一层灰紫色的毛!她……不是外祖母!她使劲咬合牙齿,克制住身体的本能恐惧。

或许是"沉"见绛用了太久的时间还没有放好,便说:"绛儿,先别摆,来靠近点让我仔细看看你,许久不见,我想你得紧。"绛不得已,慢慢靠过去,找着话题拖延时间来争取脱身之道。

"外祖母,你的耳朵为何如此之大?"她捏着储物袋中母亲䌹赠予的封存元婴修士全力一击二分之一威力的玉环。

"以便更好地听你说话呀。"

"外祖母,你的眼睛为何如此之大?"她暗中准备着防守与攻击的法器。

"以便更清楚地看你呀。"

"外祖母,你的手为何如此之大?"她悄悄攥紧了所有威力颇大的符箓。

"以便更好地抱你呀。"

"外祖母,你的嘴巴为何大得如此吓人?"她全身蓄力——

"以便一口把你吃掉呀!"

"沉"话语刚落,便突然从床上暴起,张开獠牙尖锐的大口。绛把手中捏着的玉环引出,在"沉"暴起的一瞬间掷入其口,顷刻之间"沉"的口部炸裂,血肉横飞!绛惊悚地开启手中的各类法器,在对方还未反应过来时展开攻势——这个"沉"到底是什么境界,元婴的二分之一全力攻击却只造成了这点伤害?!

以绛的开光修为,并不能用法器给对方带来多大的伤害。只见那"沉"撤了幻化之术,显露出原本模样——居然是她先前遇到的那男人塑!她终于发觉自己受到了欺骗，外祖母恐怕凶多吉少！

　　由于境界的压制和技巧修为的不足，绛的灵力近乎枯竭，完全处于下风，身上细细密密的伤口，血流如注。但是，渐渐地，她发现塑的行动开始迟缓，身上冒出灰紫毛发的同时渗出了稠紫的液体，空气中散发着一种穴口紫藤的迷香。没有犹豫，绛更迅速、更有力地使用法器、施展法诀，不想放过这唯一可能的翻盘机会。可即使如此，战况还是一边倒。这可——怎么办？！

　　恰在此时，一猎人走入穴中，怀中婴儿不停哭泣。他是山下猎户的二子，垂涎兄长之妻的美貌，强迫其与之通奸，十月之后诞下一子。后来却被告知，兄长在一次围猎活动中器官受损已经不能人道，决计不可能再有孩子。行为被发现，兄长妻子被沉塘，在兄长的要求下，他也被民间略有通天之力的觋下了血咒：不得好死！并将面对惩戒。他心中不甘，抱着儿子上了山，兜兜转转来到此处。空气中弥漫着令人目眩的紫毒，是从塑身上散发出来的，沉的毒从他的内脏中渗出。

　　猎户见美貌女子被男人攻击，在毒气的驱使下见色起意，不顾实际，丢下婴儿便涉入了战斗，妄想用自己体内的盖世之气为女子夺得胜利，便一个箭步冲到了塑的跟前。血肉之躯为塑的爪子穿心而过，被诅咒了的心头血、紫毒和狼毒一同作用到绛的眼球上，她感到一阵剧痛，体内有一种力量在众多刺激之下觉醒，在死亡的隘口听闻了天道的召唤，于是鲜红的液体喷涌而出，是鲜血而又不全是鲜血，含着毒，契着咒——是上古菌毒。

　　这一刹那，她终于知道了自身家族的内部秘密，也终于明白了种族觉醒的含义——他们是上古的菌类，是生命的最初形态之一，每一个族人都会在机缘之中获得种族的传承，或者需要诅咒之力、鲜血之能、外毒之激……

　　空气似乎稠成了浆体，毒物在其中蔓延。塑被绛的红毒侵蚀，顷刻失去了行动能力。他咳出一口血，倒身在地，却纵声大笑——

　　"哈哈哈，茹毛饮血，杀人如麻，此生不枉矣！贪狼可食月，贪人可食心。狼本兽在野，如何修人形，如何修人性！"

　　灯在毒雾中明明灭灭。绛狠狠地皱了皱眉头："尔等贪狼，死不改悔，食我血亲，毁我家庭。莫怪天不忍，唤我灭尔形！"

　　"哈哈哈哈——"他笑得更猖狂，随即突然止住，嘶叫道，"莫怪天不忍，唤我灭尔形？天道何所有？顺心自为而已！弱肉强食而已！尔亲杀我父母，取我心血，如何处之！贪欲生而存，众生皆有之。此为生之本性！此为道之本性！尔谓尔不贪耶？

见灵草而不足,得灵草而忘亲!若尔性不足贪,则或可助尔亲一二。但是……哈哈哈哈,尔性实本贪,尔亦贪、亦贪……"说着,气息渐无,性命渐殁,垂头死去。

绛低着头凝视着贪狼尸体,置身于毒物弥漫的空间,灯火明明灭灭,婴儿哭哭啼啼……

本文说明:

1. 主旨:贪欲导致悲剧。

2. 改编灵感来源:童话是一种在封闭空间中对具有普遍性和永恒性的话题进行单纯化叙述,从而达到启示效果的文学体裁。那么它作为真理的一种阐释,在现实中就具有了轮回性。但是,一般的童话为了适应儿童的理解能力和相关逻辑,在因果关系上比较混乱,对事件的处理也很简单,《小红帽》也不例外。那么我们的改编,一方面可以顺应这种独特的逻辑不顺,另一方面也可以在恰当的因果关系中对人物和故事进行修饰和表达。我更倾向的是后者,所以必须制造出一个合理的逻辑来。

我受到黑泽明《乱》的启发。《乱》的剧本其实改编自莎士比亚的《李尔王》,通过对人物和事件进行适应日本文化背景的改编,比如将李尔王的三个女儿的性别转化成男性来适应不同的历史背景等,从而在相似的剧情走向之下,表现了相似却又有所不同的主体。

3. 灰狼的邪恶与贪婪,吃人。但是灰狼作为一种野兽,其天性就是茹毛饮血。在童话世界,动物、植物和人一样是富有思想和智慧的。那么谁应该吃谁?如果灰狼不应该吃掉人,那么人也不应该吃掉蛋糕和葡萄酒,因为蛋糕是鸡蛋做的,葡萄酒是葡萄酿的,它们都是有生命的。所以这样一个世界的设定实质上是极为残酷的,生命存在,则食欲存在,则杀害就存在。在这样的逻辑里,为什么灰狼吃人会受到谴责?大概是在文本的世界里,人类被视作主体与高贵的动物,是不应该被所谓的被凶残支配的灰狼所吞噬的。那么这里就具有了一种生命与生俱来的阶级性。同时,另一方面,大抵是人写出童话的缘故。如果作者是灰狼,那么灰狼吃人就是理所当然了。不过人类清楚地知晓这是不可能的。灰狼不会有自己的童话。

小红帽的单纯与无知,随便听信,忽略了母亲给予的约束性条件。因为她不知道狼的本性,所以没有戒心,但是世界随处都是陌生的生物,同类也是陌生的,同类中也有凶残的。凶残的衡量标准如果是吃人,那么人类这个种族只有极个别是凶残的；但是如果吃人是本性，在狼的立场上，凶残的定义显然就不一样，凶残与否或许其标准在于吞噬的方式。该文中的灰狼是生吞，这个方式就算不得凶残了。这么懒惰的灰狼，连嚼都懒得嚼，一定是懒得去凶残了。之所以愿意动脑筋去欺骗小红帽，就是因为食欲的驱使，食欲是不可消除的，因此是不可责怪的。

这里原本作者或者说是相关作者的意图，据说在于教导小孩不要随意听信陌生人的话，否则会被侵害权益。这里的陌生人寻求的是不正当的欲望，即超越了一般的道德标准与法律规范的欲望，用灰狼食人的比喻显然不恰当。难道我们要说灰狼食兔是标准之内、可以容忍的欲望，而吃人就超越了标准？在人的眼中什么生物都可以当作食物，那么人的欲望早就超过标准了。

任何食欲都会伤及性命，这是不可否认的。

快乐森林与快乐王子

○ 栾琬婷

第一幕 —— 他是谁

森林中,有一座废弃的雕塑,他的脚上长满了绿色的荆棘,原本光鲜漂亮的大理石料布满了雨水冲刷、风沙侵蚀后的可怖的裂纹。唯一值得自豪的就是他那双价值连城的、用蓝宝石做成的眼睛,是整座快乐森林的宝贝。

白雪:小红帽,你知道他叫什么名字吗?他看起来怪可怜的,可是他的眼睛却是那么好看。哎呀,真是奇怪。他若是全然破烂,我还想上前问问他发生了什么,可是他是这样既可怜又美丽,我真不知道拿他怎么办好啦!

小红帽采了一朵蘑菇。雨后的森林里,硕大的蘑菇一朵一朵冒了出来。

"我也不是很清楚,奶奶告诉我他的名字叫快乐王子,是从一个叫伦敦的地方来的。他本来是很尊贵的,但是刚被人们扔来这里的时候,他连蓝宝石眼睛都没有,后来,听说一只鸟,我想想……对,就是那只蓝色的小鸟,她从城市里衔来一颗蓝宝石。据说,他们是恋人!"

"那他……那他为什么本来很尊贵后来又会被扔掉呢?还有那只鸟呢?我想见见她,向他问个清楚,快乐森林历史里面可没有写过鸟和王子的故事啊!我可是把历史读了个遍的。"白雪说着说着,有些骄傲,自从入住快乐森林,她可没再听过悲伤的故事啦,他们幸福地住在一起。

"是啊,大家的故事都是以'从此我们幸福快乐地生活在一起'开始,并以其结尾的。如果有谁,没有感受到幸福快乐,那他,就不应该属于快乐森林,应该住在山那边的忧愁森林!"

灯光逐渐暗了下来。

第二幕 —— 离别

寂静的森林里，快乐王子在等他的恋人 —— 蓝鸟，等她从遥远的丹麦接小美人鱼回来，将新的故事带回快乐森林。无聊之中，快乐王子回忆起属于他自己的故事，自言自语起来。

以前在我有颗人心而活着的时候，我并不知道眼泪是什么东西，因为那时我住在逍遥自在的王宫里，那是个哀愁无法进去的地方。白天人们伴着我在花园里玩，晚上我在大厅里领头跳舞。沿着花园有一堵高高的围墙，可我从没想到围墙那边有什么东西，我身边的一切太美好了。我的臣仆们都叫我快乐王子。的确，如果欢愉就是快乐的话，那我真是快乐无比。我就这么活着，也这么死去。后来我死了，人们把我这么高高地立在广场中心，使我能看见城市中所有的丑恶和贫苦，尽管我的心是铅做的，可我还是忍不住要哭。为了把快乐带给城市里的那些人，我让蓝鸟把我的一切都拿给了他们。

那是一个冬天，我和蓝鸟被天使带到上帝面前。上帝对我们说：你生前欢愉无度是无法来到这里的，可是你死后爱邻人如爱己，我赏识你，允许你和你的伙伴来到我的国。我想问问你，现在想要得到什么？

蓝鸟说：我本来想要去埃及，可是我没有去，因为人世间共患难，我看到了快乐王子的善良、正直与无私，所以我爱上了他。现在我只想追随他。

我告诉上帝，我想给世间所有的故事写一个完美的结局，我想把快乐带给所有人。上帝却告诉我，我可以给你一座没有忧愁的森林，你可以在那里给故事写结局，但是你每次只能选中一个人，将他带回快乐森林，并赐予他无忧无虑的快乐生活。只要你坚守在快乐森林里，快乐森林就会一直快乐下去。

我答应了下来，我很自信，没有人会厌弃我写的快乐结局。很多很多年以来，我一直写着"从此他们幸福快乐地生活在了一起"，我兢兢业业，改变故事的因果与走向。我让猎人救出了狼肚子里面的小红帽，我让蓝鸟告诉小矮人白雪公主遭遇了不测，我甚至请求花仙子帮助灰姑娘变成舞会上最美丽的女人。

可是最近我发现，我变得越来越不快乐了。森林里每天都充满了欢声笑语，我再也看不到贫穷的、受苦的人们，因为我已经让他们统统去了山那边的忧愁森林。就这样，让快乐的人们幸福地生活在一起之后，这座森林变得乏味起来。

说完，快乐王子仰头，看到了远处独自飞来的蓝鸟，问她：

"亲爱的蓝鸟！你怎么没有带小美人鱼回来？是出了什么事情吗？"

蓝鸟落在快乐王子的肩上，低声说道：

"她说，她的父亲去世了，她需要接任海底王国的王位，她必须离开人类世界，不能和王子在一起了，你的结局她不接受，但是她想谢谢你的好意。"蓝鸟梳了梳自己的羽毛，看着快乐王子疑惑的神情，犹豫了一下，缓缓说道："我要离开快乐森林了，我的同伴需要我，他们在迁徙的过程中遇到了危险。"

快乐王子一惊，慌忙挽留：我可以给你的朋友们写结局！求你不要离开我，我的森林没有你就不再是快乐森林了！

蓝鸟看着快乐王子璀璨的眼睛，说："你只能将一个人带回快乐森林，但我的弟弟、妹妹，他们的结局我又如何能知道。老实说，我已经厌倦了这个地方。我愈发觉得虚情假意，无端的快乐让我难过，甚至与你相伴都变成了痛苦。你从前的牺牲让我明白了快乐的意义，但是现在我反而不知道了，我想回去，像美人鱼那样，陪伴我的家人。"

说完，蓝鸟头也不回地飞走了。

第三幕 —— 幻灭

快乐王子把森林里的所有人召集到了一起，白雪公主、小红帽、灰姑娘，还有好多人，他们围坐在湿漉漉的草地上。

"我知道你们中的很多人都很疑惑我是谁，我为什么会在这里，快乐森林为什么叫快乐森林。"快乐王子说着，蓝宝石的眼睛里仿佛闪现了泪光。

"刚刚我的朋友蓝鸟离开了这里，她去追寻她的家人了，她背弃了我，我却不生她的气，反而生自己的气。现在我只想问问你们，在这片没有痛苦的土地上，你们找到真正的快乐了吗？"

正说着，人们抬头看见森林上空出现了巨大的裂缝，太阳也飞快地掉到山那边去了。飞禽走兽四处逃窜，一副恐怖的景象。恍然间，七嘴八舌的众人消失了，只剩下恍然的快乐王子，立在世界上唯一的一块石头上，上无天下无地。

原来，在怀疑这个世界的那一刻，这个世界就不复存在了。所有幸福快乐的结局与真实世界平行而立，这是一个意念的世界。只要拥有和这个世界的羁绊，就会有与快乐并存的烦恼。如若决定孑然一身地前往幸福快乐的意念世界，快乐也会变得空洞。

快乐王子突然明白了这一点。

小红帽

○朱洁冰

主要人物：

小红帽：可爱但缺乏警惕心的小女孩，单纯天真，总是戴着奶奶送的丝绒小红帽。

大灰狼：住在丛林里的野狼，因为森林被破坏而饥肠辘辘地寻找食物。

猎人：家庭贫困，靠捕杀兽类为生。

小红帽母亲：善良的母亲。

小红帽父亲：伐木工。

小红帽奶奶：很疼爱小红帽。

Part 1

（温馨的房间里，烛光明亮，火炉照耀出柔和的光。在壁炉的正前方，小红帽的母亲正在整理木质圆桌上的食物，小红帽蹲在炉边逗弄淡黄色的小猫。）

母　亲：（把蓝色条纹的布搭在装满食物的竹篮上，温和地）小红帽，快来，妈妈需要你的帮助。

小红帽：（起身走向桌边，天真地）妈妈，是要给奶奶送吃的东西吗？

母　亲：（满意地）小红帽真聪明！妈妈还要帮爸爸去砍树，所以给奶奶送东西只能靠你了。

小红帽：（委屈地）爸爸妈妈总是砍树，森林里的树和草都没了，现在我都没看见过小绵羊、小白兔了。

母　亲：（歉意而无奈地摸摸小红帽的头）妈妈很抱歉，但是如果不砍树，我们一家人就没钱买东西吃了。

小红帽：(懂事但情绪低落地)嗯。

母　亲：(安抚地)我听说猎人给奶奶家送了一只小白兔，小红帽送完糕点，可以和小白兔多玩一会儿再回来！

小红帽：(高兴地)真的吗？我可以看见小白兔？

母　亲：(笑容灿烂)当然！

小红帽：(激动地提起竹篮，和母亲挥手，向门外跑去)妈妈，那我走啦！

【小红帽下】

母　亲：(连忙嘱咐)小红帽，我听猎人说最近森林里总是有野狼出现，你要小心点！

(遥远地传来小红帽微弱的"知道了"的声音)

母　亲：(望向小红帽离开的方向，无奈地摇头)这孩子……

【母亲下】

Part 2

(阴暗的森林里，光线微弱，树木歪七扭八地生长着，很多树桩裸露在外面，几根被砍伐的树干被无序地横放在地上，远处隐隐传来"哎哟"的叹息声。)

【大灰狼上】

大灰狼：(捂着腰，痛苦地)哎哟，那些该死的人类，砍树砍树砍树，一天到晚都在砍树，把我的食物吓跑也就算了，砍完的树竟然还随便乱放，害得我被绊倒。(愤怒地，暂时忘记疼痛)哼，下次见到人类，我一定要吃光他们！(捂腰，痛苦地)哎哟……

【小红帽上】

小红帽：(没发现大灰狼，蹦蹦跳跳地左顾右盼，开心地)啦啦……

大灰狼：(嗅到竹篮里食物的香气，闭着眼睛逐步靠近)好香啊！

小红帽：(看见大灰狼，天真地)你好，狼先生。

大灰狼：(应付地，眼睛紧紧地盯着竹篮)你好，小红帽。(咽了咽口水，抬头望向小红帽，指了指竹篮)小红帽，这里面装的是什么东西呀？

小红帽：(掀开蓝布的一角看了看，单纯地)狼先生，里面装的是送给奶奶的蛋糕和葡萄酒。奶奶昨天生病了，我和妈妈都很担心她。

大灰狼：(闻见食物的香气更加饥饿,转了转眼珠子,诱拐地)小红帽,我听说生病的人都不爱吃蛋糕,(逐渐朝蛋糕伸手)这么好的蛋糕,要是浪费了多不好。(扑上前抢竹篮)

小红帽：(发现大灰狼的动作,灵敏地闪开,警惕地抱住竹篮)你想抢我的蛋糕?

大灰狼：(犹豫地)这,这……(装作可怜地)小红帽,我不想抢你的蛋糕,但是我实在是太饿了,你就把蛋糕分我一些吧!反正你奶奶也吃不完。

小红帽：(依旧抱住竹篮,警惕地)不行,我妈妈说这是要送给奶奶的,不能给你。

大灰狼：(转转眼珠子,狡猾地)这样啊,那小红帽,你奶奶住在哪里呢?

小红帽：(手指放在嘴唇边,思索后笑道)进了林子之后还有一段路,她的房子就在三棵大橡树下,低处围着核桃树篱笆。狼先生,你住在森林里,我想你一定知道的。

大灰狼：(恍然大悟地)知道知道!我和你奶奶可是好朋友,我经常去她家看望她。

小红帽：(放松警惕,开心地)真的吗?那我们一起去找我奶奶好吗?

大灰狼：(肯定地)当然可以!只是……(摇摇头,不说话,显得很伤心)

小红帽：(疑惑地)狼先生,你怎么了?

大灰狼：(单手捂住眼睛,装作悲伤地)我听你说你奶奶病了,不能在森林里四处走动,(指地面的花)可是你看这花儿开得多好啊!(捂耳朵)你听这鸟儿叫得多欢快呀!(装作失望地,叹气)唉,要是你奶奶能够看见美丽的鲜花,听见悦耳的鸟鸣,一定会恢复得更快!

小红帽：(跟着大灰狼的动作,想了想,自言自语)狼先生说得很有道理,我应该给奶奶摘一些花,让奶奶更开心……(对着大灰狼,愉悦地)谢谢狼先生,我现在就去摘花,你和我一起去吗?

大灰狼：(笑着拒绝)不不,我先回家看看,等会再去你奶奶家玩。

小红帽：(轻微地失望)好吧……(恢复高兴)那您等会一定要来呀!

大灰狼：(面朝小红帽,缓慢地退场)一定一定。(快要离开时突然停止动作,背着小红帽露出诡异的微笑)

【大灰狼下】

小红帽：(准备去采摘花朵,兴奋地)狼先生真是匹好狼!

【小红帽哼着歌儿下】

Part 3

(阳光灿烂,一座小木屋矗立在三棵橡树下面,围栏里种植着蔬菜瓜果,青草生长得很茂盛,一派生机蓬勃的景象。)

【大灰狼上】

大灰狼:(偷偷摸摸地,左顾右盼)三棵橡树……(发现三棵橡树,惊喜地)是这儿!(觉得自己声音太大,捂住嘴,偷偷地笑。走到门边,对着观众,小声地)是这儿。(敲了敲门)

奶　奶:(声音低哑苍老,带着病态)谁呀?

大灰狼:(清了清嗓子,试了试声音,尖着嗓音学小红帽)奶奶,是我呀,我是您最疼爱的小红帽呀!

奶　奶:(放松地,开心地)哦,是小红帽呀!只是你的声音怎么这么难听呀!

大灰狼:(听见"难听",气愤地举起拳头,作势要砸门,但还是收回手,耐心地学着小红帽)奶奶,我是到了变声期呀!

奶　奶:(苍老愉快的笑声)是吗?快进来让奶奶看看,咱们小红帽是不是长大了?

大灰狼:(装作委屈的声音,表情很兴奋)奶奶,那您快给我开门呀!

(屋里传来床的响声和物体砸在床上的声音)

奶　奶:(失望地自言自语)唉,我老了,(对着"小红帽")小红帽,奶奶病得没力气给你开门,你自己拉一下门闩吧!

大灰狼:(眼睛里闪着光似的,笑容诡异,狡猾地)好的,奶奶。(进门扑向奶奶)

(灯光暗,传来奶奶苍老惊恐的叫声。大灰狼换上奶奶的衣服,躺在床上。)

【小红帽蹦蹦跳跳地上场】

小红帽:(站在门前,左手提着竹篮,右手拿着美丽的花朵,闻了闻花香,满意地)嗯,好香啊!(正准备敲门,却发现门是开着的,惊讶地后退一步,缓慢地、小心翼翼地进门,试探性地)奶奶?

大灰狼:(躺在床上,学着奶奶的声音)小红帽,奶奶躺在床上。

小红帽:(进门,把竹篮放在床边,看见帽子拉得低低的、把脸都遮住了的"奶奶",疑惑地)奶奶,你的耳朵怎么这样大呀?

大灰狼:(模仿奶奶的声音,宠溺地)为了更好地听你说话呀,乖乖。

小红帽:(坐在床边,疑惑地)可是奶奶,你的眼睛怎么这样大呀?

大灰狼:(模仿奶奶的声音,宠溺地)为了更清楚地看你呀,乖乖。

小红帽:(指了指"奶奶"的手,疑惑地)奶奶,你的手怎么这样大呀?

大灰狼:(模仿奶奶的声音,不自觉地露出笑声)因为,嘻嘻,可以更好地抱着你呀。

小红帽:(看见"奶奶"的笑容,疑惑地)可是,奶奶,你的嘴巴怎么大得吓人呀?

大灰狼:(露出眼睛)因为……(突然站起,高声地)可以一口把你吃掉啊!

(小红帽尖叫着,被吃掉,声音逐渐消失。)

(大灰狼打了个饱嗝,躺在床上,逐渐入睡,灯光渐暗,黑暗里响起雷声般的鼾声。)

(灯光追随着猎人,猎人夜晚打猎回家,又是一无所获的一天,他垂头丧气地经过奶奶家,鼾声让他停住脚步。)

猎　人:(疑惑地)这老人鼾声好重呀!是不是出事了?我得去看看(走向木屋边,透过窗户发现在床上睡觉的狼,惊讶地)竟然是野狼,我今天非毙了它做晚餐不可!(端起猎枪,正准备瞄准,愣住)等等,看他的肚子,这狼肯定把这家人吃了,不能用枪,说不定还能救下他们。(收起枪,轻轻地走进屋内,迅速用猎刀划开狼的肚子。)

(大灰狼,在梦境里尖叫一声,死去。)

(灯光暗。)

Part 4

(依旧是温馨的房间里,烛光明亮,火炉照耀出柔和的光,在壁炉的正前方,小红帽的父母围坐在木质圆桌旁,淡黄色的小猫不安分地走来走去。)

母　亲:(双手合十,不安地看向窗外的天色,自言自语)小红帽怎么还没回来?

父　亲:(同样担心,握住妻子的手,安慰)别担心,可能小红帽贪玩了些,毕竟现在森林里很少能见到兔子。

母　亲:(望向自己的丈夫,叹气)希望是这样。

（一阵急促而沉重的敲门声。）

母　　亲：（与自己的丈夫对视一眼，起身开门，发现是个陌生的男人）请问您是？

猎　　人：（悲伤地）夫人，我是居住在森林里的猎人，很抱歉地告知您，您的女儿和母亲都被恶狼吃了，我没能救下他们。

母　　亲：（震惊地，握紧丈夫的手）这，这不可能！

父　　亲：（在妻子身旁，气愤地）不许乱开玩笑！

猎　　人：（拿起脚边放着的搭着蓝布的竹篮）我当时进入房间，就看见一只肚子很圆的狼躺在床上，我猜想他吃了人。本来以为划开狼的肚子就能把人救出来，结果……（掀开蓝布，拿出小红帽）只剩下了这顶小红帽和没消化完的骨头。（歉意地）我，很抱歉。

母　　亲：（捏紧小红帽，绝望地）不！！！

父　　亲：（克制地、悲愤地）那匹狼的尸体呢？我要把它千刀万剐！

猎　　人：（取下身后的布包，展开，递过去一张完整的狼皮）我当时杀它的时候，害怕不好携带，只把狼皮留了下来。

（父亲接过狼皮，愤怒地将它丢在地面上踩踏。）

猎　　人：（想起等待自己共享丰盛晚餐的家人，同情地）很抱歉先生，很抱歉夫人，请节哀，但我必须先离开了。

【猎人下】

（母亲的哭泣声在房间内传荡，父亲将狼皮丢向壁炉，灯光昏暗，只能看见木柴和狼皮在黑暗中燃烧。）

（全剧终）

注：

剧本来源于《小红帽》，据说原版本里小红帽并没有得救，但是改编为童话故事后才让小红帽被救，我觉得如果作为警示的话，还是让小红帽死亡更好。

原文并没有表明小红帽父亲的身份，在剧本里改编后表明是为了形成一种悲惨的循环：小红帽的父亲无节制地破坏生态——小动物消失——狼失去食物，怨恨人类，寻找食物——吃小红帽和奶奶——父母亲悲痛，想传达的还是一个道理：破坏生态，最终受伤的只会是人类自己。

剧本里的伏笔是，大灰狼并没有吃掉蛋糕，喝葡萄酒，但是猎人却带回来空竹篮，并且狼肉也被去除掉。其实猎人把蛋糕、葡萄酒和狼肉拿了，为的是让饥饿的家人们能够吃上东西。开始还想写 Part 5 猎人和家人们共餐，然后再形成循环，但觉得还是截止在小红帽家最好。

小红帽

○宋朝

　　小红帽走在林间小道上,大路就在灌木丛的另外一边,而外婆家就在大路前方不远处的松树林中。在这茂密的松树林中,有一片核桃林,刚好包围着房子与后面的一片花园,为外婆提供了极其安全的保护。小红帽记得,小时候外婆经常和她穿梭在树林之中,与她捉迷藏。小红帽在半路上碰到了一位狼先生,并解答了狼先生的几个疑问。得到回答之后,狼先生便告诉小红帽,小路的另一端有许多五颜六色的花朵,其色调是他见过最为鲜艳的。在小红帽的印象中,外婆一直很喜欢花,并且经常会从屋后的花丛中摘几朵插到花瓶中,供人欣赏。小红帽心想,颜色更为丰富的花朵一定能为外婆家添加一份全新的活力,于是她准备去一探究竟,从中摘几朵送给外婆。

　　二人道别之后,狼先生根据小红帽的回答向外婆家的方向走去,而小红帽也沿着狼先生指出的小路走了下去,跨过小溪,走过独木桥,越过高草丛。突然间,豁然开朗。那一棵棵参天大树似乎在一瞬间全部躲到了小红帽的身后。在她视线的最中央,坐落着一座城堡,周围芳草缤纷,点缀着那灰色的墙壁。看到眼前这一景色,小红帽加快了步伐。此时,一位打扮极为精致的女孩坐在花丛中,金色的头发落在她的双肩上。她正在细心地整理着一束即将枯萎的白玫瑰,一双水晶鞋摆在她的身边,反射着阳光。

　　见到女孩,小红帽便走了上去。"你好呀,请问你是这里的主人吗?"小红帽问道。"是。"女孩放下了手中的花,抬起头回答道。在发现对方是一个小孩子之后,女孩放松了警惕。"这里只有你一个人吗?"小红帽接着问道。"还有我的王子,但是他正出门在外。"女孩又回答道。"王子?那也就是说你是公主了?"小红帽睁大了眼睛。"我在几天前离开我的继母和两位姐姐,与王子来到了这里。"女孩的眼睛中充满了希望。"那他一定很爱你吧。对了,你叫什么名字?"小红帽继续刨根问底。

"我叫辛德瑞拉。看到这些白玫瑰了吗？它们是我最爱的花，可惜这一束已经泛黄了，无法让你看到它们最美的样子了。但是，王子知道我有多么喜爱它们，所以他现在正在外面为我摘新的白玫瑰。"说到这里，女孩再次低下了头，将枯萎的花瓣一片片摘下。"那我们也去周围看一看吧！听说附近有很多五颜六色的花呢！"小红帽激动地说道。"不行！"小红帽的想法立刻被女孩拒绝，"万一碰到狼怎么办？""碰到又怎么了？我又不怕狼！"小红帽露出了不屑的眼神。"你别开玩笑了，狼是这附近最危险的动物了，它们可以一口把你这么一个小红帽吃掉！"女孩着急地说道。这时，小红帽忽然想起先前在路上碰到的狼先生。"那王子呢？他就不会碰到狼吗？"小红帽还是有些不服气。"不会的！他有马车一路护送他到目的地。而那个地方很隐蔽，只有几个人知道。在那里，人们见不到狼的踪影，他在那里一定是最安全的。"女孩的眼神愈发坚定。听到这里，好奇的小红帽再也按捺不住了。"那这么神奇的地方到底在哪里呢？"小红帽将身子凑了上去，而女孩又想了想。

"王子从来没有告诉过别人具体方位，他只和我说过，那里有一片核桃林，居住着一位与他关系甚好的老奶奶，而在老奶奶的后花园里，种着方圆几百里最鲜艳的白玫瑰。"

此时，狼先生率领着狼群，沿着小红帽指明的方向，逐渐逼近了核桃林。

"童　话"

○丁文华

　　从前有个可爱的小姑娘,住在美丽的大森林里。她有一个非常疼爱她的外婆,住在森林的另一边。有一天外婆送给她一顶毛毡做的小红帽,戴在她的头上非常合适。从此小红帽便再也不戴其他帽子了,大家也因此叫她小红帽。小红帽经常在森林里采摘美丽的鲜花,然后带到集市上去卖。

　　一天,一个衣衫褴褛的小姑娘来到集市上买菜,被美丽的鲜花吸引了,但她并没有额外的钱来买鲜花,于是她在鲜花前静静地站着,欣赏着花的美丽。小红帽看出她对花的喜爱,于是走上前去,伸手将花篮中最美的一束花送给了小姑娘。小姑娘抬起头来注视着小红帽,两人露出了天真烂漫的笑。小姑娘向小红帽答谢后,又低下头来转身向家的方向走去。小红帽对此十分不解,于是跟着小姑娘一路走到了她的住处。小姑娘回到家,放下菜篮后,准备找一个花瓶将那束美丽的花插起来。这时她的一个姐姐刚好经过,看到此景,怪声怪气地说道:"灰姑娘,就你还配拥有这束鲜花?!"说完,便带着傲慢的表情将那束鲜花掷到了地上,转身离开。小姑娘眼眶里悬着泪珠默默地将鲜花拾起,插入花瓶中,走向了厨房,像一个女仆一样在厨房做起了家务。小红帽将这一切都看在了眼里,她并不知道那个小姑娘到底是何人,只是知道了她的名字叫灰姑娘,过着卑微不幸的生活。小红帽迈着沉重的步伐离开了。从那以后,每次灰姑娘来到集市上买菜时,小红帽都会送她最美的一束鲜花。小红帽并没有向灰姑娘询问她的身世,就这样她们成了虽然不了解对方但却相互支持鼓励的朋友。

　　接下来的每一天,灰姑娘一如既往地前来买菜,并与小红帽相遇。可小红帽发现灰姑娘的身上有多处淤青,于是向灰姑娘询问到底发生了什么。灰姑娘向她说出了自己的身世。原来灰姑娘名叫辛德瑞拉,她的父亲是一名公爵,她曾有着公主般的童年。但不幸的是,她的母亲在一场大病中早逝,幼小的灰姑娘从此失去了母爱的温暖。在母亲离世后，辛德瑞拉的父亲娶了一位继母，善良的辛德瑞拉为了支持深爱的父亲，热情地欢迎继母的两个女儿进入自己的家庭。然而不幸的是，当她的父亲也意外去世后，她才发现自己深陷折磨，被继母一家当作女仆来对待，并被恶意地称为"灰姑娘"。尽管遭到残忍的虐待与折磨，但辛德瑞拉还是勇敢而善良地活着。一天，她去森林里砍柴时，遇到了潇洒迷人的陌生人基特，但她并不知道他就是王子，以为他只是王宫中的一名随从。随着王宫向全国少女发出舞会邀请，辛德瑞拉也想借此机会与基特相见，但看到自己满身灰尘、寒酸的样子，她默默地流下了眼泪。继母不允许她参加舞会，觉得她的身份地位不配去舞会，让她按两位姐姐的吩咐帮她们梳妆打扮。辛德瑞拉不小心将姐姐的礼服弄脏了，便遭到继母和姐姐们的辱骂与虐待，身上留下了一块又一块淤青，而继母与两位姐姐装模作样地矫饰了一番，准备前去舞会赢得王子的青睐。小红帽听完灰姑娘的诉说后，与灰姑娘相拥而泣，并安慰着灰姑娘。

　　小红帽来到外婆家后，向外婆诉说了这一切。外婆心疼地说道："可怜的孩子，小红帽，我们帮帮这位善良可怜的姑娘吧！"小红帽满心欢喜地答应了。第二天，继母带着两位姐姐，坐上马车前去参加舞会，留下灰姑娘一人。灰姑娘在火炉旁开始抽噎。"辛德瑞拉！"灰姑娘突然听到有人在叫她，朝外面看去，原来是小红帽来了，和她一起来的还有一位慈祥的婆婆。"辛德瑞拉，这是我的外婆，我们来为你梳妆打扮了！"外婆看到灰姑娘后心疼地说道："可怜的孩子！"外婆将灰姑娘搂入怀中。灰姑娘很久没有得到这样温暖的拥抱了，她享受着这个温暖的怀抱，眼眶噙着泪水。只见外婆用拐杖将灰姑娘破烂的鞋子轻轻一点，那鞋子便成了一双亮闪闪的水晶鞋。原来外婆有这样的魔法。经过一番梳妆打扮，灰姑娘犹如一位仙子，是那样的美丽动人。灰姑娘坐上了小红帽和外婆准备的马车，前往宫廷参加舞会。那一场舞会上，灰姑娘成了最闪耀夺目的女子。灰姑娘的两个姐姐做梦也不会想到和王子跳舞的公主竟然是那个满身灰尘的灰姑娘。灰姑娘这才知道原来那个迷人的陌生人竟然是眼前的王子。可梦幻的舞会并不会长久，灰姑娘知道自己不可能成为真正的公主，绝不能让王子知道自己的身世。可是魔法并不能长久，灰姑娘必须离开，回到原来那个满身灰尘的自己。于是她匆忙离开，将自己的水晶鞋留在了路上，希望王子能够通过这个线索找到她。舞会结束了，灰姑娘也回到了那个充满折磨的家。

　　第二天，王子尽全力寻找舞会上的那个公主，能完美穿上这双鞋的人便能成为他的王妃。由于灰姑娘的脚非常小,几乎没有姑娘能穿上这双水晶鞋。继母为了让自己的两个女儿成为王妃,不惜让她们削足适履。她的大女儿最终穿上了那双水晶鞋,王子只得承认。灰姑娘在自己简陋的屋内默默地流下了眼泪。灰姑娘没有再上街,小红帽很是疑惑,于是前去打听询问。得知事情的来龙去脉,灰姑娘与小红帽相拥而泣,小红帽想为灰姑娘寻找解决办法。而小红帽与灰姑娘的谈话恰巧被狠心的继母听到了,继母决不允许有人破坏她和女儿已经得到的完美结局,于是打算想办法解决掉小红帽和她的外婆。

一天,一个猎人打完猎后,他又饥又渴,于是走到一个小木屋前,想向主人要水喝。善良的外婆立刻将猎人请进屋内,为他准备了茶水和糕点。外婆刚要喝茶水,突然一只狼冲了出来,将外婆手中的茶水打翻了。猎人开枪将狼打死,外婆吓得晕倒在沙发上。这时小红帽和王子从门外赶来,看见这一情形,此时小红帽已经找到了王子并向其说明了灰姑娘的经历。猎人忙说大灰狼想要吃掉外婆,于是他开枪射死了大灰狼,小红帽对猎人非常感激。天色已黑,小红帽要照顾受到惊吓的外婆,于是她和王子、猎人留在外婆家歇息。晚上,小红帽听到隐隐的说话声,便走到门边悄悄地听。"我们明天到灰姑娘家时你要想办法除掉小红帽和灰姑娘她们,我不能让她们毁了我的计划。""遵命,王子,本来今天可以将小红帽的外婆除掉,可一只大灰狼突然蹿出来捣乱,真晦气!"小红帽茫然了,那个她和灰姑娘如此信任的王子,那个高高在上的王子,竟然是如此卑劣之人。原来,猎人是继母和王子雇来伤害小红帽和灰姑娘她们的。继母家有着强势的力量,这正是王子所需要的权势辅助,而灰姑娘现如今卑微的身份对其无任何意义。那匹狼呢?那匹狼原来在小时候遭到捕夹的伤害,腿上直流鲜血,外婆见到此景,忙为小狼包扎。小狼从小便对外婆有了深刻的记忆,想向外婆报恩。这天,那匹大灰狼恰巧发现了猎人的阴谋,于是前去阻止,大灰狼没办法与人交流,于是选择跑进屋内将茶水打翻,而猎人却开枪将其打死了。小红帽知道这一切后,心如寒冰,没想到竟然有如此狠毒卑劣之人。夜色朦胧,月光透过寒窗,映入地面,像一条洁白的地毯,向外延伸,牵着小红帽陷入沉思。

太阳缓缓升起,阳光照耀着世间,小红帽为王子和猎人准备了早餐。两人吃后晕倒在餐桌上,等他们醒来,发现已人去屋空。他们前往灰姑娘家,灰姑娘也已经离开了。他们最终没有伤害到灰姑娘、小红帽与外婆。但这并没有多大的影响,因为原本打算除掉她们也只不过是为了自己的利益不被破坏。之后,王子迎娶了灰姑娘的姐姐，拥有了自己想要的让自己更加强大的权势的帮助。只是，他的梦中经常会浮现出舞会上那个美丽迷人的灰姑娘。

小红帽、外婆和灰姑娘离开了这个地方，经历了这件事后，小红帽和灰姑娘都得到了成长。三人在美丽的森林中过着简单幸福的生活。

《灰姑娘》

水晶鞋

○何雨霏

夜，女孩披着斗篷走进森林。

女孩：
世人说密林深幽魔鬼潜藏，
看不见树影之下花朵绽放，
如果今晚夜莺的鸣啼足够婉转，
我的朋友，
我请求你出现在我眼前。

女巫：
没有魔鬼的密林也足以杀死柔弱的天使，
你要小心猛兽、毒瘴、沼泽——
还有脚下的树枝。
嘿！停下——我的女孩，
别让杂草割伤了你的脚踝。
若不愿辜负如此良夜，
请到我身边，
讲讲你的故事。

女孩:
把树影裁剪成最轻柔的衣裳,
把玫瑰的热烈涂在嘴角,
用露珠串起昂贵的珠宝,
如果可以——
还要古木起立奏响歌曲。

女巫:
无需用珠宝粉饰自己,
任何人见到你都会心醉神迷,
如果可以我不用再提醒,
那天我是如何爱上了你。

女孩:
灯火点亮了辉煌的城堡,
旋转的裙角把地板擦得闪闪发亮。
"嘿,集中精力!"
胡子管家会这样呐喊,
手指像皮鞭一样抽着女佣旋转。

没有人不向往那壮观的景象,
想想废弃的脂粉填满无水的河床,
大厅里蜡烛的青烟可以熏黑天幕,
首饰的棱面切割光线彻夜明亮。

女巫:
听起来像是爬满了蚂蚁的蜜糖,
填入腐坏的阿谀和谄媚。
刀子挂在那些人的胃里,
就等把你这样的甜心分食干净。

我多想为你换上钻石的眼睛,
那些华美的肮脏就骗不了你,
白骨堆叠垒砌厚重城墙,
有个我认识的姑娘死在了那里。

女孩:
他有比麦子还要闪耀的金发,
眼睛让锃亮的皮靴都黯然失色,
衣服上的每一条褶皱都精心设计,
从白玉阶梯往下的每一步 ——
宛如神祇降临。

欣赏接受还是故作矫揉,
邀约既甜蜜又让人痛楚,
我不敢随他的臂弯迈开脚步,
长裙下遮不住鞋上的尘土。

女巫:
世界上最好笑的笑话莫过于此,
你可知面具容不下真心实意,
天真的鸟儿总是唱着爱的赞歌,
忽略陷阱下猎人的眼睛。

此物可作为陪伴的赠礼,
幸运儿也要遵守女巫的规矩,
靠近我,
听听这个故事。

女孩:
世上还有如此的美丽,

今夜星辰都该因羞愧死去,
千亩玫瑰的摇曳也黯然失色,
比初冬的薄冰更加晶莹。

故事作为代价是否微不足道,
据说黑色帽檐只相信等量的换取,
不如拿来你咕嘟作响的坩埚,
我愿将里面的液体一饮而尽。

女巫:
停下你小脑袋里的胡思乱想,
披好披风——
别在舞会上流鼻涕。
这个故事你也算熟悉。
记得吗?
仙女教母、水晶鞋和圆舞曲。

女孩:
世上无人比她更幸运,
能沉溺在那温柔的目光里,
黑暗的泥沼拉不住她的好运。
想想看——
那只贴合她脚踝的鞋上水晶!
我的朋友,
这是个比奶油还甜蜜的后续?
她的世界想必只剩光明。

女巫:
上帝比三岁幼童还爱恶作剧,
别忘了关于俄狄浦斯的真理,

命运从不对我们假以辞色，
水晶的阶梯后是无人发现的阴影。

空间的黑影吞噬世界的颜色，
天鹅羽的床下是坚硬的疏离，
寂静代替王子成为她的伴侣，
多可笑——
水晶鞋带给她荣耀，
却不是爱情。

厚重的城墙里是白骨，
每一具上都刻着爱情的承诺，
昏头的飞蛾们被灯光的炫目迷惑，
无悔地撞进巨大的坟冢。

水晶鞋变成了她一生的枷锁，
走过舞场只有钻心的疼痛，
她开始恨上这曾经的爱情鸟，
却发现水晶已嵌进她的脚心里。

女孩：
比绸缎裂开的声音还令人恐惧，
童话里本不该有这样的鲜血淋漓，
燃烧的地狱都找不到这样的交易，
一分幸运要用后半生去换取。

女巫：
坚强的心不会随意放弃，
决绝的刀刃才能破开淬火的利器。

平民公主哪有那么夺目,
就连守卫都不屑于看好自己的武器。

她摆脱了日日不去的梦魇,
连带自己的双脚一起。
一张张惨白的脸环绕着她,
唯有那城堡,
冷静得没有生气。

命运之神吹响了终结的号角,
爱笑的姑娘埋进黄土里,
惋惜比骸骨先一步零落成泥,
乌鸦哼唱着新一年报喜的歌曲。

女孩:
诺恩斯也该停止灌溉和纺织,
为那一剑送上敬意。
水晶鞋板结成苦涩的硬土,
鲜血融开后留下生命的烙印。

我不愿辜负如此良夜,
若可以还想听你讲讲美丽的夜曲,
可惜城堡的钟声敲响啦,
我得快马加鞭赶去。

向你发誓,我的朋友,
我们还有很多睡前故事,
下次见面向你讲述今晚的快乐,
作为这份礼物剩下的酬礼。

女孩换上水晶鞋，迈着轻快的脚步远去，轻声哼唱着欢乐的歌曲。她的身影渐渐被吞没在扭曲盘结的黑色枝丫中，只能隐隐约约看到脚上的水晶鞋一闪一闪，离开了森林。

　　女巫：
　　无知的鸟儿装点了自己的羽翼，
　　逃离蓝天为了到笼子里去，
　　光鲜亮丽的城堡挤出一点生气，
　　张大嘴巴等待下一条生命。
　　我已穿过荆棘，
　　血肉模糊的身体失去疼痛的意义。
　　我的女孩，
　　求你永远不要出现在我的故事里。

　　命运的车轮碾过一丛又一丛蔷薇，
　　毒苹果树下多一具化肥身体，
　　无主的水晶鞋踢踏踢踏跳舞远去，
　　一片片花瓣，
　　掩盖血迹斑斑的鞋底。

　　女孩已经走远了，女巫仍然固执地看着她离开的方向，直到确认她不会回来。女巫几不可闻地叹气，撩起宽大袍子的下摆——女孩看见她后，她再没有移动过位置——那里空空荡荡，什么都没有。

　　命运轮转，生生不息。

丹德拉

○胡雨晴

初 遇

大门徐徐打开，马车辘辘驶入庄园，踏上地面，迎面而来的便是一个满面春风、笑靥如花的水灵姑娘。"这想必是他的女儿了吧，长得可真好看，诶，可顿时把我家两个不争气的女儿比下去了。"丹德拉心中想着。丹德拉，非名门闺秀出身，可以说是出身低贱，却是个暴发户，有几个小钱，常购置一些上流社会最新的流行款式，力图通过模仿贵族式的生活方式来消减对自己出身的自卑感。她架起一个标准的笑容，"你好，你就是 Ella 吧，很高兴见到你。"

早 晨

丹德拉审视着镜中人老珠黄的自己，按压着眼角的皱纹，却是再也抹不平了。镜中一角，老爷正吃力地侧身，伸手取床头柜上的老花镜。丹德拉心中突然涌起一股伤感，思绪万千，"他尽管是个贵族，但可以说毫无财力，一直以来也是啃祖上的老本，如今渐渐地，积蓄也见了底。我嫁给他，也不过为了得个贵族头衔；但说实话，他看上我，又有几分真意？从前，我也曾是一个爱情至上者，在漫天的星光下幻想未来的日子，傲气十足，不愿将就，坚信自己终将寻到自己的真爱。不过，现实面前，时间面前，不愿将就也得将就了不是吗？到了我这个年纪，一个寡妇带着两个孩子，能重新组建一个家庭，找到一个陪伴之人就不错了，还能奢求什么浪漫与爱情呢？到了这个年纪，大家不都是想安安稳稳地过日子，不至于孤独终老罢了吗？"

丹德拉向窗外一瞥，Ella 旋转盈跃的身影便映入眼帘，轻点的脚步竟能在观者的脑海中连缀出一串明快的音符，透白清亮的肌肤在早晨温暖的阳光下沁出细细的汗珠,她身边的一切都显得生气勃勃,荡起的碎花裙摆与满园春色融化在一起,当她走近些,便听见那淡淡的可爱声线正吟着民谣。而这无意的纯真与无邪的美好却在丹德拉胃中激起一阵不适,使她赶紧将视线收了回来。

早餐时间,丹德拉的两个女儿却迟迟未出现,良久,才见她们拖沓着脚步移动到餐桌旁。两个起床困难户睡眼惺忪,叉开着腿,不雅地打着哈欠,大姐干脆趴在桌上继续补觉。丹德拉看到这个情景,火气直上,顿时没了胃口。她也不是不知道自己两个女儿是什么德行,也早该习惯了。但看到 Ella,她便仿佛看到了 Ella 的母亲。Ella 从小受到高等教育,谈吐气质都与众不同,礼数更加周全,而看到自己的两个女儿,便想到自己卑微的出身。嫉妒、愤懑、怨恨缠绕在一起,在丹德拉体内聚成一股高压。

从那时起,她对 Ella 的态度便越来越恶劣,开始对 Ella 极尽羞辱,并将她当作仆人对待⋯⋯

冬 季

此时的 Ella 已成了 Cinderella,今夜的风异常的冷,12 点的钟声已敲响了,她还有一摞衣物要洗。"先躺一会儿吧。"她叹了口气,蜷到火炉边取暖,听着窗外的锵锵风声,悲从中来,"这简直是一场噩梦,丹德拉就像一个狰狞的女恶魔,我好想恨她。但可笑的是,我竟做不到。毕竟丹德拉的双眸里也曾经燃烧炙热,但当美梦沦落,冰冷降临,光明渐淡,连血液都渐趋陈腐,面对被践踏摧毁的优美与永远逝去的青春,她只剩下满身的妒怨与恐惧,竟是如此可怜⋯⋯她也不过是世事的受害者吧⋯⋯"

雨中曲

○苏诗芮

  细细密密的雨漫漫飘落，我看见雨中那座古老的庄园。雨像雾像纱一样漫天铺展，就像是给这座已经被爬山虎包裹得严严实实的城堡又上了一把锁。母亲还没等马车停下就朝那座城堡的方向探出身子翘首以盼，脸上换上一副热切而不失优雅的笑容。我冷眼旁观她的表演，只用余光看见，雨中等候的那个男人，还有他身边的女孩子，与他共撑一把伞。后来我知道，她的名字叫仙度瑞拉。

  继父总是很忙，空荡荡的城堡里常常只是母亲、姐姐、我，还有仙度瑞拉。我们不常说话，一日三餐之外的时间，她总是一个人待在卧室，或是她母亲的坟前，瘦弱的肩头轻轻耸动，有时能听见她的抽泣，很近很远。而我有时候也会在无聊的时刻站在二楼的走廊上无意识地望向那扇紧闭的门，带着一些期盼想，那个闺房中的女孩子会不会比曲意逢迎的母亲和木讷傻气的姐姐更懂我。母亲没教过我怎么和别人真正亲近，于是每当看到她礼貌而不失距离感的眼神，我会摆出一副更强烈的冷漠，我总是那么放不下我的骄傲。

  "你们要什么礼物？"继父总会在外出前这样问我，我知道这是他试图亲近我们的方式。"钻石。"我的回答总是有恃无恐，我知道母亲牢牢攫取了这个男人的心。我喜欢那些闪闪发光的小石头，尤其是到了这儿，也许我对它们的偏爱看起来过于骄矜，但其实这只不过是因为它们可以存储这个阳光很少眷顾的城堡里透进的每一束光线。仙度瑞拉却总是说："爸爸，请你给我路上碰到你帽檐的第一根树枝。"我不喜欢这个总是这么温顺懂事的女孩子，仿佛她的存在只是为了衬托我的任性。其实我甚至一直暗暗嫉妒她，因为母亲有意无意地刁难，她看起来总是不那么体面和整洁，可是你还是能看到那种完全遮挡不住、顽固、吵闹、令人懊恼的总是要吸引人注意的美。我不喜欢她的善良、懂事、乖巧，我任性地把它们想象成一种骗取别人喜爱的表演，而我更厌恶像刺猬一样的自己，锋利危险，把所有可能的幸福都拒之门外。

水晶鞋的自白

○郝正洋

王子来到这座房子时,那两位姐姐正拎起那用金线绣满花纹的裙摆,一边弯腰一边带着谄媚的笑望向我。

"陛下,这是我家的两位姑娘。"继母说着,将王子引进屋里。

灰姑娘呢?也许又被藏在仓库了。我想,得想个办法。

王子叫侍者捧起我,走进客厅。

"请你们二位试穿水晶鞋。"侍者把我的红丝绒垫子轻轻放在姐姐们脚边。

那两双又大又肥的脚摆在我眼前。不用担心,它们一定塞不进来的。我只需要找机会让王子发现灰姑娘……等一等,这两双脚好像不太对劲儿。那红色的是什么?它在流血吗?怎么回事?她的小脚趾呢?她的脚跟上裹着的,是纱布吗?

糟了。

"快试试吧。"继母咧开嘴,催促姐姐们。"看呐,正合适呢!"

这个狠心的老太婆。居然忍心让自己的女儿切掉脚趾和脚跟!

血渗了进来。

王子,快看看啊!

可王子完全没有发现。他正打量着姐姐们,紧皱着眉。

"那么,有两位小姐都合适。陛下,请尽快将两位姑娘都带回宫里去吧!"

这多嘴的侍者!

灰姑娘在哪里呢?就要来不及了!

"砰!"

"什么声音?"王子问。

"啊,那是我家的女佣。正在那边打扫屋子呢。"继母慌慌张张地答,忙转身向仓库的方向走去。

有了！

侍者正把我放回垫子上。就趁现在！

再见了红丝绒，我的朋友。这是最后的机会了。辛德瑞拉，你一定要到皇宫里去！去跟王子过上幸福的日子吧！谢谢你的照顾。是你的善良，让我有机会从一块石头变成这么美丽的水晶。这是我最后能为你做的。仙女教母，我完成我的使命了。

我在垫子上挣扎着向两边摇摆。然后"哗啦"一声。

我碎了一地。

"陛下小心！"我听到好像是侍者在大叫。"愣着干什么？还不快叫女佣出来打扫！伤到王子，你们谁也别想活着走出去！"

嘶……好疼。我什么都看不到了。四分五裂，我一动不动地躺在地上。

"谢谢你……"咦，这声音……这双手。

"你，你是这家的女佣？我怎么好像，在哪里见过你？你抬起头来。"是王子的声音。

"陛下，这是我的水晶鞋。"辛德瑞拉，你终于来了。

"是你！你是那晚的姑娘！我记得你！"

……

我看到了，那另一只水晶鞋身上闪着的光芒。

在月下的爱情

○郑海邻

那女人的独白：

若是如今日一般，美丽的月光从窗户倾泻进来的日子，与皎洁的月光为友，唉声叹气。

月亮姐姐，深夜的月光尽伤心，为是王子长不见，为什么只有我流眼泪呢？

月亮姐姐，我写信，在王宫的王子可以看吗？

愿月光中的思念传递我的心意。

啊，点亮黑暗的这月光也会无比孤独的。

那王子的独白：

若是如今日一般，美丽的月光从窗户倾泻进来的日子，想起你的影子。

羸弱的姑娘，你相信一见钟情的爱情吗？

羸弱的姑娘，我的眼里只有你，其他的什么都看不到，就算死也想要再次看见的心该如何是好？

愿月光中的思念传递我的心意。

啊，点亮黑暗的这月光也会无比孤独的。

那月光的独白：

若如今将汝凝望，不觉心痛。

与孤独争吵，与相似争吵。

小姑娘，眼泪，是爱过的那个人的证据，也是对于离别的礼仪，想哭的话尽情地哭吧，没关系，你的眼泪由我代替擦去。

小姑娘，闭上眼睛，如果你唇边有一丝微笑，你爱的那个人便也在爱着你。

若如今将汝凝望,不觉心痛。
思念过深,无法入眠。
王子,越是爱越是思念,本来就算那样的爱情是痛苦的,它大概本身就如此吧。
王子,侧耳倾听,如果你听到自己的心跳,你爱的人便也在爱着你。

我们站在同一片蓝天下,就能看到相同的月光。
记住那月光,它会让我们比那天空的星星更加闪亮。
记住那月光,它会一直鼓励我们,支持我们,陪伴我们。
把温暖的月光当作被子睡觉。
思念伤心欲绝眼泪溃堤的这晚,再见。

榛树栽培法

○黄川夏

从前,有一个富人的妻子得了重病,在临终前,她把自己的独生女儿叫到身边说:"乖女儿,妈妈死了以后,会在九泉之下守护你、保佑你的。"说完她就闭上眼睛死了。

她的遗体被火化了。小姑娘捧着那盒骨灰,这么轻的一小盒,这是妈妈。那时她还没有学过生物化学,不知道什么是有氧有机燃烧反应水汽化二氧化碳,她只认为,消失的那部分就是妈妈沉甸甸的灵魂,身体也只是道成肉身。

她被葬在了花园里。小姑娘是一个虔诚而又善良的女孩,在这个公墓领先互联网实现地球村、电子扫墓的年代,她每天都到她母亲的坟前看一看,任由自己怀念母亲的音容笑貌,感受母亲的守护与怀抱,顺便给花园浇浇水。冬天来了,大雪为她母亲的坟盖上了白色的毛毯;春风吹来,太阳又卸去了坟上的银装素裹。冬去春来,时过境迁,他爸爸又娶了另外一个妻子。

新妻子带着她以前生的两个女儿一起来安家了。她们外表很美丽,但是内心却非常丑陋邪恶。恕我直言,还有些傻。且不论她们那一听就知道没学好哲学或逻辑学的胡言乱语,她们连阴阳怪气笑里藏刀骂人不吐脏字这样安身立命必备的宫斗技巧都不会。你不能不承认她们是这个绿茶婊、白莲花盛行的社会上的奇葩,能保持这样傻里傻气的骄矜性子活到现在,如今又和富豪成了家。这大概就是所谓的傻人有傻福吧。

小姑娘从此深受苦难。她们说:"要这样一个没用的饭桶在厅堂里干什么?谁想吃上面包,谁就得自己去挣,滚到厨房里做女佣去吧!"你瞧瞧吧,要怎么理解这句话?"没用的饭桶"的定义在这里并没有任何证明与论述,我们假设她们不具有(阶级)定义的资格,尝试运用集合与逻辑学去分析它——她们(一个集合)不是没用的饭桶,小姑娘不是这个集合里的元素,所以小姑娘是没用的饭桶。可是这又犯了各大项不周延的错误，更别说二元论定这种简单粗暴的世界观了。看到这里，你可能会觉得我有些吹毛求疵。我告诉你，这算得了什么呢！现在这个年代，不是什么都追求科学依据严密推理，追求一板一眼、实事求是吗？往下看你就会知道，我并不是一个异类。要是等不及往下看，想想知乎，想想你平时办点什么公事要经过多少手续，大概你能稍稍认同我说的话。

总之，她们脱去了她漂亮的衣裳，给她换上灰色的旧外套，嘲笑她，并把她赶到厨房里去了。她被迫去干艰苦的活儿，每天天不亮就起来担水、生火、做饭、洗衣，还要忍受她们姐妹对她的漠视和折磨。到了晚上，她累得筋疲力尽时，连睡觉的床铺也没有，不得不睡在炉灶旁边的灰烬中。这样一来她身上都沾满了灰烬，又脏又难看，她们就叫她灰姑娘。尽管如此，由于善良的本性，也相信母亲的护佑，灰姑娘没有丝毫怨言。她勤勤恳恳地劳作，并仍然坚持天天到花园悼念母亲。她最无法理解的是，父亲为什么任由自己受苦，对此无动于衷。

有一次，父亲要到集市去，他问妻子的两个女儿，要他带什么回来给她们。

第一个说："我要漂亮的衣裳。"

第二个叫道："我要珍珠和钻石。"

他又对自己的女儿说："孩子，你想要什么？"

灰姑娘说："亲爱的爸爸，你能请来一位用人吗？"

父亲默然不语，只是看着灰姑娘。灰姑娘突然明白，父亲无动于衷的原因其实已经不再重要，不管是因为他爱新一任妻子超过了爱自己，还是因为他乐见自己家里有免费劳动力，又或者在他心里自己天生就是乖巧伶俐、逆来顺受的形象。最终的结果无法改变——在他们的认知里，她是家里的用人，尽管父亲完全能够请来一打仆人解决这荒诞的角色扮演。

灰姑娘突然笑了，她说："亲爱的爸爸，我刚才是在开玩笑呢。就把你回家路上碰着你帽子的第一根树枝折给我吧。"

父亲回来时，他为前两个女儿带回了她们想要的漂亮衣服和珍珠钻石。在路上，他穿过一片浓密的矮树林，有一根榛树枝条碰着了他，几乎把他的帽子扫了下来，所以他把这根树枝折下来带上。回到家里，他把树枝给了灰姑娘。她拿着树枝来到母亲的坟前，将它栽到了坟边。或许是"挖掘"这个动作有着某种心灵上的意味，又或许是树枝和母亲埋在了一样的泥土中，灰姑娘泪流满面，她这么久以来埋藏的所有失落、不甘、埋怨都滚落眼眶。母亲曾说在地下也会给她守护，她从未忘记这个承诺。既然这树枝的营养来自地下，它或许能继承母亲的遗志，为她提供母亲般的荫蔽和怀抱。

她一定要好好栽培这棵榛树。这么想着，她翻阅了书房里所有的有关书籍，最后发现，目前为止实验数据最理想的是巴赛罗娜品种在蛭石和珍珠岩混合基质上用 IBA200mg/L 处理插条能够生根，生根率为 30%[1]，但需要保证足够的糖分来维持插条增生愈伤组织与发芽（你瞧吧，灰姑娘也是考据党，不要误会我啦）。她精心栽培着这根枝条。或许是母亲的庇护，枝条竟然在 30% 的存活率中生存了下来，长成了一棵漂亮的大树。

没多久，鸟儿们都来树上筑巢。渐渐地，灰姑娘与鸟儿们交谈起来，成了好朋友。她的继母与姐妹都说她是和动物说话的神经病，她有时也会自嘲，自己是有多么孤单，才会只能与动物成为知己。无论如何，小鸟丰富了她的生活。后来，她想要的东西，小鸟都会给她带来。

现在，我们要稍稍离开灰姑娘家，把视线投向几年前的王宫。那时，王宫里正忙得不可开交，因为王子已经十二岁了，他们要开始准备六年后为其选择未婚妻的为期三天的盛大宴会。

为了保证宴会如期举行，提前这么多时间准备是明智的。因为很久很久以前，为了防止出现鸡飞狗跳的场景，王宫发出诏令改变行政机构，设立了一道道审查机关、质询机关与处事机关，准确严谨，体系庞大而复杂，流水线生产。政府的箴言叫"公章就是通行证"。在他们的计划里，你只需要经历几次"填写一式三份的表格 —— 审查（必要时可以召开听证会）—— 盖章／驳回 —— 到下一个部门去吧"这样简单易懂的程序，就能够得到你想要的。然而不知为何，办事效率远没有提高，精确度倒是增加了，但反应永远迟于事情进展，还常常会出现"表格遗失／公章错误 —— 驳回 —— 质询 —— 重新呈交 —— 再次表格遗失／公章错误 —— 驳回 —— 公众质询"等意外插曲。举个简单的例子，王国里抓到的犯人全都不存在丝毫误判 —— 然而事实上他们也没抓到过几个罪犯。就在他们一遍遍呈上递下的工夫里，犯人早就逃走了。

顺带一提，曾经有国王想要改变这个情形，他思索良久，认为这是由于部门仍然不够多，一个部门处理的事务还不够精确，导致常常发生"公章混乱""表格遗失"

---

[1] 实验数据参考资料：张峰、贾波、孙正艳，《榛树硬枝扦插育苗研究初报》，落叶果树，2007(05)：17–19。

等错误。奈何假如按照他的想法去改组行政机构,全国的人加起来都不能填满要求的职位,只好(幸好)作罢。

总之,在王宫内所有人的努力下,宴会的准备工作缓缓推进着。王子也一天天长大了。不知是不是王族遗传,王子在某方面继承了祖上国王们那种严谨、细致、一丝不苟的品性。幸好在他这里体现为对宇宙终极秘密(即 42)的探索而不是别的什么,并未影响他在众人心目中英俊优雅、礼貌体贴的形象——感谢《银河系搭车客指南》,感谢渣呼和"Deep Thought",感谢亚当斯!

最终,宴会终于要举行了。王国内年轻漂亮的姑娘们都受到邀请,王子将从她们中选择一位作为新娘。(我很好奇他们要订婚多久才能举行典礼——说起来订婚仪式又要准备多久呢?)灰姑娘的两个姐姐也被邀请去参加宴会。

她们把灰姑娘叫来,说道:"你来为我们梳好头发,擦亮鞋子,系好腰带,我们要去参加国王举办的舞会。"

她按她们的要求给她们收拾打扮后,苦苦哀求继母也带上她去参加舞会,可继母说道:"哎哟!灰姑娘,你也想去?你穿什么去呀?你连礼服都没有,甚至连舞也不会跳,你去参加什么舞会啊?"但灰姑娘不停地哀求着。为了摆脱她的纠缠,继母最后说道:"我把这一盘豌豆倒进灰堆里去,如果你能在两小时内把它们都拣出来,你就可以去参加宴会。"说完,她将一盘豌豆倒进灰堆里,扬长而去。

灰姑娘没办法,只好跑出后门来到花园里喊道:

"掠过天空的鸽子和斑鸠,飞来吧!飞到这里来吧!快乐的鸟雀朋友们,飞来吧!快快飞到这里来吧!大伙快来帮我忙,帮我找一个筛子来!"

没过多久,翅膀扑棱的声音响起了。先是从厨房窗子里飞来两只白鸽,跟着飞来的是两只斑鸠,后面密密麻麻地跟着一群小鸟,它们用爪子运来了筛子。灰姑娘用扫帚把灰烬和豆子都扫到筛子里,紧接着抖动筛子,灰烬纷纷洒落。很快,她就把豆子和灰烬分开了,将所有豆子放到了盘子里。她向鸟儿道谢后,鸟儿欢叫着从窗子里飞走了。

她怀着兴奋的心情,端着盘子去找继母,以为自己可以去参加舞会了。但继母却说道:"如果你能在一个小时之内把这样的两盘豌豆从灰堆里拣出来,你就可以去了。"她满以为这次可以摆脱灰姑娘了,说完将两盘豌豆倒进了灰堆里,还搅和了一会儿,然后又得意扬扬地走了。这个傻女人丝毫没有思考过灰姑娘究竟用了什么方法能这么快完成任务,还妄想着故技重施能够解决问题。

很快,灰姑娘又端着盘子去找继母了。继母却说道:"你别再费劲了!你没有礼服,也不会跳舞,只会给我们丢脸。"说完,他们夫妻与两个女儿就出发去参加舞会了。

家里的人都走了,只留下灰姑娘孤零零一个人。她不禁走到了母亲坟前哭泣:

"母亲!我为何沦落到这般境地!榛树,我的朋友,请你帮帮我,为我带来一套礼服!"

灰姑娘

○万江平

很久很久以前，在城郊的小屋里，住着一位美丽又年轻的姑娘，她的名字叫作仙德瑞拉。

仙德瑞拉的肌肤白得像冬日的初雪，眼眸仿佛镶嵌着夏夜的星辰，红唇是春天里饱满新鲜的樱桃，长发是深秋被风拂动的金色麦田。一年四季的美景都聚集在她一人身上，无论她站在哪里，人群都会瞬间黯然失色。因为长相出众，她从小被母亲保护在手心里，落入她眼眸的都是最美好最阳光的亮面。

仙德瑞拉本该就这样在温室里无忧无虑地长大成人，但上帝从不会偏心。在她十五岁那年，最爱她的母亲因病去世了，从前被她母亲挡下的风雨磨难、驱散的黑暗阴影一下子全都落在她的身边，她没有经受住上帝的考验，灵魂也随母亲而去。

仙德瑞拉白天装作坚强，晚上却被各种噩梦折磨。渐渐地，只要十二点一过，她所有的心理防线都会崩溃，变成一个脆弱敏感的小女生。

祸不单行，没过多久，继母带着两个姐姐住进了她的家里。不知道为什么，继母和姐姐很不喜欢仙德瑞拉，甚至有些害怕她，而父亲总是站在继母那边。有一天晚上，仙德瑞拉梦见自己不小心砸坏了姐姐的首饰、打碎了继母的花瓶，她从愧疚中醒来，却发现自己被家人囚禁在了漆黑肮脏的地下室里，公主裙被灰尘侵蚀。

仙德瑞拉不知道自己做错了什么，她开始放下身段挑豌豆、洗碗扫地、做粗重的工作，去讨好继母和姐姐，经常弄得满身灰尘。即使她成了名副其实的灰姑娘也无济于事，继母和姐姐们照样会在每晚十二点之后把她锁进地下室，然后在门口长舒一口气。

小小的仙德瑞拉不知道这声叹息里到底隐藏着什么，她只能无奈地睡去，每天醒来时，身上都是地下室带给她的抓痕、血迹，还有各种各样的伤疤。所幸少女在这样的日子里依然在心底存有小小的期盼——王子举行的舞会一天天临近了。

仙德瑞拉为了舞会精心准备了很久,她遮掉身上的疤痕,绾了最端庄的发型,穿上晶莹剔透的水晶鞋,翻出母亲最美的礼服。果不其然,她成了舞会上最瞩目的女孩。越过舞会上层层的兵戈和盔甲,她和王子目光相交,一触即发。她如愿和王子一起跳了舞,可惜快乐的时光易逝,转眼十二点的钟声就要敲响了。

仙德瑞拉不受控制地从舞会上逃开,她下意识地不想让王子看见十二点之后的自己,躲进小黑屋里把自己藏起来。但是王子紧紧跟随,最后还是找到了她。只有月光能够渗入小小的地下室,木板做的门被仙德瑞拉撞得吱呀作响。那是刚才还在和他翩翩起舞的公主呀,怎么可以被困在这肮脏狭小的地下室里?怜悯和同情在这一瞬间唤醒了王子的爱情,他破开地下室的门,救出了已经破碎的灰姑娘。

这个晚上,仙德瑞拉又做了一个噩梦,她梦见自己失手将王子推下了山崖。破晓将她从骇人的噩梦中拯救出来,她在门口等啊等,都没有等到王子的来临。

那王子的结局呢?城里流传着一段佳话:王子在舞会上对美丽的灰姑娘一见钟情,带着她私奔了。仙德瑞拉只是摇摇头,笑这些用来骗小孩的童话,只有她知道,灰姑娘的生活没有发生任何改变。

一些闲言碎语:这个故事里的灰姑娘是没有经历过挫折的温室花朵,母亲去世后,她受不了打击,精神分裂了。她没有遇到恶毒的继母和姐姐,但她遇到了十二点之后另外一个恶毒的自己。恶毒的灰姑娘嫉妒被保护的人,所以失手杀了王子。

舞　会

○张文赫

本文改编自法国作家夏尔·佩罗所写的童话故事《灰姑娘》中灰姑娘和王子的舞会片段，以灰姑娘为第一人称叙述，从舞会前灰姑娘被魔法变成美丽的公主开始写起，在此向经典致敬。

当我坐在梳妆镜前，看到自己原本瘦削虚弱的模样被魔法变得美丽优雅时，我终于有勇气在心底承认今晚我是一位公主，而不是大家所说的"灰姑娘"。我弯下腰，苍白的脚穿上水晶鞋，那耀眼的光芒让我有了一瞬间的恍惚，直到漫天星光下南瓜车"哒哒"的马蹄声响起，告诉我这一切都是真的。

一直以来，我每日的生活只有抹布、脏衣服、脏盘子，以及继母的责骂和姐姐们的刁难。我是这个世界上最渺小最不起眼的人。王宫于我而言，是一个遥不可及的地方。但是人生总会有意外，就像我，在今晚十二点之前，可以穿着此生不曾见过的华贵服饰，走进那个仙境一般的王宫。如果幸运的话，还能一睹王子的面容。

王宫华丽的灯火逐渐清晰，南瓜马车缓缓停下。我提起裙子，努力让自己不表现出羞怯和紧张，慢慢走进舞会大厅。挑了一个偏僻的角落坐下，我静静地喝着香槟，看着大厅里高贵的小姐先生们翩翩起舞。本来想着就这样静悄悄地坐到舞会结束，一位衣着华丽的俊俏少年却穿过人群走到我身边："小姐，可以请你和我一起跳支舞吗？"我怔了几秒，但心头的迟疑还是被他唇角的笑意融化了。人生第一次拉着一个陌生人的手步入舞池，任由他温柔地带着笨拙的我跳舞。一舞终了，他轻轻地对我说："谢谢你，你的蓝色眼睛像星星一样美丽。"我本想向他道谢，可是目光不经意地移到他身后的钟上，发现还有不到一刻钟就是十二点了。如果没有及时地逃出王宫，现出原形的我将成为今晚舞会上最大的笑话。慌乱之下，我说了一句"告辞"便匆匆地离开了。一只水晶鞋跑掉了，可是我无暇顾及。坐上南瓜马车后,我才发现自己流了一脸的泪水。

第二天清晨,王宫的使者拿着一只水晶鞋挨家挨户地敲门,让全城的女子试穿。听姐姐们聊天时说,王子在昨晚的舞会上对一个蓝眼睛的美丽姑娘一见钟情,那个姑娘却头也不回地逃开了,跑掉了鞋子都不停歇,王子只好派出使者寻找她。

使者终于来了我家,姐姐们都急切地去试鞋子,我只是默默地站在一边。"小姑娘,你也试一下吧,你有着蓝眼睛呢。"使者突然说道。"不可能是我的,我不过是一个灰姑娘,怎么会有幸在王宫里遇见王子呢?"我用力压住眼底的酸涩,"这鞋子,我不必试了。"

使者找了一整天,却发现没有一个姑娘能刚好穿上这只鞋子。

又是一个满天繁星的夜晚,我难以入睡,悄悄走到后院,在干草堆中翻出另一只水晶鞋,抱着它泣不成声。

渺小卑微、衣衫褴褛的自己,如何能够理直气壮地站在王子面前?

可是那抹唇角的笑意始终在我脑海里,挥之不去。

一年后。从家里逃离的我,再也不用害怕继母的打骂和姐姐的嘲讽,生活艰难辛苦,但是自由独立。

三年后。我的身上再也看不出"灰姑娘"的影子。那个全世界最渺小、最不起眼的自己,正在慢慢消失。

五年后。我终于穿上华美的衣裙,握着另一只水晶鞋,没有一丝犹豫地走到了王宫门口。然而,王子的婚礼很隆重,王妃的蓝色眼睛很美丽。

我释然一笑,再也没有泪水。

注:

幼时读《灰姑娘》,只会感慨美好的结局。如今细细想来,平凡而自卑的灰姑娘怎会坦然接受王子的爱意,于是便改写了这个故事。世人都说王子救赎了灰姑娘,可是分明只有灰姑娘自己才能救赎自己,王子的爱不过是她找到自我的原动力。就算最后没有得到爱情,她也不再是那个软弱怯懦的"灰姑娘",这何尝不是一个 happy ending。

舞 会

○曹书航

景：夜间的王宫内，一个装饰极致奢华的宴会厅。

数百盏水晶吊灯把宴会厅照得亮如白昼，厅中人头攒动，早已站满了衣着华丽的贵妇小姐，还有她们的丈夫或是父亲。贵族女性大多扇着扇子，或是拿着真丝手帕揩汗，互相间叽叽喳喳说着女人家的闲话。

开幕时，王子正挽着他母后的手风度翩翩地从舞台中央走出来。

王子约莫二十岁，长相清秀却面露愠色。他的母后衣着华贵却低调，满脸喜气背后却掩藏着担忧。

王　后：（面带高贵的微笑）一会儿你可以先和别的小姐跳舞，但是最后一支舞一定要和伍德森女公爵的女儿跳，最后你会宣布她将成为你的王妃。

王　子：我会为自己的终身大事做主，母后。

王　后：我希望你明白我的苦心，儿子，想要顺利继承王位，你必须得到伍德森家族的支持。

随着王后和王子走到宴会厅的中央，乐队奏起了音乐，人群的喧闹声停息了。

王　后：（举起酒杯）请大家举杯，共祝良宵！

所有人举杯祝酒，音乐再次响起，众人开始跳舞。这时，宴会厅的大门突然打开，一位穿着纯金银线制成的晚礼服的美人出现在大家的视野中，众人不由得发出了惊叹之声。

这位美人就是灰姑娘，她在众目睽睽之下镇定地走到舞池中央，用眼神向被她衣着之奢华所震慑的王子发出邀请。王子来到她身边，邀请她跳第一支舞。

王　子：敢问芳名？

灰姑娘：贱名恐污尊耳。

王　　子：敢问姑娘何方人士？在以前的宴会上我从未看到过您。

灰姑娘：本地人士。

王　　子：可是您的衣着如此华丽，连舞鞋都是水晶所制，据我所知，除了王宫，城中更无哪家能有如此稀罕之物。我猜，您一定是别国的公主。

灰姑娘：王子见笑，我并非公主，只是一个平常女子。不过听闻殿下最近忧愁难解，小女子不才，正可为您解忧。

王　　子：（笑）哈哈哈，我生来尊贵，有何忧愁？

灰姑娘：虽然生来尊贵，但却如笼囚之鸟，连自己的终身大事都无法自己做主。

王　　子：常言道，千金易得，知己难寻！姑娘安能知我若此？

灰姑娘：实不相瞒，那伍德森女公爵是我的后母，殿下要娶的王妃就是我的继姊。

王　　子：原来如此！可我与姑娘素不相识，姑娘为何要为我解愁，又如何为我解愁呢？

灰姑娘：唉，说来话长。我父亲出身本地没落贵族之家，当年违抗我祖父母之命娶了我生母——一个小门小户出身的女子。最初婚后日子虽贫寒，却也幸福愉快，可我父亲终究是贵族出身，无法长期忍受十米九糠的日子，对我母亲心生怨恨。后来，那寡妇女公爵看上我父亲，我父亲也正好要攀附她家的权势，因此两人沆瀣一气，设计毒死了我母亲……

王　　子：唉，真负心汉也！

灰姑娘：那时我还小，无法为母亲讨回公道。后来他们顺理成章地结婚，后母带来的两个女儿深得父亲宠爱，把我当作拖油瓶对待，终日把我扔在后厨，全当下人使唤。（抽泣）

王　　子：姑娘真命苦也。

灰姑娘：因此我对我父亲与后母恨之入骨，他们过得畅快一日，我便痛苦一日。我只求有一日能狠狠羞辱他们，为我母亲报仇！如今王子殿下要娶我的继姊，想来也是政治联姻被逼无奈，故而斗胆向殿下进言，只求殿下能与我合作，这样我们既可以打破您的联姻计划，又可以为我母亲报仇。不知殿下意下如何。

王　　子：姑娘真女中豪杰也！在下自愧不如，若姑娘能救在下于水火，来世必当牛马为报。

灰姑娘：殿下爽快，小女子已有计策。

王　子：愿闻其详。

灰姑娘：今晚殿下只跟我跳舞，若有她人烦扰，殿下不要搭理即可。到午夜时分，我自会逃走，同时会留下一只水晶鞋作为线索。殿下明日便可下令全城搜查这水晶鞋的主人，若是找到就纳为王妃。小女子回家后从中斡旋，明日殿下搜查到我家时，自有道理。

王　子：是何道理，还望姑娘明示。

灰姑娘：我那两位继姊岂会放弃做王妃的大好机会？明日必定争相试鞋。可她二人天生大脚，粗鄙不堪，哪里穿得进这么精巧的水晶鞋？那时我便劝她二人削足适履，她二人愚钝不堪必会尝试。待她们穿上那鞋，殿下就将她们带走，途中她们受伤的双脚必会流血，殿下看到之后就震怒一番，治她们个欺君罔上之罪。

王　子：（恍然大悟状）姑娘机智，在下叹服！

灰姑娘：殿下见笑了。只消如此行事，你我二人皆可成事。

王　子：姑娘如此冰雪聪明，在下实在佩服。敢问姑娘芳名？

灰姑娘：贱名恐污尊耳。

王　子：姑娘过谦了。我真是从未见过如此聪慧又与我投缘的女子呵……我这里有偌大的宫殿，将来只缺一位女主人，敢问姑娘可愿屈尊？

灰姑娘：（大笑）殿下说笑了！我就是个最普通不过的女子，殿下莫要凭一时之兴趣做出将来后悔的决定。殿下难道忘了我方才所讲的我父亲与生母的故事？

王子低头陷入沉思，时钟敲响十二下，灰姑娘飞奔出城堡，在台阶上留下了一只水晶鞋。

灰姑娘故事的由来 —— 幕后

○郑在念

"皇后,您的作家到了。他在您的接待室里准备写您的自传。"

辛德瑞拉皇后坐在自己的茶室喝着唯有皇室里的人才可以喝的"中国绿茶",坐姿非常娇媚。

"让他直接进来我的茶室就可以了。你带他进来。"

作家到了辛德瑞拉皇后的接待室,衣衫褴褛,还戴着镜片很厚的近视眼镜,与辛德瑞拉皇后相比,他的模样的确是太令人心生怜悯了。辛德瑞拉和王子结婚的第二年,皇帝去世了,她的丈夫就继承了皇位 —— 乔纳坦四世。皇室里有一个传统,就是皇帝和皇后都要出版自传,无论是在小学还是初中甚至到高等大学的考试当中,都会出现自传文本当中的内容。唯有没读过自传的人,但绝对不会有只读过一遍的学生和学者。

房间里的沉默冻住了所有的空气,作家也不知该如何开口,只是低着头保持着这一沉默。

辛德瑞拉皇后打破了这一沉默,于是开口说:

"你不用想真实与否,只要按照我说的编好故事就行。"

"不过皇后……按照皇室的自传要求……"

"我辛德瑞拉皇后像你一样还是老百姓的时候,我父亲生我之前娶过一个特别美又很善良的女人,但他知道我的亲生母亲很有钱、很有背景,就离开了原来那个女人,娶了我的妈妈。这一段你就写成特别美又很善良的女人是我的亲生母亲,把我的亲生母亲写成后妈。除了皇室里的人,没有人知道关于我的任何事情。我特意把你请过来也就是为了把我包装成一个完美的女人。女人不能太强势,这样男人们就会怕我们。你把我的故事按照我的要求编好了,对我的口碑是有好处的。我的自传体童话需要把我塑造成非常可怜的女孩子,天天受我家里人的欺负,但是我凭着对生命的理想活下来了,还需要有点幻想色彩,魔术啊什么的,这样小孩子们才会喜欢。听到了吗?"

"遵命!"

过了不久,作家还带来了当编剧的哥哥,很快就完成了辛德瑞拉皇后的自传体童话。辛德瑞拉皇后请来了当地最出名的插画作家,她的自传《灰姑娘》很快就成了欧洲大陆的畅销书。作家兄弟俩也从国家得到了大力支持,各个地方的王后都邀请他们来写自己的自传体童话,例如:雪国的《白雪公主》,美梦国的《睡美人》……

辛德瑞拉皇后看到自己的自传体童话受到广泛的喜欢,就邀请作家兄弟参加自己的宴会。她举起了自己的香槟杯,对所有的宾客介绍作家兄弟。

"我们为伟大的上帝给予的天赋,为格林兄弟的才华,干杯!"

被传诵的辛德瑞拉的故事

○倪玮

很长时间之后,辛德瑞拉的故事仍在大街小巷被人传颂着。在这个国家,人们更愿意称她为灰姑娘。贫贱的女孩将她视为偶像,富贵的人家也开始审视自己往日的傲气,毕竟这概率如同六月下雪一样,出人意料地打了所有人的脸。

辛德瑞拉每每依偎在王子怀里,都会轻声地问他:为什么是自己?王子从不吝惜对她的称赞,他穷尽了自己所能想到的形容词,告诉她自己是多么倾心于她。舞会上她的回眸一笑,是充满脂粉味道的人群中的一股清流;她的眼睛,在本就辉煌的大厅里显得更加明媚;她离去的身影,仿佛余音一般在他的脑海中回荡。

"真是一场盛大的舞会啊。"辛德瑞拉和她的仆人回味着,忽然觉得手中的这杯茶有点淡了。她叫仆人添了些茶叶,自己则走到窗前,俯瞰着城堡外面的巷陌,失了神。几十年后的人们也许会记得保护他们的王子,但又有几个人会想起自己呢?她不禁觉得自己只是一个附属品罢了,一生的光辉定格在那场盛大的舞会上,事实上,她只不过是因为长得好看被王子记住了而已。辛德瑞拉叹了口气,重新接过仆人的茶,她觉得有点悲哀,但又为自己能拥有这样超越寻常女人的想法而感到一丝骄傲。

宫廷写手会记录每个嫁到王宫来的女子的家族故事,好让她们在后世也能留下淡淡的一笔。这给了辛德瑞拉一个改变自己的机会。她每次都会拿最好的食物和酒水招待那个写手,然后与他一聊就是一天。

"今天请写一写我的几个恶毒的姊妹吧……"

"可是您的姊妹们待您很好啊,她们还经常来看您呢……"

"啊不不不,请按我说的写下去吧。她们从小就欺负我,经常让我打扫马厩和车棚……"

在辛德瑞拉的坚持下,故事变得愈发凄美动人起来,一个默默忍受欺凌的坚强女孩的形象深入人心。除此之外，她还时常思念自己的生母，甚至在舞会上穿的也是自己母亲过去穿过的裙子，尽管当时她的裙子是找最好的裁缝制作的。关于求婚的场景，她更是扯出了一个全城寻找水晶鞋主人的故事，宫廷写手在如此优秀的想象力面前只得自愧不如。

辛德瑞拉的故事后来传到了坊间，那时故事的主角已处于迟暮之年，看到自己成为百姓的励志榜样，她在幸福中死去了。城里的人对这个故事深信不疑，他们给辛德瑞拉取名为"灰姑娘"，歌颂她的坚强和善良，为她写诗作曲。他们如此相信这个故事，就像深信六月下雪是真实的奇迹一样。城市里充满了暖意，人们脸上的笑容也变多了。这时即使有人想道出真相，但看到这个城市因为这个故事变得越来越和谐，最终也就选择了沉默不语。

谎言与真实：橱柜里的骷髅

○杨榕雨

一、第一封信

亲爱的辛德瑞拉：

日安。

不知道是否应该恭喜你——我亲爱的孩子，即将嫁给王子殿下。我知道在你的心底或许怀着对我的怨恨与憎恶，怨恨我抢走了你父亲对你的宠爱，怨恨你的姐妹对你的嘲笑与奚落，怨恨我对你的苛待与冷酷。但是我请求你，发自内心地请求你听完这个故事。

我记得很清楚，第一次见到你的时候，你有着明亮的眼、艳丽的唇，太阳穴上的那片丝绸似的微光逐渐变成发亮的褐色头发，没有一丝贪婪，洁白无瑕，比天使更纯洁。我在心里暗暗发誓一定要好好保护你。后来你渐渐长大，媚色内鲜，如同无数玫瑰从裂痕中伸展、绽放，不自觉地吸引着所有人的目光在你身上流转，这其中就包括你的父亲。我起初是不相信的，但是他的目光越来越黏稠，就像但丁注视着他的比阿特丽斯。我无法接受，我发誓要保护你！但是我又是如此无能，我只能待你苛责，剥去你的华衣，遮掩你的美貌，在你看来，这绝对就是虐待吧，可是这种理由要我怎么说出口呢？

我知道你很渴望参加舞会，我多么希望能带你参加，看你绽放，可是不能。王子在民众看来英俊潇洒可实则轻浮，所谓的舞会不过是"婚姻的市场"，所有去参加舞会的女性不过是待价而沽的商品，等着王子这个唯一的顾客来挑选购买。13岁的时候，我就被自己的父亲卖给了一个有钱人做妻子，最后因不堪忍受丈夫的虐待而毒死了他，带着两个女儿，经人介绍嫁给了你的父亲。我又怎么能让你重复我悲惨的经历？

孩子，我祈求你谅解我的苦衷，祈求你的原谅。亲爱的孩子，希望你坚强地面对以后的人生，不要忘记本心，一定要做一个善良的人，就像你的生母一样。最后，祝你岁月安好，亲爱的孩子。

发自内心爱你的特曼妮夫人

二、第二封信

特曼妮夫人：

　　日安。

　　您是我的母亲，即使您对我十分严厉，我依旧十分尊重您，但是我绝对无法容忍您侮辱我的爱情，更无法容忍您侮辱我的父亲，您说的话是多么荒谬。如果您不忏悔自己的行为，神是不会宽恕你的。

辛德瑞拉王妃

三、第三封信

远方的人：

　　你好。

　　婚礼时，整个王国的民众就像是沸腾的水，为王子与王妃的盛大婚礼欢呼，感动于两者浪漫的爱情故事。三天后，敬爱的王子殿下便下令处死恶毒的特曼妮夫人，但是善良的王妃一再请求。最终特曼妮夫人被流放，勒令永远不准回国，善良美丽的辛德瑞拉王妃终于和王子殿下过上了幸福的生活。

　　一年后，王子殿下登基，辛德瑞拉王妃生下了一个健康可爱的男孩。令人悲伤的是，辛德瑞拉王妃的父亲不久就得了病，卧床不起，而王子殿下，不，应该说是国王陛下也害了热病。辛德瑞拉王后一个人撑起了整个国家，她的美名在整个王国中传颂——她的美貌让王冠的钻石都失色，她的善良让圣女都羞愧。

童话王国的 ××

注：

第一封信中包含三个故事：1. 我们熟知的《灰姑娘》；2. 后母口中的故事——对《灰姑娘》的颠覆（受坦尼斯·李版本《灰姑娘》的影响，笔者想对《灰姑娘》中对女性的物化进行描写）；3. 作者笔下的故事，第一封信——归根结底这个故事中继母的话真假无法辨识，而灰姑娘相信与否也无法辨识。

灰姑娘

○郑中华

楔　子

每个人都以为自己可以瞒天过海，却骗不过这个世界。

前　传

灰姑娘终于和王子幸福地生活在了一起——他们相敬如宾，举案齐眉，恩爱而美好。只是一切平静的水面之下都有着深不可测的激烈漩涡。每一个家庭都有秘密，每一对男女都有不愿意让对方知道的秘密。爱情中的男女，总是相互欺骗着，撕扯着彼此的心，直至鲜血淋漓。而一旦开始滴血，这段欺骗的关系就永远难以愈合，只能这样相互欺骗、相互撕扯着处在一段名为爱情的关系中。

灰姑娘和王子，他们的爱情始于彼此间的惊鸿一瞥，却因为一双水晶鞋发生质变。对于外人来说，也许是爱情的象征；而对于这二者而言，却是不愿提及但又永远无法回避的。

灰姑娘篇

灰姑娘成功穿上了水晶鞋，也成功获得了王子的爱情。他们真正牵手的那一刻，灰姑娘的嘴角却浮起意味深长的微笑。

灰姑娘常常收拾衣物，而每当看到这双鞋，她总是庆幸自己的智慧——也许是狡诈。魔法变出来的东西是会消失的，华美的礼服、精致的妆容与气派的马车都不见了——但是水晶鞋还留着。魔法显然不能永远存在，那么能超出魔法期限的便不是魔法变出来的。

灰姑娘笑着,将水晶鞋重新收好。魔法和水晶鞋,两者都不是真的。而真的,只是谎言。所有的一切,都是灰姑娘编出来的。再善良的人也不愿意被继母和姐姐们欺负,再勤劳的人也不愿意终日做这些苦活脏活——何况这一切都不是她本应该得到的。她嫉妒,她也愤怒。她想要颠覆这一切:她编造谎言,欲盖弥彰,设置巧合。曾经被命运抛弃的灰姑娘被重新选中,一切仿佛是个玩笑。

现在的灰姑娘有了地位有了财富。曾经的灰姑娘渴望着爱情,可她用畸形的方式赢来了现在的爱情,是她所希望的吗?她不知道。

灰姑娘收拾好东西,起身走向窗边,双眉紧锁。她同样不明白的是,王子怎么没有发现这个简单的谎言呢?她搞不清楚。灰姑娘只是深陷于欺骗的幻象中,她不愿意去想。

王子篇

王子终于赢得美人归。他会与灰姑娘——已经成为美丽的王妃——拥有美好的爱情和长久的未来,这似乎是一段再浪漫不过的爱情佳话了。

王子也早已习惯他人钦羡的目光。事实上,王子并不在意,甚至有些无奈。王子自然明白,水晶鞋和魔法显然再假不过了。王子不愿意戳破,正像他也有自己不愿揭开的伤疤。

王子将他的秘密隐藏了一生,并仍将继续下去。通过寻找能穿上水晶鞋的女子的方式,他终于找到了灰姑娘,这是一段童话式的重逢。只是王子为什么不直接寻找呢,而偏要对上鞋与脚呢?王子不愿意说的是,他无法通过脸的特征辨认出不同的人——王子患有脸盲症。在王子看来,所有身着华美礼服的姑娘都是类似的,他有心辨认却终究无力——因此只能采取这样大费周章的方式。

由这个事实可以推出,王子的审美和取向又与常人不同。王子难以辨认女性美丽的容颜,只能从女性的器官中寻找爱欲的对象——王子很喜欢女性的脚。她深深迷恋灰姑娘的脚,更深陷于穿着水晶鞋的灰姑娘的脚难以自拔。他太喜欢这双脚了。王子决定占有这双脚,所以他只能"爱上"这个人。

这究竟是畸形的物恋还是爱情?王子也不清楚。命运对他不太公平,他不愿意再去揭自己的伤疤。王子清楚的是，他现在得到了自己想要的，他很开心，他也不觉得这样的遮掩是一种欺骗：他只是成为他自己。至于爱情，王子也不太明白其中的意义。

两生花

○路子杰

一

圣诞节,午夜,下雪。

威弗尔家里的一声婴儿啼哭穿透玻璃,又在布鲁克林街道的人声鼎沸中逐渐萎靡。

"我太太她怎么样了?"威弗尔先生焦急地问。

"我很遗憾,夫人,她,难产去世了。"护士走出房间,颤抖,泪眼蒙眬。

威弗尔呆在原地。他不敢相信,辛德瑞拉,美丽善良的辛德瑞拉,就这样离他而去了。

人们都说,遇见辛德瑞拉是他此生最大的幸运。她家境贫寒,却没有丢失诚实善良的真心;她那样美丽,却从没有屈服于任何达官显贵。她爱上了老实淳朴的威弗尔,一起过着简朴但幸福的生活。

直到医生把两个哇哇大哭的女婴放到他怀里,他才从惊愕中缓过神来。他望着孩子们,眼底是无限温柔和坚定。

二

辛德和瑞拉在父亲的抚养下逐渐长大。

虽为孪生,她们却神奇地显示出巨大的差别。

辛德相貌平平,甚至有一些丑陋,但心地善良,善解人意,她就像这个家的女主人一样把房子收拾得一尘不染。

而瑞拉,天生丽质,美貌惊人,和妈妈的相貌相比有过之而无不及,但她傲慢无礼,肆意挥霍,时常因为花销问题和父亲吵架。

她俩戏剧性地分别继承了妈妈的性格和美貌,不像妈妈童话般完美,她们就是真实的、有血有肉的普通女孩。

三

转眼间,两人上了大学。

她们都爱上了班里最帅的男孩——布兰德。

他风度翩翩,举止优雅,成绩优异,简直像王子那样完美。

毕业舞会上,辛德和瑞拉都想要向布兰德告白。

辛德穿上用皱巴巴的床单缝成的晚礼裙,下摆宽大得可以容下两个人——她没有高跟鞋,只好用长长的裙摆遮住双脚。

而瑞拉,用父亲两个月的收入为自己购置了一套小黑裙和一双红底高跟鞋。她化上精致的妆容,绾了最流行的发型。

两人共赴舞会。谁能牵起布兰德的手呢?

如果这是童话。那么——

其实,布兰德一直悄悄爱着辛德。他爱她的内在,认为那是人间最美好的事物。当辛德和瑞拉同时邀请他去跳舞的时候,他看都没看盛装打扮的瑞拉。布兰德内心窃喜而激动,望向辛德的双眸满是炙热和温柔。从此,布兰德和辛德幸福快乐地生活在了一起。

可这不是童话,而是现实。

辛德因为简陋的穿着被同学们围着嘲笑,她哭着跑开了,再也没有见过布兰德。

瑞拉则和布兰德走在了一起。他们看上去十分相配,像王子和公主的结合,看上去总是那么完美。可后来,瑞拉又攀上了比布兰德更有钱、更有权的男人。布兰德立马被抛弃了。

十年后,辛德和朴实善良的男人结婚了。瑞拉在上流社会中混迹,游走在各种达官显贵之间。布兰德找了一个和他家境匹配的女孩,草草成婚。

没有比童话更令人绝望的现实了。

没有王子和公主,没有"从此幸福地生活在了一起",没有奇迹。

这就是生活。

我们蝇营狗苟,才能存活此间。每个人的不堪,都是生活的必然。

灰姑娘的美好生活

○武杨

　　灰姑娘不甘愿一辈子待在自己现在的这所城市，她想出去看看。继母没说什么，但灰姑娘能感受到家里的空气都是冷的。

　　坐在开往帝都的火车上，灰姑娘的心情有些沉重。这一切，灰姑娘清清楚楚。继母身体不好，自从父亲去世后，家境更是大不如前。继母没什么文化，对读书也没什么好感，更不想让灰姑娘去外地读大学了。灰姑娘决定勤工俭学补贴家用，消除继母的顾虑。

　　似乎，乡下的灰姑娘与城里的同学格格不入。她最害怕自卑，大城市的一切对她来说都是陌生的。第一次班级聚餐，灰姑娘拉着同学问这问那，即使听不懂记不住也要装作恍然大悟的样子。席间，灰姑娘无心吃饭，拼命回忆着刚才的对话，微信和支付宝是什么，怎么坐地铁，大家都喜欢的日漫里面的女主角叫什么名字来着……灰姑娘怔怔地坐在那里，直到身边一声恼人的笑把她的注意拉回席间。灰姑娘不知道是谁在笑，更不知道她们是在嘲笑她这个土包子还是在笑大家都心领神会而只有她不懂的新梗。灰姑娘越想越不是滋味，恍惚间觉得大家就是在笑她，而且又似乎不是一个人在笑，周围所有的女孩子都在笑。

　　灰姑娘厌恶这种极度自卑的感受，她再也不要参加这样的活动了，她把自己埋在图书馆里，躲避他人的目光和议论。灰姑娘的脑子并不好，整天学习的日子也很难熬，她并不喜欢整天学习。夜深人静的时候，灰姑娘喜欢看 Cinderella 的电视剧，剧中女主的生活是灰姑娘梦寐以求的样子，拥有高智商和美貌，有让人羡慕的家庭，还有帅气有魅力的男孩子相伴左右。灰姑娘越想越失眠，不知道是幻想剧中情节的幸福感还是对自己生活的感慨，五味杂陈。

　　毕业后的灰姑娘已经不是当时的灰姑娘，大家都说灰姑娘成绩好、技能满点，但气质高冷。灰姑娘内心仍然绷着一根弦，似乎毕业后的每一天，神经都是紧张的，得不到一丝放松。公司的那些姐姐总是和灰姑娘说果然还是太小太学生气，有些事情你以后就懂了。怎么说呢，公司的氛围很友好，但空气冷冰冰的，没什么亲切感。学业的内容，灰姑娘驾轻就熟，而工作上的一切对灰姑娘来说那么陌生，仿佛又回到了四年前。这种挥之不去的自卑感愈发强烈了。生怕自己哪里不如周围人，更怕这种不安的感受被别人注意到，灰姑娘少言寡语，在办公室的一言一行都如林黛玉初进贾府一般战战兢兢。

直到他的出现，改变了灰姑娘原本平静的生活。他是灰姑娘的经理，帅气，绅士，富有，一举一动都那么有魅力⋯⋯灰姑娘经常对着他的背影出神，她想自己找到了属于她的真命天子。可惜，这个人毕竟离她太遥远，与灰姑娘短暂的交谈都是那么威严不可接近。还好，这个人在灰姑娘的心里埋下了希望的种子——即使他是心中的白马王子，即使他高不可攀，但看看他就已经让灰姑娘很满足了。

一年后的灰姑娘仍然是那个看 Cinderella 的灰姑娘，然而此时的灰姑娘看上去有了心机。嗯，看上去。她懂得怎样伪装自己的自卑，懂得在自己委屈时极力隐忍克制。她得到了之前想要的一切，包括那一句"我喜欢你，我们在一起吧"。

不知为何，和他的约会没有浪漫的感觉，灰姑娘只感受到前所未有的疲惫和心里真切的不踏实感。他送的玫瑰花很快就枯萎，他送的水晶鞋脆弱易碎。怅然若失感涌上灰姑娘的心头。

灰姑娘终于在城市立足，可以养活自己，多余的钱也足够支付继母的医疗花销。可继母已经病重，灰姑娘的成长又迟了一步。痛哭流涕之后，灰姑娘只有一片茫然，不知道自己剩下什么。处理完继母的事情，灰姑娘账上的余额一点点多起来，她意识到，也许自己和继母之间没那么爱彼此，有的只有相互的责任和相依为命的怜悯罢了。

这一天，灰姑娘在看 Cinderella，灰姑娘恍然明白自己和她一样的可笑、可悲。大家欣羡的生活是一把锁，锁住了 Cinderella，也锁住了灰姑娘。

灰姑娘彻底明白了。灰姑娘还回了水晶鞋，离开了那个曾经爱慕的他和他所在的城市。灰姑娘的生活里不再有办公室，不再有他人的目光，不再有王子，不再有继母。一座小城，一支笔，一段自由写作的时光，是灰姑娘现在的全部。

辛氏女

○毛天与

曩者,闻得姬国[1]有一妙龄女,曰辛氏女。其女美姿颜,良善端庄。母早殁,辛氏女之父再娶。后母已有二女,咸入辛家。

后母不贤,素有恶名。既入主辛家,便遣散下人,使役辛氏女如婢。后母二女脾性一如其母,善妒好嫉,见辛氏女蓬头乱发、衣衫褴褛,常群而哂之、戏之。又因辛氏女素日奔走于庖屋幽室,衣衫皆落灰尘,谑之为"灰姑"。

适国王为子择妻,广放告示,征选适龄女子至都宴会。后母之二女闻之大悦,整日裁衣刺绣不歇。或琳琅或珠翠,或飞袍或窄袖,朝朝暮暮,淡妆浓抹。辛氏女囿于舍务,终日碌碌,闻王子有宴,亦心向往之。偶有闲暇,念及身世凋零、母恶姊毒,而己缊袍敝衣,饥寒交迫,形容憔悴,禁足深闺,不免揽镜自悲,独泣对秋风。

赴宴之日既临,后母携二女欣然而奔,独留辛氏女于室洒扫。辛氏女亦无可奈何,暗自泪垂。忽闻一人唤曰:"姑娘!"遂见一老妇,问辛氏女为何而哭。辛氏女自诉身世,老妇大为动容。老妇以拐叩一瓜,瓜遂为车乘;击一鼠,鼠顷刻为马匹。霎时间,青烟一阵,辛氏女之褴褛衣衫皆改,霓裳羽衣,曼妙披拂。老妇又捧出玉鞋一对,亲为辛氏女穿戴。辛氏女欣喜难抑,恍如梦中。老妇叮咛之:"速去也,子时必归!"

辛氏女甫一入宫,满座皆惊。眉飞入鬓,眼波留情;婀娜娴静,长袖胜雪——辛氏女之极美,又以玉鞋为甚,移步生莲,玲珑作响。王子即刻请上座,推杯换盏,席间常以眉目送情。众女皆为之扼腕,后母与二女亦处其间,私语切切。

一宴盛极,满座宾朋,皆心思各异。顷刻子时将至,辛氏女匆匆离席,王子亦起身追之。辛氏女急甚,一路疾走,落下玉鞋一只。才出宴席,子时已至,褴褛衣衫再

---

[1] 灰姑娘原作见于格林童话,姬国大概是德国(Germany)的音译。既然是外国国家,在这篇文章的设定里一些不符合中国古代"礼数"的剧情由于必要性不得不留,望读者包涵。

出，宝马香车俱散，复成"灰姑"。原来怒马鲜衣皆做黄粱一梦矣。

当日归家，辛氏女复劳舍务如初。自当日宴后，王子每每摩挲玉鞋，思窈窕女郎，遂广发告示，征天下适龄女，若有合此鞋者，即成王妃。后母之二女争试之，欲削足适履，皆事败，被逐。辛氏女不顾后母与二女之嗤应之，玉鞋纤纤，恰适辛氏女之足，王子亦大悦。有情人重逢，终成一段良缘佳话。

赌 约

○文莘乔

孟榛是天神最小的儿子,负责掌管人间飞鸟。他自己也有一个神宠,是一只肥嘟嘟的白鸽,名字叫塔司。

孟榛喜欢带着塔司在仙华岛上溜达,因为在那里他可以看到人间的故事,那个他心中的极乐之地。一次偶然的机会,他注意到了一对情侣,目睹了他们从相识、相知到相恋,最后结成连理,育下了一个可爱的女婴。女婴有一个特殊的名字——辛德瑞拉。

孟榛看着女婴一天天长大,这是一个善良漂亮的姑娘,她不会虐待仆人,对待每一个生命都保持尊重的态度,她身边的每一个人都会对她说喜欢她。

"我也喜欢她。"塔司说。

"我也是,"孟榛应和道,"她就是人间真善美的化身。"

直到有一天,辛德瑞拉的母亲因病去世了,这个曾经美丽动人的女子被葬在了花园里,虔诚而又善良的辛德瑞拉每天都会去母亲的坟前哭泣。

冬天来了,大雪为她母亲的坟盖上了白色的毛毯。春风吹来,太阳又卸去了坟上的银装。冬去春来,时过境迁,他父亲娶了另外一个妻子。

那个女人和她的两个女儿对辛德瑞拉很不好,脱掉了她的礼服,把她赶出了原来的房间,让她变成了一个厨房女佣。从此,她有了另一个名字——灰姑娘,她开始和灰一起过日子。

看到因受到刁难而在母亲坟前哭泣的辛德瑞拉,孟榛也在天上跟着她一起伤心,还有塔司,也用它胖胖的翅膀捂住了自己的眼睛。

"看吧,人间总是充斥着这些肮脏的东西,想方设法地追求名利、金钱、爱和其他的东西。"说话的是荀枫,孟榛的二哥。

"不，辛德瑞拉不是。"

"噢？我们不妨赌一下，如何？"苟枫笑得一脸玩味。

"好啊，赌什么？"

"就赌这灰能不能彻底影响到这个可怜的姑娘。五日为期，如何？"苟枫还是笑着的，眼神里充满着自信，仿佛这是一个稳赢不输的赌约。

"好。"孟榛应下了这个赌，飞下凡间，化作了一棵榛树上的枝杈，塔司也跟着他一起飞了下去，守在他的身旁。

天上一日，人间一年，这已经是最后一年了，孟榛还在那里等着。

一天，辛德瑞拉的父亲照常从远处走来，孟榛不小心碰到了他的礼帽，然后就被他带回了家，塔司一直在后面远远地跟着。

孟榛被这位绅士送给了辛德瑞拉，他没有想到会以这样的形式和辛德瑞拉见面。从前可爱的小姑娘现在变得灰扑扑的，只有眼睛还是亮亮的，而他，也变成了一根树杈的形象，压根儿就没有眼睛。

辛德瑞拉把孟榛栽在了她母亲的坟前，很幸运地，孟榛今日邂逅了三位故人。

之后的日子里，辛德瑞拉照常过着女仆的日子，照常忍受着漠视和折磨，照常在每日晚间来到母亲的坟前哭泣，照常什么都不说。

在她的眼泪的浇灌下，孟榛从一根小树杈长成了一棵漂亮的榛树。

塔司终于不必再栖息在远处的树上了，它将巢筑在了孟榛的身上。

这天，辛德瑞拉第一次见到了塔司，真是只可爱的白鸽，比她白多了。

塔司看着这个可怜的小姑娘，忍不住主动和她说起了话。辛德瑞拉开始感到很惊奇，且不愿与塔司多说，后来慢慢地熟络了，便会向塔司倾诉。

"我喜欢你，你想要什么就告诉我，我会帮你实现的。"塔司对辛德瑞拉说。

"谢谢你，塔司。"辛德瑞拉也很喜欢这个朋友，还有这棵榛树，他应该也是塔司的朋友。

眼看限期将至，这天，苟枫化成枫叶落在了孟榛的身旁，对孟榛说："怎么样，你还是准备乖乖认输吧。"苟枫总是笑得一脸玩味。

"为什么要认输？辛德瑞拉没有变。"

"呵，你还是这么固执，你等着吧！"苟枫撂下一句话就回天上了。

几天后的一个下午，辛德瑞拉向塔司发起了两次求助，都是挑拣豆子。

在孟榛的允许下，塔司带领众鸟满足了辛德瑞拉的愿望。

那天晚上，辛德瑞拉照例来到孟榛的身前，不过和往常不一样，她说："榛树啊！请你帮帮我，请你摇一摇，为我抖落金银礼服一整套。"

孟榛满足了她的愿望。

第二天晚上，辛德瑞拉来了，还是说："榛树啊！请你帮帮我，请你摇一摇，为我抖落金银礼服一整套。"

孟榛还是满足了她的愿望。

第三天晚上，辛德瑞拉又说了那句："榛树啊！请你帮帮我，请你摇一摇，为我抖落金银礼服一整套。"

孟榛仍然满足了她的愿望。

辛德瑞拉走后，荀枫又一次来到孟榛的身旁，说："看吧，她已经有欲望了。"

"那又怎样？"

"你等着吧。"

几天后，王子带着水晶鞋来找辛德瑞拉了。

经历两次失败之后，王子终于成功找到了和他共舞的辛德瑞拉。

这时，荀枫又来了，"最后一天了，你可真要准备认输了，现在的辛德瑞拉已经有了权势，同时，她还有多年的怨恨。"

"那就请二哥你也等着吧。"

辛德瑞拉和王子离开了，她没有告诉王子自己的遭遇，只是笑着离开了。她仍然是那个善良的小姑娘，和她母亲当年成婚时一样美丽迷人。

"你输了。"孟榛终于幻化成了人形，塔司在一旁扑腾着翅膀。

荀枫点了点头

"若是王子知道你和塔司的存在，他会做什么？这次我输了，输在期限上了。"荀枫笑了笑，摇了摇头。

"什么？"

"我的傻弟弟，你只知道你能看到的和你已经看到的东西，还有很多你看不到的和还没有看到的。你只看到了仙华岛下的世界，若你去另一个岛，你会看到从那里看下去的世界也有一个辛德瑞拉，她叫叶限。"

"也有一个辛德瑞拉？也是一个美丽而善良的女子吗？二哥你见过她吗？"孟榛明显很兴奋，他确实只去过仙华岛，因为那离他的仙宫最近，他也知道还有很多其他的能看到人间的岛。

"嗯,我见过。那是很久以前的事情了。"

"她是不是也和辛德瑞拉一样幸福?"孟榛虽是在问,语气却很坚定。

"最初是的。"荀枫答道。

"那后来呢?"

"后来,她的幸福知道了你和塔司的存在,欲望毁掉了一切,"荀枫又笑了,"我们再打一个赌,如何?还是赌辛德瑞拉,期限是她的一生。"

台词之间

○王昵泥

层层累累的裙撑、饰带,波伏浪涌地将她推、挤、挤、挤入了舞会的中心。

哈。枝形烛灯下,王子的脸蛋好像一枚蛋杯,填的是黏糊糊的细肉馅,三指牛肉加了一串猪油。圆鼓鼓、温暾、腻,在她眼里可算不得可爱。

他端着香槟,奶白手套衬着蛋青领巾,侧头向着一位先生。"如果爱不可能有对等,愿我是爱得更多的那人。"对,不可能对等的,单是把这句话念出来,就够叫人再少爱他一点了。她一边想,一边观察还有没有其他的男士在等待舞伴——奇怪的是,他们的脸都模糊不清,像层层纸板,不需要衣服的那种。

算了,我还是早点吃了点心的好——虽然叫不出名字来,但肯定比没头没脸的男人靠谱。

她向酒桌移动。哎呀,离丰饶角只有一步了。哦,有人在打招呼。

她垂着眼,悄悄数着长裙上绣的银灰老鼠与金线南瓜。一双白色的皮鞋望向了她亮晶晶的鞋尖,然后她望向了那双眼,月球里燃烧的海洋涌向她。

"尊贵的小姐,您……喜欢这两行诗吗?"

"哦!我还以为是句什么话呢,还不错,但其实我没读过什么书……"她撇了撇嘴。

"那您就跟我随便谈两句好了。"

"嗯……两句、两句什么呢?"

"十分荣幸能与您共度良宵。"

"啊,十分荣幸能与您共度良宵。"

"请问您是否有意与我共舞?"

"那请问您是否有意与我共舞?"

蛋杯扑哧一下泄了笑,"您该回答'乐意之至'!"

"您是该回答'乐意之至'！"她憋着笑，翻了个小小的白眼。

没话可说的当儿，两双眼睛一下子逮住了对面的弯弯眼角，咔嗒，落了锁，四只杂色鸟儿在一罗网里扑腾。

湿嗒嗒的面粉变成了用力筛着的糖霜，两人都清楚，几句话，糖糕又会变回面糊。她歪着头，两只手扣在小腹前，手套里黏糊糊的。他晃着脑袋和笑容。而她的舌头被一张嘴捻得在牙关里跑来跑去，两条腿在裙子下绞成一条。嗜，煞风景的话总是需要人来说的。

"说实话，您酒席上摆的油炸mammole快害我馋掉舌头啦！"

"母洋蓟？"细白粉嫩的肉丸眨眨眼睛，软软凉凉的目光扫过她的眉头，"您曾游历意大利？"

"嗯？"她摁着下唇，忍住不去咬手套。"我没有，我发誓，我发誓。"然而那双蓝色眼睛却眯了起来，"但我脑子里确实貌似还有些其他玩意儿。"

"好怪。"他整个脑门都皱进了头帘里，眼睛里是苍耳刺刺的果实。

"时间默默不语，但我曾与你倾诉，时间只洞悉了我们需要偿付的代价；如果我能告诉你，我一定会让你知道。"

"我记得我是在手机上看到的。大概是20世纪30年代的诗。"

"可现在是……"

"你也不清楚现在具体是多少年，是不是？"

"我再问你，你叫什么？除了'王子'？"

"……你呢？"

"辛德瑞拉，'灰'加'婊子'。"

"挺好的。"

"不写，不就没有事情会发生了吗？"

"写下来的东西，嘴里塞好砖的吸血鬼，才是死了——是'需要偿付的代价'。"

"可我们现在不也是被写下来了吗？"

"可能写了，也可能没有呢。"

"我跟你打赌，写下的每个字都会是致命的枷锁：从此，他们永远幸福地生活在一起！"

"今天我们已经聊得够久啦，请午夜时分立即到来吧。"

一百年的时光能将特莱维的少女泉里堵满耗子。而今夜十二点，一百年份的耗子准时地挥舞着蒙古龙旗从她身躯起伏的每一条道路上流淌而下,跃动着灰蓝、暗紫、淡银的皮毛撕扯出大片苍白的皮肤——她赤条条地转头就跑,拣着耗子们选剩下的路一同逃跑。她向前一望,便是金碧辉煌的螺旋楼梯,她的目光贪婪地刷出一级、一级、一级、又一级……赤金,赤脚。

疯狂是会传染的,继她把疯病传给王子后,仙女也疯了。你瞧,裙子没了,鞋子却好好的。它成了赤裸肉身上唯一一件护甲,像一支小小的水晶义肢,咯——蓬,咯——蓬,哀叫着另一只足的残疾。她歪下了几个台阶后,两指一勾,本想甩了,却也觉得是件信物:我知道,他也知道,这世界唯一的一枚贤者之石!她握着那一只鞋冲下楼梯的时候,感觉自己是从朱丽叶的阳台上一跃而下,而且会神奇地跌进罗密欧的柔软双臂中:肉馅儿里嵌着骨折了的暖玉蛋杯。当然啦,她可舍不得。

一想到他要凭一只笨鞋子在全国找她,她就开心得不得了——但是事实上全国只有一条路,就是从王宫到她继母家的那条。而空旷的地方,随处看去都有地皮可占——她看那黑城堡是好的,于是便有了遭黑荆棘吞噬的千年城堡;又嫌城堡离街道太近,便再加几摞山。她深吸一口气,红色的犄角从洋蓟一般的面颊上向上刺出,血淋淋的翼膜从骨架上一并抖开——吐气,火焰烧灼出一排焦黑的田野和村舍,同时将她推上天空。她逼着烘焙学徒在无名小路上留碎面包屑给那个写故事的,和那群讲故事的人留下了假证据,可是之后他告诉她这些东西老早就被乌鸦或者云雀吃掉了:她告诉他那么多次了,根本就没有鸟来吃这个东西!她美滋滋地想,在你找到我之前,我还有无数陈词滥调要与你共度良宵呢。我要跟你讲床垫下边的豌豆是如何抵着我的腰窝,还有住在林子边上的老太太尝起来是什么味道;我还要在云端调笑只能用肚皮走路、吃土的你,然后听你跟我撒娇诉苦。

然后呢,巨龙趴在金币上,掀开一枚眼睑,看到了它心爱的勇士。

他说,你不要跟我玩一千零一夜来拖延时间,快说你把公主藏在哪儿了!

它说,哎呀,我早就一个个给你慢慢讲出来了嘛,又不差这一个,我的好贝奥武夫。我曾在一本漫画里看到,尼刻之所以被当作胜利女神歆享祀礼,是因为她给了古希腊人好多机关枪,然后有个时间的叛徒——认得出机关枪的恶魔嫉恨她,便砍掉了她的头,这就是她的雕像丢了脑袋的原因。

他拔出剑,稳稳地对准它的双眼之间。

龙一点儿也没挪动,只是说:"你要知道我爱上你是最顺理成章的事。你呢?"

勇士摇摇头，"我这次应该爱的是尊贵的公主，抱歉。"

"那又是哪位？"

"此刻暂住在你城堡中的那位美丽的人儿。"

"看来我是非吃她不可了。"

"不，我会将你击败！"

"嚯，我晓得写这故事的会是什么人。"龙剔着爪子，"现在我要是为了不知道啥的恶趣味，把你劈成两半也没问题，多少次都行，但是我舍不得。"

"所以你尽管上啊。"它又趴下了，似乎还打起了呼噜。

—— 他牵起一个女孩久欠日晒的手，和他的礼服一样白，和窗边的蜘蛛菊一样，盆下压着一沓剪纸。

她的一只脚待在冰冰凉凉的小鱼缸里，她就看着它，握着另一只奇形怪状的玻璃盒子。在她抬头的时候，他喜气洋洋地弯腰吻在她唇上，童话般地蜻蜓点水，然后绅士地扶她起身，向全国昭告，她正是他寻找许久的妻子。她想，继母和两个姐姐在一旁肯定气得发绿，脚下鲜血淋淋，或者散发着烤肉的香味，或者根本就没有脚。但她懒得去理，现在四周最好是空白，真空，只剩下穿着鞋子的她和穿着礼服的他，剪出红龙的纸张连环画般地浮在空中，装点着中式的婚房。

比如现在，马车的辘辘周而复始，似乎能一直触到永恒。

她醒了又睡，睡了又醒。他有时在看她，有时不在车里。她闭上眼睛，就想象他在，睁开眼，他就在。

"你想不想多玩一会儿？"过了这么久，他早从白花花的肉酱成了炸肉丸。

"终于开窍啦？这次别再急着与写下的情节会合了啊，我可一点儿都不想和你'从此幸福快乐地生活在一起'。"

"我有点想试一下莴苣公主，还有小美人鱼。"

"想不想来点更纠结的关系？《1984》那样的？"

"无意冒犯，但我不想。至少写我们的那个人是编不出来了。而且写得越简单的故事，越方便我俩乔装扮演，不是吗？"接着炸肉丸冲她抛来一个意味深长的笑——好，接住了！

"也是，反正两句话之间的空行讲个一千零一夜是没问题啦。"她偏过脑袋，睫毛在蜜色的皮肤上扑闪扑闪，然后见着另一个蒙着面纱的深肤色女孩坐在椅垫的另一头,两眼笑盈盈地注视着自己,用唇语描摹着她口中娓娓淌下的话语:"'我的国王陛下啊,尽管云雀已放声歌唱,请允许山鲁佐德再多讲一夜的故事吧。'"

唔,从此以后他们幸福快乐地生活在一起,正如德国人老爱讲的那样,一直到死。

《木偶奇遇记》

魔法黑森林

○金昇度

很久很久以前，有一片魔法黑森林。黑森林里有一棵会结黑面包果实的树木，据说吃了黑面包果实的人可以实现一个愿望。但黑面包并不是所有人都可以得到的。魔法仙女们守护着这棵神奇的黑面包树。黑森林的每一天都很安静祥和。

太阳冉冉升起，黑森林又迎来了阳光明媚的一天。黑森林的东边山坡上，匹诺曹正唱着歌欢快地朝这边走来，这是匹诺曹离开木匠皮帕诺后第一次单独历险，他感到既兴奋又激动。他忽地看见山坡边的树上晒着一顶漂亮的紫色斗篷，匹诺曹最喜欢紫色了。他走到树边。他心想着摸一摸这斗篷，不由得忘记了自己掉进海里爬出来后，满身的海泥，手上也是脏乎乎的。漂亮的斗篷上，沾上了泥印子。

"这该怎么办呢？斗篷的主人会生气的。"匹诺曹心里想着，不由得感到担忧，于是坐在草坪上等待着斗篷的主人回来，好向他道个歉。

太阳渐渐下山了，匹诺曹有些害怕，想着找个地方休息一下。这时，斗篷的主人回来了，只听背后传来一声"是谁弄脏了我的斗篷？我一定不会放过他的！"忽的一个穿着一身黑衣的女巫出现在匹诺曹的面前。匹诺曹感到十分害怕。女巫看着自己被弄脏的新斗篷十分愤怒，那可是她要穿去参加女巫聚会而定制的新衣服呀。她对匹诺曹下了一个诅咒，命令匹诺曹三日之内拿到小红帽的红斗篷和灰姑娘的水晶鞋。好给她更换一身新行头去参加聚会，否则就杀死匹诺曹和他的爸爸皮帕诺。匹诺曹感到害怕又担忧，但他爱皮帕诺，他必须找到水晶鞋和红斗篷。女巫告诉匹诺曹，灰姑娘住在黑森林西边的那片城堡里，而小红帽住在黑森林中靠近黑面包树的小木屋里。于是匹诺曹出发了。

黑森林的另一边，住着善良的灰姑娘。此刻她正因思念心爱的王子而伤心哭泣,想起恶毒的继母和姐妹们对自己的冷言冷语,更是感到悲伤。她决定不再懦弱,想着要去寻找自己心爱的王子。她听说黑森林里的魔法仙女们可以帮助她,给予她可以实现愿望的魔法果实。擦干净眼泪的灰姑娘收拾好自己,连夜逃出了皇宫,向着黑森林走去。

此时此刻,小红帽正带着妈妈给的水果和面包前去看望外婆。不曾想到的是,大灰狼吃掉了小红帽的外婆,正假扮外婆,等待着小红帽到来。小红帽不知道自己正身处危险之中。

"外婆,你在吗?我来了,妈妈让我给你带了水果和面包。"

屋里的大灰狼心里暗自窃喜,心想着这回可以吃掉小红帽了。"嗯,你进来吧,外婆身体不舒服,在床上躺着呢。你记得把门好好带上!"小红帽答应着进门了。

这时,匹诺曹正往这边走来,他看见了小红帽外婆家的小木屋和不远处的那棵面包树,他心里略有一丝激动,想着赶快找到红斗篷,去救皮帕诺。

他走近小木屋,只听屋内一声尖叫,原来,大灰狼正起身,想要抓住小红帽一口吃掉。房门关上了,匹诺曹透过窗户看到了这一切。此刻的匹诺曹已经是一个勇敢善良的小男孩了,他心想着救小红帽,便从烟囱里跳下去,拿出之前仙女给的可以让人沉睡的魔法药水,往灰狼脸上一倒,大灰狼瞬间倒下了。小红帽获救了。但她因为过度惊吓而晕倒了。

匹诺曹看见小红帽身上正穿着女巫说的那件红色斗篷,想着趁小红帽不注意偷走那件斗篷。

此刻门外传来了脚步声,是灰姑娘来了。脚步声近了,只听灰姑娘边敲门边喊:"有人在吗,有人在吗?"匹诺曹打开了门,灰姑娘问道:"请问你知道魔法面包树在哪里吗?我需要到那里去。"匹诺曹让灰姑娘进屋坐下。灰姑娘开始讲述自己的经历,匹诺曹为灰姑娘的经历感到心痛,为灰姑娘的继母的恶毒感到愤怒,但他同时感到幸运,这就是女巫让他找的水晶鞋的主人灰姑娘啊。

正想着,小红帽醒了。三个人坐在一起,聊了会儿天,成了朋友,他们为各自的经历感到心酸,彼此安慰。

匹诺曹经过历险后,早已不是当初那个爱说谎的匹诺曹了,他善良勇敢正直。他对灰姑娘和小红帽说出了自己来黑森林的目的,以及自己遇到恶毒女巫的经历。

小红帽说:"或许我们可以去找魔法面包树的仙女,她会帮助你们实现愿望,这样匹诺曹可以逃离女巫,灰姑娘也可以找到自己心爱的王子了。"

于是三个人一起找到了魔法仙女,得到了魔法面包。

魔法面包不是每个人都能得到的,魔法仙女们只把它们送给善良正直的人。

匹诺曹一如既往地历险,小红帽也回归了自己的生活,灰姑娘找到了去找王子的路线。三个人约定以后再在黑森林相见。

匹诺曹

○邓乔中

匹诺曹被那不可违逆的狂流卷入大鱼口中的一刹那,时间仿佛随之骤然静止了。木偶人在毫无意识的情况下跌入鱼腹,恍惚间如同一具真正的木偶。

它忘记了一切。

它瘫软却僵硬地躺倒在偌大的胃中,枯黄的双颊上似乎留着在巨浪中搏斗的残迹,黑珍珠似的双眼如同正吞噬光线,而在深不见底的黑暗中,看不见丝毫记忆存在过的印痕。

它真的只是一个再普通不过的木偶了,和任何一个没有生命的物件没有区别。唯独足以称道的是它巧夺天工的躯壳,那富有设计感的流线形肢体,闪着肤黄色的光泽,让人难以不对木偶的制造师生出敬意来。可巧合的是,这木偶的作者,它的父亲,这时也恰巧身处同一个鱼腹里,他的一双眼睛平淡地看着木偶,他一动不动地坐在不远处。

这个面容憔悴的老人像已经静坐了一个世纪似的,但此刻看到了匹诺曹,看到了木偶躺在自己眼前,终于缓慢地起身。他完全知道发生了什么,以及将要发生什么。

他粗糙的手指轻巧地抚过匹诺曹光滑的有弹性的脸颊,擦去还粘着的脏污,表面不动声色的他,内心早已泛起波澜。

"去回忆吧,孩子。"他枯干的双唇翕动,双眼流露出和他身份不符的慈爱,可他无法久留此处,在缓慢流淌的时间中他终将慢慢隐匿在黑暗中。

匹诺曹的眼前,却开始涌起记忆了。

它想起来了,它被精心制作的过程。父亲为它装嵌手和脚,安上神奇的鼻子。它想起来了,它读书的经历。父亲为它买了课本,可自己幼稚且经不住诱惑。它想起来了,父亲的落水。它奋力地游着,却怎么也找不到,直到一条大鱼——

一股力量，是电流还是什么，飞快通过并点亮脑中的每一个神经元。在这个力场交织与符号穿梭的庞大场域中，生命过程中的每一个细节都在它眼里浮现，光和影交织着，它看到仙女的影子，它知道如果自己勤劳诚实，就能变成真正的孩子。它多想变成真正的孩子！它还英勇地营救父亲。—— 可谁知道呢？

在大量的信息飞闪而过之后，匹诺曹灵台一片清明。它觉得自己挣脱了什么东西的束缚，或者说，有什么不一样了。它试着弯曲手指，然后将手沉重地挪到了胸前。它突然感到无比满足。—— 它终于睁开了双眼。

它看见星空。

"鱼腹"之外，老人此刻正是无数灯光与镜头的焦点。

"皮帕诺博士，您说您找到了解决作为星系殖民地劳动力的复制人由于形成自我意识而暴动起义的方法，现在可以向我们介绍了吗？"

台前的老人轻轻转头，疲惫的眼神因为掩藏不住的兴奋而闪光。

"是的，复制人的自我意识一直是影响我们对复制人劳工控制的重要因素。而我的解决办法就是 —— 给予他们我们所赋予的自我意识。

"我尝试给予我的复制人我所设计好的，从出生即开始的成长的记忆。众所周知，童年的经历对于一个个体的塑造是极为重要的。因此我们不仅能够控制复制人既有的自我意识，甚至可以控制复制人的未来的性格。

"我之所以迟迟没有公开我的研究，因为我一直在等待这一天。今天，女士们先生们，我的第一个成果，复制人 RH01，将展示在大家眼前，他的名字是 —— 匹诺曹。"

在热烈的掌声中，记忆舱的舱门打开了。我们的木偶，从门中缓缓走出。与其他复制人的诞生不同，它没有对周遭的世界感到任何不适。它径直奔向皮帕诺博士，紧紧地抱住它的父亲。

"小匹，你还记得你小时候印象最深的事情吗？"老人问。

"嗯……"匹诺曹微微低下头，在这么多人的关注下它也难免有些不好意思。它轻轻皱着眉头，仰起头对父亲认真地说：

"我记得，我因为没有勤劳工作，被变成了一头驴子。"

女匹诺曹

○丁倩

春天,在一个普通边陲小镇的医院中,一个新的生命诞生了。

"手术很成功,母女平安。"医生走出手术室,边取下口罩边对身边的中年男人说道。

"女儿,那就叫匹诺曹吧。"男人并不明白为什么会突如其来地冒出这个念头,但有些想法一旦冒出,就像扎了根的藤蔓,一层一层地缠绕在心头,难以遏制。

就这样决定了。

这家人住在一栋普通的居民楼里,不算大富大贵,但维持日常生活也不是难事。总的来说,这就是现在最常见的家庭,可能唯一不寻常的就是匹诺曹这个名字吧。

无论如何,女孩顺顺利利地长到了7岁,她有大大的眼睛和白皙娇嫩的皮肤,齐肩的短发,是那种小孩子特有的娇憨可爱之态,但她的瞳色很深,盯着人时便分外吸引心神。

新时代的父母并没有什么重男轻女的思想,他们很喜欢这个孩子,甚至因为是唯一的女儿,可以说十分宠溺。尤其是她的母亲,如果她要天上的星星,恐怕也会搭着梯子摘给她。

7岁是上小学的年纪了,匹诺曹的母亲为她收拾好书包,送她到了学校。到了新班级的第一件事便是要大家自我介绍,当匹诺曹说出"我叫匹诺曹"时,下面发出了一阵哄笑声。原因无他,这个名字与她本人实在是太不符合了,又老土又怪谲,实在令人想笑。这个年纪的孩子正是寻求共同感的年纪,一个人的哄笑带来的只会是一波又一波漫无止境的嘲笑。

这样的哄笑欺负给匹诺曹带来了很大的打击,有些同学的指指点点更是让她难受。她毕竟是个从小被父母宠大的孩子,一气之下,她大声说道:"哼,你们懂什么！我爸爸姓皮诺，我妈妈姓曹，我是他们的孩子，所以我叫匹诺曹。"

教室里一下子安静了下来，过了好一会儿，才有一个声音冒出来："哇，好酷哦！"

这当然不是真正的原因，只是她家楼上的孩子的名字是这么来的，她便借鉴编造了自己名字的由来罢了。这是匹诺曹为了融入一个新的团体所撒的第一个谎，班上同学谁也没有注意到，她的头发在她撒谎之后突然长长了不少。

下午放学回家后，她的母亲倒是一眼便发现了这一点，她仔细地询问着原因，但是匹诺曹本人也毫不知情。两人百思不得其解，便也不再多想。待匹诺曹的父亲下班回家，三人围坐着吃晚餐时，父亲也细细地询问了她这一天的经历。当他听见匹诺曹编造了自己的名字由来时，他不由大怒，呵斥道："你怎么可以撒谎呢？"

匹诺曹撇撇嘴，说道："我不想被嘲笑，都怪你给我取了这样的名字！"

她的父亲十分生气，作势要揍她。她便跑出家门，在楼梯上抽抽搭搭地哭起来，邻居听到吵闹声，都走出来察看。匹诺曹见人多，便更加大声地哭起来，邻居纷纷指责父亲不应该打孩子，甚至有人威胁要去警察局告他。匹诺曹的母亲也出面指责他太过暴力，她的父亲只得无奈作罢。

时间就这样慢慢流逝，转眼匹诺曹就小学毕业了。这短短的六年里，她不曾改口自己名字的由来，她的头发也因多次提及此事而变长，且无论何时去理发店打理，一天之后又恢复了原来的长度。他们大概猜测到是说谎之故，却没有解决办法，只能多加留意。

他们搬到了一个更大的城市，在这里，匹诺曹上了中学。她虽然备受父母宠爱，但是家境实在不算太过富裕，班上很多孩子讨论的东西她都不曾接触过，她又不想撒谎，只得承认自己的无知。不曾想，班上的同学因此渐渐疏远她，笑她落后老土，笑她家境贫寒。到后来，她又只得撒谎以求和同学们一样，甚至向父母骗取零花钱和他们一起厮混，她的头发越长越长，很快便及腰了。

……

第三辑

生活札记

风沙十札

—— 关于沙和沙的无限联想

○毛天与

01 沙上不闻鸿雁信

一场狂沙,竟然让北京显露出一些"末日气象"来。

我是江南人。我见过晴空下的甘肃大漠,见过旷远的新疆荒野,只是没见过昏黄的天色和浓稠而有颗粒感的空气充斥在高楼大厦间 —— 夜晚中关村路口的照明外墙熠熠发光,远远投出一片蓝白交加的梦幻极光。在极端拥挤和极端恐惧中,这个仿佛无止境的时空反而显出了极端的宽敞和平静,塑成了并无实体的城 —— 并无实体的城/在冬日破晓的黄雾下/一群人鱼贯地流过伦敦桥/人数是那么多/我没想到死亡毁坏了这许多人。

终于让人忍不住提笔了。

从能提笔起,年年春天都在写 —— 起先是日记,后来是作业,再后来又是无限应试。写什么东西?写江南春早柳梢头,写原来姹紫嫣红开遍,写一场场春雨,好雨有时候也误了花期,但迟早会来。

原来已经这么久了,在"应用类"的写作之外,我真的渐渐丧失了和风月关情的能力。这日升月沉的美再也难以敲开我的窗。我也没觉得悲哀,只是觉得有点莫名其妙。可能一切发生得太顺理成章,我想要的还是那个"突如其来" —— 我期待的仪式感大概是,某一天我醒来,忽然这般心事都付断壁残垣。

但今年的北国,鸿雁没有来。故人早晚上高台,江南春色一枝梅又在哪里?

艾略特的诗和沙里的春天一样冷。

原来长大就是躺上这空荡荡的荒原。

02　绿杨阴里白沙堤

江南的春天是最好不过的了。

春雨发生在夜里，一觉醒来，地上是青石板色的润泽。落花流水，无限江山。晓雾清寒，雾是新芽的嫩绿鹅黄，雾是花苞的粉白嫣红，从天边一直弯弯转转流到水边。江南春色不是入眼一帘青，是呼吸吐纳的含情香氛。

立春后的周末，机缘巧合，偷得一个周末在杭州。苏堤没看成春晓，倒是撞上了春的 afternoon——游人如织，毕竟谁也不能凭爱意让西湖私有。从北山路一路骑过去，倒是真正在地理位置上"孤山寺北贾亭西"了。白堤新杨柳是这样美，比柳浪闻莺纤，也比杨公堤秾，肥瘦相宜，远看是一团淡青烟 —— 似乎又有点像化在水里的艾草汁了，便心心念念想吃青团。

幸好还有梅花。

03　沙上并禽池上暝

当夜宿在杭城近郊，恰在山林里。心底总是反反复复念着那一句"山寺月中寻桂子，郡亭枕上看潮头"。但山中无日月，三月也无桂子。

从山居望出去，重重帘幕密遮灯 —— 哎，风不定，人初静，这一夜的狂风吹袭，明日落红洒满西湖，像落雨洒江天。

江南没有酒，简直像夜雨没有灯，桃李没有春风。

04　松间沙路净无泥

下山的路竟然是髯苏最喜欢的沙路，松间沙路净无泥 —— 哎？像什么，像苏老师的人生到处知何似，像应似飞鸿踏雪泥。

梅花谢得差不多了，但尚可攀折吧？带回北方养到枯萎的阳台上，留得住吗？留不住也没关系，毕竟朱颜辞镜花辞树呗。

从江南带回来的青团也留不住。

05　云树绕堤沙

> 东南形胜，三吴都会，钱塘自古繁华。
> 烟柳画桥，风帘翠幕，参差十万人家。
> 云树绕堤沙。怒涛卷霜雪，天堑无涯。
> 市列珠玑，户盈罗绮，竞豪奢。
> 重湖叠巘清嘉，有三秋桂子，十里荷花。
> 羌管弄晴，菱歌泛夜，嬉嬉钓叟莲娃。
> 千骑拥高牙。乘醉听箫鼓，吟赏烟霞。
> 异日图将好景，归去凤池夸。

南宋留不住。钱塘繁华投进钱塘江，人家转投入人家。如云树木走进宋画，在元代的山居里落地生根。羌管箫鼓成了亡国调，成了《后庭花》，烟笼寒水月笼沙，夜泊富春近酒家。

以至于千千万万年的千千万万代，歌吹为风，粉汗如雨，苏堤春晓也留不住。

一阵狂沙，片甲不留。

江南也留不住。

06　沙尘暗云海

有故事说，金主完颜亮读完《望海潮》，因为爱慕"有三秋桂子，十里荷花"之句，"遂起投鞭渡江，立马吴山之志"，隔年以六十万大军南下攻宋。靖康之耻，国破家亡，钱塘的丰美，招来的是偏安一隅，是百年烽火，是百二河山零落，最终成了西湖畔的一抔焦土。

人性本就亲近自然。看见美丽的花朵忍不住要折下簪在鬓角，然而这样的花定然萎谢。桂子美，荷花美，盛世美；但一展眼，桂子谢，荷花枯，盛世败。北宋国祚之废，起因是金人对美的贪欲，结局便是美的消亡。自以为以自然和时代主宰者的姿态妄图占有美丽，却不知道美本身的悲剧性自由——拥有的姿态就是破坏的姿态，人们在与美周旋的时刻，便是把美推向沦殁的时刻。

不知餍足啊，你的名字是人。一旦侥幸获得一时片刻的美，便祈求长生不灭的永恒。看见美丽的花朵，又想看见它在枝头永开不败。看见烈火烹油鲜花着锦的青春盛事，又希望一生一世都能怒马鲜衣。然而越是锐利、盛放的美也就越脆弱，五月的温度灼烧化一个春天的秾桃纤李，三秋桂子、十里荷花，在北宋也开不过百余年。花不赴约、人无再少年和山河怎能永固，既然窥见一瞬间的美，就要在余下的一年、此生岁月和江山壮阔里忍受纠缠、煎熬和悲愤，美的脆弱短暂让人辗转反侧。

因为刻意追求，所以招来美的毁灭；因为祈求长长久久，所以对朝菌蟪蛄生出美的忧伤。永远啊永远，只能带着这份忧愁，看美一次次义无反顾地走向消亡。

07　君看渡口淘沙处，渡却人间多少人

即使没有酒，也能醉里挑灯看剑吧？
爱慕江南，爱慕回不去的江南，爱慕阵阵烟尘后的故乡。
爱慕美，爱慕永恒与至高无上的美，爱慕风沙里千万年如一的脸庞。
人生和美若是一对辩证的矛盾，谁来把美从洪流里抢救出来？
美作渡口的沙粒被滚滚淘，钱塘古渡、咸阳古渡，哪儿都一样。人间一场春树开，一场冬叶落。

08　汀上白沙看不见

"我又一次同人生隔绝了！"我喃喃自语道，"又一次啊！金阁为什么要保护我？我没有拜托它，它为什么企图将我同人生隔绝呢？诚然，也许金阁是从堕地狱中把我拯救了出来，缘此，金阁使我比堕地狱的人更坏，使我成为一个'比任何人都通晓地狱消息的人'。"

我出生以来头一遭用近似诅咒的口气向金阁粗野地呼喊起来：

"总有一天我一定要把你给制服，再也不许你来干扰我！总有一天我一定要把你变成我的所有，等着瞧吧！"

我难免心生怨恨。我怎能不怨恨呢？！

无尽狂沙吹尽的星空，竟然这么美。在漠北的那一天夜里，我躺在车里望向天窗，从小到大，我从未见到这样的星星。从茶卡到青海湖，祁连山脉的夜晚被连成

一片银河,"海上复杂和星空壮丽,既影响我一生,也会影响他将来命运"。沙里也有海,也有壮丽。"为了这双美丽眼睛,我不免稍有些忧愁"。

我被人间的美蒙蔽了双眼,我被它的毒药封存了五感,我生活在美的幻想王国里,"无人岛上为天子,定觉清凉"。

09　醉卧沙场君莫笑

古来征战几人回。

10　渚清沙白鸟飞回

卖弄了几千字的情感,空造了这座没有实体的城市,转头看看,觉得啼笑皆非。生而为人就不能免俗 —— 自以为长大的人,才是真正没有长大。

放眼黄沙路上,谁不在沙里孑然独行呢?

说到底,鸿雁来不来也没那么重要。这千古飞腾的青鸟往来递送,永远在人间。

是佳期如梦,佳期如梦啊。

"我还想起那只挺立在屋顶顶端上长年经受风风雨雨的镀金铜凤凰。这只神秘的金鸟,不报时,也不振翅,无疑完全忘记自己是鸟儿了。但是,看似不会飞,实际上这种看法是错误的。别的鸟儿在空间飞翔,而这只金凤凰则展开光灿灿的双翅,永远在时间中翱翔。时间拍打着它的双翼,拍打了双翼之后,向后方流逝了。因为是飞翔,凤凰只要采取不动的姿势,怒目而视,高举双翅,翻卷着鸟尾的羽毛,使劲地岔开金色的双脚牢牢地站稳,这样就够了。"

沙尘暴被一场大雪驱散。四月的北京,居然还是这么冷,但至少空气还比较清新。雪停了的未名湖上烟波腾腾,这竟然是四月!想起杜诗说的"渚清沙白",万里悲春,总是客情。

札记十则

○冯妍

01

你有过夜行骑车的感受吗？可以像猫一样扬起脖子，眯着眼睛，任晚风吹过裸露的手背和脚踝，用模糊的视线藏住无声的嬉笑，吸食无限量供应的凉丝丝的自在。

知道吗？如果用脚走路，原本柔美的冰凉就加倍成了寒冷，让人忍不住缩作一团，从牙齿到发丝都变得褶皱。但骑车可以不费力地观赏宝蓝色的天空，残枯的树，各色的人，可以极其大方地笑。最近遇到的人都很可爱。

02

经过学校的便利店，看见还在卖糖葫芦。好像预示着校园里的一切都要比外面慢些，克服不了的任性、不成熟，还可以被等待、被原谅最后一次，最后一次。冬天是庇护一切伤口发育的棉被。可是又很舍不得吃。因为害怕一舔上面的糖，就把残存的冬天舔干净了。

03

从前，在四季里，我唯独不喜欢春天。冬天结了冰的未名湖太美，浅浅的冰蓝色宛如绿松石倒影的仙境。但一解冻，又似乎草率地喜欢春天多一些了。

蓝天叫人愉悦。白色的天境却更为梦幻，存在更美妙的可能。

于是我又不满足于一个季节的样貌了。真正令人痴迷的，是春的色彩，夏的天，秋的温度,冬的风。清纯,狡黠而诡异。

人的喜好总是过分轻佻的。

04

我不允许自己晚上躺在被窝里听歌了。因为我不允许自己为自己而悲伤,为自己的苦恼而停留了。我想下一场雨,因为趴着窗户看雨听雨的时候,是可以听那些悲伤的歌的。即使越听越冷,即使被冻住的眼泪也是不超过五摄氏度的。

也不再允许自己晚睡了。如果有想不通的事就通通留到早上解决,因为白天是比较容易原谅自己的。即使不能原谅,也更有理由忘却了。"明天又是新的一天"——我一直是盲目地崇拜和相信这句话的。

05

为什么女人常被说成没有脑子呢?

因为她们要穿高跟鞋,一旦思考,走路就会摔跤。

我觉得女人有点可怜。

06

乱哲三则:

(1)随机播放一定不能知道下一首是什么歌。这样接下来的每一首都极有可能成为你最想听到的歌。反之,如同抛硬币,结果显示的定将成为你不想要的那面。

(2)千万要珍惜现在所拥有的东西。不然它们会察觉到,迟早要溜走的。比如我经常只戴一只耳机,那另外的一只总是会坏掉。——然而,就在我写下这段话的几个小时后,原先好的那一只竟也殉情了。

(3)在高速路上塞着耳机听歌,总要把音量一格一格地调大,却依旧听不清晰,仿佛在深海游泳时那种时断时续的喘息。然而音量到了某个临界点,再调高就突然刺耳,腐化成噪音,无感情地撕裂,杀破成群的森林。顷刻间,虚空盈满天地。很多时候人和人之间的关系也是这样。呼呼的风声,暧昧的扑空,诸多尴尬与无奈未必不是善意。

07

　　提着袋子走过一座熟悉的天桥。底下是川流的车辆，整齐地在左手边闪着白色的头灯，右手边红色的尾灯。路旁净是亮盈盈的红灯笼，挺直了身躯不自量力地戳着白茫茫的天空，红白两色的对比从未如此魔幻而瞩目。突然有点寒冷，又有点欢快。突然也想回那个家。

　　那个家是我从不曾依恋的。它是那么单调，不安静也不漂亮，一如在那里度过的辛苦的岁月。好多个夏天的午后，放学后走过这座天桥，忽然就想旅行去海边。想象着海边的气息，该是溢满了盐的缠绵，并夹杂着防晒霜和橘子水的气味，有一点甜，又不算太甜。甜和咸在一起总不会太明显，好在咸也是甜甜的咸。空气很热，很湿，躺在下面就像钻进了色彩缤纷的气泡酒里，自己也开始起泡，于是又觉得很清凉。

　　那时无端的烦恼最旺盛，也最悠哉，像背上的书包一样轻盈盈、香飘飘。

　　我从不曾依恋这个家。现在想来，或许只因当时理想主义的心愿同这繁华拥挤的市区太不相称。或许只因，我总在炎热的夏日才自己走这座桥，冬的寒冷，那些复刻般的刺眼的车灯，我从不曾看到。

08

　　这是种怎样的偏见呢？仿佛就算凌乱拥堵，就算蒙着大雾，只要遇见城市的夜，就永远像玩偶一般为之驻足。是不是因为天黑了就看不到那么大而荒芜的世界了，再把窗关上，就听不见那些哗而干涩的声响，于是一间房里，只剩下一颗极尽赤裸的心了。

　　我知道我不该这么偏执的。可是，在这样的夜晚实在太容易寂寞了。

　　可能我疯了吧，可能夜晚太美了吧。眼中的一切都是斑驳的，一阵风吹来就碎，进而溶解成离奇的美。可是，可是，本不该这样的。

　　楼下响起篮球撞击地面啪嗒啪嗒的声音，零星灯火像是仙境中开出的花，盛开在狭窄的夜的窗口。这时我突然好想写一个人，好想好想。

09

春夜的雪多奇妙啊。平视前方或稍稍低头，你会发现雪花是以优雅的倾角被大地吸进去的。但那不是地面主动的进攻，而更像是温柔的致命的吸引，如同飞蛾扑火，生命的回归。若是仰起头看雪花的飞旋，在灯下，在楼前……又是不一样的景观。我不禁因夜间的雪而对夏夜的蚊虫有了一丝变异的好感。

在回家的路上想起高三的孩子，他们连彩虹都看得新鲜极了，更何况四月飞雪呢？去年此时我曾经任性地把眼睛都哭肿了，如果那时也曾飘雪，会不会痊愈得快些呢？

10

在我短暂的十九年体验里，喜欢别人带来的活力更为热烈，喜欢自己则在安定和持久上更胜一筹。可惜，两者都不是常有的事。纵然我知道这世上还有更多更好的事物值得去喜欢——但在我轻薄的十九年里，它所占的比重实在太少，或者说，它的存在总是被我的潜意识挂靠在那两者之上，一亡俱亡。

叙述生活

○万江平

一

开学之后的第六周,期中季近在咫尺,成堆的作业压得我喘不过气来。但幸运的是,期中季生生被清明假期拖后,留下珍贵的喘息机会。趁着这个小假期,我任性地去看了一场演唱会——英国上尉诗人James Blunt世界巡演北京站。

但我并不是James的粉丝,我只是偶然在街角的店铺里,在午夜的电台里,在音乐软件的排行榜上听过他用低沉沧桑的男嗓唱出,"You are beautiful, you are beautiful, it's true."歌声带着几分慵懒和逃避,和明媚美好的歌词并不相符。后来我才知道,这首歌唱的是爱而不得。

我暂时还没有机会体验这般爱而不得的情绪,所以判断不出James藏在歌声里的是心碎还是释怀,也许这个时候我应该逮住演唱会时坐在我右侧的男生问一问。我并不认识他,但我看见他在《You are beautiful》前奏响起的那一刻眼中便盈满了泪水。我想这一定是因为这首歌引起了他强烈的情绪共鸣,在他最脆弱的时候给了他一个可靠的肩膀。

我单方面给这位男生盖上了James铁粉的认证,他毫无压力地唱对了每一句歌词,声嘶力竭地回应James的每一次互动,甚至在短短的一个半小时的演唱会上偷偷地抹了五次眼泪。这让我非常好奇,到底是怎样的情绪把他带到这里疯狂鼓掌,又是什么样的故事支撑着他不知疲倦地挥舞手中的荧光棒。

王小波在《我的精神世界》里说,追星族"是有计划、有预谋地把自己置于一场癫狂之中"。这个男生也许早早就打听到了James要来北京开演唱会的消息,他数着日子等待演唱会门票开售的那天,他在梦里参加过很多次演唱会,终于在拿到门票的那一刻展开笑颜;如果他是一个和我一样需要面临期中季的学生,他应该瞒着爸妈攒了很久的钱，提前完成了所有期中作业；如果他是一个爱做梦的幼稚男孩，他说不定会担心自己幸运地被 James 从万人之中抽出来互动，那他一定会好好练习英语听力和口语，不能丢中国粉丝的脸；如果他是一个害怕孤独的人，他也许试探了很多周围的朋友，直到邀请到另一位 James 的狂热信徒。在这一场癫狂中，他将自己的悲伤心碎、激动兴奋同时推上情绪高点，吸收偶像歌声中的鼓励和安慰，在尖叫、眼泪中如获新生。

我非常不赞同有些人对追星的偏见和误解，他们不讲道理地为追星贴上了浪费时间、浪费情感、浪费金钱的标签，但人们对自己没有亲身经历过的事情妄加评论是愚蠢的。他们多半是从来不追星的人，所以他们看不到粉丝为了让自己变得像偶像一样美好而付出的笨拙努力，感受不到孤单时刻偶像通过歌声和行动传递的力量和陪伴，也意识不到演唱会是可以宣泄情绪的秘密场所。偶像在追星族的世界里只占有遥不可及的一小半，但往往也是拯救他们于深渊中的那一小半。

我不知道别人对追星是怎么理解的，但我从演唱会现场走出来的那一刻，北京冬末刺骨的妖风并没有以前那么可怕了。

二

这个星期又下雪了，在春暖花开、万物复苏的四月。

这让我想起王怜花在《江湖外史》的序言里写下的第一段话："1984 年的冬天是我的江湖生涯的起点。那是我经历的第一个寒冬，第一次看到下雪，第一次领略寒风彻骨。此前我是一个南蛮，不知道什么叫冷。"我很喜欢"南蛮"这个用词，因我也是一个南蛮，在这场漫天纷飞的大雪之间心花怒放又手足无措。

我在南方度过的十八年间，只见过一次雪，便是在 2008 年的冬天。我记不得雪是怎样铺到腰际的，只记得电线杆被压垮，水管被冰堵塞，高速公路紧急交通管制。我生活的小县城冻成一座小小的冰窖，万物都被刺骨寒风雕刻成锋利尖锐的冰雕。我的父母不允许我出门玩雪，他们担心我冻伤，担心我滑倒，担心我会被头上随时滑落的冰块砸到。因此那场雪给我这个南蛮带来的喜悦只有三分，剩下的七分都是焦虑紧张和对春天的期待，这和 2008 年带给我的情绪一模一样。

2008 于我而言，并不仅仅是一组四位数，还是我开始感受整个世界的起点，那时我还不满十岁，生活在父母和伙伴组成的小社会里。我第一次知道原来南方也会有纷纷扬扬的大雪，第一次因千里之外正在遭受苦难的汶川同胞落泪，也是第一次从随处可见的五星红旗和奥运五环之间感受到一个国家的强大和兴奋。南方雪灾、汶川地震和北京奥运会一起构成了十岁的我对 2008 年的全部记忆，并深深印刻在每一个经历过 2008 年的中国人的脑海里。

2008 年仿佛一部大制作的悬疑电影，历史在这一年露出诡异的一面，为人们带来冰天雪地、生离死别，又让劫后重生带来空前一致的团结和喜悦。我的语文老师在黑板上写下四个强劲有力的大字——"多难兴邦"，让我意识到苦难的亮面，看到人眼在黑暗中露出的微光，和一个国家在经历挫折之后用最快的速度去调整姿态迎接希望的不易。我发自内心地承认，这是伟大的一年，是新时代的开启。这便是我记忆中的 2008 年，一个普通中国人记忆中的 2008 年。

等我再次见到雪，已经是十年后的今天了。北京的四月在一场大雪中开启，冬天也在这场大雪中华丽退场。落幕的不仅仅是冬天，还有一个漫长的十年。这十年间，中国发生了翻天覆地的变化，她又经历了大大小小的雪灾和地震，2022 年冬季奥运会也近在咫尺，但再没有哪一年能像 2008 年一般波澜壮阔、轰轰烈烈。但雪一直没变，她在十年之后等待着见证下一个新中国。

三

我对生活有很多特别魔幻的思考，总是怀疑这个世界是假的。我不知道这是不是所有唯心主义者的通病。比如昨天我在看完《头号玩家》回学校的路上，看到四环车水马龙，看到天桥人来人往，看到日夜交接，昏黄的天空和沉闷的地面交界，混出水彩一般的奇妙色感，一切井然有序、有条不紊。每个人都在埋头行走，离家上班，下班回家，日复一日年复一年。生活像被造物主设定好了路线，每个人都在努力追赶自己设想的未来，有时候路线出了差错，又被不可抗的力量拉了回来。

四月的路灯在七点准时打开，刺进我的瞳孔，引起我浑身激灵。这一次我怀疑世界不过是一场游戏：程序员在代码里敲下万有引力和相对论的公式，在北大建一座高大的王克桢楼的模型，在每条路边加入行色匆匆的路人，为每个人输入模糊不清的记忆，还让他们在回忆往事却记不真切时欺骗自己："老了老了，记不住了！"我并不是偶然闯入这个世界的玩家，我只是一段仅有七八行的不值一提的代码。程序员在我的性格里加入百分之三十的愚蠢、百分之三十的木讷、百分之三十的古怪，剩下的百分之十我暂时推测不出来。刚才那位与我擦肩而过的反戴着鸭舌帽，头发染得金黄，眼神嘴角满是笑意的男生可能才是这个游戏世界的主角，他来自三百年后，特意回到2018年的游戏世界，体验一番平凡人的人生疾苦和一世磨难。

我想起博尔赫斯的《棋》，"上帝操纵棋手／棋手摆布棋子／上帝背后／又有哪位神祇设下／尘埃、时光、梦境和痛苦的羁绊"。这首诗写得不够贴切，上帝背后，又有哪位程序员设下地图、关卡、主线和虚无的世界？

四

我上次去天津，看到天津的火车站旁边有一座高耸的巨大的钟楼。它大概可以看清海河上每艘轮船翻起的波浪，经历过新世纪的交接，还能提醒城堡里的仙德瑞拉十二点的钟声敲响了。钟楼上的时钟没有秒针，只有笨拙的时针和分针在缓慢挪动。我突然冒出这样的念头，那钟楼上几平方米的小空间里，会不会住着一位推钟人？

推钟人的故事是这样的：时钟的引擎坏掉了，那是一块生产于上个世纪漂洋过海历经艰难险阻才定居天津的表芯，上级部门换了一位又一位修理工都修不好，他们长叹一口气，出此下策，"请一个人来推钟吧"。此后推钟人索性把家也搬到了钟楼里，一面墙壁摆满世界名著和武侠小说，一面墙壁放上容易养活的植物和猫咪，一面墙壁镶一台黑白电视和一台收音机，还有一面墙壁是时钟的表芯。推钟人一分钟恰好能看三十页书，能抚摸六十次花草和小猫，能换一百次电视电台频道，于是他就照着这样的频率每分钟推一次分针，让时钟看上去毫无差错。但推钟人不是一个完美严格的人，他只是一位毫无牵挂的老者，所以有时候他也会忘记推钟，一不小心就让时间慢了那么几分钟，他便对着火车站里慢下来的旅客们大喊："该赶车了！来不及啦！"如果可以，我很愿意去那栋钟楼里，做推钟人的小助理。

我不知道你有没有从这个故事里看到《麦田里的守望者》的影子。《麦田里的守望者》是我最喜欢的一本外国名著，"我要挥霍掉青春的岁月，然后去做铁石心肠的船长"是我最喜欢的诗，又聋又哑的霍尔顿是我最想成为的人。

五

　　文笔出众、一气呵成、情节精彩的小说在我看来都很成功，成功的东西里面我向来分不出高低挑不出毛病。每次别人问我这本书好看还是那本书好看，我都回答不出来。但如果有人问我《房思琪的初恋乐园》痛苦还是什么其他的书痛苦，我可以很快给出答案。

　　我看小说很少痛苦过（当然这可能是因为我看过的小说太少了），之前也有两次感到心如刀割：一次是《白夜行》的结尾，桐原付出所有的忠诚、勇气、信任，浪费数年的岁月去做雪穗黑夜的太阳。我心疼他最终在深渊里坠毁，斥责黑暗将这颗真心吞噬，但在雪穗转身离开的时候也依旧被畸形的爱情感动。一次是在实验三中的走廊上趴着看《活着》，那本书的封面是很深的黑色，我已经记不得我在哪个章节落泪，但我记得当我把目光从故事里收回的时候，看到实验三中墙壁上的白色瓷砖都觉得刺眼、压抑。

　　《房思琪的初恋乐园》的痛苦和前两者很不一样，我可以为前两者的痛苦找到理由，《白夜行》被社会的阴暗面促成，《活着》被政治和制度压榨，但房思琪的痛苦来源于哪里已经不重要了……她无助到要向伤害她的人说对不起才得以获得轻微的救赎，我想要帮她，奈何被白纸黑字拒之门外。我想到这是真实世界里发生的故事，就想用最温暖阳光的姿势去拥抱林奕含，但我没有机会了。

　　《房思琪的初恋乐园》的世界里夏日的大雨、城市的落日、五颜六色的饮料乃至传诵数年的文学经典都被染上灰尘，这些灰尘不留余地地堵住我的呼吸道。当我合上最后一页的时候，我庆幸我还能够从故事里解脱。但房思琪不能，刘怡婷不能，林奕含不能。当我们从深沼的乐园里脱离的时候，她们已经成为黑暗的一部分。

　　为什么会突然写到《房思琪的初恋乐园》？因为我在高岩身上看到了房思琪的影子。我难以想象高岩的1998年。那本应该是丰富多彩的一年，她一头扎在最喜欢的文学经典中细细钻研，但可惜她遇到了一个以文学为借口的恶魔。沈阳的出场充满了迷惑性，他将恶意和奸诈隐藏在引经据典的言辞中，将正经崇高的学术讨论设为一个圈套，笑里藏刀地一步步将高岩引入陷阱。房思琪和高岩都是被自己曾经敬佩的老师伤害的，这两个老师却毫不愧疚、沾沾自喜、入戏太深，甚至因其他名师为教师这一份职业带来的光荣而无比自豪。房思琪和高岩在这片阴影中奋力挣扎，但恶魔带来的伤害却不可逆转，最后夺去了两条鲜活的生命。当我从文学作品中感受到的刻骨铭心的痛苦在近在咫尺的现实生活中再现时,不免对现实又失望了一分。

以前我写作文的时候很喜欢写"我们唯一能做的就是……",其实那不过是为了彰显正义的空话。但这一次,我想要尽力答应林奕含,"给等待天使的妹妹一百个棉花糖的拥抱"。

六

无论何时何地,吃都是我最喜欢的话题。

我喜欢尝试各种各样的美食,不论是西北的羊肉泡馍、广东的精致下午茶,还是颜色十分少女的日本樱花寿司、泰国餐馆必备的油炸虾片。尝试美食是我自我救赎的一种方式。每一次考试没考好、作业没做完、和父母吵架了,我都偷偷在心里怂恿自己:"我们去吃点好吃的东西吧,吃饱了心情就好了!"果不其然,每次从餐馆走出来的我都重新充满了斗志,我从重庆火锅里摄取了翻滚奔腾的生命力,从小豆凉糕里意识到自己要冷静从容,从深夜西门烤鹅腿里获取埋头写论文的精力,从珍珠奶茶里感受到无法替代的开心和满足。

我是一个贵州人,都说"湖南人不怕辣,贵州人辣不怕,四川人怕不辣",我却是一个很害怕吃辣的贵州人。辛辣的食物给我的味蕾带来的刺激和滚烫的汤汁带来的冲击一模一样,又辣又烫的食物对我而言更是双重地狱。每次蘸满辣椒酱的东西送进我的碗里,我都用力咽一下口水,在心里疯狂号叫:太可怕了!我不要吃!但是虚荣心作祟,我非得维护贵州人辣不怕的形象,所以我漫不经心、毫不在意地把这团辣椒酱送入嘴里,细细咀嚼,顺便轻松淡然地挑一下眉毛,赞叹道:"家乡的味道,好吃!"

这毫无疑问是一种很幼稚很无趣的行为,但我却没有办法阻止自己。如果这个世界没有贵州人辣不怕的成见就好了,想吃什么不想吃什么便不需要在意别人的眼光,那些不爱吃辣的湖南同胞和四川同胞可能也有同样的期待。除此之外,北方人也别总觉得南方人说普通话多半平翘舌音、前后鼻音不分,北方人应该把这样的想法纠正成"南方人说普通话多半很可爱"。女汉子并不是多么彪悍好强,她们只是习惯于自己的事情自己完成。

可是归根结底,绊住我的并不是别人的成见,而是我自己给自己贴上的标签。

我不喜欢吃辣却恨不得在头顶上标注九个大字——"我是爱吃辣的贵州人",我在说话之前在心里千叮万嘱:"待会儿一定不能把'亲'和'清'说混!"我在学长分配任务的时候又忍不住跳出来抢走最重最难的项目。十九岁了却依然像个长不大的三岁小孩,不知道什么时候才能挣脱这些标签的束缚,请出尘封在内心的敢吃敢睡敢爱敢恨的真实自我。

札记十则

黄致浩

一

读到《谈美》第十一章里关于唐朝王昌龄写《长信怨》时对汉朝班婕妤内心想法设身处地想象的典故时,我内心突然有了疑惑:对于我个人来说,正如"子非鱼安知鱼之乐"这个命题一样,由于受到不同的成长经历的影响,我们每个人按理来说都无法完全去贴合他人的内心。所谓"设身处地"其实只是用自己相同或相近的经历来勾起相应的感觉,但每个人的经历又如何会完全相同呢?但若不同,为何又能有"高山流水觅知音"这样的典故呢?还是说像"一千个读者就有一千个哈姆雷特"这样,每个人读同一本书都会产生某种直觉,但这直觉却是由其个体经历产生的?但如果是这样,那么对同一件艺术品的欣赏,大家所产生的感觉可能与作者想要表达的情感不一致?还是说,由于社会文化的影响,人们对某些概念的定义一致,进而会联想到相同的情感?但社会文化其实也是一种经历,总会有经历不同的人,其产生的情感也大都不会相同。现在回到上题,随着社会变迁,文化也会随之变迁,加上王昌龄与班婕妤男女有别,他们又怎会产生同感?但如果不能产生同感,那么我们今日之学习古人著作是否有意义?如果说我们今日学习古典名著,学的是对方的神韵、精髓,则何为神韵、精髓之标准?我们连对方适合当时实际情况的理念(由于不再适用于当今时代,例如《汉穆拉比法典》中的严刑峻法思想)都已经不再使用,转而使用现在利于我们的部分,是否可以?

二

何为美?美与真善的关系如何?一本小小的《谈美》,带我们追寻答案。朱光潜先生非常人也！一本小册子，却蕴含了对美、对艺术的各方面思考。每一章都是与朱光潜先生的一次对话，每一章读下来都有醍醐灌顶的感觉。而这本书并未简单停留在对于美和艺术的思索，更是大胆升华，从而上升到我们该如何生活这一问题上的思考。"悠悠的过去只是一片漆黑的天空，我们所以还能认识出这漆黑的天空者，全赖思想家和艺术家所散布的几点星光。朋友，让我们珍重这几点星光！让我们也努力散布几点星光去照耀那和过去一般漆黑的未来！"朱光潜先生那呼吁的声音萦绕在耳旁，激励着我不断追寻美并把美传递到周围，点亮这个社会。

三

【人生意义】人为什么活着？活着的意义是什么？这些问题是每个人走向成熟后无法避免的关隘。早在两千多年前的古希腊、古罗马时便已引起无数哲人思考，引发了西方第一次思想启蒙。但对这些问题的思考直到今天仍在继续，并且我相信还会延续下去。人类不灭绝，对这一问题的思考就永不停息。在今天这个信息高速膨胀、经济竞争激烈的时代，"竞争""生存"似乎才是人们需要考虑的问题。"赚钱""买房""教育"等问题似乎才是人们生活的主题。但事实真的如此吗？人生来就只是为了赚取足够的钱吗？对此，海德格尔说："人要诗意地栖居在这片大地上。"朱光潜先生也说："慢慢走，欣赏啊！"不就是提醒我们要珍惜时光，少些功利之心吗？人生短暂，但若怀有一颗审美的心，人生也就不虚此行了。

四

【距离与拥有】在生活中，我们常常感到对自己喜欢的东西有一种控制欲，恨不得要在自己喜欢的东西上做好标记。有了喜欢的玩具便想买下来，对于自己的恋人不愿意其与其他异性有接触。但最为戏剧化的是，一旦当自己完全拥有的时候，便是自己开始不喜欢的时候。当自己获得玩具后，也许没几天就要把这个玩具收起来了，因为那时候又有了新的玩具。对于自己的爱人呢？当自己完全拥有对方后，却有可能对对方产生厌烦。当年的富兰克林提倡"节欲"，就蕴含着让我们与爱人保持一定距离的意思。为什么要保持距离？用中国老话"当局者迷，旁观者清"和"不识庐山真面目，只缘身在此山中"来做例子是再妙不过的。正是双方之间的一点距离,才能让彼此多一点挪回的余地。正是一点距离,才能保持生活的神秘性。

五

【移情】直到读到《谈美》的第三章《子非鱼安知鱼之乐 —— 宇宙的人情化》,才真正明白马克思所言"要发挥人的主观能动性"的真正含义。周围冷冰冰的事物何以能激起我们的感觉?一幅由简单线条构成的画作何以能勾起我们的情感?这便涉及"移情"。所谓"移情"就是把自己的情感转移到物体上,让外物仿佛也获得情感。但移情事实上与情绪和经验有关。移情并不能凭空生出,必须是我们曾经直接或间接接触过的相同或类似的情况。否则,若不知笑容,怎会让"太阳"笑?而移情移情,若无情又怎会有移?但经验不是我们可以控制的,生活中我们会遇到太多无法操控的经验。但情绪却是可控的。这就是我们要"正确发挥主观能动性"的原因。

六

【美感与快感】事实上,朱光潜先生在《谈美》中的一句话令我实在困惑:在讲到英国姑娘和希腊女神雕塑的"美"时,他说"一个(指英国姑娘)是只能引起快感的,一个(指希腊女神雕塑)是只能引起美感的"。对于这一点,我深感怀疑:美感和快感真能简单割裂吗?一位血色鲜丽的英国姑娘在一位小伙子眼中固然可能是快感,但在一位耄耋老者面前难道不可能是美感吗?一尊女神雕塑在其信徒眼里固然是美感,但在一味卑微低劣的小人眼中却可能是快感。君不见当年商纣王便是对女娲的雕塑起了淫秽念头。在不同人眼里,对同一件事物的美感和快感可能就不同。

七

【考据与美感】所谓考据,便是从各种无人问津的旧书堆中寻找素材。本来考据对于做学问是非常重要的,但这可否用在对艺术的鉴赏上?朱光潜先生说:"考据所得的是历史的知识。历史的知识可以帮助欣赏却不是欣赏本身。"可以看出,考据与审美并无绝对关联。一个人对于艺术品的鉴赏可以没有相关了解就能看懂其所要表达的内容：看绘画就能明白上面有什么，听音乐就能明白其旋律和节奏。但当今不知有多少人，为了某一幅作品的某一个微不足道的小角落就穿凿附会，"认为作者一字一画都有来历，于是拉史实来附会它"。最为可怕的是，不知有多少人还会因不懂装懂而附会这些人，多么可悲啊。

八

【写实与形式】在上电影类课程时，总不免对以卢米埃尔兄弟为代表的写实主义以及以梅里埃为开创者的形式主义这两派感到好奇，继而佩服，进而思考"怎样的艺术品才能算美"这一问题。是与现实无二还是一切脱离现实？不光是电影，其实在任何艺术领域这都是一个值得探讨的问题。不光是现在，这个问题在过去也一直困扰着当时的人。例如：雕塑是要像古希腊那样与真人几乎无二好看还是三星堆里的青铜雕塑那样失真好看？反思近来的艺术发展，以电影为例，那些所谓"大片"都是以大量特效撑起的。从特效这一角度看，似乎形式主义占了上风；但若从效果来看，每一特效都符合现实生活规律，又符合写实的原则。由此看来，不管"写实"还是"形式"，能和人的情感产生共鸣才是好手法。

九

【赤子之心】人生难得保有一颗赤子之心，赤子之心就是初心，就是无功利的、无目的性的表现。明朝李贽曾推崇"童心说"，提倡人们回归童心。但赤子之心就像文明开始前的公共社会，虽令人向往却终将不符合社会发展，在我们成长到一定阶段就只能被逐渐舍弃。相比之下，赤子之心就像一个不成熟的过渡阶段。但人生也不能完全放弃童心，完全放弃者便显得太过势利，生活不免辛苦恣睢、麻木。但我们又要如何取舍？其度又在何处？又或者，我们是否应该去人为干涉？

十

【更替】难忘朱熹的"问渠那得清如许，为有源头活水来"以及赵翼的"江山代有才人出,各领风骚数百年",不管是什么,都有一个终结,在其腐朽不堪时,便会被新生者代替。我们的艺术不也如此吗?诗歌从四言、五言、七言、古、律、绝、词等的交替,绘画从古典、浪漫、印象、现代等的交替,都反映了一个生生不息的现实。但在当今社会,我们的更替速度似乎更快了,艺术也越来越呈现出两极分化:一边是曲高和寡的精英艺术,一边是下里巴人的大众艺术。在这个过程中,我们人类作为创作主体和消费主体,却越来越丧失了本体感。这是一个娱乐和狂欢的时代,我们将拥有一切,我们将一无所有。

札 记

○刘庭暐

1. 一年之计在于春

北京似乎打算用春天浓缩掉四季。先以山桃呈上暖色满盈的希望，再放出热浪逼出短袖，送出大捧狂生猛长的金黄连翘、紫花地丁、青蒿薄荷；然后就黄沙漫天，然后就四月飞雪，冬衣在柜子里去了又回。清明后倒是常规的风和日丽、乍暖乍寒了——只是，被"春天后母脸"捉弄过的人，又怎敢把提起来的警惕心放回去？

2. 鸟想法

三月十四日，三教侧边有枝条冒出粉红或桃红的花苞，略瘪。

这时节的校园，空气、草坪、建筑都处于灰黄色调。草坪毛茸茸的，踩上去也软韧，但找不到绿芽；山茱萸的花苞鲜嫩却也只是青黄的鲜嫩，被四片花萼弧形裹着，玲珑饱满，有握足一捧果实的丰盈满足感，比盛开后的散碎样子可爱多了。其余的枝条，不是空空荡荡就是常绿不衰（柏树的枝叶尽头转成棕黄，捏开竟有细粒爆出，大惊甩手，然后发现我是破坏了一朵未来的小花，而非同行者吓称之虫卵）。

枝叶繁密处多有鸟雀藏身，以步尺测一棵大树时突然发现天上有灰羽纷纷而落，如遇神迹。抬头见羽毛皆以光束分散姿态落下，眯眼细看才发现枝叶相交处一灰喜鹊蹭着抖翅，间或停下静观，杈丫那么远，瞧不见它的表情。

我戴上防霾口罩，坚持盯着。

这鸟羽神迹持续了不止半小时。

3. 明信片之一

《百团大战》上映那会儿买了一套四十八张明信片，于是决定重启我积灰深重的 Postcrossing 账号，大小是个获取生活新鲜感的途径。听闻地安门邮局有节气花信邮资戳，屈指数算行程，隔日午后身已在前海。值春霁，天蓝海蓝、杨柳拂风，游人本地人皆涌出，放纸鸢者有之，踏石闸挥钓竿者有之，戴泳帽赤上身者亦有之；去隆冬灰白景象天差地别。金锭桥下水波微澜，光润如釉。桥畔即邮局，玲珑冷清，全无色彩，二楼空荡荡乍疑碰上搬迁时刻。

"要清明戳，你确定？"工作人员问了句，随后把三张明信片过了机器。仔细想想，送人收藏用的也罢，自用问候也好，用"路上行人欲断魂"实在不对。木已成舟（尤其寄往海外的邮资是国内的五倍以上），只好趴到角落写明信片。这种邮资戳有日期，只能当天寄出，想到邮包日期证明版权之传说，也就释然。

写明信片是件难事，我觉得。毋宁说，向其他人有礼地招呼、开启话题、送上祝福，向来都极耗心力。为此我还先跑去图书馆查了书信用语辞典，眼见在应用文指南之外，另有三版，新旧不一，安慰自己有此难题的大概不止我一个。但书中之提称请安，语言古僻，常显长幼尊卑，例文的友人往来则语言灵活，囿于文风及"展信"这类词语限制，徘徊之后两手仍空空。

最后，给陌生人的，写了一段春季描述；给家人的，简单写上北京入春，连收信人都没提。

写信期间，一群操西语的外国人涌上来，用英语问柜员有没有明信片卖。

一群人又涌走，二楼实在空荡荡。

4. 明信片之二

对着一辆小黄车掏出手机扫码，穿着荧光背心的小孩拿着一沓长条形的纸卡片问我："想不想要明信片？"怔了一下，摇头，而他正说着："……三块钱，我们来集午饭钱。"车子"咔嗒"解锁，小孩低着头跑开。我跨上车，看到他跑进前面人行道上的荧光背心群中，想着追上去把背包里的一点点现钞给他才是正确的选择，因为我是从未为午饭钱困扰的幸运儿。

但我没有，踏板一踩已经甩过一个路口。

现在想到纪念品或宣传品好像就免不了会想到明信片。单价低、款式多、易区分、易制作、内容丰富、形质标准，送人收藏皆宜，总之就是简单便利，对售者与购者皆然。在任何店里见到一沓一沓的明信片时，我总是好奇它们的归宿，尤其是盒装、封装成套的那种。有多少明信片会永远见不到邮戳？

这个为即时通信渗透的时代，慢速的邮递系统仍然庞大，是不是仪式感的功劳？

5. 繁花过眼

植物在招徕授粉工的同时，也招来大片大片前来接收其反射光线的人造／天生光学仪器——此谓手机相机与赏花动物诸类也。面对春花环绕，行路时除须戴起口罩，防花粉如防霾之外还遭遇一大问题，即人类俯察品类之盛时免不了想搞清楚此品类为何物，而这收集癖又为演进的鉴识技术大力助长——至少我承认我有此癖好。

纸条上的题目是要求辨认出园子里的几棵花树。其一白花莹莹珠缀于垂枝，其二重瓣桃红满树妖娆，其三清新柔嫩似杏花又似梨花，其四圆圆一树长形花朵攒集。都很眼熟，都似曾相识，也许还曾对春花开怀与同伴分享品类逸事。

但相顾相觑，张口无言。繁花过眼转头忘，再行再识一时爽。

6. 音乐会以后

我仍然时常回想起那天的音乐会，关于台上形征各异的四个乐手、精灵一样的一对舞者、座位旁边意不在酒的情侣、后面饱含热情的女生。还有爱尔兰，凯尔特，圣帕特里克，踢踏舞，手风琴，掌声和音乐的节奏。

还有厚霾下踩着自行车冲出清华回去赶例会的时候，澎湃的心跳与狂喜的轻捷。

我想它很成功，成功得让人期待，让人沉陷，让人回想时嘴角上扬，让人想要顺着摇曳线索探索更广阔的世界。

厅堂整个儿是黑的，只有舞台上的一团光亮。曲调都辉煌、美好、跌宕、繁复，似曾相识又全然陌生。陷在后排的座位里,顶上不远是二层的观众,掩住挑高层可能的光线。周围够暗,够朦胧,恍惚间四围无人,飘浮于深沉宇宙,乐队在甲板的另一边演奏,湿漉漉的光痕。疲劳带来的麻痹感混合秩序的交叠乐句,隐隐的催眠效果;水滴在眼前形成透镜,有时候有一点清晰。在整个茫茫黑暗里无声流泪,天地一人。

中场休息,灯亮起,像一下子从水底浮起,耳边又是人世喧嚣。

一时有点慌张。

7. 人间有味是清欢

春分了。这种日子往往有专属配套的食品,"不时不食",反过来,不食总也不像时。前几天先吃过了网购的青团,对时光的感知有些被黏糊过去了,到晚上突然想起来:春分是要吃润饼的呀。撕一张纸来谋划食材,然后叫外卖、上食堂、翻柜子,凑出一书桌的五颜六色。

食堂杂菜今天没买,改包了一盒胡萝卜炒豆芽。蛋酥和肉臊都不指望了,用驰名的肘子代替。没看见豆干,去买了杯鱼豆腐。烤鸭的鸭饼和润饼皮有八成相似,来了盒黄瓜条凑单。唯有香味不可替转 —— 在涮羊肉的窗口外巴巴地等了一会儿,厨师却拒绝单卖我香菜。正苦恼时,他一笑,扬手往盒子里来了一夹子。拿水瓶反复碾花生,直到塑胶袋由雾面转向晶莹,香气隐约可闻。

幸福 —— 我终于明白为什么那家润饼店叫这个名字。春天吃一卷口感丰富、汁水四溢、香气留颊的润饼,真的是无上幸福。蔬菜爽脆甜美,肉块咸鲜软嫩,鱼豆腐柔韧弹牙;花生粉和砂糖颗粒,加上微微刺激的芥末,以及 —— 香菜!气味是记忆的钥匙,京城菜色也能勾出故乡片段。

8. 校与校猫

在燕南园见到一只约莫一岁的小猫,白底,背上与身侧的黑纹,极像高中学校里的校猫。只是额际颜色较浅,是杂了斑点的棕黄,非但不相似,甚至可称一声丑。旁边两团黑白分明的幼猫被摇晃的树枝引动,伏身再扑来,得手者抓住枝头就往嘴里送。高中的校猫虽是成猫,却偶尔也有这样贪玩的样子,而论及贪吃绝对大大过之。在春雨池畔摇起罐子，倏忽便见黑白身影钻出，进食时受重重围观仍怡然自若。某日从道山边过，看到山阶上一女生执画板安静描摹，校内另一白色老猫蹲坐其身前草坪，沉凝如雕塑。而黑白猫正窝在女生身侧山石上，眯着眼也不知有没有在看人画画。校猫大概就是这样，是留在记忆里的坐标，是淡而持续的守候。临毕业的时候，白猫老得失踪了，黑白猫学李白捞水中月而去。同学说像是高中生涯一切背弃离去，我们原以为校猫会继续蹲在池畔冷眼看一届一届的学生来来往往。

回过神发现自己一下一下地逗着那只丑丑的小猫。

大学的猫繁衍自成生态，大概无须也无法担起我心里那种凝视守候学生的校猫品格。

9. 一个人游荡

背上包，骑车，下楼梯，拿下包再背上，看地铁玻璃门上映出的单独身影，翻一下手机地图。车厢里常有单人的空隙，乱翻着资料或发呆，速度感的摇晃与平直的白光是不疏离的熟悉，偶尔泛起城市的交错感。转乘的时候便顺着人流在长长的甬道里前行，像水流过水道几乎不需要思考。墙面伸展出突出的广告牌，像要使劲跳出二维的框，把产品贴到你身边。

对一下站内与手上的地图，出站再对一下指南针的东南西北，认准方向便开始骑车。冬天可戴帽子口罩手套耳机、拉起衣领，反正没有交流需求。可以先在景点外晃一圈或直奔而去，可以对着自己会心乱笑，设倒计时拍摄可以拿到自己的独特照片，坐在石墩上可以默默看很久；不用散发精力在沟通行程、讨论改行程、践行行程或者指明自己感到趣味的小点。

交通是出游的重要也不重要的环节，前者体现在其耗时，后者则体现在它在回忆里占的比重。对比例尺缺少概念的时候经常惊叹于自己的行动半径，轻车已过待转的路口远矣。抬手看表，发现饥饿其来有自，不是幻觉，体认到人不吃就会饿——在三餐与人共食、未感到消化透彻就接有下一餐的时期，我是没有这个概念的——不去觅食，肚子不会自己满起来，遥想先民应该会为千百年后我这难以言喻的奇葩震惊而感世道危乱。

再下楼梯过安检，今天中午的凉菜对于一人食客而言实在太大份了。

10. 塞尔伯恩

"这人颇解音律,曾把律管定在合奏调上,测试过他家附近所有猫头鹰的叫声;结果发现它们的怪鸣,都是降 B 调的。今年的春天,他将测试夜莺的调式。"

接下来的结论是,异时异处的同类鸟鸣也有差异。

将鸟鸣用调式框出来,在十八世纪的英国。一种奇异的人文的世界观察方式。所以说不止于书本,自然本身就是极广大的世界,足够消磨一切无聊时光,扩展一切狭小天地。吉尔伯特的塞尔伯恩充满了花鸟鱼虫、果实、土地与水流,像是自带 AR 增强现实,看到的景象可以与人截然不同,这细致的丰富的地域是独属于他的领土。

札记诗

○牛瀚淳

一

我今天吃了很好吃的樱桃
红色的一小块
像昨天午夜
我修剪后的指甲
热爱的温度

二

你
不让照相的店里
我轻微的战栗
无法保存

三

如果我可以选择的话
我不要任何文学性戏剧性艺术性
我只要它是 merry song
不是 elegy

四

我还没有吃透你所谓曼妙的有趣
有宽敞而洁白的纱
但不妙,我厌恶洁白
也厌恶纱
那是我小时候喜欢的

如今我只喜欢暗红色
沉甸甸的灰蒙蒙的
天鹅绒结不结蛛网
是另一说了

五

太喜欢一个人走夜路了
有很多方法适用于不同的场景

高兴的时候可以听喜欢的歌
没人的时候哼两句蹦个野迪
有点难过的时候
可以假装身后某个穿大衣的男人
是坏人要抓我了!
便赶紧撒腿就跑
一口气跑过好几个路灯
然后蹲下气喘吁吁
你可能会咳嗽
但一定会大笑呢

六

谁是野餐布上的一万种草莓果酱
给我气泡最圆的一颗
我就跟你去胶着的大气
一点点产出的精神史
你要愿意的话
可以做帕尔修斯吗?
我很喜欢独角兽的
但帕珈索斯的飞马也愿意接受
我厌恶和自己过不去
喏讲过了
我只喜欢
快乐
肤浅的无知的
退而求其次的
我来者不拒
毕竟不快乐很疼
被捏碎
成为熔岩沾满荷尔蒙
流出心脏的腔体

七

不可以再喂养占有欲了
他长大了
是要吃掉你的!

八

松树的枝叶
扎扎的
墨绿的颜色里
无关补色
我瞧到了
深红深红
嚯
不是格陵兰岛!

九

有光亮的时间很少
一昼夜也只有一丁点
所以要跑得快
不要珍惜自己

十

实在的美
出现的美
虚构的美

都描绘 ×
都歌颂 ×
都属于 ×

欲念骑着意志
横跨世界

妥协

你你你
你是过度唯物主义

北京的春天

○王姝璇

一

北京的春天总是让人雀跃的。

不需要满路的繁花、初生的春水、初盛的春林，只要一缕和暖的风，你就能感受到空气中跳动的春天。

于是你会觉得生命都有了期待。

我在春天的时候走路，脚步都是轻快的，好像飘着。在路上边走边想，如果你想说去做什么事情，加上"在春天"这个时间状语，好像就有了不一样的味道。

比如读书就足够美好，可若说是在春天里读书，好像书就会自动散发出阳光和青草的香味，让人想起 2006 年那版的电影《傲慢与偏见》，看完后只感受到一个"美"字。

忽然想起之前读村上春树的《挪威的森林》，里面有一段对话曾经让我嗤之以鼻。

"最最喜欢你，绿子。"

"什么程度？"

"像喜欢春天的熊一样。"

"春天的熊？"绿子再次扬起脸，"什么春天的熊？"

"春天的原野里，你一个人正走着，对面走来一只可爱的小熊，浑身的毛活像天鹅绒，眼睛圆鼓鼓的。它这么对你说道：'你好，小姐，和我一块儿打滚玩好吗？'接着，你就和小熊抱在一起，顺着长满三叶草的山坡咕噜咕噜滚下去，整整玩了一天。你说棒不棒？"

"太棒了。"

"我就这么喜欢你。"

今年的春天我终于读明白了。

渡边是真的好喜欢绿子。

二

突然想起高中时看的一本书,《剩者为王》。

现在很多人提到自己读过的喜欢的书,通常都列出一串长长的人名,从米兰·昆德拉到弗朗索瓦兹,听起来就好酷。我不知道他们是不是真的喜欢,反正每当这个时候好像我说我喜欢张爱玲都有点说不出口。

更别提《剩者为王》这样的书。

听名字好像就很烂俗。

但是我看得还挺开心的。

虽然语言不免有些矫饰,但确实很细腻。

城市里的女人是我感兴趣的话题之一。形形色色的她们有形形色色的人生。在偌大的城市里,上演着无数个故事。

这听着就很小女生。

三

北方的初春,依旧有些料峭。没有冬天那样寒冷,但也算不得很温暖。我毕竟在屋内待了近一个寒冬,真的想看看外面的世界了。

抬头望,天空是那么蓝,像是海的倒影。白云好像被牛乳渲染过,肆意地在蓝色幕布上舒展。阳光洒在幽香的小径上,平凡的泥土变得充满朝气。两旁的行道树上还挂着几片秋日枯黄的残叶,但仍旧显得那样挺拔。大片的迎春花脚下,是半黄半绿的草地。早已耐不住性子的小草急切地自地下翻出来,使草地渐渐褪去昔日的枯黄。双色的草地,俨然成为春天特殊的唯美。

小径旁有方池塘,平静的水面无一丝动静。清澈的池水,灌满一个凹地,成了它透明的纱衣,还有几条游来游去的小鱼当作点缀。水中的藻荇依附在石头和软泥上,交错相生,缠绵柔美。它们蓬松着,欲浮到水面上来。绿绿的水草,显得古朴典雅,为池塘蒙上一层神秘而古老的面纱。

春天,一个诗情画意的辞藻,引起人们无限美好的遐想。沐着春光、迎着春风、伴着春雨,去细细欣赏这大自然的杰作吧。你收获到的,将是充满幻想的希望。

四

恋爱真是件幸福的事情。我常常想,到底是什么力量使一对男女超越时间和空间的纷扰而忘我地相处。我不想去做医学或者心理学上的分析,我也并不反对同性恋者或其他性取向者,我只是单纯地对男女之间的相互吸引感到好奇。我知道我的探求势必是肤浅的,因为我没有读过多少书,更谈不上任何理论或者观念的建构。但当我身处这份甜蜜的关系中,我总是被其所具有的伟力深深吸引以至折服,故而,凭借自己的切身体会和经历,我想渐渐摸索出我自己的恋爱观。

我享受牵手时的踏实和拥抱时的温暖,这让我可以在瞬间拥有一颗富足而安定的心。我固然知道誓言都是唬人而不真实的,但我甘愿沉溺在理想蓝图的美好之中而不自拔。我从他的身上能够感受到明媚的鲜明个性以及充足的活力与朝气,使我忘却悲戚和胆怯,尽力驱逐所有的苟且;即使驱赶不尽,也使我重拾面对挑战的决心与勇气。如果从功利主义的角度分析,这就是我追逐并珍惜这段感情的最大诱因。但恋爱不只是功利的,势必蕴含着无法定量计算甚至无法定性的构成要素。从这个意义上讲,恋爱是诗人和艺术家的宠物,而非经济学家和法学家所能撬开的锁链。

我认为理想型从来不是先验的,在找到合适的另一半之前从来不存在一个预设的理想伴侣。我更习惯事后的磨合与雕琢,通过后天的努力以实现契合。但在这一话题上我也是自相矛盾的,因为如果没有预设形象的话,怎能做出自己的判断和选择呢?然而,我始终认为,零散的标准和完整的模型之间应当有着适度的界限。

五

动物园
我们抓住三月的尾巴
收集春天的沙尘与浮霾

以及隆冬以来积攒的所有悲哀
四月我们就静静坐在湖边
收获鸟啼、花香和清风
以及孩子的眼神和笑声

长颈鹿伸长了脖子去吃新生的叶子
熊猫在阴凉里憨然享用鲜嫩的竹子
红腹锦鸡在笼子里炫耀金黄的冠子
白鹤在岸上凝视水面上浮动的影子
我站在天桥上看来往的行人和车子
还隐隐约约看到了许多许多的笼子

我重新开始数着日子过日子
时光在虔诚的礼拜中迷失自己
我绞尽脑汁编织了谎言和故事
希望把春天嵌套进你我的日子
今天是愚人节
可是我诚不欺你

六

  我关于人生的思考似乎并没有从这个世界消失,还不时地在我独处的时候钻出来,占据我的思想,尤其是高考逐渐逼近的那一段日子,阴郁而又烦闷。去年我踏着金秋走进燕园,度过了一段忙碌而又充实的日子,那些奇怪无解的问题并没有出现过。但当一切都安定下来,我逐渐适应这里上课抢座、站着吃饭和日常熬夜的生活节奏。有一次我走进图书馆,从青年毛主席像面前经过时,我呆呆地望着图书馆阳光大厅的穹顶出神。

  澄碧的天空十分清澈皎洁,浮着几朵白白的云,不时有一群鸟从穹顶上方飞快地掠过。阳光穿过穹顶上方的玻璃打在北侧的墙上,图书馆的馆徽熠熠生辉。水杯的杯口有薄薄的白雾升腾起来。可我还是不知道人的一生应该如何度过,如果一定要回答的话，我想可以借用史铁生先生《我与地坛》里的几句话来描述我彼时的心境："十五年了，我还是总得到那古园里去，去它的老树下或荒草边或颓墙旁，去默坐，去呆想，去推开耳边的嘈杂理一理纷乱的思绪，去窥看自己的心魂。"

我记得在北上的高铁上，只见无尽的油绿色方野里，空出一小片地，一方方错落有致的墓碑矗立着，集体朝向某一个特定的方向凝望。点点墓碑让我顿悟海子为何要说人原本是属于大地的。无论如何，追求不朽的生死奥秘其实都是徒劳之功。若无闲事挂心头，便是人间好时节。

七

从济南到北京的车好快

从济南到北京的车好快

还没来得及忘记车站里一张张疲惫的脸

黑色的铁轨

延伸

旋转

盘旋

绿色的摇摇晃晃眨眼就变成模糊的一道白

从济南到北京的车好快

把我从棉花糖般的日子里抽离

我在飘飘然的云端

下坠

剥落

失措

再次睁眼黄粱微温

你的睡颜还在眼前

从济南到北京的车好快

我还没来得及忘记你蓝色的衬衫

八

双层巴士

我们坐在双层巴士的上层
摇摇晃晃的是灯火
密密麻麻的是光河

我的双腿蜷曲
身体折叠
双眼闭合
将自己安放在你的膝头
像站在白桦上的一只翠鸟
我们都很安静
树林的喧嚣被抛到脑后

双层巴士走走停停
不慌不忙地汇入
不快不慢地流淌

从前我总独自站在黑暗里穿梭的地铁里
现在我开始喜欢上双层巴士
喜欢上细细密密的灯火
喜欢上斑斑点点的光河

九

之前读《爱的艺术》，弗洛姆说人之所以要寻找爱人，之所以需要爱，是为了克服永恒的孤独。

在离别的时刻，我又想起了这个观点。

离别使人重回孤独。离别之前的日子越欢愉，离别就会越难挨。一桌盛大的宴席，往往可以持续四到五个小时，远远超过仅仅吃饭需要的时间。大概也是这个道理，欢愉到最后，大家都有些舍不得离开了。

有的时候我大概能理解一群昼伏夜出、玩乐到凌晨的人们。他们的归途缺少等待他们返回的人。一想到接下来将要回到的地方漆黑一片，只有自己空荡荡的声音，他们往往选择一拖再拖。

所以车站、机场与医院会成为激发人内心柔软感情的好地方。它们往往意味着离别，意味着新的生活状态，甚至意味着永别。

然而人永远是独行的动物。人行走在这个世界上，会有许许多多陪伴。但这些陪伴没有办法做到严丝合缝。于是孤独填满了这些并不细小的缝隙。孤独和孤独感是两码子事，你经常会孤独，但并不一定经常有孤独感。孤独也有孤独的好处。

可是对于芸芸众生，对我们平凡人来说，长时间的孤独是可怕的。他们总有许许多多的牵挂。不过这些牵挂倒未必是他们害怕孤独的原因，或者应该说，正是因为害怕孤独，他们才给自己寻找许许多多的牵挂。有了这些牵挂，才不至于使自己陷入永恒的孤独之中。

十

那个月饼究竟是枣泥馅的还是豆沙馅的？

我没有想到一年前我和亲亲无心又略显无聊的争论会成为大家在中秋来临之际的集体回忆。

一年前，对着学校派发的渗着油、一咬就掉渣无数的苏式月饼，我们提出了一个略显沉重的问题：它究竟是枣泥馅的还是豆沙馅的？

莎士比亚借哈姆雷特之口发出了千古之问，to be or not to be。这个引发无数仁人志士讨论的哲学问题拷问着我们的心灵，拷问着无数挣扎着的人。两相对比，枣泥还是豆沙，这个问题是多么苍白而无力。然而这个问题却拷问着我们的味觉，关乎两个花季少女的尊严。

作为资深的枣泥爱好者，我当然知道松散的豆沙馅经过挤压会变得紧实，会略有一丝枣泥的味道，然而枣泥的枣香却是无可伪造的。我坚定地认为，这个月饼，就是豆沙馅的。即使它色泽再红艳有光泽，它的味道再像枣泥，但没有那种微妙而不可言说的枣香,它就只能是披着枣泥外皮的豆沙。就像十二点过后的灰姑娘,早晚会被打回原形。

然而可悲的是,真理往往掌握在少数人手中,更加可悲的是,少数人往往被人多势众的群体所埋没。作为少数站豆沙的代表,我自然承受着巨大的舆论压力。

于是我和枣泥派的代表四处寻找权威人士,企图给出肯定的答案。

那一段时间,每一个来上课的老师都会被塞一个月饼,而我们就像超市里的推销小姐一样热情洋溢地表达自己对月饼的看法,并且积极推销自己的派别。然而老师的味觉并不统一,枣泥和豆沙往往平分秋色。

枣泥 or 豆沙? 这是个问题。

餐厅的师傅就成了我们下一批询问的对象。我清楚地记得那是一个周五的中午,我们走向正在收拾烤地瓜的餐厅师傅们,他们一边拨弄着烤熟的喷香的地瓜,一边心不在焉地回答着枣泥或豆沙。每个人都有不同的答案,枣泥还是豆沙,悬而未决。

于是两个花季少女走出餐厅,一边大声争论,放着狠话,一边走回教室。然而回到教室的我们并不甘心,因为我们想起了餐厅的烤地瓜。外皮烤成恰到好处的焦,露出红红的松软的内瓤。它像妖精一样勾引着我们,而我们也像血气方刚的少年一样不负众望地恬不知耻。于是我们飞奔回去,一人偷拿一个烤地瓜,又飞奔着走开。我还记得我们穿过篮球场,不知疲倦的少年在拍打着篮球,篮球落地的声音成了我们这段回忆的背景音乐。初秋的午后阳光很好,我们一只手拿着烤地瓜,一只手牵着彼此,大抵幸福就是这个样子吧。

枣泥 or 豆沙?

这个问题在一年前不了了之,一年后又到中秋,它又被翻了出来。这个旷日持久、声势浩大的争论仍然悬而未决。虽然一年过去,当初本就少得可怜的豆沙支持者有不少又改投了枣泥的怀抱,然而我还是坚定地支持豆沙。我怎么忍心让这场争论平息呢? 我还是歇斯底里地捍卫着豆沙的尊严,这时候枣泥还是豆沙,关乎的不是尊严,而是情谊。

我和亲亲曾有过无数的赌,枣泥还是豆沙只是其中一个。有一天我恍然发现,遇到分歧,我的第一反应是: 赌不赌。枣泥 or 豆沙? 这是我们无数争论中渺小的一个,却在我们的回忆中闪光。

枣泥 or 豆沙? 我们孜孜不倦、乐此不疲地争论下去。

今年,我买了月饼制作原料,豆沙馅的。

第四辑

非虚构写作

White skin

○杨榕雨

前　言

我总以为我是主角,不会被埋没,最是闪耀。沉冤是暂时的,昭雪是迟早的,绝境是用来铺垫的,而反击是必需的。甚至跳了悬崖,放心,死不了的,早就有长胡子的仙人捧着秘籍在悬崖底下等我很多年,然后传授我一身功力……直到现在,我才终于承认我是一个无关紧要的路人甲,死了连倒在主角的怀里骗上几滴眼泪都做不到。在与白相斗争的八年里,我承认自己的懦弱、无能与缺陷,在青春的八年里自我折磨,试图和解,也许在未来某个时刻我会原谅自己,与自己达成永久性的和解,希望这一天不要太远。

2009— 小学

A. 世上总有一些玄乎其玄无法用科学解释的东西

中午天很热,我坐在沙发上用勺子舀着沙冰,把冰粒咬得咯吱作响,电视上刚好在放治疗白斑的广告,这应该是我第一次听说白斑。如果在小说里,我应该隐隐感到一阵寒意,但是事实上并没有,甚至当时还有点不解。后来,在做"某段作用"的题目时,其中一项答案是"渲染悲伤的氛围,预示主角不幸的命运",我才深感命运的无常 —— 一种深深的荒谬感,原来命运早就暗中为我们写好了剧本。

B.Nice to meet you，白！

一

周日，燥热，我伏在桌上复习，空调呼呼吹出冷冷的雾气，打在背上。在岁月静好、现世安稳之下，我妈嗅到了一丝丝不安：

"你怎么不把脸洗干净？"

"我洗了啊。"

"再去洗一遍。"

然后我亲爱的妈妈立刻意识到出了问题，便带着我直奔医院。电动车掀起热风如摩西分海，我趴在妈妈的身后看着熟悉的景物一点点在眼前走过，不耐烦地摆弄衣服的下摆。

门诊室里，风扇吱啦吱啦地转着，只有一个年轻的女医生。"白癜风。"她端详着我的脸，又用手按压，像摆弄某种不可口的食物。"不可能，我们家没有家族史。"我妈斩钉截铁地说，有时她总认为自己能代替医生，或者是希望。"白癜风。"她掏出厚厚的书，一番翻找，指着酷似太极两仪的皮肤照片，斩钉截铁。我妈拉着我的手，雄赳赳地走了出去，许久扔下一句："去郑州。"我妈以极强的执行力订了当晚的车票。话说如果这执行力用在其他地方，比如工作，我妈或许早就富甲一方了。

对了，我一点都不想探索的新地图，你好。

二

河南省人民医院。"白癜风。"仅露出一双眼睛的医生用堪比 X 光的肉眼，以足以打破吉尼斯世界纪录的速度为老妈的垂死挣扎一锤定音。"去照窄波紫外线吧。"边说边在病历本上笔走龙蛇。对于绝大多数的患者来说，医生的话堪比圣谕，尤其是权威医生。

于是，老妈带着我走进了设在医院外的美容专科，开始了一个单位（1平方厘米左右）60块钱的窄波紫外线治疗。那时候我妈的月工资不到2000元，在隔一天一次的治疗中，窄谱单位从十几个发展到二十几个，并且大有向三十大关迈进的意味。小白如大肠杆菌（已知繁殖速度最快的细菌）般在我脸上迅速繁殖，在右侧形成了颇具童趣的反色熊猫眼。我妈坐不住了，再次拜访医生。"这很难控制啊，照窄波紫外线没，接着照啊。"我妈再次暴走，在咨询其他医生后，果断带我前往上海华山医院（行内公认皮肤科全国最好），此时距离发现我得病不到一个星期。后来，天真的我了解莆田系后意识到那栋美丽的大楼，很有可能是皮肤科外包或吃回扣的。再后来,了解窄波紫外线不允许在发展期使用,我只想问候一下这位医生"要么坏,要么蠢"。

三

在经历庸医之后,我妈表现出了对国内医疗系统的深深不信任,于是南下上海华山医院,从黄牛手中换得高昂的问诊号,接着去中国医学科学院皮肤病研究所(位于南京,皮肤病与性病学专业为教育部重点学科,江苏省135工程重点学科,皮肤科为国家临床重点专科;现有江苏省重点实验室、江苏省科技厅临床医学研究中心各1个。设有28个临床、科研科室),集百家之长,终于小白在激素的作用下(或者是发展够了),停止了帝国版图的扩张,开始了守成模式。

在距离我开学还有一两周时,我满怀希望地问老妈:"我能在开学前好吧?"老妈报以长久的沉默,直到那时我还没有清醒地认识到自己到底得了什么病,也没有想过,以后会受多少苦遭多少罪,而治愈的周期不是周,不是月,不是年,是一个生肖的轮回,是一个甲子,甚至是终我一生。

C. 美少女变身

金星星光威力,变身(Venus Star Power Make Up),然后普通的姑娘变成皮肤雪白、衣着华丽的美少女战士。

一度我执拗地认为我在完成自己的美少女变身,但是由于变得太慢,科技无法解释这件事情,才被确诊为疾病。开始为了坚定自己的信念,我从未仔细审视过变化,后来我选择掩耳盗铃。

D. 围观

"杨榕雨,你是不是白癜风?"课间的喧闹像一个吹鼓的气球被尖锐的嗓音扎破,然后啪的一声扎开。我坐在座位上,一言不发,神经质地揉弄着课本。

"是不是白癜风?"他蹭到我的面前,举着一本书,带着某种识破真相后的得意。

"是不是?"我感觉自己的手指在微微颤抖,寂静就像柳絮一样,突然飞过来,塞住我的耳朵。质问声我也不是听不见,只是被这寂静隔绝在十分遥远的地方,柳絮愈堆愈多,好像要把身体挤爆。

"你烦不烦啊?"我猛地站起来,恶狠狠地盯着他。

"就知道是白癜风。"他嗫嚅着,像是被我吓到了,又像是不甘。

凑佳苗的《告白》里说，小孩子的时候折磨小动物，自己根本不会有感觉，因为对小动物的感觉没有意识。他不知道生命的珍贵，所以杀死别人不内疚，自己玩命也不害怕。小孩子并不知道生命是件多重要的事情，也无法理解自己所做的事情是"坏"的，小孩子的恶，因为他们的无知，无知所以无畏，所以能做出很多残忍至极的事情。他们并没有意识到这有多可怕，他们并没有建立所谓的道德准则。杀一个人和打破一个碗，在很多小孩子的心里，是等价的。天真、善良，以及不自知的残忍。

2011— 初中

A. 伪装者

在小升初的时候，我换了发型，像是在和过去告别。新的发型就像是一个大号的头盔把我的脸盖在厚厚的刘海里面，让人看不清楚表情，这给了我一种诡异的安全感，像是躲进洞穴里的豚鼠。我小心翼翼地混在人群中，像一滴淡水混入海中，面目模糊。除了在夏天有人抱怨为什么有一股药味时，我才在人群中被推搡出来，戳破了伪装。

再到后来，由于治疗和手术的需要，我剃了光头，带上假发，更像是老人口中披上了人皮的黄大仙（黄鼠狼，民间有传说，黄鼠狼会钻入人的身体，把人吃掉然后披上人皮）。很久很久，我都无法理解为什么同龄的女生会把剪发作为终身大敌，毕竟再短也有头发不是吗？

B. 发现 Monster

"哇，吓死我了，你看那个女的睫毛是白的。"她夸张地拍着胸口，对同伴炫耀似的说着，像发现某种新的东西。

无论我听到什么，我都不会像电视剧里面的人一样，瞬间脸色苍白，把手里端着的碗或者花瓶或者汽水瓶等等东西失手摔在地上，然后转身哭着跑开……我不会，我会强撑着用受难贞德般的傲慢蔑视她们，心里恶狠狠地说道：看什么看，天天不好好学习，我成绩比你好多了。我用着鲁迅先生教给我的精神胜利法，嘲笑着她们，虽然很无力，虽然只有自卑的人才需要贬低别人来赢得内心的平衡。

C. 英雄救美

"你的睫毛为什么是白的？"刘问道。

我沉默地坐在位子上，我如入定般一动不动。已经放学了，除了我们，教室里空无一人。

"你的睫毛为什么是白的？"刘堵在教室门口，再次发问。

通常我们把这种行为叫作锲而不舍。是的，锲而不舍，金石可镂。可惜我不是金石，不会为精诚所开。在不恰当的时间喋喋不休地揪着一个不恰当的问题发问，这着实让我恶心。

我冲向门想跑出去，刘伸开手臂，拦住我，像是在重温老鹰捉小鸡。时间一点一点地过去，我开始害怕，像被人踩到尾巴的猫咪内心深处发出一声又一声的尖叫，希望母亲听见，来救我。

突然门被打开了，在我被加工的记忆里，阳光正好，少年青葱，我的亲爱的同桌刚好回来拿东西。

他好像嗅到了空气中的紧张，拉着刘，搂着他的肩，说："都放学这么久了，赶紧走吧。"回头对我使了个眼色。刘欲言又止，似乎意识到无论如何我都不会说，就悻悻地走了。

每一次校园暴力的发生，我们都会奇怪受害者为什么不去反抗，为什么不告诉老师和父母。答案大概就是刘张开手臂的那一瞬间，心底无法遏制的恐惧以及被发现丑事时的被胁迫感。

2014— 高中

A. 无数次出现的问题

总会有不同的人一次又一次地问我同一个问题，即使在高中我已经习惯用纯黑色的睫毛膏覆盖住自己的不同，即使和人对视时总是不自觉地移开目光，希冀不被人发现自己的不同。

"你的睫毛为什么是白的？"开始我总是闭口不答，用长久的沉默去粉饰太平，仿佛对方问了一个极不识趣儿的问题。然后我长大了，学会了声东击西，转移话题，现在的我更喜欢说："刚做过手术，还没恢复。"

"恢复"，多美好的字眼，就像明天又是美好的一天一样。

B. 魔镜魔镜

长久以来，我都没认真观看过自己的斑斓的面庞。在高考后的第三次手术后，我终于认真地看着自己，像看一件残缺的艺术品，经历多次移植和磨皮后，依旧有着明显的色素沉淀，以及白色的睫毛，像是烧伤。但是我终于能够直面这样的自己，不美、奇怪的自己，我承认我就是镜中的那个女孩。

C. 中药与宗教

药石无医时人人都成了虔诚的宗教信徒，这一点在我姥姥身上得到了充分的验证。自从她疼爱的孙女被确诊之后，她的佛教徒生涯就升级了，每月必有的上香自是不用说，出门遇庙进庙、遇佛拜佛，必恭恭敬敬地奉上一炷香才行，这是一位老人能为自己患病的外孙女想到的最大贡献。除此之外，在西医对此病束手无策之下，姥姥还燃起了对中药偏方的极度痴迷，只要听说附近有治愈的病例，必要上门仔细询问，然后献宝似的告诉我，即使这些东西希望不大。

D. 一天两夜

从初中到高中，每个月一次的复诊，由于母亲的晕车被移交给了父亲。从我家到上海 724 公里，从上海华山医院到中国医学科学院皮肤病研究所 298 公里，从中国医学科学院皮肤病研究所到家 445 公里。

我父亲为了节约时间不影响我学业（特别是在高中），充分发挥主观能动性，仅用一天两夜时间完成两次排号就诊看病和上述路线，使用一车两司机的科学轮换方法成功达到科学合法省时三位一体的效果。为了让我休息好，每次出行都会特意借用别人的房车，让晕车的我能睡得舒服。上述方法完美地照顾了我的需求，而他一天两夜只能休息七八个小时。

E. 白眉大侠

可是长大后基本很少和老妈一起睡了，就算非常偶尔地一起睡，也是如"三国演义"，分割占据大床的不同部位。我妈经常感慨我长大了就不跟父母亲了——比如："你都是我生的，什么样我没看过？""妈！我在洗澡呢！！别随便进来啊！！"我也以为长大后不再像以前那样依赖妈妈了，可是——"妈，我难受。""乖，我知道你难受，一会儿给你买烤鸭吃。"生病时，陪着我的都是她。

在高考结束后进行的那次手术之后,在病床上的我得知了自己的成绩。再后来,在病床上讨论专业时,母亲笑着削着苹果说:"当初挺担心你不想去上学的。"那时,我才发现镇定自若、对小白毫不避讳的母亲深切的担忧,我才明白六年级时让我愤恨不已的"白眉大侠"(当时我妈特别认真地开玩笑说我是白眉大侠,当时病情已经发展得比较严重了,一侧眉毛几乎全白)是什么意思,她试图用她的方式去缝合这个伤口,最痛的伤口要用最美的方式包扎。我才意识到对我的要求堪比索比贬值版极速下降的要求下她的自责(母亲一直觉得我生病与她给我的压力过大以及因工作经常让我在外面吃饭有密切关系),八年后的我想说:"不,你是我的白眉大侠。"

《白眉大侠》片头曲:

刀,是什么样的刀?金丝大环刀!

剑,是什么样的剑?闭月羞光剑!

招,是什么样的招?天地阴阳招!

人,是什么样的人?飞檐走壁的人!

情,是什么样的情?美女爱英雄!

在母亲的眼里,恍若在这世界上那么一个小小的角落,我成了绝对不可或缺的主角。

后　记

写完整篇文章,才发现自己下意识地回避了"白癜风"与"怪物"那些字眼,才明白原来这些曾经伤我至深,以至要刻意回避。心理学上有一种人格叫作回避型人格障碍,自我敏感,懦弱胆怯,紧张忧虑,不安与自卑,他们渴望的同时又害怕亲密的人际关系。因为害怕失败带来的羞辱,以及被拒绝所带来的痛苦,他们回避建立关系,也回避社交情境。而他们回避社交关系是想要从极不舒服的羞愧感中"躲藏"起来,而我的回避何尝不是想要从极不舒服的羞愧感中"躲藏"起来?因为在潜意识里,在众人心照不宣的眼神中,在我们漫长古老的文化里,白是一种让人难以启齿的东西,是与众不同的,是病态的,是带有原罪的。

百度百科上,白癜风主要有四个方面的危害,其中前两项是:(1)白癜风对患者正常的学习、就业、婚姻、家庭、社交等等造成严重的影响。(2)社会上有很多人对白癜风患者有一定的歧视，导致广大患者自尊心受到毁灭性打击，从而产生一系列精神方面的疾患。我用整整八年时间及以后的日子，用自己的亲身经历一点一点丰富这七十七个字。"人有三样东西是无法隐瞒的，咳嗽、穷困和爱；你想隐瞒却欲盖弥彰。"其实还有白，除却疾病本身，与众不同就是一种罪恶。怪物是什么？是怪异的物类，是容貌、性情或思想、行为古怪特殊的人。对，容貌特殊，我原来是怪物，患病的我们都是怪物。

白在某种程度上可以被视为现代版的黥面，既是刻入肌肤的具体刑罚，又使受刑人蒙受耻辱，使之区别于常人。区别在于前者是恶魔抽签，后者是司法正义。每每想到这，我就想愤恨地问："为什么是我？"为什么是我？我在心里一遍一遍问自己，愈问愈愤恨、愈悲哀。我到底做错了什么？我甚至找不到一个怨恨的对象（该病发病原因不明），我不思考、不求索用时间将这种愤恨淹没，而白带来的疼不是强针刺骨，是伤口的一粒沙，是鱼肉里没有去干净的刺，不知道它什么时候会刺痛你。感谢我一路上遇到的人，谢谢你们的沉默，谢谢你们对我的容纳，谢谢这些温柔相待，让我知道自己也是一个幸运的人，幸运地遇到了善良的老师和一群甜滋滋的朋友，让我能试图用时间治愈伤口。

网上一度流行过这样的话："你不疯、不闹、不叛逆、不喝酒、不 K 歌、不逃课、不打架，那请问你的青春喂狗了吗？！"对此我可以骄傲地宣布，我的整个青春，都没有虚度。白天小心翼翼地掩饰自己作为"天选者"的不同，夜晚化身大法师和一个姓白的大恶魔搏斗。我受过伤，吐过血，失去过力量，但最终我还是战胜了恶魔，给帝国带来了永久的和平，如今我可以在胸上自豪地别上女王授予我作为"天选者"的勋章。

其实，如果小白是个姓白的帅气的大男孩，这大概是我能想到最美好的爱情故事——相识于懵懂"郎骑竹马来，绕床弄青梅"；相交于青春"知好色，则慕少艾"；如不意外，则相伴终生"执子之手，与子偕老"；与这个人纠缠余下的日子，一同在烧尸炉里化成一道青烟，然后一起躺在最后的安息地里，终是不离不弃。可惜不是，这大概就是人生，总是喜忧参半。

最后的最后，请视如常人或保持沉默，谢谢。

李喆：行走在胜负之外

○郑中华

如果单把咖啡厅中的李喆指给你看，你大概很难辨认出他的身份：浅色衬衫搭配牛仔裤，戴一副半框细边眼镜，唯一透露出些许信息的，或许是他因常年思考而稍显稀疏的头发。而倘若人生是一出大戏，你似乎也很难确定李喆在其中究竟扮演怎样一个角色。

李喆曾是中国年轻棋手中最亮眼的存在，恣意纵横于胜负世界；在职业生涯的黄金年龄，他却转身步入校园，埋首书卷，沉心静性求索学术真理，栖身竞技以外的天地。

纵横三六一交叉，黑白千万般变化——围棋世界的风景总是很精彩。作为职业棋手，李喆一直行走在这一方天地间。但围棋真正让李喆着迷的，远远不止非黑即白的冰冷胜负。

初　会

1989年，李喆降生在湖北武汉的一个知识分子家庭，父亲是一名大学教授。儿时的李喆常常看着父亲摆开楚河汉界，与好友对垒厮杀，年幼的他天资聪颖，在旁观中便逐渐学会了象棋的一招一式。到李喆八岁那年，他才由父亲带着，去报纸广告上的围棋班报了名。

李喆的围棋启蒙虽晚，但无意中赶上了风云际会的年代。20世纪90年代中期，正值中国围棋体制改革，围棋队逐步与体工队脱钩。很多优秀的棋手被迫脱离体制另谋生路，和当时的中国一起，在市场经济的大潮中沉浮。那时，许多职业棋手选择开设围棋班，李喆便也获得了职业棋手指导的机会，这对于初学者来说极为幸运。

起先，李喆投入刘帆四段门下。一年后，李喆在同班的学生中已找不到对手，进而他被推荐至阮云生七段门下。阮云生棋力高强，是当时湖北最强的职业棋手，又尽心敬业，常常出差回来刚下飞机，就到教室讲棋。阮云生是李喆学棋经历中最重要的老师，"阮老师能在围棋技巧之外讲出很多道理，这是让我受益至今的"。

一边接受阮老师的悉心指导，一边和当时最强的少年棋手切磋棋艺，李喆进步神速。1999 年，李喆初次参加职业定段赛，铩羽而归；次年，年仅 11 岁的李喆成功定段，在全国 22 位新初段中幸运地排在第 22 名。从入门到职业，李喆只用了三年。误打误撞也好，实力使然也罢，李喆终归挤过了这"围棋高考"的独木桥。竞技围棋的世界无比残酷激烈，李喆的华丽变身无疑令众多冲段少年艳羡。但他自陈，彼时却没有太多春风得意的感觉。

不同于绝大多数职业棋手，李喆没有北漂在道场学棋的经历，他留在武汉跟阮老师学棋，同时也从未落下学业，维持着"半天读书半天下棋"的模式。"在定上段之前，没有真正考虑走职业道路。"对李喆而言，成为职业棋手可能更像是宿命的安排。

2002 年，在职业赛场上崭露头角的李喆入选了国家围棋少年队（后简称"国少队"）。对于年轻的新锐棋手，这是极大的认可；而对于 13 岁的李喆来说，获得认可的欣喜之余更有纠结，他走到了人生中第一个真正的十字路口。

那时，已经是职业棋手的李喆仍在武汉上初中，远赴北京去国少队就意味着放弃学业。是继续待在自己的舒适区，还是告别过去开启新篇章？直到现在，李喆仍能回想起当初取舍时的犹豫反复。"当时要在学业和围棋中作出一个抉择，现在看来这是决定未来走向的一个选择。"尽管母亲更支持李喆继续学业，但他最终还是决定暂时放弃学业，选择了围棋的道路。"我父亲比较支持我做自己喜欢做、愿意做的事情，当时我可能觉得还是下棋比较有意思。"

锋　芒

由于父母在武汉都有工作，年少的李喆只能孤身一人背井离乡来到北京，开始在国少队的学习和生活。李喆性格内向，寡言沉默，甚至可能"到周末一整天都不讲话"。在陌生的环境里，李喆熟悉的只有围棋，长日里的孤独只能靠围棋排解。但在国少队的日子里，李喆总能围观高手拆棋，这对于他而言是很有意思的经历，也对他棋力的提升有很大帮助。

古往今来的棋手中，李喆觉得自己受吴清源影响最深，也对吴清源最为景仰。说到这儿，李喆言语中多了一份尊敬，"小时候看吴大师的《黑布局法》《白布局法》，我当时写满了密密麻麻的心得笔记"。

吴清源大师的名字在围棋史上是永远无法回避的：他就是一个传奇。年少东渡日本，对秀哉名人，以"星·三三·天元"布局惊动棋界；十番棋降级日本全部高手，书写"昭和棋圣"的传奇；倡导"新布局法"和围棋革命，以超越时代的视角推动围棋观念的革新。

在吴清源的传奇人生和卓越贡献之外，他对待围棋简练至真的态度备受李喆推崇。吴大师晚年仍坚持摆棋研究，不断钻研探索围棋新的价值，身体力行儒家"日新"之道，却不为了任何功利的目的，仅仅出于一份被围棋本身吸引的热爱。李喆由衷地觉得"这种纯粹的、非目的性的对围棋的投入是很难得的"。

从小以吴清源为榜样，李喆觉得他对围棋始终怀揣着一种敬畏感，甚至可能是神圣感。"我从小就有一个信念，下出精彩的棋比我取得无论怎样的成绩都更有意义。"

在对局中，即使是重要的比赛，李喆也愿意尝试一些新的招法。李喆觉得黑白世界太大太丰富了，尽管他有时承认平稳的常规下法更好，但他往往不甘于平庸。李喆觉得这是自己内心的声音，"这就像在进行艺术创作的时候，有一种声音在告诉我，你要去这么做"。正因如此，李喆的棋总会烙上些特殊的印记：高中国流、无忧角的肩冲，充满想象力的招法和宏大的构思。李喆棋风洒脱奔放，才华横溢，在围棋界一直是独树一帜的存在。作为公认的"天才棋手"，在谈到自己的棋时，李喆微微偏过脑袋，审慎地斟酌着词句，似乎不太好意思。尽管李喆承认自己下棋比较依靠"灵感"，也比较看状态和发挥，但并不喜欢"天才"这个称呼——他觉得自己算不上。

李喆在棋盘上尽情挥洒才华，也从容地积蓄着力量。他像是行走天涯的少年剑客，十年磨一剑，等待霜刃出鞘的日子。2006年的新人王战，李喆势不可挡，半决赛斩落当时风头正劲的同辈新锐周睿羊，又在决赛的三番棋中2:1击败王垚，收获了个人第一个冠军。虽然这是一项有年龄准入限制的新锐赛事，但在当时虽然准入门槛较低但含金量仍相当高，这对李喆来说更是一份沉甸甸的厚礼。收获首冠，李喆自然很是激动；但李喆更觉得，经过了长久的努力，夺冠应"水到渠成"。

光明前程似画卷铺开，李喆一步一步攀上自己围棋竞技生涯的高峰。

2010年，李喆在围甲联赛发挥出色，获得最有价值棋手奖（MVP）。总共22轮联赛，在队内高手如云的情况下，李喆顶住巨大压力，全程担纲主将，在围甲所有队伍的主将中胜率最高，成为当年的最佳主将。2011年的龙星战，李喆2:1击败王昊洋，收获了个人第二个冠军。

在一般人看来，这些成绩对于一直被寄予厚望的李喆来讲远远不是终点；但对于自己的未来，李喆却没有那么多高远的展望。

藏　刃

回溯自己围棋路上的种种成绩和遗憾，李喆表现得意外平静，而对于围棋本身，李喆的情感也意外复杂。

围棋有胜负，似乎是天经地义的事情；但需要分出胜负的游戏有很多，围棋为何成了最特别的那一个？作为职业棋手，争胜负似乎是毋庸置疑的天职；只是在胜负之外，围棋又应该有怎样的意义？

李喆回忆起自己还没有真正成为职业棋手时的故事。定段赛倒数第三轮，李喆局势稍稍落后，但全局皆已定型，落败似已注定，只是对手的时间所剩无几。在包干制（一方时间用完即判负）的赛制下，李喆完全可以利用劫争迫使对手超时。若能赢下这盘棋，李喆的定段前景将一片大好。但李喆认输了。"我当时觉得这样的棋是不应该用这种方法去赢的。"李喆对此很坦然，虽然他完全可以用规则允许的方式去取胜。

这可能是李喆第一次直面真正意义上的胜负叩问：当胜利成为符号，胜利的价值落在棋盘之外，棋手究竟应该如何去面对？当时的李喆没有能力去回答这样的问题。成为职业棋手后，李喆勤勉追求十九路盘上的胜负之道；但在盘外，这些关于围棋最根本的问题始终困扰着他。

"作为职业棋手，我下围棋根本上是为了什么？我去追求这个胜负，我去追求赢，首先对于我有什么价值？对于社会又有怎样的价值？我们这些棋手去争胜负，对这个社会、对这个世界有什么样的意义？我们职业棋手还能做哪些更有价值的事情？"李喆一直未能想明白这些问题，但他强烈地感觉到，弄清楚"下棋究竟创造了什么价值"，对他而言似乎是一种使命。

长年累月的围棋训练和难以挣脱的职业思维让李喆产生了强烈的束缚感。"在一个固定的圈子里待的时间太长了,我很难突破它的限制,没有办法让自己的思维跳出定式。"李喆迫切地想做出一些改变,试图寻找新的思考问题的方式。

他想重回校园。

那时候,李喆正处在围棋生涯的巅峰,国内围棋等级分排名一度高达第三;而进入大学读书势必花去很多精力,对围棋成绩会有很大影响。

这是李喆人生中第二个重大选择。面对这一次的取舍,李喆并没有太多的犹豫和留恋。校园对李喆有着天然的吸引力,他觉得"自己有一种必须要回到校园的感觉"。

李喆很清楚,自己绝不是为了混个文凭才来读书的。"真正学到东西,对自己有所提升"才是李喆的目的。李喆选择了哲学作为自己的本科专业,一是这是自己一直以来的兴趣,二是觉得学习哲学会对围棋意义的建构有所帮助。而"北京大学的哲学系是最好的",来到北大便成为顺理成章的事情。

2012年的秋天,和十年前一样,李喆再一次独自一人来到了一个全新的环境。和十年前不一样的是,历经胜负世界的磨炼,李喆对自己的选择有很清晰的觉悟。

大学的学业负担颇重,李喆也自然地将大部分精力投入到了学习中。柏拉图、笛卡尔、康德……在哲学的课堂上,李喆和人类历史上的杰出头脑对话,展开思想的交锋,沉浸于理性的思辨。放下职业棋手的身份,李喆充分享受学习的过程。

李喆写过一篇有关柏拉图的小文章,模仿了对话式结构,深受老师欣赏。理解文本、构思问题和设计文章的架构,李喆花了很大功夫。"深入阅读哲学文本的时候,我会有一种兴奋感,甚至有时候读到可以手舞足蹈的感觉。对我来说,这种感觉可能更胜于赢棋。"李喆笑道。在哲学系学习期间,李喆接受了严格的学术训练,充分掌握了系统化的学习研究方法,他开始更加自发地独立思考问题,用更成熟细致的方式考察具体问题的来龙去脉。

来到北大前,李喆有很多不成熟的碎片化思考,但苦于在围棋的圈子内无法得到解答。刚入学的李喆急着想跟老师探讨,会给老师写长长的邮件,恨不得一股脑把自己的问题全部塞进去。让李喆很感动的是,"经常会有老师回复我的邮件比我发的还要长"。

李喆反反复复地用"很有价值""很有意义"来描述在北大的经历。李喆身边的不同观点"既能平和地相处,又能形成交锋",对李喆的思维方式有着很大的提升。"在北大的经历对我的价值观念、对世界的认识以及对于我的生活方式的选择，都产生了非常大的影响。"

长　路

在燕园求学的日子里，李喆觅得一方胜负世界之外的净土。心绪自喧嚣中沉淀抽离，李喆首先反思的，便是一直困扰着自己的围棋的价值问题。

在大学期间，李喆顺着历史的脉络，从浩如烟海的史料文献中寻找围棋在中国历史流变中的不同面目，将自己的考辨和结论汇成《中国围棋价值演变研究》一文——这是他在校期间写的第一篇关于围棋价值的论文，在 2015 年的杭州国际棋文化峰会论文评比中获一等奖。

围棋最开始多被纳入实用性的考察，认为与兵法天象等相关；到魏晋年间，围棋与诗酒齐称，成为隐逸避世的象征；唐宋间，围棋的艺术性和弈理的价值得到充分阐释；再后来，围棋从士大夫阶层走入市井，地域性争棋兴起，被赋予更多元的内涵。

李喆得出的核心结论是，围棋在不同的历史年代、不同的文化背景下，总能展现与之相适应的价值和意义，围棋价值的变迁折射出社会和文化价值的变迁。李喆的论文广受好评，围棋的价值也获得了一次系统的审视。

但李喆觉得，围棋在历史上的形象是被动的。而在现实语境下，围棋的价值需要有意识的引导，从而获得新的阐释。至于具体怎么阐发围棋的价值，围棋的价值又具体是什么，李喆还很难说清楚。在不同的哲学语言体系下，从不同的角度出发，在不同的群体中，有关围棋的研究和认识会得到截然不同的结论。但李喆隐隐有一种感觉，对围棋的研究"绝不是一种空中楼阁式的东西"，而要使术语化和体系化的东西重新回归现实，围棋"一定要和生活联系起来"。"围棋本身有很多东西是从胜负中生发出来的，但是胜负不是围棋的最终目的。"李喆特别提到了历史上"博"与"弈"的分野。在李喆看来，胜负只是围棋价值阐释中的一个环节、一个过程，重要的是"我们能通过胜负认识什么"——胜负远远不是围棋价值的真正答案。

在当下人工智能时代讨论围棋的价值，围棋 AI 是无法回避的话题。AI 的出现让人类在围棋的世界不再孤单，但这也是残酷的相伴。自 2016 年 AlphaGo 惊艳亮相，两年的时间里，AI 无情地摧毁着人类建立的围棋秩序。2017 年柯洁的眼泪是苦涩的，当最强的人类棋手再度败下阵来，人机对抗的胜负意义随之消散殆尽，人类不得不直面人机结合的时代。

围棋AI的出现让李喆倍感兴奋，他为有关围棋的新事物万分欣喜，甚至重新燃起对弈的热情。李喆对围棋AI做了很多细致而深入的研究，让他深感遗憾的是，人机对抗的时代结束得太快了。"我觉得我们棋界没有做好准备，没有在围棋受关注的这个阶段，把围棋的很多魅力展现出来。当然这个阶段我们可能吸引了很多流量，很多人可能知道了围棋是什么东西，但是这些人并没能转化成真正的围棋爱好者。"

在兴奋和遗憾的情绪之外，李喆更有一种危机感。围棋AI的存在使人类探索围棋价值的任务变得无比紧迫。从明清时期的地域性争棋和日本的棋所之争，到中日擂台赛以降的国别对抗，再到人工智能时代的人机对抗，围棋竞技的关注重心不断转移。可当人类棋手无法击败AI的时候，对于人类来说，围棋的胜负价值和竞技意义似乎变得有些虚无缥缈。"尤其是人类不处在竞技的顶点位置的时候，围棋的竞技意义其实是有危机的。可能只有外星人来了，我们人机结合和他们对抗，围棋的胜负才能有新的吸引力。"李喆颇有一些无奈。

在2015年探索七路棋盘最优解问题的过程中，李喆深感人类算力之极限。在一定的尺度和局面下，面对虚实厚薄、地势边角的价值判断，人类棋手不像AI一样可以用"数"的方式通过庞大的价值网络来进行着法的决策；相反，"人类往往依赖一种普遍化的思维方式"。李喆觉得围棋中的这种普遍经验，即在对弈中总结出的棋理，对于棋外的故事是可以起到"指导性作用"的。人类对于围棋的认识还是太少，但也正因如此，人类这个群体自身对于围棋的阐释和理解在文化上的价值是不可取代的。

关于围棋的终极价值，李喆有一个美好而浪漫的愿景。李喆希望通过围棋，让"世界变得更好，让更多人从中受益"。而要实现这个宏大的设想，李喆承认自己还远远不能做到，对于李喆和整个围棋圈子来说，有关围棋价值的追寻，还有很长的路要走。李喆觉得，职业棋手肩负着极为重要的责任。"我理想中的职业棋手是围棋这个独特的文化符号的代表，是这个圈子最受关注的群体。他们不同于其他的体育明星或者娱乐明星，棋手怎么去对行业做出表率和引导的作用，我觉得是很重要的。对于职业棋手，在拥有好的成绩之外，怎么阐释围棋的价值，怎么让更多的人能够从围棋中受益，这也是一个课题。"

2017 年本科毕业，李喆选择体育人文社会学作为自己的专业，继续攻读硕士学位。李喆坦言"自己还在学习的阶段"，有关围棋的研究、普及和意义的阐发，尚不清楚具体该怎么做，但可以确定的是，"可以做、值得做的事情是很多的"。李喆觉得自己还需要进行视野上的"横向拓展"，为自己今后对围棋的研究和推广做好准备。

学业之外，李喆还无法确定自己未来的围棋道路会怎么走。在北大的日子，李喆也从未真正远离职业围棋的赛场。繁重的学业使李喆的训练量大大减少，保持棋感往往只能依靠在网上看棋；但另一方面，在北大的学习经历也提供了不一样的思考视角，李喆对围棋也有了更全面的认识。

2013 年的 LG 杯，李喆从预选赛打起，连克劲敌，头一次杀入世界赛事的半决赛。虽在大好局面下葬送优势，遗憾败于后来的冠军柁嘉熹，但李喆也创造了自己在国际赛场上的最好成绩。2017 年，李喆打入新奥杯的半决赛，又一次站在世界棋战半决赛的舞台。曾远离喧嚣，又重新归来，李喆觉得自己下棋时的心态更加平和，也更加成熟。

2018 年，李喆继续征战围甲，代表浙江昆仑队参赛，目前战绩可圈可点。谈到未来的打算，李喆坦言一切尚不明了，但一边读书一边下棋的模式在他身上可能还要延续一段时间。

李喆希望自己能达到"出入于胜负"的境界，以非目的性、非功利的态度认识围棋，找寻围棋的真正价值。李喆尚不满三十岁，在后浪汹涌的中国棋界已经算是一名不折不扣的"老将"了。在微博里，李喆曾回忆起独自品读 AlphaGo 对李世石第二局的第 37 手肩冲时的内心激荡，"大概类似于《月亮与六便士》里在一间土人居住的小木屋子里看到那满墙画卷"。李喆与思特里克兰德是一样的：他们都在一个无比熟悉，但又无比陌生的世界中。

围棋的价值等待着新的诠释，胜负之外的道路依旧鲜有涉足。这会是一段漫长的旅程，李喆一直在路上。

PKU 女子图鉴（节选）

○苏诗芮

一个小小的导言

自己想象力匮乏，因此相比小说，倒是天然地被"非虚构"这个名称吸引。对我来说，真实的生活意义重大。它像一个藏在复杂迷雾背后的谜底，真切地困扰着我，然而又在某些时刻展露出一丝清晰的图景让我灵光闪现。写作的过程，对我来说，是宝贵的收获这些"混沌世界的清晰碎片"的时刻。因此这种非虚构的时刻，对我个人具体的意义就在于对生活的解谜。

马德莱娜·布莱斯曾经在非虚构写作中，从邻居罗兰·梅鲁洛那里获得灵感，命名了这样一种"梅鲁洛时刻"："我们有了一个简单的答案，然而问题是什么并不重要，重要的是它触动了你，把你引到记忆和疑惑的交界处，引到贴着'私人地界'和'禁止穿行'标志的地方，那么这个问题就很有可能成为你下一篇文章，甚至是下一本书的主题。"[1]对我来说，这种"梅鲁洛时刻"汇集成了这段以《PKU女子图鉴》为名的写作历程。故事真切地发生在我自己身上或我的身边，每一个人的态度、行为、问题与答案都不同，而又在某些时刻隐隐关联。这样的主题并没有多少沉重的意义，然而因为其真切而对我来说至关重要。

文章中的名字都是化名，因为涉及很多隐私。写作的初衷偏向于个人记录。

"我不想做螺丝钉"

楚姑娘是我顶崇拜的姑娘，"楚姑娘"是她的微信名。她是爸爸同事的女儿，

---

[1] 雪莉·艾利斯，《开始写吧！非虚构文学创作》，中国人民大学出版社，第46页。

大学毕业三四年了，最初在上海工作，但是"更喜欢北京的气质"，于是来北京找了工作。

去过一次楚姑娘的出租屋，南锣鼓巷附近，破破烂烂的居民楼，但是因为地段好，房租也贵得要命。屋子里连一个像样的客厅也没有，待客的地方只容转身。可是她住得从从容容，自己买来白漆把房子里里外外粉刷一遍，贴纯白壁纸，朋友爬山拾来的雷劈木，自己动手锯，粉刷一下，安上灯泡，顿时成了客厅里最亮眼的吊灯，更粗的部分同样粉刷一下，就有了一个颇脱俗的床枕。"我刷的墙。"楚姑娘裹着围裙咧嘴笑，骄傲安心，她不愿意直接搬进一个别人雕琢好的壳子里面。楚姑娘真酷。我不好意思当面说，但是心里觉得她在发光。

后来"视奸"楚姑娘的微信朋友圈成了我的业余爱好之一。你怎么敢相信，一个时常晒蹦迪图、不要白皙要去海边晒黑、为音乐节摇旗呐喊的摇滚青年，她的朋友圈里其实很多时候有爬山时的"山雾里住着神仙"，有散步时看到的"烟柳画桥，春意枝头闹"，有"想邀请全世界的可人儿来汉水边初开的桃花林下，晒太阳，喝米酒"，有她喜欢的慢悠悠拍成的胶片——从16岁起就积攒的天空和北京胡同里一冬的颜色，还有一个26岁的 green hand 画手兴起画下的写实与虚拟。楚姑娘微信头像下面的签名是"两脚兽"，感觉她整个人都像她黝黑的肤色预示的那样洋溢着生命力，她是动物，她不躁动，但就是很蓬勃。

有一阵子，楚姑娘的朋友圈变了样子，花花绿绿的餐厅，花花绿绿的众筹口号。那阵子楚姑娘在为一家新概念餐饮公司工作，工作的宣传渗入了她的大部分生活空间。偶尔夜深人静的时候会看到她发一句："真 tm 想吃凌晨两点的海底捞啊。"跳跃在饥肠辘辘的夜晚里，宣告她的自我还面孔鲜活。但是回到白天，每一条朋友圈的内容都兢兢业业，语言诚恳诱人，宣传不遗余力。

三个月后，楚姑娘宣告了自己的自由。"朋友们，我辞职了。I'm freeeeeeeee!" 配图是一幅动漫，一只牛头兽配文 "after a long day of being nice"，坐在沙发上，脱下了半身人皮，喝酒，抽烟。妙极！这幅画对楚姑娘来说真的再合适不过了，她是兽，人皮裹久了会受不了的，她会不能呼吸。

后来有一阵子，从楚姑娘的朋友圈里嗅得出挣扎的味道。"对我来说为了赚钱而工作简直就是糟蹋生命啊"，有时候也会有点自嘲俏皮地发一句"做个废物，没有梦想，吃饭睡觉，保持可爱"。还有看开了似的"人本来就是动物，没有职业也可以活""努力阅读，渴望在书中寻找与世界舒适相处的办法，在对爱和内在闭口不谈的教育体系中成长出来的人,多少会有性格缺陷,意识到它们,会痛苦但是好事"。

寒假回家,家里待客,楚姑娘一家也来了。吃毕饭,一群妇孺去江边消食。一想到正和我崇拜不已的楚姑娘走在一起,我就站立难安,对有社交恐惧症的我来说,在这种情形下保持交谈的顺畅有特殊的困难。楚姑娘先开了口:"S,你们北大,老师会给你们推荐什么专业之外的书吗?"于是我了解到,楚姑娘在读弗洛姆、叔本华和尼采,并且还在寻觅。"我从《爱的艺术》里面读到了螺丝钉的比喻,我当时拍案叫绝,太准确了!"楚姑娘朋友圈里有关辞职的内容,都是屏蔽她爸妈的。楚叔叔和阿姨在当地有相当不错的工作和社会地位,楚姑娘26岁,于是最近过年的议题就变成了"回家考公务员","是时候相亲结婚生孩子了"。"太荒谬了,你整天在思考'意义''自我'这些问题,回家了,爸妈却告诉你,赶紧给我结婚生孩子。"楚姑娘还说,在她上一段工作经历中,她深刻地明白,自己实在接受不了三点一线的工作。"你不觉得任何热爱的事情一旦变成了'工作',它就完全变质了吗?"我们在这件事情上有一些小小的争执。我说,从工作中也可以得到乐趣的(确实,大学两年里我从受虐中得到了不少乐趣),楚姑娘接受这一点,但她觉得,相比直接投身于自由的天地,这种把自己先捆起来然后再喂一两颗糖果的行为,有什么必要呢?

后来,楚姑娘还是没有上班,直到现在也没有。在我为期中季焦头烂额的时候她去了深圳,在海边晒太阳,拍了好多后现代的照片;也跑来北大跟我旁听了几节伦理学的课;她还想过留学,但是在高昂的经济支出和"想找点学上"的愿望之间徘徊挣扎着;她总是隔几天就发一条充满幸福感的朋友圈,房客为她留下 thank you 小卡片、帮她买来早餐,她去山里参加了派对,去了一家新开的酒吧蹦迪……

"那为什么不一直这样漂流呢?"我曾经真诚地这么问她,我觉得她现在的日子相当自由且幸福。尽管无比热爱自由,楚姑娘还是有很多的顾虑。说真的,我多希望她的烦恼就这样凭空消失。

认识的追星女孩

C 是我第一个熟识的严格意义上的追星女孩,她的星星是易烊千玺。明星大多是有"人设"的,而如果"追星女孩"这个身份也算一个人设的话,那么她符合了这个标签带给人的一切想象:寝室的柜子上、书桌上、墙面上都贴着偶像的照片,一切小物件都最好与偶像相关;微博高度熟练用户,每日打卡锲而不舍,日积月累,甚至也积攒下一些影响力，成为"饭圈大大"；密切关注偶像活动，一首新歌、一档新出的综艺节目都会引发她的尖叫；不畏惧展示自己的粉丝身份，在朋友中总是标榜自己为偶像的"女友粉"，对偶像抱着一丝不切实际的花痴幻想。

在认识 C 以前，我对"追星"这回事只限于隔岸观火。我只知道，嗯，他们都很好看，这确实对于花季少女来说构成了不小的吸引力，可是远远不足以让我从路人变成粉丝为之痴迷。认识 C 之后，我仍然不是任何人的粉丝，但是我似乎可以或多或少地理解她们的心境了。

C 对待追星这件事有着让我惊异的认真态度。这当然不仅仅体现在她省了好几个月的生活费专程从家乡去南京看了千玺的一场演唱会。从高中到大学，追她的男孩子有好几个，她却觉得自己的喜欢是不可以转移的，否则就是对千玺的背叛，更主要的是，"即便和人家在一起，也对他不负责啊，我当然会更喜欢千玺了"。她曾坐在宿舍的床上认真地跟我探讨，究竟怎样的职业规划才能让她更近一些地接触千玺。她长得好看，也喜欢唱歌，曾经严肃地考虑过去学习表演，以后毕业了努力进入娱乐圈，一步一个脚印，一点点打拼，说不定有朝一日可以拥有和千玺对戏的机会。在千玺为一家知名杂志拍摄了一系列照片的时候，她无比认真地认定，自己要进入传媒行业，这样在类似的拍摄活动里，自己也能在场。然而她又待在身不由己的法学院，想来想去，最现实的办法还是落在了好好学习，以后可以进入千玺的娱乐公司。"再怎么样，他们肯定需要法务的，对吧？" C 信心满满地表示要为千玺做一名最好的法务，帮他细细地审查每一份合同，让他和一切麻烦事都无关。聊到这些，我们俩一起坐在床上乐不可支，我开玩笑的成分多些，她更认真，一想到 C 未来珠光宝气一副成功人士的形象和千玺握手的场景，我们俩就不由捧腹。

和其他很多被偶像的闪闪发光点吸引的粉丝不同，C 属于看着偶像成长的那一种。"很神奇，就像你在玩养成类游戏一样。"但是，在千玺长大的过程中，C 并不是电脑前一个随心所欲的玩家而已，她不过是一个小女孩，在和电视机里的小男孩一起长大。

"那时候我才高二，迷上了那档综艺，每天下了晚自习，回家的路都是跑着去的，在电视屏幕面前，跟他们一起笑，真的好幸福啊！"作为局外人，我只知道千玺的今天是举世瞩目的，可是 C 告诉我，他不过是一个脆弱的小孩而已，TFBOYS 刚出道的时候，他是最后一个加入团体的，支持另外两个小孩的粉丝绝大多数把千玺视为异端，支持他的人太少了。明里暗里排挤他的人却很多，恶毒的话和动作针对性很明显，不顾他的感受。C最初是团粉，并没有对千玺个人有特别的情感，但看见他一个人孤零零的，却总是并不在意，仍然开心地笑，认真地唱跳，她便渐渐地被他打动，成为"唯饭"，像一个卫士一样，反感欺负他的其他粉丝，默默在心里拼命为他加油："千玺，一定要加油啊！"

她也是个心无杂念的小女孩而已，每天的生活就是教室，飞奔着回家的路和家里的电视机，曾经还因为路上走得太急在下雨天摔倒在泥浆里。"有一次千玺接受采访，问他梦想中的大学是哪里，他说是北大，那时候我就默默地想，我也要来北大，这样我就可以见到他了。"于是在苦不堪言的高三，C始终学习得努力而快乐，最后拿到录取通知书的时候，她觉得自己的梦想和他一起长大了。

千玺对C来说，是B612上的小王子，住在遥远的星球，却真切地陪她度过了难熬的青春。她始终以千万倍的真诚和用心回报着。"高中的时候，我写了很多信寄到他的信箱，模考有时候考差了，心里难受，都写成信，跟他说。"至今，她仍然保留着为他写些文字的习惯，夜深人静的时候有一些想对他说的话，然后她就会默默编辑出来。

C向来不喜欢饭圈的那些争吵，关于三个小孩谁更有人气、谁更好的那些无谓的争端。她的喜欢纯粹很多，"我始终觉得我是不一样的"，其实作为旁观者的我已经这么觉得了。然而，"后来我发现，其实我也不过是千千万万的粉丝中平凡的一个……"有一次，C有了参加千玺某个节目录制的机会，在后台，她拼命走到前面，也成功地离他很近。"我当时激动得不行，但是不敢大声叫他，害怕太过冒昧了"，后来千玺看到了她，平静如水的眼神。太正常不过了，然而当时那个眼神将她击溃了，她意识到对于自己的小王子来说，自己只是个路人甲，真相太令人难受，她回到酒店哭了整整一晚上。

从此她的向往矜持了很多，也压抑了很多，她逐渐接受自己的"普通"和"不可能"，但还是习惯于将很多真实的感受发在自己的小号上，不愿意赚取很多很多的转发和流量。还有，她对一些话题更加敏感了。上次林宥嘉唱了自己粉丝为自己创作的一首歌，她听到了，第二天告诉我，那一天晚上她循环播放这首歌到很晚很晚，她理解那种远远地喜欢着一个人的心情，对于那些被予以回报的，她由衷地感动。另外，她交了很多新的朋友，她是不会和别的千玺粉丝掐架的人，和她一起默默支持千玺的女孩子，她总是觉得无比亲切。

前两天，她告诉我，千玺接受采访的时候表示，要暂时退出娱乐圈。"我觉得挺难过的……但又为他高兴,这个圈子太闹了,不适合他,他终于可以安安静静地做自己喜欢的事"。这像是她的小王子从遥远的 B612 下凡尘一趟,点亮了她的青春和生活,然后要回去了。"但是我知道他在那儿啊,而且还可以知道他的消息。"C 开心地对我说。

C 就像任何一个在你的朋友圈里存在感超强的追星女孩,"打榜""拉票"太过于热火朝天,让你总是忘记她们埋藏的真心。然而,C 让我看到,现实中的追星女孩的善良与热忱,她会把"脑补"偶像的善良用意加之于生活中的你,像是在看综艺节目中偶像的表现那样,从你的小小举动中发现你的美丽,然后倾注真心。其实,并非有了网络上那一颗炽热的星星,现实就黯然失色了,对于 C 来说,生活里还散落着许许多多的星星,生活始终星光璀璨,她的热情和真心也从不消逝。

来自妈妈的恋爱指南

Y 怎么也不会想到,自己酝酿许久、斩钉截铁的一次分手,最后因为妈妈电话中几句轻柔的话就轻而易举地放弃了。

她已经在宿舍里和舍友、在微信上和闺蜜控诉了好几天,这次男朋友的表现实在是过分,之前很少有的不耐烦情绪在这几天里因为小事接二连三地发生,而在她试图沟通、解决问题的尝试面前,他不仅不配合,反而消极乃至无赖地抵抗。Y 在那几天里翻来覆去地想,而任何试图改变现状的努力都像打在了棉花上,最后激起她深深的愤怒和失望。真相在她面前一点一点从迷雾之中褪去,几天的时间里,她无比失望地发现,那个曾经令自己无比快乐的男孩子的本质竟然如此懦弱,而她又不得不沮丧难过地接受,他的这一系列反常也许仅仅是因为不再喜欢自己了。

Y 做好了一切心理准备,为自己备好了充足的心理安慰。在宿舍的那个下午,当手机来电显示为"妈妈"的时候,她确保自己是以轻快、无所谓的口气说起这件事。

Y 很少对父母谈起自己的这段恋爱,可是这时候妈妈在问了几句吃穿住行之后,突然声音低了下来,有些慢吞吞地问道:"你和那个男孩子怎么样了呀?"Y 知道,一定是爸爸不在家。她心里有些难受,但她还是觉得应该以整顿好的状态跟妈妈讲这件事,并且把对方的过错和自己的感受都抹去不提。她成功地拿起从初中就形成的那种掌控一切的态度:"我们都快分手了,大吵了一架,我跟他说好了,让他明天晚上把决定的结果告诉我。"

Y的意料中，妈妈听完就过去了。没有想到妈妈认真地问道："分手这件事怎么可以设置一个DDL呢……"妈妈的口气既心痛又无奈，她的第一反应是女儿任性闹脾气两个人才吵架的，"你总是这样，从高中就这样，我知道的，做事情太斩钉截铁了，会伤人心的。"Y想起自己在外地读高中时压力爆棚向妈妈撒气的情形，不可抑制地愧疚难过起来。妈妈的声音低而温柔："人和人之间的缘分不容易，你想想，从高中到大学，身边多少男孩子啊，可是只有他，你们互相发现了，撞出了火花。"Y不可抑制地流泪起来。

Y知道，妈妈并不知道二人吵架的真正原委，也没有给出对这件事真正公正的评价，可是却仍然与这件事发生着奇妙的关联，她想到在过去的相处中，自己总是缺乏安全感，需要对方是主动付出的那一个。妈妈的话很简单，仅仅是最朴实的词句，可是她的心像是突然被温柔包裹了，装甲了很久的坚强被击溃，她突然意识到在自己坚持的"逻辑"和"对抗"之外，也许还有一种可能。"得理却要饶人"是她一贯嗤之以鼻的逻辑，这一次却突然进入了她的世界，让她觉得世界如此温柔、明媚又宽广。

这是Y的初恋。在一个活动中，仅仅一面之缘的男孩子L装作认真听讲的样子，却总是偷偷地望向她的方向。她从来都是拘谨、胆怯的，这次却小心翼翼地给出了回应。Y很久以来不曾有这样强烈而又甜蜜的快乐，活动结束后，男孩就回到了与Y异地的大学，可是微信上每天的相伴已经满溢。Y怀揣着怦怦直跳的心，好几次想要和妈妈分享，可最后都忍住了，决定自己一个人独自珍藏这份快乐。L不是来自爸妈心中期望的清华北大，更不是爸爸所要求的理工科，爸爸甚至立下了大二之前不许Y谈恋爱的要求。Y内心对与家人的对峙始终是恐惧的，那就再逃避一小会儿吧。

讯息在Y的19岁生日推送消息里显露端倪，末端那句来自L的祝福包含了许多快乐和宠爱，Y已经百般设防，朋友圈屏蔽了爸妈，但最后还是被爸爸看到了。

是妈妈先打来电话，Y的心里忐忑极了，她预料妈妈被爸爸派来打探消息的那些问题：哪所大学的？什么专业？哪里人？可是妈妈说出来的第一句话让她顿时在图书馆的一角哭了出来。"祝贺你呀，妈妈好为你高兴。"Y能听出妈妈的真心，在她心里，那个一向要强、想要自己顶天立地的女儿，在遥远的城市里终于有人疼爱了。妈妈像一个小姑娘打听八卦一样雀跃地打探他们相识的情节，要她发男朋友的照片，像是闺蜜一样高兴。最终那些预料中的问题，妈妈还是吞吞吐吐地问出了口，Y心里虽然有些忐忑，但是不想对妈妈有所隐瞒，还是全盘托出。妈妈只是默默听着，她知道这些都达不到Y爸爸的要求，但是她并没有说出那些Y已经做好准备接受的评价。Y挂了电话后突然觉得，自己一直恐惧的"暴露"，原来是这么幸福，她被妈妈祝福了，她还知道，妈妈对她的期待，是这样温柔、简单。

爸妈二人对Y的期待是截然不同，甚至分裂的，这两种Y都能理解，但她却不能同时满足全部，于是恋爱的话题在她心里始终是个禁忌。爸爸是个小地方的行政系统的职员，他出身苦，擅长社交，处理事情也有能力，但是在无数的晋升门槛面前还是因为起点的限制，缺少必要的筹码，碰壁无数，也吃苦无数，有几次胜券在握的机会转眼间成为别人的盘中餐，心里的委屈从不曾轻易对Y谈起，Y却能理解，他认定的幸福里，学历、家庭背景这种先天的条件是多么不可或缺的要素；而妈妈，对幸福的理解则简单得多，她一生都是一个倾尽全力爱别人的人，爱外公外婆，爱丈夫，爱女儿，生活很苦，她期望的不过是简简单单的家庭中的关心与陪伴。她知道女儿太要强了，会主动扛起太多不必要的重担，她的心悬在空中，她需要知道有一个人可以给予真切的关心，才能安心。

Y在这件事上对妈妈是愧疚的，爸爸是个暴脾气，Y的恋爱一被他得知就变成了他心上敏感的那根弦，他生怕Y陷进去，和这个没有背景前途的小伙子纠缠不清。但是他又羞于开口，于是"阻断"的压力都转嫁到了妈妈身上。Y知道，有很多压力是妈妈帮忙扛下的。

Y的心里一直在怕，以至于每一次梦中梦到L，都是爸妈在场的场景。从前，她以为自己孤立无援的时候，梦里也是两两对峙的；而现在，她却时常梦到爸爸是缺席的，而妈妈总是温柔地为他俩盛菜盛汤，拉着他们的手笑着说话。Y暗暗觉得，人的梦和真实的生活有着多么现实而深切的羁绊啊。

Y不知道该如何面对敏感又强硬的爸爸，妈妈只能在爸爸不在家的时候偷偷打电话和她聊起最近如何如何。Y总是感叹，妈妈的话明明那样简单，怎么总是能戳中自己的泪点呢？Y想到妈妈的言语曾经是多么令自己嗤之以鼻。高考结束填报志愿的时候，妈妈提起，要不要考虑一下英语系呢，Y学得最好，学起来不会吃苦，以后当个老师，生活可以很简单。Y当时生气了，她觉得妈妈低估了自己的能力，更对妈妈的这种简单期待有几分鄙夷。可是现在Y受困于这个压力爆棚的学院，便会忍不住地想，或许妈妈当时是对的呢。Y还在挣扎，但是她确信的是，妈妈对生活的温柔简单的见解，在她挫伤频繁的日常中，如此有力地温柔了她的世界。

我们的时代：焦虑至死 feeling anxious to death

从高三的那个下午开始，R 的身体突然发生了一种奇妙的变化。那个下午其实平平无奇，老师刚公布完一次模考的成绩，阳光在雾霾天里从窗外懒懒地泄露一点踪迹，从 R 的眼前一闪而过。教室里一如往常，老师如常地传达着某种期许，座位上的 56 张面孔照样表情各异：窃喜、压抑、郁闷、沉着……R 的心情如常，年级第五，一贯的水平，不需要自我教育就可以抑制任何骄傲，自我鞭策在此刻更有了现实的理由。最近班上几匹"黑马"的出现让她感受到隐隐的压力，而自己却举步不前，感觉不在学习的状态，这让她有些坐立难安。

变化在她课间踏出教室的那一刻降临了。没有任何原因的，她的心突然加速跳动起来，怦怦怦，没有丝毫慢下来的意思。她照常迈着步子，走在从教室到开水间的那条路上，脚步却有些轻飘飘的，像是踩在棉花上一样让她有些恍惚。她感觉自己的大脑里紧绷着的弦像是被扯直了固定在那儿似的，一直没有松下来。不自主地，她咽了咽口水，发现喉咙十分干涩。

过了很久，当 R 试图向别人描述这种状态时，她形容道："就像是你永远处在期末考试的前 5 分钟，心跳加快，肾上腺素飙高，整个人都在出冷汗。"这种期末考试前夕的感觉从那一刻开始，时时刻刻地伴随着 R，在她上课的时候、写作业的时候、考试的时候，甚至是吃饭的时候、走路的时候、和别人聊天的时候。

R 觉得自己病了，她依然高度紧张地、井然有序地过着一个高三学生日常的生活，只是她再也不知道"轻松"是什么感觉了，她只好无奈地、疲倦地忍受着自己的兴奋。这对她来说是一场酷刑，可是她已经没有精力让自己躁动的身体安静下来，她像是等着一场解脱一样等待高考到来，她已经没有精力耗下去了。她觉得，假设这场考试没有办法如期而至，或者被规定推迟到几个月以后，她一定会爆发心脑血管疾病而倒地。

R 知道这种感觉叫作"焦虑"，在这所省里的超级中学里，她曾无数次体验过这种感觉，在函数考不及格之后的绝望中，在期中考试之前自学理化生的压抑中，这种叫作"焦虑"的情绪都被身体有机地调动起来过，帮她给出应对眼前困境的一个不体面却也能帮她撑下去的办法。只是，这一次，身体像是失控了，那个按钮不起作用了，像是一个发条玩具坏了发条，就只好周而复始地转啊转，直到哪个零件坏掉、能量耗尽、整个崩溃为止。

R撑进了大学。这对于每一个高中生来说都具有革命性意义的事件，她曾经无数次憧憬过的事件，这时候却让她在进入的时候就疲倦了。她无法控制的嗡嗡作响的身体抽空了她心里的土壤，她每天睡觉积攒下来的可怜的精力都用来供给它的任性，不剩多少可以用来欣赏、观察这个世界的注意力。她默默期待着的"痊愈"没有发生，好了一些，身体有时候会安静下来，但是有时那种发条坏了的感觉会以更凶猛的方式突然袭来，回到她身上，仿佛宣称她是它们永远的居所，她被它们囚禁了。另外的事情发生了，她的"亲戚"不正常了，她惊异于在那么恐怖的高三稳稳坚持的身体机能会在想象中轻松的大学突然罢工。她对此似乎没有多少办法，她似乎已经接受自己是不健全的，有着一个错漏百出的躯壳。

R比以前更努力地学习，像是一种病症，因为她一旦停下，身体就会以令她痛苦的方式发出警告，逼她继续。从小到大她从来不是睡到自然醒的体质，到了大学竟然突然固定在清晨7点20分开始睡不着，睁眼的那一瞬间心跳顿时加速，于是她像一个长工被主人抽上一鞭似的，乖乖地起床洗脸刷牙背上书包，然后走进自习室。可是坐在书桌前的她仍然是痛苦的，书本上复杂的词句根本进入不了一颗躁动的心，她进退失据。

唯一让R感到安心的是，她至少还可以在晚上12点躺在床上沉沉地睡去。在睡眠这件事情上，焦虑以千奇百怪的方式折磨着不止她一人。在"幸福"的北京大学里，深夜时分那栋大一女生的宿舍楼里其实有人在哭泣，有人在床上彻夜担心着即将到来的考试而辗转反侧，有人默默吞下一片安眠药以换取一晚的安稳。

"鸡头"还是"凤尾"的经典两难，在大学里带来的影响更深。在这里，许多曾经的佼佼者毫无疑问成了凤尾，而且不得不接受在更多的维度上沦为凤尾的可能。有的时候，R想逃避一切，教室、镜子还有朋友圈。然而焦虑又会放过谁呢？有人在为体重头痛，有人苦于单身，而光鲜的生活总是昭示着一些东西。

"焦虑"已经全方位包围，R无处遁形。令R觉得可笑而恐怖的是，有的时候她会对为某部电影流泪负有义务感，因为这会让空洞的她感知到自己还有心。她不知不觉间变成了那种自己曾经讨厌的"夸大其词"的人，一道"还不错"的菜，她会描述成"不得不尝"，说出这些话时，她会如释重负，这似乎证明自己还有感受的能力。要打卡的书单越来越长了，电影也是，仿佛错过任何一部都会损失某种神圣的"完整性"，然而这种强求完整又取悦了谁呢，也只是自己成为"精英知识分子"

的执念而已。

世界的选择越来越多了,然而 R 却感到,焦虑宛如透明泡沫。裹在自己的头部,逐渐让她无法自由呼吸。可是她首先决定不再为了自己的焦虑而焦虑了,这就像一个奴隶不应该为自己的沦落而哭泣不已。那层透明泡沫总有裂缝的,她努力地寻找着,自由的空气总有进入的一天。

20 岁的恐婚女青年们

20 岁的大二女青年们经历着青春中一切平平无奇的事:学习,恋爱,旅游,在变胖变瘦上因为一两斤的事和体重秤纠缠不清,但一件有些莫名其妙的事却在悄悄发生着:"结婚"这件远得不能再远的事,在不同意义上,激发着我们的压力,或者说是恐惧。

Q 又一次在一个平凡的早上被那个梦魇惊醒,伴随着一声绝望的呼喊:"天呐,我又梦见和从来没见过的人结婚了!"现实中从未谈过恋爱的她,从高中起就常常在梦里重复这个奇怪的情节:她突然和一个人坠入爱河,一切是那么甜蜜而顺利,很快走到了婚礼的殿堂,她却惊讶地发现眼前穿着礼服的男子竟然是从未谋面过的!而他的面孔也是一片模糊……Q 不出意外地又被吓醒了。

T 对婚姻的态度保守而甜美。她和男朋友从高中就认识,感情稳定,甚至对未来有许多遥远的规划,有时候突然在宿舍提起一句"我今年要和他家人一起过年,好紧张……"或者"五一要和他姐姐一起去旅游了,穿什么讨长辈喜欢呢",给其余人一顿暴击。然而她对爱情的坚信和对婚姻稳固的期待最近遭遇了危机,在几次争吵之后,与她异地恋的男朋友对她的态度突然急转直下,当她为同一个人伤心不断、流泪好几天之后,那些美好的预期似乎也变得像肥皂剧一样飘忽了。

Z 的恐惧不在婚姻,却在生育。分娩的痛苦不知为何深深地触及她的内心,让她一旦想象就感到无法承受,而更加难以承受的是想象中为人母的责任。善良无比而又自认懦弱的 Z 不想把自己的"劣质"基因和不好的脾气传递下去。她也无法想象和接受,当孩子长大后发现自己妈妈的软弱,自己又该如何应对呢?

L 的看法却是日渐洒脱了。"人为什么非得结婚呢?"她自信地表达着疑问而又真诚地传递着不解。现实生活中、影视剧中、娱乐圈中,狼狈的故事太多了。作为一个曾经无比信仰灵魂伴侣的人,她渐渐觉得,罗曼·波兰斯基的《苦月亮》恐怕才是现实的逻辑，圆后就是缺。她最近乐呵呵地看起了《欲望都市》，剧里面，几个大龄单身女青年的生活多么浪漫而自由啊！她们拥有成功的事业，为自己的房子、鞋子、衣服付款，男人如衣服，姐妹才是手足。L 是那种极度自立、有一个深藏的女强人梦想的女孩，她觉得在婚姻中，被柴米油盐酱醋茶束缚住的总是女性，所以不如一直快乐地单身下去，或者永远像一个年轻人那样恋爱。

女孩们的向往和恐惧看似天马行空，其实不过是在那一隅屋檐之下的所见所得。Q 父母很早离异，他们在头脑发热的恋爱之后，很快步入婚姻，却也很快发现对方完全不是自己想象中的样子，甚至是自己最讨厌的样子。在 Q 谨慎实际的爸爸眼里，妈妈的浪漫洒脱是脱离实际；而在妈妈眼里，爸爸整个人就像他整天教的数学题里那些反复推理的公式一样无聊。最后 Q 被迫成了这种意见分裂的受害者。Z 对她的爸爸有一种复杂的感情，"其实我还蛮崇拜我爸的，很多时候我在他面前都觉得自惭形秽"，她爸爸有些知识分子的性格，崇尚学问，对一切世俗的东西视如敝屣，然而清高的矛头也总是指向 Z 的妈妈和 Z。"我觉得他就像悬崖壁上一朵高不可攀的白莲花"，Z 的口吻戏谑又委屈。每当她试图像一个小女孩一样向爸爸倾诉自己的难过、暴露自己的脆弱时，"他总是冷冷地讽刺我，让我觉得自己一无是处"。从小到大，爸爸不像一座温暖的大山，倒是像一尊高高在上的佛像，随时准备居高临下地对 Z 的一言一行予以审视。至今，Z 还在爸爸带给自己的低评价自我中挣扎。而 L 则生活在大男子主义阴影下二十年，在她眼中，其实妈妈才是真正的英雄，她工作很辛苦，照顾家里、照顾自己和父母都不遗余力。但是爸爸倾轧着妈妈的这种生命力，他的工作应酬繁忙，在家里好像甩手掌柜一般，把重的难的活都丢给了妈妈，而喝了酒之后，他整个人就像一个一点就着的爆竹，被恶语相向的还是妈妈，而她只有默默忍耐。其实在 L 的心里，妈妈被日常琐事困住的体内其实有一个潜在的鲜活的自我，她对学习有一种痴迷的热情，有时候 L 都觉得好笑，她怎么就把看综艺时、看电视时有启发的只言片语积攒着写满了茶几上的一整个本子。L 爱看书、写字的习惯也受益于妈妈，有时候她觉得，这个家庭在某种程度上就像一个榨汁机，压啊压，让妈妈身体里的那个自我就那么流走了。

这些 20 岁的女青年，在无数的 DDL 之间，有时候还是会停下来聊一聊这些话题。是恐惧呢，还是向往呢？她们的心情有些复杂。

第五辑

小说

战场上的拾荒者

○金昇度

黄昏时分,正在沉下去的夕阳把地上的一切都染成了血红色,使得杂木林也簌簌作响。好奇地把头伸出洞穴打量外部世界的兔子也好,远处高耸入云的天守阁也好,无一不被这落日的余晖染得如同披了一层纱衣。

对于这片战场来说,这恐怕是多此一举,因为这里本就被鲜血染红了。这片血红自然有别于夕阳的红色。如果说夕阳的余晖带有某种神圣的意味,尚不至于令人感到悲哀的话,那么这片战场上的血红则使人不得不产生凄惨的心情。这里到处弥漫着死亡的气息,并仍在四处延伸开去,意欲寻找更多的死者,俘获更多的生命。

总大将、副将、骑马大将、侍大将、足轻组头乃至最微不足道的足轻,都有可能死在这里,变成一具冰冷僵硬的尸体,而变作尸体后便再无高低贵贱之分。

"死者已死,再无任何痛苦可言。既然如此,不如利用死者来使尚在人世的生者多活些时间。"

喜喜是这样想的。当然她脑中想的原话可能并非如此,但意思相近是毫无疑问的。

喜喜本没有名字,在这每日都动荡不安的时代,名字之类的奢侈品是她无法企及的。但她如今得有个名字,因为"工作"的需要。说起这"工作",喜喜多少有些羞于启齿:在战场上捡拾死者身上值钱的物件,头盔、护身甲、兵刃、靠旗,以及士兵们随身携带的各种小玩意,如护身符、寄名锁之类的。总而言之,凡是死人身上能换钱的东西,她都会取走拿到镇上去换钱。

镇上有人专门收这些东西,店主是个四十岁出头、胳膊有麒麟腿那么粗的壮汉。喜喜第一次去时,店主问她叫什么,她说不知道。

"这可不大好办啊,"店主摇头说道,"要是经常来卖这些东西的话得有个名字才行,不然不好称呼,也不好记录,对吧?"

她点点头。

"那么,你就叫喜喜吧。"店主自作主张地给了她这个名字。

从此,她就成了"从死人身上掏钱的喜喜"。

喜喜今年二十四岁,但看上去远比实际年龄大。她头发散乱,面孔污黑,眼神总是因没有焦点而黯淡无光,若不是身体还算结实,说是乞丐也有人信。八年前她与丈夫结了婚,生有一子一女,加上婆婆一共五口人。家中无田,收入一方面靠丈夫外出砍柴,一方面靠喜喜做些小玩意儿拿去换钱。日子自然过得很清苦,但好歹一家人能在一起。

两年前的一天,丈夫外出打柴,被几个兵不由分说地捆起带走了,不知为了什么,也不知要到哪里去,从此便杳无音信。如今家中能勉强算作劳力的,也只有喜喜一人而已。

一次偶然的机会,喜喜听村里的一个寡妇说起在战场上捡死人物件的活计来,便跟着那寡妇去了一次,果然收获颇丰,一次所得可以够全家人吃一个月。只是这活计多少为人们所不齿,所以一般人不到万不得已绝不做这种事。

"做那种事,将来下了地狱要被剁掉手脚的!"村中人这样议论道。

喜喜并非完全麻木不仁,她当然知道自己的所作所为是对死者的极端不敬。但就像前面说的那样,死者已死,而生者仍在遭受痛苦。与其如此,不如使生者获得一些利益,使他们能够活下去。

她是这样想的,也是这样做的。尽管心存顾虑,尽管心有不忍,但她必须这么做。

她盼望打仗,希望死的人越多越好,最好交战双方全都死光,这样就不会有胜利方的清扫战场的士兵像驱赶乌鸦那样驱赶她了。时逢乱世,仗是打不完的,而且战场上一死便是成百上千人,她也因此不至于使全家饿死在街头。

血腥的气味仍在四处扩散,但喜喜早就习以为常。对于这些士兵的死状,她根本不感到恐惧,什么断头的、断手断脚的、肠出数寸的、血肉模糊面目不辨的,她一概不予理睬,她关心的只是这些尸体上有什么值钱的物件。

远处清扫战场的士兵正在搬运尸体,她必须见缝插针地将尸体上的东西取下来带走,如同食腐的秃鹰伺机争抢狮子口中的猎物一般。她在尸体狼藉的战场上快速穿行,手脚麻利地取了几身盔甲和几把大刀放进身后的背篓里,这些东西都没受什么损伤,可以卖个好价钱。

她看见不远处两具抱在一起的尸体身上的盔甲似乎比较完好,便上前将其扒下。无奈两人抱得太紧,她用尽了全身的气力才将其分开。上面的那具尸体无力地滚到一边,她看了一眼,发现这身皮护甲胸前插了一把刀,将护甲扎出一个洞,显然已无法卖出好价钱,于是她撇下不管。再看看下面那具尸体,盔甲破了好几个洞,比刚才那身还要破烂。她轻轻地喟叹一声,转过头扫了一眼先前的那具尸体,却一下子惊呆了:

那是她的丈夫,千真万确,是他,但他已变作一具尸体,而且胸前的皮护甲已被扎出一个洞,变得毫无价值。

喜喜想哭,想扑在丈夫的尸体上痛哭一番,但她无法移动半分,只能僵直地站在原地望着丈夫那沾满血迹的脸。

"喂,那边的女人!"清扫战场的士兵向她吼道,"快滚,不然杀了你!"

喜喜被这声喊叫一惊,终于回过神来。她看到喊话的士兵正拿着长枪朝她走来,她来不及考虑什么,迅速扒下了丈夫身上的护甲,转身飞奔而去。

喜喜来到镇上的那家店铺,将今天的收获递给了店主。

"哟,今天的货色真不错啊!"店主张嘴笑着说。

她没有说什么。

"这些,一共五百文吧!"店主说。

"怎么这么少?"喜喜问。

"如今这世道样样东西都跌价,想要保价你不如去买黄金好了!"

她无奈地收下那五百文钱,走了几步后又跑了回来,从背篓里拿出丈夫的那身皮护甲。

"这个,也卖掉。"她说。

店主觑了一眼,马上摆手道:"这个不值钱的,破了这么个大洞,哪能收得?我可不要,我是做生意的,不能做亏本买卖!"

"你就收下吧,求求你了。"喜喜哀求道,"一百文也好,八十文也好,只要……只要能换钱,怎么都好。"

店主似乎很不情愿地接过护甲:"先说好,我这是积德行善,顶多给你六十文,多了没有……咦,这是什么?"

从护甲中掉出一个已被鲜血染红的布囊来,喜喜将它拾起,发现竟是自己从前新婚之时为丈夫做的护身符,她心中一时百感交集,想哭却又没有泪水。

良久,她用平静的声音对店主说:"这个也卖掉。"

"开玩笑!这东西连十文钱也不值!"

"那就十文,只要能换钱,怎样都可以。"

经过一番交涉,店主总算以八文钱收下了护身符。喜喜在镇上买了些米,狠狠心又买了一点肉,放进背篓里往家中赶去。背篓中散发出隐隐的血腥味。

到家时天已漆黑,儿子和女儿正站在门口张望,看见母亲回来,都高兴地拥上去。

"今天,有肉吃了。"喜喜含泪笑着对孩子们说。

爷爷和小提琴

○徐现庆

2015年冬天一个寒风凛冽的下午。

"爷爷,在干吗呢?我们要迟到了,赶紧去看表演吧。"

孙女的声音让我从蒙眬的睡眠状态中清醒过来。从家步行不到10分钟的时间,我们走到了地铁站。地铁站就像是怪物一样吸入了人群,我为了保护我的孙女便捏紧了她小小的手掌。地铁怪物"咔嗒咔嗒"的噪声当中,微小的乐声传入我的耳朵里,正在我陶醉于这一旋律时,我看到了和我同年代的老绅士在拿着乐器唱歌。我的脑海里,不禁回想起了以前的事。

1952年12月,当时我才9岁。母亲默默无言地照顾着5岁的妹妹小敏和好奇心强烈的我。虽然生活算不上富有,但是家里充满着爱,所以我一点也不羡慕他人。

"不幸"总是在人们沉醉于"幸福"的甜蜜之时来临。为了满足所谓"领导"的贪婪,朝鲜半岛的和平被打破。

战争爆发后,一座重要的桥被炸毁了。当时很多人还没有来得及逃避,所以只能留在老地方。我们家人也是其中之一,要回到我们的老家,只有海路可以走。和我的家人一样想要回家,但是因为没有路可以走的人们,一个个来到了海港。但是港城太小了,搁不下那么多的人。

父亲一直尝试着把我们全家人带到船上去,但是在这自己都无法照顾自己的战争年代,要把妻子和两个孩子带到船上,是一件非常艰难的事情。父亲在失落于不能回到老家的事实时,第一个奇迹出现了。

"老李,是老李吧?你怎么还没有坐上船呢?"

"哎,因为照顾孩子来不及坐下,他们说现在船上已经没有位置了。"

"我是谁啊,你赶紧过来吧,无论如何我都会让你全家人坐上这船的!"

"真的吗?这太谢谢你了!"

"咱们谁和谁,赶紧!"

幸亏父亲的朋友是船员,我们很幸运地坐上了最后一条船。

船起帆后,妹妹小敏开始大声痛哭。因为小小的空间里挤下了太多的陌生人,而且这一条船上的人个个失落又暗淡。小敏的哭泣声变为了"抑郁的传染病",这一"传染病"的流行,使船上的所有人陷入了另一种意味上的"战争"。战争实在太可怕,它从孩子们身边夺走了他们的父母,又从父母的手中夺走了他们的宝贝孩子……能够坐在这一艘船上回到家里的人,只有绝望与失落这两个"怪物"等待着他们。早就超载的船上,根本没有可以安心躺下的空间,充满了对彼此的排斥,"让步"在他们的脑海里早就是不存在的词语了。就这样在紧张与混乱当中,夜晚来临了。

就像夜晚不时地来到我们的身边,无论失落与紧张,太阳还是会照样升起。父亲为了拿到补给品,一早就离开我们去排队了,母亲因为一直哄哭泣的小敏,满脸疲惫。当时的我,根本就不知道"战争"这个词的意义。而这一"不可思议"的词语却从我的手中夺走了我的朋友,我的生活,我的幸福。在我烦透了的时候,我决定离开这一空间在船上走动走动。一直在船里用小小的步子走来走去,我的目光停留在一个爷爷身上。他的头发非常凌乱,眼神很空洞,好像放弃了生活一样。但是相比肮脏的身子、凌乱的头发,他的手中拿着一个不像是他的包一样的小行李包,这引起了我强烈的好奇心。我走到他的身边凝视着他,但是他丝毫不为所动。

"爷爷! 爷爷!"

叫了几遍,他还是不搭理我。我大声叫醒他,他还是不搭理我。爷爷还是以空洞的眼神凝视着某个黑暗的地方。他好像着了迷一样,就是不搭理我。

"爷爷!"

我拽了拽他的衣袖,大声喊着,但是他还是不搭理我。

"爷爷!!"

终于他看了看我,但只是看了我一眼,依旧不搭理我。

"干吗呢? 赶紧过来吃东西!"从很远的地方传来父亲的声音。

这是我和这一奇怪的爷爷的初次见面。

在船上度过了无聊的几天,我正想到那奇怪的爷爷时,突然传来了一个老人的声音:

"求求你们,别动这东西!"

他的求救声听起来非常尖锐，但是没有一个人去帮助他。人们太疲惫于自己的生活了，根本无暇顾及他人的生活。

"你这大爷，赶紧把你的包给我拿来！"

流氓从爷爷的手中夺过包，从包里拿出来的则是一堆纸张与一把小提琴。流氓以为里面有值钱的东西，看到是这些没有任何价值的东西以后，就离开了。爷爷看着地上的纸张与小提琴，开始大声痛哭。

不知不觉，我靠近了他。

"爷爷，你别哭！这是我最珍惜的糖果，妈妈说吃了糖就不能再哭了！"

爷爷一边拿过我的糖，一边擦拭着自己的眼泪。

从那天起，在船上的大部分时间，我都是和爷爷一起度过的，我们成了船上最好的朋友。爷爷之前是音乐老师，他常常给我讲一些与音乐相关的知识。

"爷爷，你为什么那么珍惜你的小提琴啊？"

"我的儿子儿媳在战争中死了，只留下我和我的孙女。我和孙女一起过来坐船，但是因为实在太拥挤了，我不小心把孙女给弄丢了。以前我常常教我的孙女拉小提琴，也经常跟她一起唱歌，所以这把小提琴就是我和孙女唯一的记忆了。"

听完爷爷的话，我知道为什么一开始他的眼神那么空洞了，也知道为什么他那么珍惜那个提包了。

和爷爷一起度过的每一天都充满了新的乐趣。爷爷还教了我一首歌，他说这一首歌对他孙女来说就像是糖果一样，每当他的孙女哭泣时他就会给她唱这一首歌。在每天充满哭泣与抑郁的船上，突然有了一份新的愉悦，这就是爷爷教我的童谣。充满哭泣声的船上，慢慢地便有一两个孩子跟着爷爷和我一起唱这一首童谣。渐渐地，船上的人脸上有了微小的笑容，孩子们的唱歌声和欢声笑语就像是治愈这一"抑郁"与"失落"的疫苗一样，给予人们希望与对未来的梦想。爷爷的童谣在船上流行以后，每天都有预料不到的奇迹发生，人们一个个开始让步，一个个为他人行动起来。在这一艘暗淡与失落的船上，有了童谣这一种子之后，便结出了希望与梦想的果实。快下船的时候，人们的脸上充满了对美好未来的希望。幸福，就像是蜡烛上的火苗，当它传递给另一根蜡烛，它不会熄灭而会照样闪烁。

"爷爷，你在想什么呢？"

孙女的声音突然唤醒了我，在我看到地铁墙面上镜子里的自己时，发现我的脸上充满了莫名的笑容，欢快的音乐声充满了这一怪物般的地铁。

拜佛记

○武杨

  我坐在出租车的前排,浓重的烟味使我感到不适。虽然开着空调,可司机大师傅一开口我就感到前所未有的闷热。

  刚下飞机还未转换过来时差,疲倦的身体强撑着坐在并不舒适的出租车座椅上,这种硬度和高度都让人有种不适感,甚至比坐十几个小时的经济舱还难受。小郑买机票买晚了,抢不到头等舱,而且巧的是今天车子正好需要保养维修不能来接我,我挺着过劳肥的啤酒肚,拖着大箱子坐上了这辆出租车。当然也不好说小郑什么,人家才跟我几个月就不要太苛责,显得我这个"领导"太不近人情。况且他是张哥安排的人,不看僧面看佛面不是?张哥果然是大哥,不工作在家的时候也应该是有绝对权威的,从小郑的处事就能看出来。他的这个小亲戚啊,总体来说做事干净利索,有些事不用明说就明白得很,不必我费尽心思去暗示。那些我看着都恨不得叫爹的局里领导啊,都被他伺候得服服帖帖,看得我赞不绝口:"这孩子懂事了,我身边要是有这么难得的人就好啦。"不过不管怎么说,还是要把车处理好,坐在这出租车上怪难受的,腰疼。

  "哟,您这装扮,是出门回来的吧。"虽然这语气怪怪的,像大师傅那挑起的眉毛一样带点戾气。"嗯……""我就说嘛,咱本地做官的、做买卖的一个个都是土老帽,哪有您这样精心拾掇的?那群吃白饭的家伙,挺着大肚子穿着西服,头发像用唾沫抹过似的,人模狗样。哎呀,我算是看明白了,哪有什么正经心思,吃喝嫖赌倒是样样在行。"说着,猛吐一口烟圈,也管不得带着红星儿的烟灰就落在脚边。我有点听不下去,地方领导我还是熟识很多的,也不好和这个毫无素质的粗野之人计较什么,也只好佯装微笑一下。

  "哎,我说您从哪回来这破地方啊?北京?上海?"我实在懒得理会,一方面真的累了,不想和这种人多费一点口舌,另一方面在考虑见张哥的事,这事要是谈成了也是美得很啊。和张哥一直就是酒桌交情，借这个机会合作一下，还愁深交吗？况且看这势头，利润空间也是不小的哇……这两年老外的钱也不好赚，借这个机会回国立足，手头总算有个收益稳定的买卖，嗯。一封不知道来自哪的 E-mail 进来，打断了我的思绪。未来得及等我看清内容，这一身烟味凑了过来，"哎呀，洋文的哩。敢情您是打国外回来的？""嗯，是。""我就说不一样嘛，去过国外就是不一样。咱可是没去过，但听说有点能耐的人都往国外跑了，要不就把自己孩子送国外去。可也难怪，这国内是没法待了，富的富，咱这些穷鬼，啥时候也等不到发财那天。都说啥高考改变命运，可这事儿，说不准的。穷人没钱没势的，到头来上个什么重点大学，不还是给人打工卖命。我呸！"这家伙说得涨红了脸，话也越来越刺耳，让我没法听不到。

  猛的一个急刹车让精神恍惚又疲倦的我差点呕吐。我大叫了一声："哎呀！"这我也就忍了，再过分我也就坐这一次出租车不成？因为一个刹车和出租车司机吵起来，成什么体统。还好小郑从不这样驾驶，这样一惊一乍可还了得？我擦了擦已经淌成一股一股水流的汗，默不作声。司机也算是察觉出我隐约的不快，一路没停歇的嘴安静下来。他悻悻地拧了车载播放器的旋钮，嘈杂喧嚣的"广场舞音乐"随着发动机一震一震。

  这次见张哥太重要了，我不得不打起精神好好想一想。给张哥带了两瓶洋酒，带点东西总是应该的，心意嘛。对，他应该是喝洋酒的，虽然酒桌上更多的是白酒和红酒，但隐约记得张哥家柜子上摆着两瓶精致的洋酒，看着就很贵重，不过这回自己带的也未必就比他那两瓶差。说实在话，我跑去专门托运一趟也不容易。张哥也不愧在商海这么多年，人家就是有头脑。上次也就是偶然提到去三叔家避暑的时候看周围山上景色还不错，有个地方小庙挺有名的。在这招待一次，张哥就看到了良机——把这个庙收拾收拾，再和乡镇政府那边联系联系，搞个景区什么的，来的人就多了，这香火旺起来，收益自是没话说。现在庙是有，来拜的人也有些，但不成规模。

  路边的警察打破了我暂时的清静，司机见了路边身着制服的交警不免又发起牢骚来："警察也不知道干什么吃的，人民警察，名号倒是好听。也不知道开一个罚单警察能捞到多少，三天两头给我们开车的找麻烦。但咱不得不说有些私家车主也真是没素质，仗着自己开豪车就横行霸道，他娘的！"之后是没完没了的警察选拔拉关系、警察有灰色收入云云，我心里想着自己的事情也就没注意听。

"师傅，麻烦您开到景区周围，对，向村子里拐一下。""哎呀，您去拜佛呀？别看这地方鸟不拉屎，穷得叮当响，这寺庙有点名气，来求佛的人可不少呢。要我说拜什么佛，佛他有空管你吗，咱该穷的穷，该苦的苦。像我这受累的死命，也就一辈子受罪，没那福气，佛又有个屁用啊！有那香火钱干啥不好。妈的。"眼看着就要到达目的地下车了，我才想到如何回去是个问题。这穷乡僻壤搭不到车，张哥应该是坐自己的专车回去的，他事情多又忙，也不好厚脸皮搭他的车回去……人家是哥。"师傅，您看您再送我回去一程好不好，在这里搭车困难，我多付您一倍，您也可以顺便在山上走一圈看看景。"他脸上的皮顿时笑得开了，刚才写满怨气的脸此时格外好笑。和他约好我去见张哥，其间他可以逛逛，我和张哥谈完后我乘车回去。

见到张哥很是兴奋，然而我很少说，都是听他在讲。"这地儿景不错，这个庙还得靠打造。"打造？庙这种东西也是能造出来的吗？"老百姓可信这个了，越玄虚的东西这帮人越信。找几个做旧的菩萨啊佛像啊，一定要看起来旧，这就是古迹了。再请一个大师来，口齿不清的那种，平日不出来，让这些和尚没事去请个安，这不就有名气了嘛。想见大师的话得预约，然后算一卦咱定个价，太便宜就没人信了。搞个功德箱，再搞个香火台……"张哥果然是见过世面的人，他说得眉飞色舞，极有自信。他说得轻松，但我还是怀疑这样真的行吗，这大师上哪找？咱随便做一个东西，政府会同意？然而我不得不佩服张哥考虑之周全，"地方政府倒是个问题，但也可以解决，我去沟通一下，做做工作，有认识的人还是好办许多。至于大师……哪有什么算得准的，找个会察言观色的就行，能看出算卦的人想听什么，会说的人什么事都能说圆满咯。"比想象中顺利许多，我忙不迭拿出准备好的洋酒，目送着张哥离开。

司机问我："不是说这庙还有点名气吗？怎么一个人也不见？"我告诉他这几天整修，并不对游客开放。他瞪大了眼睛，好像对我更加刮目相看了，激动得话都说不清楚了："哎呀，果真是大人物，这是特殊的待遇啊，难得难得，我也跟着沾一点您的福气，佛祖保佑呀佛祖保佑。"更让我哭笑不得的是，我们出山的时候还要经过那些寺庙和雕佛像的墙壁。司机见佛像必拜，一个不落，到了寺庙还停下来，"哐哐哐"猛叩三个响头。"您有所不知啊，刚才在外面等您的时候我撞见一个长老，高人啊高人，人家是真会算，这回我可要好好拜拜……"他殷勤的样子可笑之至。

回来的路上，我们都够安静的。毕竟，我谈得挺顺利的，他也拜得很满足。替他觉得有点好笑，想说什么但又止住了，毕竟我好像听到他拜佛时嘴里念叨女儿高考家里母亲生病什么的，拜就拜吧。毕竟，他不来拜，谁来拜呢？

在山上

○郝正洋

太阳落下的时候,我开始往山上走。

路上一个人都没有——山里漆黑一片,好像大家都已经回家去了。

只有我不得不往山上去。

说不得不,是因为我的确没有其他地方可去。但说实在的,我倒是挺愿意每天这个时候到这儿来的。

从荷花池边拐进小道,听着青蛙噪声由大至小,蝉鸣由小至大,循着松树的香味一路爬上去,穿过那各色的花儿,然后在亭子里停下——这是我走了六十几年的路。现在这个时候,山上没有灯,连月亮也被树叶埋得严严实实。我就这样慢得不能更慢地,一步一步地走着。

不过最近这条路上可不止我一个人了。

那天,我走到松针香气最浓的地方停下来,看松鼠从一根树杈跳到另一根上——我的动作实在太慢,又一声不吭,连松鼠都没注意到我的存在,于是我总能这样静静地观看着它们。这是我近来养成的兴趣。

但这只松鼠突然在我眼前跑掉了。紧接着,我也听到了声响。

"您……您好?"一个挂着拐杖的人从树后面绕出来,松针和桑树的叶子一起掉在他脚边。他看到我好像也吓了一跳。我俩盯着对方,愣了一会儿。然后他摘了帽子攥在挂着拐杖的左手上,向我伸出另一只手来。"您也是来这儿遛弯儿的吗?"我点点头,这下才看清他的脸。灰白的几根头发,黑黢黢的眼窝,凹瘪的嘴唇间又吐出几句话来:"啊,我是第一次到这儿来。早就听人说这山上花儿开得好,想来看看,到现在才终于得空。您呢?住在这附近吗?"我又点点头。我倒是好久没跟人说说话了。这老家伙,看着比我小不了几岁。

"要不,一起走走吧?这路上没灯,自己走会迷路的。"

于是从那天起,我依然每天在天黑的时候上山。我俩在松树边上碰面,一起走完接下来的路。

这人姓陈,一九四〇年生,比我小两岁。以前在市里一个顶有名的中学教书。"我的孩子可多着呢,一个班里面四十个人,个个都是我的好孩子。"走在山坡上的时候,他老是这么一边喘着粗气一边念叨,今天也是一样。"这根拐杖,看到没有,就是前些年腿脚不好的时候,我一个学生送的。好用着呢!"说着还把拐杖套在手上的带子解开,向我伸过来。"我自己那两个孩子,倒也是乖,只是离我太远了,带着孙子跑到地球那边去了。小孙子,到现在我都认不得脸呢!"

他说的这两个孩子,我倒是见过一次的。那是第一次见到老陈之后的第三天。天还没黑透,几个年轻人拿着明晃晃的灯走到那棵松树下,领头的那个一边哭着,一边说要接老陈回家。

"哎,不说我了。老大哥,你的孩子怎么样?"

我停止回忆那天的事,迈上最后两级台阶,扶着柱子在亭子里坐下。他也放下拐杖,靠在柱子边。

"我吗,我可不像你。我一个好孩子都没有。"我说的是实话。"早些年,我那老伴还在的时候,挣的钱都给了她。谁知道她早早地撒手走了。我那不懂事的儿子,一分钱都没给我留,全都带走了。我连那房子坏了都一点儿办法也没有,这不,前些年为了这事儿,还打了官司呢。"我想起在法庭上的时候。我坐在冰凉的椅子上,听着旁边的人一句接着一句。刚刚站起来鞠躬的人,是我那儿子吗,长得那么高了。穿着笔挺的西装,打着领带——领带是谁教他打的呢?孩子好像突然就这样长大了。小时候下班回来还围着你嗷嗷叫,一转眼就站在你对面指着你说些听不懂的话。罢了罢了。既然都听不懂了,也由他去吧。

"砰"的一声,我又回到这黑漆漆的亭子里。老陈刚刚用拐杖重重地在地上敲了一下。"这些孩子,真不像话。"

"不过官司嘛,总会打完的。打完官司,孩子又回来了。说是又给我找了个老伴。""那不是很好嘛!孩子知错能改。你怎么不在家好好陪嫂子待着,又跑来这山上了?"

"知错能改吗？也许是的。但这个新媳妇儿，我可是实在受不住。每天为了看着我，让我在那破破烂烂的房子里，动也动不得，走也走不得。出门打个球、跳个舞，到哪儿都像个犯人。这不，就只好躲到这山上来了，落个清净。"

老陈听了这话，笑笑没吭声。

没人说话的这会儿，连蝉鸣都停了。槐花香气却突然飘起来。老陈抬头看向头顶不远处飘着的白色花瓣。"我那老伴啊，年轻时候最爱吃槐花。十几年前的时候，我俩听人说，这山上槐花开得最好，就想着什么时候带她来摘了回去，做槐花糕吃。谁知道，没多长时间，她就稀里糊涂地得病走了。这么多年过去，没想到这时候让我自己看着了。"他摇摇头，手又重新撑在拐杖上。

我从亭子后面拽下几朵长得矮的槐花，掐了边上的叶子，递给老陈。老陈接过来，学着我的样子放进嘴里。"嗯，怪不得叫百花山，花都甜着呢！""说的是啊。你这么想来，怎么早些年没来看看？"

"嗨，我可不像你，就住这山边上。老伴走了这些年，我就是一个人过。哪会有人陪我这老骨头跑这么远到这儿来看花儿呢？我生病这半年多，更是哪儿都不敢去了，连小区里的花都没见几朵。孩子只好绕过大半个地球回来一趟看我，可孙子扔在那边，只有个亲戚看着，工作都没得做。人这么大岁数，还真是麻烦。老大哥，你说是不是。"

我当然明白他的意思，要不又怎么会到这山上来。"谁说不是呢。咱们这些老骨头，也就只能自己遛遛了。"说着，我拍拍衣服起身，走到亭子的另一侧，老陈也跟着我拄着拐杖站起来。

亭子另一侧的山脚下，月光从树叶的缝隙透过去，映在水面上。原来那里淌着一条河。河上好像有挺大的雾。"老大哥，那条河的另一边，你去过吗？"说来奇怪。自打年轻时起住在这儿六十几年，我还从来没往河边去过。于是我摇摇头，回忆起："我老伴走的前些天，从医院回家来，听她念叨过这条河。倒从来没听别人说过。"记得老伴说，从亭子后面穿过槐树林往山下走，到河边找到停着的小船，撑着小船荡荡就过去了。"嗨，也许是胡说呢。"我这样说着，看着有几丝光芒从云里射出来。

"老陈，该走了。"

"啊，今天也这么快就天亮了。每天跟你这么说说话，爬爬山，时间过得还真快呢。"

"是啊。"我笑笑,转身准备顺着原路下山。

"对了,老大哥,听你说了这么久,还没去你家看过。不是就在这附近吗?哪天也让我去坐坐吧。"

"好啊。绕过那片荷花池,从西边的小道出去那片墓园,我的墓碑就在正门进去不远。"

"太好了。等我的墓碑定了,也请你去看看。那今天,就这样了!明天见!"

"明天见。"

注:

这两位老先生曾是真实存在的人。

那一位"我",是我家邻居。年轻时太太去世后,一直跟孩子关系不好,因为钱的问题打过几次官司。赢了官司后,按照孩子的安排娶了第二任妻子,可跟妻子仍然无法相处。去年的一个半夜,一个人走到离家不远的曾经每天遛弯的山上,吃了安眠药死在一棵松树下。

"老陈"是我中学的一位退休生物老师。今年四月份被诊断患有胆管癌,趁家人为其拿诊断书的时候独自外出,离家前留有遗书。失踪九天后在门头沟百花山找到遗体。

我选择这两个人物,想象他们去世前的想法。希望最终选择放弃生命的两位老人,能够离开后不再为与儿女的矛盾或者负担感所困,在山上的另一个世界找到一片安宁。更希望提醒我自己,以及和我一样的人,能够让我们身边越来越多的和这两位一样的老人少些类似的烦恼。

三 天

○文莘乔

老王今年四十五岁了,是个再平常不过的老实人,按周遭的条条框框,他就这么顺遂地过了半辈子。而且现在看来,日子似乎也还不错,顺利地考上了一所本科大学,顺利地考上了公务员,现在又顺利地当上了一个半大不小的政府官员。

在王大娘眼中,她儿子从小就懂事努力,是当年县里唯一考上大学的孩子,争气!

在妻子眼中,她丈夫是一个很有责任心的男人,家里家外两不误,靠谱!

在同事眼中,老王是个好下属,也是个好领导,做事稳妥,为人也忠诚老实,正派!

可是在她十五岁的女儿眼中,他爸爸就是个人型机器,过着她最讨厌的人生,乏味!

清 晨

七点:老王照常起床洗漱,穿上规整的西装。

七点半:吃早饭,标准的豆浆油条,平日里偶尔也会换个花样——稀饭、包子。

八点:从家里出发去上班。

和往常一样在楼下碰到晨练的林大爷,笑意融融地和林大爷打招呼:"林叔早上好,这么早又起来遛弯儿呢。"

"唉,好好好,我这人啊,老咯,醒得又早,来公园里活动活动对身体好。"林大爷眯着眼睛边说边笑。

"那林叔您继续练着,我上班去了。"打完招呼老王就上班去了。老王的房子是从前刚进单位时分配的,离单位也近,走二十分钟就到了。年轻的时候老王还喜欢骑自行车去，后来买了车就开车去，现在年龄大了，却喜欢走路去，一来避免堵车，二来也能锻炼身体。

八点二十五分：老王到达单位，开始工作。

下午五点半：下班，老王照常从单位往家走。

回到家吃过晚饭，老王一家子出去散步，路上遇到几个老邻居，打过招呼之后就相伴而行，边走边聊。

在小区里逛了好几圈之后，大家也就散了回去了。不过这天老王却没有和他们一起回去，一个老同事约他九点去小区的羽毛球场打球。

老王按照约定的时间到了球场，同事老赵也已经到了。

"老赵你还是一如既往地准时啊，哈哈。"老王笑着说道，老赵比他早一年进单位，两人是一个大学毕业的，这么多年一直互相关照，关系一直挺好。

"这不是好久没和你打球，心切了嘛！"老赵同样揣着一脸笑。

"哎哟，还真是，上次打球该是大半年前了吧。来吧，先活动活动，咱俩就来杀一场，看看今天谁输谁赢。"

两个平日里端得正正的中年男人，到了球场上倒有几分年轻气盛的样子，满场跑动，为了接一个球累得满头大汗，两人还互相吐槽对方某个球的低级失误。

一场下来，两人浑身都汗涔涔的了。

"还是打球舒服啊，感觉就像回到了大学一样。"老赵把毛巾放在后颈处，往后一仰，看着天上的星星说道。

"是啊，老咯，一眨眼就快五十岁了。"老王拍了拍老赵的腿，看着老赵脸上横生的皱纹，不禁想到原来都已经这么多年过去了啊。

"今早我老婆还埋怨呢，说我现在都不浪漫了。"老赵眉头一拧。

"哈哈哈，嫂子都这么说了，肯定是想让你表示什么啊。"老王笑着说，心里既庆幸自己妻子从来不会向他抱怨什么，又羡慕老赵有一个追求浪漫的老婆。

"都五十岁的人了，还搞什么浪漫啊！真是的，女人啊，搞不懂哟！"老赵叹了口气，又转头跟老王说，"还是你老婆好，多体谅你啊。"

"惠君确实是挺好的，可架不住我有个调皮的女儿啊，成天说我是个老顽固，唉。"

"年轻人啊，现在不都是这么想的，唉，想当年我们哪想过日子是这样的啊。"

"是啊，当年想得多好啊。"

两人仰头看着漫天繁星,聊了好一会儿之后才各自回家去。

回去的路上,老王听到树丛里有一只猫在叫,连忙扒开枝杈,原来是只受了伤的小灰猫,看样子怕是要死了,圆溜溜的绿眼睛盯着老王的样子仿佛是个濒临绝境时向大人求助的小孩子。

老王连忙用自己的衣服帮小猫包扎了一下伤口,然后又紧赶着把它送到了最近的宠物医院。幸好,救回了一条命。

把这只流浪猫安置好再回到家,已经十一点半了。

洗漱完躺上床,已经快十二点了。平常这个时候老王早就已经入眠了,今日时间一乱,老王倒失眠了。

老王躺在床上,看着天花板,想着今天和老赵的谈话,心中不免感慨,现在的自己事业有成,可是离年少时对自己的期望越来越远。

从前他想,他一定会找一份自己热爱的工作,和一个有趣的女性结为伴侣,会定时来一场浪漫的约会,假期会一起出去旅行,每天的生活都会很精彩,都充满着惊喜。

但是现在,按部就班,几个时间点穿成的一条轴线就是他的生活。瞥了一眼身旁已经睡着了的妻子,罢了罢了,生活嘛,总归是这个样子的,如今这样,倒也乐得个轻松自在。

睡梦中,老王走到了一个如天堂般美丽的花园里,所有的东西都是鲜花簇成的。

老王继续向前走着,一个小男孩突然跳了出来,身着灰衣灰短裤,头顶还有两个灰耳朵,眼珠子发出来的光忽闪忽闪的,看着老王笑了笑,露出了两个可爱的小尖齿。

"嗨,你还记得我吗,好心人?"小男孩率先开口道。

"抱歉,请问你是?"老王现在还有点蒙,这一定是一场梦,他想。

"我是你之前救下的那只小灰猫啊,谢谢你,要不是你,我可能已经死去了。"自称是小猫的男孩撇了撇嘴,眼角一弯,像是立马就能哭出来似的。

"啊,是你啊,不用谢我,是咱俩有缘。"老王再一次肯定了这是一个梦境。

"为了报答你,你提个愿望吧,我可以帮你实现。"

"不用了不用了。"老王推托道,不过是个梦,当不得真。

"不行,我奶奶说了,一定要知恩图报,您就别拒绝了。"小猫有点急地跺了两下脚。

"好吧,让我先想想。"老王看着远方的一朵花开始沉思,"唔,我想做一天十五岁的自己。"

"唔,啊……"小男孩涨红了脸,戳戳手指头说,"可是我还不会时空穿梭,也不会改变人的容貌,我恐怕只能帮你在思想上回到十五岁。这个大世界和你的外貌,凭我目前的能力,还做不了,呵呵呵。"小猫干笑了两声。

"哈哈哈,没事,这样就很好了。"

"那,你还要十五岁以后的记忆吗?"

"不用了,我想纯纯粹粹地拥有一天十五岁的思想。"

"好的,今夜二十四点再见。"

次日清晨

七点:王钦从梦中醒来,兴奋地跑到镜子前看自己四十五岁时的样子,一看镜子,竟然是这个模样——肚子有点发福,脸皮松松垮垮,戴着眼镜,有点小胡楂,标准的中年男人的模样。

王钦有点后悔玩这个游戏了,昨天晚上,他梦到自己到了一个全是花的地方,有一个可爱的小男孩问他要不要玩一场游戏,穿越到三十年后,看看三十年后的自己是什么模样,三十年后的世界是什么样的,要求是要对外界做好伪装工作,并说已经为他请了一天假,今天可以出去逛逛。

来都来了,不如去外面走走吧,王钦想。

王钦出去洗漱,碰到一个中年妇女开门进来,应该是出去买早饭的未来妻子回来了。原来自己未来的妻子长这个样子,算不上漂亮,身材也并不火辣,标准的中年妇女形象,看着还有点保守。

"来吃早饭吧,吃了饭好上班去,今天买的另一家新开的包子铺的包子,咱们来尝个新。"

王钦还没来得及回答,就有个小姑娘冲出来说道:"哇,今天有新东西啊,真稀罕。"

"快点吃,吃了好去上学。"妻子对小姑娘说道,看来这是他们的女儿,看着挺机灵的。

三人吃着早饭,有一搭没一搭地聊了几句。

饭后,王钦匆匆奔下楼,走出了小区。

晨练的林大爷看着王钦的背影困惑地说:"今天这小王是怎么了,怎么风风火火的,奇了怪了,莫不是出什么事了?晚上上他家问问去。"

王钦出门第一站就想去天安门城楼,一月份刚对外开放,他还没去看过呢,但是现在他已经完全不识路了,只好问了旁边的一个路人——一个穿得很暴露的小姑娘。

路人小姑娘说了半天,他也没怎么听懂,只能掏出纸笔记下来。

"叔叔您直接在手机上搜吧,路线一下子就导出来了,然后直接去地铁站坐地铁就好了,您应该有交通卡吧,就长这样。"小姑娘从包里掏出手机和一张小卡片在王钦面前晃了晃。

之后小姑娘又教王钦打开手机地图软件找到了路线。其间王钦一直在感慨时代发展的迅速,当年他听都没听过的东西,如今竟然人手一部,有的还有好几部,手指一碰就打开了。

王钦最初后悔的心思没了,现在全是亢奋。在看到周围的高楼大厦的时候,在看到纵横交错的交通线的时候,在走进地铁站的时候,在把玩手机的时候,王钦无不为这个世界感到震惊。

在天安门溜达了一圈,没有他想象中那么震撼,可能是因为周围人太多的缘故。

突然,王钦很想去学校看看,看看这个时代的高中。对了,不如就去他女儿的高中吧,记得早上吃饭的时候妻子说到过。

王钦在路人的指引下顺利找到了这所高中,在门卫处做了家长登记之后就进去了。看着舒适的环境,听着操场上同龄人的笑声,王钦突然想到了自己的高中同学,想到了自己暗恋的隔壁班的那个女生,想到了他昨天干的一件蠢事。

二班王钦喜欢一班的梅秀是年级里公开的秘密。两人是从同一个镇子上的初中考到这所县城高中来的,不过两人性格很不一样,王钦稳重勤奋,梅秀聪颖活泼,但是王钦就是喜欢她,从小就喜欢。

昨天自习课上,王钦做了生平第一件大胆的事,他跑到梅秀班里的讲台上,当着全班的面向梅秀表白了。平日里爽朗的梅秀显得很局促，脸涨得通红地跑出去了。留给王钦的，只有全班人的起哄声。

下午放学的时候，梅秀找到王钦，婉拒了王钦的表白："同学，我觉得我们不太合适。"

王钦却表现得很正常，对梅秀说："你不喜欢我也没关系，只要你不结婚，我就还有机会，反正我会一直喜欢你的。"

想到这儿，王钦突然笑了笑，看来她始终没有被他打动，他也娶了别的女人，不知道现在的梅秀长什么样子，要不打个电话约出来聊一聊吧。王钦打开手机的通讯录，一遍一遍地查找，除了自己的长辈以外，没几个熟悉的，也没有那个心心念念的女孩的名字。

只看到一个好哥们的名字。记得昨天还和这哥们打赌说，自己这辈子就只爱这么一个姑娘，原来四十五岁的自己连她的联系方式都没有了。

不如约这个哥们出来见一面好了。

王钦拨出这个哥们的电话，过了很久，对方终于接通了。

"哎哟，老同学，怎么现在想起给我打电话了？"声音有点苍老了，但还是一股顽皮劲儿。

"怎么了，老同学打个电话还要专门找个时间啊？在上班吗，出来见一面。"同样沧桑的声音。

"哎哟，可能来不了了，我这边活儿多，今天啊抽不开身。这会儿也就不跟老同学叙旧了，我得抓紧把晚上要发的货给核对了，我先挂啦。"接着是嘟嘟嘟的机械声。

货物？原来最喜欢音乐。坚持要为音乐奉献一生的李成现在也没有再坚持最初的梦想了。

也是，自己都没有坚持自己最初的梦想，又何必强求别人。

王钦继续在街上溜达着，这街道很繁华，人心也很繁华，每个人都打扮得很精致，每个人都步履匆忙，每个人都对身边经过的人毫不在意。

走过一幢高楼，楼的外壁突然开始播放一个男生的视频，应该是个男孩子吧，虽然长得女性化了一点，不过应该是个男性无疑。

紧接着，王钦看到一群女性围着大荧幕尖叫起来，用手机对着大荧幕，还有拿摄像机的。流动的人群出现了偏差，驻足的人越来越多，人群越来越拥挤，这里也越来越热闹,王钦索性也停了下来。

不一会儿,墙上的男孩子消失了,这热闹也就散了,这支人形队伍继续向前移动着。

王钦凄然一笑,真是来也匆匆,去也匆匆啊。

他继续往前走,却走不到路的尽头,耳边是无尽的车流声,抬头是灰白的天空。

这世界,真是变了呢。

走了一天的王钦疲惫地回到家里,他坐在沙发上想着。

原来,四十五岁的自己会成为自己不想成为的模样,我不会拥有我心爱的女孩,没有追求我最爱的事业,我最终成了芸芸众生中的一员。

晚间,手机响了,同事打来的:"老王,身体没事吧,今天休息了一天怎么样?你可不知道,今天你没来,领导还念叨你了,说有个工作想给你,你一请假,他都不知道交给谁做了,最后还是他自己做了,哈哈哈哈!你这病啊,病得真好。"

"真的吗,太好了。"

又过了一会儿,妻子下班回来了,手里提着刚买回来的菜。

"今天下班这么早啊?"妻子看见王钦在家,明显有一瞬间的吃惊,转而又恢复了平静,一瞬之后又皱起了眉头,"不会是身体不舒服吧?"

妻子放下袋子,走到王钦身边来,摸了摸他的额头。

"没有没有,就是出去办了件事,办得快,就早早地回来了。"王钦看着眼前关心着自己的妻子,心中一暖。

"没事就好,吓得我,平日里还是得多注意着。我先去做饭了,一会儿丫头就该回来了。"妻子觉得王钦身体没什么事,就去了厨房。

晚饭过后,李成来了个电话,两人聊了很久,原来自己比梅秀先结婚,并没有等到她结婚之后才放手。

临了,李成还给他说了他前两天去草莓音乐节的盛况,原来李成还是喜欢着音乐,只是换了一种更成熟的方式。

晚上二十四点,梦中,王钦再一次看到了灰衣小男孩。

他问王钦:"怎么样,对未来的自己满意吗?"

王钦:"很现实,不理想,但是,很美好。"

晚上二十四点,梦中,小男孩如期而至。

他问老王:"想留住这一天的记忆吗?"

老王:"不用了,就这样挺好。"

次日清晨

七点:老王照常起床洗漱,穿上规整的西装。

七点半:吃早饭,标准的豆浆油条,平日里偶尔也会换个花样——稀饭、包子。

八点:从家里出发去上班,在楼下和遛弯的林叔打了招呼。

八点二十五分:到达单位,开始工作。

下午五点半:下班,老王照常从单位往家走。

回到家吃过晚饭,老王一家子出去散步,路上遇到几个老邻居,打过招呼之后就相伴而行,边走边聊。

玫瑰花与机械脑

○何雨霏

【阅读须知】

1. 欢迎来到资料馆,本馆所有文件均为珍贵的一手材料,查阅过程中请务必爱惜。

2. 每份资料由相关文件组成,我们已为您安排好了最佳阅读顺序,请勿随意改变文件呈现顺序。

3. 每份文件上方均标识文件类型、文件出处、文件记录时间,请您在阅读时注意识别。

4. 人类发展中的每一次痛苦与挫折,都有人见证。即使微不足道,资料馆也予以记录。

是否调阅资料【玫瑰花与机械脑】?
欢迎,您是本份文档的第 34987209 位调阅者。
本份文档长达七天,时间跨越前信息革命时代与后信息革命时代。
祝您阅读愉快。

DAY 1

2018.10.21 06:30:21 数据来源:诺亚方舟

– 身份验证系统识别中……

– 验证完成。

– 对象档案调取中……

– 调取完成。

"姓名：格罗夫斯。"

"罪行：颠覆国家政权罪、窃取国家机密罪、扰乱公共程序罪。"

"判决：死刑，处决前在诺亚方舟执行七天的义务生育计划。"

"你的编号是 A19871205。"

"格罗夫斯女士，欢迎来到诺亚方舟。"

2018.10.21 06:31:36 数据来源：诺亚方舟——1号入口

— 监控摄像头记录 CAM1

— 内容对象鉴定：格罗夫斯 [编号：A19871205；警戒等级：A]

— 对象行为鉴定开启中……

— 数据导入。

格罗夫斯："早上好, machine。"

2018.10.21 08:10:59 数据来源：诺亚方舟——101号办公室

— 监控摄像头记录 CAM7

— 内容对象鉴定：萨姆恩·肖、监察官 01

— 对象行为鉴定开启中……

— 数据导入。

监察官 01：萨姆恩执行官，这是你的本次执行对象，你的任务是对目标进行监控并将所有行为上报，任务时长为七天。

萨姆恩·肖：长官，据这份资料显示，对象 A19871205……

监察官 01：萨姆恩执行官，我希望的下属是能够干脆地执行命令的人。

萨姆恩·肖：……是。

监察官 01：A19871205 身上已经没有对我们有益的信息了，我们希望的是绝对的安全和稳定，直到目标对象彻底从我们的档案中消除。萨姆恩，我希望你已经听明白了。

萨姆恩·肖：我明白了。

2018.10.21 09:12:43 档案调取记录

调取人：萨姆恩·肖

调取对象：格罗夫斯

调取内容：[机密等级：A]

权限审阅中……

审阅通过。

姓名：格罗夫斯

代号：Root

性别：女

出生日期：1992年7月28日

出生地：自然区–堪萨斯州28号

履历：

1985—2010活跃于堪萨斯州。

职业：黑客

亲密关系对象：Sameen·Shaw[资料信息丢失]

2010—2017加入自然反革命区，成为领导小组成员。

通过黑客技术攻破政府中央数据库并盗取机密材料。

服役情况：无[注：目标已失去生育能力]

2018.10.21 12:48:57 数据来源：诺亚方舟 — 询问室

–监控摄像头记录CAM2

–内容对象鉴定：格罗夫斯、萨姆恩·肖

–对象行为鉴定模式开启……

–数据导入。

萨姆恩·肖：你好，A19871205，现在是2018年10月21日12:48:57，我们位于诺亚方舟询问室。这是我们的第一次谈话，所有谈话内容将被你斜上方的摄像头如实记录。请问你是否了解以上信息？

格罗夫斯：要知道我被送进来之前，我可从来没想过会面对这样一位美丽的女士，恕我直言，您的眼睛真是我见过的最完美的上帝的造物……

萨姆恩·肖：这是一次警告，格罗夫斯女士，我默认你在进入这里之前已经阅读过守卫给你的《诺亚方舟须知》了，如果有任何违反其中规章制度的行为再次出现，我想你首先会认识的地方大概是医务室了。[情绪判定：无]

格罗夫斯：我明白，亲爱的萨姆恩，别这么紧张，要知道，我只是一个手无寸铁的黑客而已。没有同伙，没有电脑，如果你想弄死我，就像这样，碾走一粒灰而已。

萨姆恩·肖：闭嘴。下面我说的每一个字，希望你能记住。诺亚方舟内的人员有统一的活动与休息时间，禁止在某区域非开放时间进入该区域。所有服役人员需要在固定时间进行义务劳动。每个月1号服役任务将通过房间的信息系统传达，希望你及时查收。现在谈话结束了，门外会有执行官带你回到你的房间。现在祝你好运，格罗夫斯女士。

2018.10.21 14:08:12 监控范围外数据
— 录音文件调取中……
— 调取完成。
"嘿，machine，真高兴我们能以这种方式重新交流，虽然我似乎永远失去你了，但还好——耳朵里这个小东西运作正常。"
"小东西，你得给妈妈争点气，七天后，我总得给我的女孩留点什么东西下来，嗯哼？"
"不说话可就是默认了，合作愉快，小家伙。"

2018.10.21 14:59:09 数据来源：诺亚方舟—图书室
— 监控摄像头记录 CAM6
— 内容对象鉴定：格罗夫斯、萨姆恩·肖
— 对象行为鉴定模式开启……
— 数据导入。
格罗夫斯：嘿——哇哦，我知道你对突如其来的问候有所不满，但是……能先把枪从我脖子上放下来吗？
萨姆恩·肖：你在这里干什么？
格罗夫斯：在我们上午愉快的谈话之后我去阅读了一下《诺亚方舟须知》，万分荣幸在一个义务生育的服役机构我还能享有在此时自由活动的权利——还是挺巧的，对吧？在这个3561平方米，拥有4层楼、19个主要机构、975间房间的方舟里……我能在图书室遇到你，猜猜这件事发生的概率是多少？
萨姆恩·肖：……

格罗夫斯：我记得自己今天是洗了脸的，还是说我已经丑到你看都不想看一眼了？

萨姆恩·肖：……格罗夫斯女士，我要……

格罗夫斯：《献给阿尔吉侬的花束》？没想到你会对这种题材感兴趣。现在这种书籍的纸质版可是很少见了……让我看看，油墨印刷、硬壳精装、烫金书名……还是初版，说真的，你要知道……

萨姆恩·肖：把书给我！

格罗夫斯：萨姆恩，如果我没猜错的话，这算是你们的违禁品吧？

萨姆恩·肖：……闭嘴。

格罗夫斯：冷静，萨姆恩，在这里发生的一切都不会被呈送到你上级的监视器中，所以现在你得放开我，或者说你愿意就着这个姿势给我一个吻？

萨姆恩·肖：你……

格罗夫斯：萨姆恩，你以为我没发现吗？这个图书馆的所有监视器角度都被轻微调整过——真是个大工程哈。你每天把它们的角度改变多少？1°还是1.5°？从我一进门就发现了，你坐的地方刚好是所有监控的盲区。

萨姆恩·肖：……

格罗夫斯：当然啦，你可以现在押着我去办公室，向你的上级报告这件事，或者说——你现在这副表情真的不错，我可以捏捏你的脸吗？——或者说你把这件事瞒下来，这本书也不会有任何人发现。萨姆恩，你在犹豫什么呢，别告诉我你混到了诺亚方舟的二把手，仅仅因为你是个遵纪守法的小甜甜？

萨姆恩·肖：格罗夫斯，我需要提醒你，如果你想要什么花样，最好早点放弃。

格罗夫斯：真高兴一个死刑犯还能被如此看重，不用你提醒我也知道自己只有七天的日子啦。你得让自己松弛一点，萨姆恩，说真的，每天进入你机械脑的流量是多少？1T还是100T？从你的日常任务，到工作报告，到与日俱增的服役者档案、处分、休假申请，再到每天日常生活的吃喝穿着、你的睡眠质量、身体状况，甚至情绪……萨姆恩，你每天走过别人身边时能感到无数你看不到的数据流把你围起来吗？你到底是你自己还是数据堆起来的泡在营养液里的芯片？你已经把自己交给那些精密的程序了吗？既然如此……你为什么还要读这本书呢？

萨姆恩·肖：……

萨姆恩·肖：与你无关，让开。

格罗夫斯：……

– 动作识别程序启动。

– 识别目标：格罗夫斯

– 识别类型：唇语

– 识别完成。

"…… 你为什么还要读这本书呢？"

2018.10.21 9:43:12 监控范围外数据

– 录音文件调取中……

– 调取完成。

"晚上好，machine，我今天在图书室遇见肖了。"

"诺亚方舟的图书室里真的没有书，我想这是我死前能听到的最好笑的笑话了。"

"肖在图书室读《献给阿尔吉侬的花束》，这还是我当年落在她那里的。真不知道她从哪里找到这本书的，不过不管是从前还是现在，她总有办法。"

"我一进去，看到她坐在图书室的死角里，你知道的，她小小地蜷在那个角落，膝上摆着书。我无法向你形容那个画面的美丽，至少用语言不行。"

"这是我在诺亚方舟的第一天，我已经开始怀疑哈罗德的藏书室了。想想，一个没有文学的世界 —— 理由是机械大脑能够处理巨大的信息数据却不能处理微妙的情感 —— 又可怕又可笑。"

"肖不记得我了，但她还记得这本书，我想这是个挺不错的开始。"

"不过我要有点策略，循序渐进，你知道的 machine，就像我当年缠上她那样。"

"晚安，肖。"

2018.10.21 12:48:57 数据来源：诺亚方舟 –101 号办公室

– 监控摄像头记录 CAM1

– 内容对象鉴定：监察官 01、萨姆恩·肖

– 对象行为鉴定模式开启……

– 数据导入。

监察官 01：A19871205 有察觉到什么异常吗？

萨姆恩·肖：长官，我相信自己足够了解 A19871205。

[数据文件部分损坏，无法查看。]

监察官 01：希望你小心行事，萨姆恩，别忘了格罗夫斯曾经给我们带来了多大的损失，她就是个狡兔三窟的疯子。

萨姆恩·肖：……是。

- 三维视景还原程序启动中……
- 祝您体验愉快。

2010 年，堪萨斯州。

即便是自然州，在沙尘肆虐的三月也难以分辨日月朝暮。密密麻麻攒在一起的"破铁皮盒子"——至少 Root 是这样叫它的，在沙里埋着几根枯草的地面上织成一张钢铁的网，压缩着本来就不多的生存空间。

Root 提着电脑用脚踢开不挡路的小石子，目不斜视地穿过街边翻找垃圾桶的人。"哇哦，看看这些活动麻袋。"她受上帝眷顾，生来有一副美妙皮囊，就更恃宠而骄，招摇过市。套着麻布袋子捡垃圾果腹的生活方式从来不在她的选择清单上，一身皮衣黑裤走在自然区格外扎眼——"堪萨斯的小疯子"。没人见过她的家人，也没人知道她在干什么——她登记的姓名只有"格罗夫斯"，本来该有个"·"的地方空空荡荡，她更愿意别人叫她"Root"。

有人说她生了一张寡情的脸，要周围的人都不得善终。

对种种不怀好意的揣测，Root 照单全收，裹着一点别人批判的眼光嚼吧嚼吧吞下肚，第二天依旧摇曳生姿地穿着自己在一群自然的"麻布外套"中过分显眼的定制套装优哉游哉地招摇过市。

不过至少有一点她是不认同的，谁说她要周围的人都不得善终来着？

"肖——"小疯子撩开一间平房的门帘，扑在房内正在擦枪的女人身上，柔软的卷发垂落在对方背心下露出来的锁骨上。她亲昵地用手指戳着身前人似乎永远无表情的脸，等着肖露出一点嫌弃的神色推开正对着的黑洞洞的枪孔的她的身体——

"Root，给你三秒钟，从我身上下来。"

看，她说什么来着，萨姆恩·肖女士，一个她身边的从事暗杀和清扫工作的雇佣杀手，可活得比外面那些飞短流长的人好得多。

Root故作害怕地缩了缩脖子，两条长腿炫耀似的盘在肖的桌子上，双手举起，摆出一个不标准到极点的投降姿势，嘴角弯弯，喉咙里滑出来的声音像是在州边境的盘山路上拐了十八个弯，莫名有些撩人的意味。

"肖，有没有人告诉过你，当手上还拿着一把M79老家伙时，不可以用它指着美丽的女士哦。"

萨姆恩给这个小疯子一个白眼，重新把注意力放回手中的枪械。她大概也是一个没那么起眼的疯子，冷漠与愤怒足以吓跑所有接近她的人，唯有Root·格罗夫斯这个神经病似的女人常伴左右——在她本人不那么情愿的意义上。

大限将近的电风扇吱呀吱呀地扯着三片扇叶摇头晃脑，像咳不出痰的嗓子。自然区的机械部件少，能修整的人更是少之又少，肖对环境的忍耐度极高，索性就把它扔在那里自生自灭。

在这样一种噪声背景中，肖突然意识到今天Root的话少得有些不正常，至少她以往面对自己的枪口时才不会放弃继续调戏自己的机会。她瞥了一眼身旁的女人，发现对方聚精会神地盯着笔记本屏幕，在键盘上敲敲打打。

哇哦，她面对这种场景时内心已经能够波澜不惊了——一间不足十平方米的小屋子里同时存在一个情感缺失的雇佣杀手、一个反社会的黑客和可以把方圆十里扫荡的武器库——怎么听起来和前街春心泛滥的小姑娘定期阅读的三流冒险小说一模一样。

感觉到对方探究的视线，Root莫名背后一凉。萨姆恩·肖的目光和她的眼睛一样是平淡而无机质的沙，却让人有如芒在背的刺痛感。她扭头冲着肖露出惨白的八颗牙齿，"嘿，宝贝儿，我今天那么好看吗？"

"发生什么事了？"肖停下手上的动作，换成一个四平八稳的姿势，审视着那个有些不对劲的笑容。

"真是令人惊叹的观察能力，萨姆恩。"纤长的食指点上Enter键，屏幕上一长串复杂的代码开始清零，大名鼎鼎的黑客小姐还维持着有些诡异的笑容，眼底却偏偏冷得可怕，"确实有些事情要发生了。"

Root轻巧地跳下桌，在黑发女人的面颊上印下一个湿润的吻，"别担心，我要去找哈罗德确认一点事情。如果可能的话，这两天别接活了，我记得你上次完成的任务报酬不菲。"

一个雇佣杀手自然没有权力随意拒绝别人的订单，肖权当对方又在发疯。让她折磨三个街区之外的哈罗德·芬奇和约翰·里瑟去吧，自己乐得清净两天。她看着一双大长腿渐渐消失在视野中，叼着巧克力棒在手机上接下新的任务，然后用力向后仰拉伸自己因久坐而有些僵硬的肌肉。在身下的破破烂烂的老板椅发出不堪重负的吱呀声时，肖突然发现视线平行的范围内多出了一本书。

精装硬壳，油墨印刷——是 Root 一贯的精致到与自然区格格不入的风格。

烫金的字体有棱有角，锋利的笔画戳在肖眼珠子面前。

那是一本《献给阿尔吉侬的花束》。

- 历史资料卡生成中……
- 生成完毕。

【信息化改革】

21 世纪以来人类社会中最重要的改革，目标是通过建立一个接入所有网络信息空间的"系统"进行社会数据分析。依据数据分析得出的最优结果指导社会运行，以提高生产力，推动社会进步。

信息化改革完成后，人类的生育、教育、婚姻、职业等生产生活行为都被纳入数据规划范围。

【信息区】

最先进行信息化改革的区域，占地比例达到百分之八十五。

政府所在地。

【自然区】

在信息化改革开始后有一部分人拒绝改革进行，政府将其转移至暂时无法进行信息化改革的荒僻地区，史称"自然区"。

DAY1 END

DAY 2

2018.10.22 08:15:12 数据来源：诺亚方舟 - 询问室

- 监控摄像头记录 CAM2
- 内容对象鉴定：格罗夫斯、萨姆恩·肖
- 对象行为鉴定模式开启……

- 数据导入。

萨姆恩·肖：早上好，A19871205。现在是 2018 年 10 月 22 日 08:15:12，我们位于诺亚方舟询问室。这是我们的第二次谈话，所有谈话内容将被你斜上方的摄像头如实记录。请问你是否了解以上信息？

格罗夫斯：萨姆恩，这段话是你自己的语言，还是你在向我播放录音？

萨姆恩·肖：我不认为二者有什么区别。

格罗夫斯：别这样嘛，虽然你应该是个改造人，但其中区别可大了。

格罗夫斯：比如说，你可以叫我"格罗夫斯女士"，我会更高兴的。

萨姆恩·肖：格罗夫斯女士，你是否高兴显然与我的工作无关。

格罗夫斯：心软嘴硬。或者说……出于一点政府机关的人道主义？死刑犯临终关怀嘛……啊不好意思，我忘了这是很久以前的前自然时代的说法了。怎么办，我告诉你这种违禁词汇了，你会死吗？！

萨姆恩·肖：格罗夫斯女士，如果你想表现出真诚的关心，我的情绪分析系统建议你再将嘴角下弯 5° 比较可信。以及关于你问题的答案是"不"，答案的原因你已经说过了，"别告诉我你混到了诺亚方舟的二把手仅仅因为你是个小甜甜？"

格罗夫斯：漏了一个词，遵纪守法。

萨姆恩·肖：……任何人无权违反《信息机械条例》。

格罗夫斯：即使制定条例的人根本没有权力做出如此限制？

萨姆恩·肖：《信息机械条例》是维持系统正常运转的必要保障。

格罗夫斯：我们的生活真的需要系统吗？一个霸道的、冰冷的、无情感的数据和硬件的组合？或者说——一个独裁者的幌子？

萨姆恩·肖：格罗夫斯女士！如果你指的没有系统的生活，是曾经自然区里生活在污水横流、垃圾遍地的荒地上，住着四面透风的铁皮盒子，套着麻袋捡垃圾，小孩子只能吃过期食品的生活，那我的回答是"是"！

格罗夫斯：萨姆恩，需要我提醒你前自然时代最后十年的自然区惨状是什么所致吗？

萨姆恩·肖：当更为先进的未来已经出现的时候，我不明白你们为什么不能顺应它？如果接受程序的存在，本来不会有如此多的伤亡！你知道你们害死了多少本来不用死的人吗？

格罗夫斯：……因为没有人能扮演上帝，萨姆恩。你知道程序在扩展的过程中,有多少人内心并不愿意接受这种未来吗?

萨姆恩·肖:格罗夫斯,你真是个疯子。

格罗夫斯:……

萨姆恩·肖:……!!

[系统警告!目标 A19871205 行为无法分析!]

[系统警告!错误代码 error4353638332936382 产生!]

[系统警告!请尽快将该数据向监察官 01 报告!]

格罗夫斯:没错,我更愿意当一个能从一个吻里感受点什么的疯子……

萨姆恩·肖:……

格罗夫斯:而不是从亲吻里只能获得错误代码警告窗口的机械脑。现在,萨姆恩,去找你的上级告状吧。

2018.10.22 10:24:45 数据来源:诺亚方舟 – 数据报告

– 记录者:萨姆恩·肖

– 数据报告生成中……

– 生成完毕。

"是否将 error4353638332936382 的错误代码详细数据上传主机?"

"否。"

"操作:删除 error4353638332936382 的数据记录。"

"上传数据报告中……"

"目标行为一切正常。"

2018.10.22 22:08:12 监控范围外数据

– 录音文件调取中……

– 调取完成。

"晚上好,machine。并没有人来带走我,我也没有被关禁闭,或许是他们觉得我已经没有任何威胁了,或许是……或许是肖在帮我。"

"我今天失控了,我无法忍受肖站在我面前,用带着那副冷漠到事不关己的表情说出那些话。那是我们一起经历的过去。"

"肖说到了那些荒地、挤挤挨挨的铁皮盒子……我突然怀念起我们的最后一次任务了。"

"真奇怪,哈罗德说过人只有老了才会喜欢回忆。以前我从不回忆,因为我想还有那么多事要等着我和肖一起去做,还有那么大的世界等我们一起探索。"

"原来人知道自己命不久矣而有所牵挂的时候,就会衰老啊。"

"晚安,肖。"

— 历史资料卡生成中……

— 生成完毕。

【系统】

信息化改革的产物和直接推动力。人工智能式程序。

能够接入一切私人和公共信息网络,收集数据进行分析。

关于"系统"与创造者的详细信息,请查看资料馆内其他资料。

【machine】

人工智能式程序的初级形态,能辅助人进行信息网络相关操作。

创造者为 Root。

DAY2 END

DAY 3

2018.10.23 08:00:57 数据来源:诺亚方舟 – 询问室

— 监控摄像头记录 CAM2

— 内容对象鉴定:格罗夫斯、萨姆恩·肖

— 对象行为鉴定模式开启……

— 数据导入。

萨姆恩·肖:早上好,A19871205。现在是 2018 年 10 月 23 日 08:00:57,我们位于诺亚方舟询问室。这是我们的第三次谈话,所有谈话内容将被你斜上方的摄像头如实记录。请问你是否了解以上信息?

格罗夫斯:萨姆恩,我现在真的有一个问题了。

萨姆恩·肖:诺亚方舟保留你提出问题的权力,格罗夫斯女士。

格罗夫斯:倒也不算什么严重的问题,我只是很惊奇于我昨晚格外安稳的睡眠和今天好端端坐在这里的状态。

　　萨姆恩·肖：我不是您的私人医生，如果您在这方面有任何困惑，可以选择向诺亚方舟的医务室求救，我相信专业的医生比我更能满足您的需求。

　　格罗夫斯：萨姆恩，你知道我在说什么。

　　萨姆恩·肖：如果你后悔了，我现在可以立刻出去，保卫人员在外面。

　　格罗夫斯：你真的需要那些保卫人员吗，萨姆恩？我倒真的不相信你浑身的利爪只是装饰用的。

　　萨姆恩·肖：如你所见，我的日常工作仅限于管理诺亚方舟的运行。

　　格罗夫斯：日常工作……真是个最好的伪装对吧？在那些自然区里流通的，没什么阅读价值却被一群人奉为精神食粮的三流小说？你说说，里面哪个做着日常工作的主人公没有惊世骇俗的秘密？

　　萨姆恩·肖：……

　　格罗夫斯：哦，真不好意思。我忘了，萨姆恩执行官怎么会去那些破败的不值一提的……即使被彻底取代也无可厚非的……自然区呢？

　　萨姆恩·肖：如果今天你想吵架，我并没有这个打算。

　　格罗夫斯：我的错，萨姆恩，我只是想说……你后腰的电击枪，绑在大腿和靴子里的匕首，甚至还有指甲里的毒药，你带着一身走在哪里都会被当作恐怖分子的装备，却告诉我你只负责管理诺亚方舟的日常任务？

　　萨姆恩·肖：……

　　格罗夫斯：很吃惊？这是你的秘密？萨姆恩，我得提醒你，我可能比你想的更了解你。只要你想，昨天你可以在我凑上来的一瞬间让我失去行动能力。

　　萨姆恩·肖：……

　　格罗夫斯：可你没有那么做，为什么呢？你甚至没有向上级报告这件事，这可与改造人"令人安心"的工作风格不太一致啊。

　　萨姆恩·肖：格罗夫斯女士，随你怎么理解。

2018.10.23 12:48:57 数据来源：诺亚方舟 – 室外草坪

　　– 监控摄像头记录 CAM10

　　– 内容对象鉴定：格罗夫斯、萨姆恩·肖

　　– 对象行为鉴定模式开启……

– 数据导入。

格罗夫斯：嗨，萨姆恩，真是巧啊。

萨姆恩·肖：格罗夫斯，介于这是我们在三天里的第二次"巧遇"，我不得不把人为因素考虑进数据分析里。

格罗夫斯：萨姆恩，你太多心了，要知道今天可是一周中唯一一次的艳阳模拟。相信我，你的魅力绝对比不上阳光。你看看周围，全是来晒太阳的服役者。

萨姆恩·肖：我以为你对阳光没有……没有像"我们"一样的执念。

格罗夫斯：哈……看来你对自然区还是有点误解。自然区看不到阳光，萨姆恩。

萨姆恩·肖：为什……

格罗夫斯：嘘——今日难得，不谈这些最终让我们吵起来的话题如何？算我求你啦。

萨姆恩·肖：……

格罗夫斯：说真的，这种有阳光的时间……容易让人产生一种幻觉。

萨姆恩·肖：幻觉？

格罗夫斯：你听过"历史的终结"这个说法吗，萨姆恩？温暖的阳光、柔软的草地、周围悠闲的人群……平静到不起波澜，你不会自己产生错觉仿佛能一辈子拥有这些美好的事物吗？

萨姆恩·肖：我不觉得你会产生这种错觉。如果你真的这么想，为什么还要加入革命军。

格罗夫斯：因为我讨厌幻觉，它归根结底是一种欺骗，就像这里——周一周三周五阴天，周二下雨，周四艳阳，周六周日在天气库里是随机模拟。没错，就像你们所宣称的那样，这里的天气非常……精准，不会有任何意外给你的生活带来苦恼。可是对我来说，意外是真正让我把幻觉与真实区分开来的唯一标准。

萨姆恩·肖：你喜欢意外？

格罗夫斯：总是，这也是我留在自然区的原因之一。我在一开始就受到信息区的邀请，比你能想到最早的时间还要早。

萨姆恩·肖：但你没有答应，为什么？既然你能受到邀请，说明某种程度上你是一个信息技术至上者。

格罗夫斯：没错。但信息技术对我来说不是一件顺手的工具，而是……一种人格的存在。如果你能真正触摸到一个精妙程序运行的边界，你就会发现，那些信息的流动、编程的运算，正如一个大脑般美妙——甚至更好，我们的身边永远不缺"错误代码"，但程序，它的本能就是正确。

萨姆恩·肖：系统可以做到百分之百的正确。

格罗夫斯：你错了，萨姆恩。你们束缚了系统，你们把一个与神媲美的存在关在丑陋落后的笼子里，你们让这个世界上最高的智慧按照这个世界上最低的智慧造物的逻辑行事。萨姆恩，你不觉得这很可笑吗？

萨姆恩·肖：你参加革命军原来是为了这个……你的同伴知道吗？

格罗夫斯：有那么几个吧——一只手就能数出来的数量。不是所有人都能参透这背后的秘密，萨姆恩，对我来说，号召大家重返自然、抛弃科学的反智主义与信息区束缚系统的行为在我看来愚蠢得不分上下。但无论如何，我想做的首先都是打破信息区的幻觉——这里不是程序的最优运算，只是那些藏在电脑后面的人满足欲望的假象。如果你见过真正的系统……你就会为绝对的美的消逝而憎恨这些人了。

萨姆恩·肖：你见过系统？

格罗夫斯：嘘——这是机密，如果我告诉你了，你和我就都活不久了——虽然我本来也活不久了，但我也不想拖累你。

萨姆恩·肖：……

格罗夫斯：不说这些啦。要是手边有一条狗就好了，我会更容易沉溺于这一天的幻觉的。

萨姆恩·肖：你喜欢狗？

格罗夫斯：也算不上，比起生物我更喜欢与代码打交道。但有一个人喜欢，她似乎对人没那么多热爱——她爱吃东西，能够冷眼看着路边饿死的尸体，却愿意把自己的口粮分给一条狗，你说是不是很奇怪。

萨姆恩·肖：……伪善。

格罗夫斯：我觉得为信息区工作的走狗没资格说这句话，对吧？她不是伪善，她……是真实，从不释放虚伪的好意。不像我，你看我现在对你笑得跟朵花似的，说不定内心恨得想把你一点一点吃下肚呢！

萨姆恩·肖：她对你很重要，甚至比你自己的生命还重要。

格罗夫斯：……过于草率地做出判断是傲慢的体现，萨姆恩。

萨姆恩·肖：你刚刚失控了。

格罗夫斯：…… 看来日常谈话不太顺利了，如果下次你还想从我这里套出来点什么，用用美人计吧，萨姆恩。这比激怒我来得有效率。

2018.10.23　16:08:12　监控范围外数据

– 录音文件调取中……

– 调取完成。

"下午好, machine。"

"今天下午的聊天不太愉快，我似乎不太能接受她用伪善来描述 …… 她。尽管我能理解她这样说的理由。"

"不过 …… 她还是那么敏锐，即使对她来说我现在不过是个陌生人，她居然还能判断出我失控了。我该说本能万岁吗？"

"这样说好像有点讽刺，我讨厌生物性的本能，讨厌利比多驱使的本我，讨厌一切与智慧相悖的事物。但今天坐在久违的阳光下，有那么一刻，我希望我是个连本我、自我、超我都分不清的白痴，肖也是个连枪管都不会组装的白痴。两个白痴会同居、上班、买菜、修整草坪，房子里还会有一条同样白痴的狗。"

"那条狗，两个白痴会叫它 Bear。"

2018.10.23　18:34:54　档案调取记录

调取人：萨姆恩·肖

调取对象：格罗夫斯

调取内容：[机密等级：A]

权限审阅中 ……

审阅通过。

姓名：格罗夫斯

代号：Root

性别：女

出生日期：1992 年 7 月 28 日

出生地：自然区 – 堪萨斯州 28 号

履历：

1985—2010 活跃于堪萨斯州。

职业：黑客

亲密关系对象：Sameen·Shaw[资料信息丢失]

2010—2017 加入自然反革命区，成为领导小组成员。

通过黑客技术攻破政府中央数据库并盗取机密材料。

服役情况：无 [注：目标已失去生育能力]

– 是否关闭档案监察权限？

– 是。

– 选择操作：修复档案损坏部分。

– 档案修复中……

– 档案修复完成，即将为您显示丢失信息。

"亲密关系对象：萨姆恩·肖 [照片编号：S1002]"

2018.10.23 18:34:54 数据来源：诺亚方舟 – 档案室

– 监控摄像头记录 CAM8

– 内容对象鉴定：萨姆恩·肖

– 对象行为鉴定模式开启……

– 数据导入。

萨姆恩·肖：……？！

2018.10.23 18:59:12 数据来源：操作记录

– 操作执行人：萨姆恩·肖

– 操作请求：照片对比。

– 操作对象：档案照片 [S1002]——[执行官萨姆恩·肖]

– 对比进行中……

– 对比完成。

– 即将为您显示对比结果……

"对比结果：相似率 ——100%"

2018.10.23 纸质文档 — 日记本

持有人：萨姆恩·肖

我和格罗夫斯口中的那个人……长得一模一样。

— 三维视景还原程序启动中……
— 祝您体验愉快。

2010 年，堪萨斯州，距离大轰炸计划实施还有一周。

"肖……"

我已经习惯 Root 这种三天一疯的规律了，肖这样想。她没回头，甚至懒得给身后的女人一个眼神。她知道能在自然区过得好的都不是普通人，总得有点自己的什么秘密，Root 和她的相处从来坦诚，她想不出还有什么关于 Root 的事是自己不知道的——她们在某种程度上彼此恃宠而骄，索性也就不需要腻腻歪歪地你侬我侬。

恃宠而骄——这是她在认识 Root 之后学习到的词汇——对一个二构患者来说无法理解，但迷人如斯。

她又薅了一把手下小可怜的毛——这是她今天执行任务的时候捡到的一只狗——然后她拉过 Root 的手臂，看着上面的伤口不动声色地皱了皱眉头。

Root 的主业是黑客，需要亲自动手的时候并不多。这次的伤口着实是可怕了一些，Root 推门而入的一瞬间，她就嗅到了血腥的味道。

"什么任务？"她手上动作娴熟，是处理伤口的好手。

"哎——肖，你捡了什么小可爱回来？来，宝贝儿，让我摸摸。"

Root 的故作甜腻永远不惹人生厌，衬着她满不在乎的眼神，反而有种摄人心魄的美——仿佛她看你不是在看什么同等的生物似的，目光焦点来回转悠，就是不爱落在你脸上。

"还是一条马里努阿犬，好好训练的话这小家伙能听懂人话呢。"

肖反应过来 Root 是在转移话题，看看她那副做贼心虚的模样。肖手上加了几分力，换来 Root 皱着脸的小声痛呼。

"什么任务？"她一边问一边用绷带打了个蝴蝶结——一个从不用在自己身上的小恶作剧，她乐得在这种地方多花几分力气。

Root 瞥了一眼自己胳膊上白花花的小玩意儿，嘴角翘起，但很快又紧紧抿住。她一面拆掉那个蝴蝶结，绑成更利于恢复的模样，一面艰难地在椅子上去够自己随手放在桌上的电脑。

制止她二次伤害自己的行为，肖起身替她拿过来，单手将电脑撑在她面前。

"谈谈？"

肖面上永远是一副沉稳的表情，即使是在性命攸关的危急时刻，她也担得起"不动如山"的评价。Root 把手搭在电脑上，打开屏幕，那些白底黑字的文件映在她瞳孔里，提醒她这次打开了什么潘多拉的盒子——这本不是她应该知道的信息。她呼吸渐快，艰难地抉择着这面屏幕是否该转向对面的女人。

然后肖的手覆上了她的手指。

以一种温柔而不可拒绝的力度。

她向 Root 做了个口型——"给我看看"。

打开就打开了吧，Root 闭上眼睛想——她没有什么秘密瞒得过肖。

肖抱着电脑，背挺得笔直。她的眼睛一行一行地扫过去，瞳孔里的颜色一点点暗下来，像是一场风暴将至。

她问："Root，这份文件可靠吗？"

"可靠，我向你发誓。"

然后是漫长的沉默。不同于自然区每天发生的在生死线上的挣扎，不同于以往 Root 用自己的代码获得的一点小打小闹的甜头——她们提前预知了命运的到来，一种不可抗拒的命运。

太阳在远远的地平线上一点点沉下去，房间里的两个人没有动弹。余晖笼罩着彼此，好安详，加上旁边做美梦的马里努阿犬，呈现一派温馨家庭里常见的相对无言的默契。

Root 看着对面半张脸藏在阴影里的女人，日落照进来时光影分割得巧妙，肖的下颚线格外突出，轮廓坚硬，和肖本人有几分相似。

她的身体先于思想行动了，Root 上前一步撑在肖的椅子上。她比肖高了十厘米，更别提肖还坐着。Root 柔软的身体弯下来，脊背弓起的曲线使她像是一只伸懒腰的猫。

她吻了她的下颚，虔诚地把嘴唇印在阴阳分明的线条上。

现在她们一起融进阴影里了。

电脑被扔在一边，惨白的屏幕是唯一的光源。

上面白底黑字的一份文件——"自然区大轰炸作战方案"。

- 历史资料卡生成中……
- 生成完毕。

【改造人】

信息化改革的产物。将身上的部分器官替换为机械装置。

但在信息区，只有接受过大脑机械化改造的产物才被称为改造人。他们的机械大脑可以通过信息系统操纵，工作效率极高，大多担任管理职位。

DAY3 END

DAY 4

2018.10.24 09:01:57 数据来源：诺亚方舟 - 询问室

- 监控摄像头记录 CAM2
- 内容对象鉴定：格罗夫斯、萨姆恩·肖
- 对象行为鉴定模式开启……
- 数据导入。

萨姆恩·肖：早上好，格罗夫斯。现在是 2018 年 10 月 24 日 09:01:57，我们位于诺亚方舟询问室。这是我们的第四次谈话。

格罗夫斯：你今天没提摄像头的事。

萨姆恩·肖：……如果你介意，我可以补上这一句。

格罗夫斯：不，亲爱的，我的重点可不在这里。根据某些前自然时代还管用的心理学的原理，当你渴望逃离某个情景的时候，你会尽量对它闭口不言，以实现一种心理上的满足。

萨姆恩·肖：我假设你一直知道我是个改造人。

格罗夫斯：萨姆恩，如果你好好读过我的档案，你就应该知道，我在革命军发表过很多关于改造人与情感的文章。

萨姆恩·肖：你在参加反抗军活动的时候，曾用名是"根"？

格罗夫斯：嗯哼，话题转得有点生硬。不过萨姆恩你对我的爱真是让我印象深刻，你去查了我的档案？

萨姆恩·肖：……你的档案有被人为篡改的痕迹，其中丢失了部分信息。

格罗夫斯：萨姆恩，我现在真是对你刮目相看了。难怪你今天没有提起摄像头……拥有机械大脑的人居然可以越过政府的权限查阅绝密档案。我猜猜……你有一套躲过信息监控的方法？是谁教你的？我可不相信一个改造人天生就能掌握这种"颠覆政权"的技能。

萨姆恩·肖：格罗夫斯女士，如果我没记错的话，"别告诉我你混到了诺亚方舟的二把手仅仅因为你是个遵纪守法的小甜甜"这句话是你对我说的。

格罗夫斯：我的错，你是个伶牙俐齿的小甜甜。

萨姆恩·肖：如果你不想聊，我现在就可以出去。

格罗夫斯：……

格罗夫斯：好吧，那就说说，你查到了些什么。

萨姆恩·肖：谁是"肖"？

格罗夫斯：萨姆恩，别忘了自己叫什么。萨 —— 姆 —— 恩 —— 肖 ——

萨姆恩·肖：你知道我在说什么，我从未在堪萨斯州生活过。

格罗夫斯：谁敢保证自己的记忆是真实的呢？更何况 —— 当你的大脑不过是一个用于读写的硬盘时。既然你已经查到了，我想你也看到她的照片了。

萨姆恩·肖：她和我很像。

格罗夫斯：不是很像，应该说 —— 她和你一模一样。

萨姆恩·肖：我不是她。

格罗夫斯：我说过，过于草率的判断是傲慢的体现。你那么厉害，为什么不去找找你的出生记录，或者你被无数次记忆重置的内容？

萨姆恩·肖：今天的谈话到此为止，格罗夫斯女士。

格罗夫斯：如果你真的能查到点什么，我愿意解答你的一切问题，萨姆恩。

2018.10.24 12:08:12 监控范围外数据

- 录音文件调取中……

- 调取完成。

"中午好，machine。"

"有时候你永远不知道人生会和你开一个多大的玩笑。或者说，她永远那么有本事，我记忆中的肖，永远能给人惊喜。"

"我第一次遇见肖的时候，一瞬间以为自己见到了什么小动物。我从未看到过如此……本能化的人，生存对肖来说是一种不需要学习的本能，一切让她在自然区艰难的环境中活下来的手段……对她来说都像是刻入基因一般与生俱来。"

"我想这就是肖能成为最优秀的雇佣杀手的原因,我对她充满了好奇,我缠着她,不知道从什么时候开始,这从一种研究变成了一种本能。一个力图摒除一切本能的信息技术至上的……本能。"

"但我从来没有想过,我的出现打破了肖的本能。"

"这可能是我今生最后悔的事。"

"没有之一。"

2018.10.24 21:34:54 档案调取记录

调取人:萨姆恩·肖

调取对象:萨姆恩·肖

调取内容:[机密等级:A]

权限审阅中……

审阅通过。

姓名:萨姆恩·肖

信息ID:S17210524

身份类别:改造人

出生日期:2010.10.1

工作履历:

2010—2011:进入义务生育机构诺亚方舟,担任保卫人员。

2011—2012:任职于义务生育机构诺亚方舟,担任监察官。

2012—2015:任职于义务生育机构诺亚方舟,担任普通执行官。

2015—2018:任职于义务生育机构诺亚方舟,担任第二执行官。

- 是否关闭档案监察权限?

- 是。

- 选择操作:显示档案隐藏内容。

- 权限关闭中……

- 权限已关闭,即将为您显示隐藏信息。

姓名:萨姆恩·肖

信息ID:

身份类别：未知—2010 人类

2010—2018 改造人

出生日期：人类未知，最早可查记录发现于堪萨斯州一孤儿院

改造人 2010.10.1

改造情况：在大轰炸现场被信息区特别行动队发现，被发现时处于失血休克状态。受特别行动队队长推荐，对其实施改造。植入机械脑，格式化原有记忆，更换损伤器官。

工作履历：

未知—2002：堪萨斯州孤儿院。

2002—2010：雇佣杀手，执行任务 279 个，成功率 99%。

2010—2011：进入义务生育机构诺亚方舟，担任保卫人员。

2011—2012：任职于义务生育机构诺亚方舟，担任监察官。

2012—2015：任职于义务生育机构诺亚方舟，担任普通执行官。

2015—2018：任职于义务生育机构诺亚方舟，担任第二执行官。

亲密关系对象：格罗夫斯 [反抗军成员，Root]

2018.10.24 23:50:57 数据来源：诺亚方舟 – 单人间

– 监控摄像头记录 CAM7

– 内容对象鉴定：格罗夫斯、萨姆恩·肖

– 对象行为鉴定模式开启……

– 数据导入。

格罗夫斯：没想到这么晚了你会来找我，如果你想拜访一位女士的话，我会推荐你提早预约，萨姆恩。我可不太想穿着睡衣和你见面。

萨姆恩·肖：对你很重要的人，是"那个肖"。

格罗夫斯：我以为你查到了什么稀有材料呢，萨姆恩。如果你和今天早上的态度没什么变化的话，我要睡觉了，不送。

萨姆恩·肖：我……真的不是她。

格罗夫斯：……

萨姆恩·肖：……别把我当成她……求求你。

格罗夫斯：萨姆恩……

萨姆恩·肖：我是……萨姆恩·肖……我不是她，我是……我自己。

格罗夫斯：萨姆恩……回去好好睡一觉吧。如果你想和我聊聊的话，我们明天见。

萨姆恩·肖：……

2018.10.24 23:58:12 数据来源：诺亚方舟 - 任务报告

- 报告人：萨姆恩·肖
- 报告内容生成中……
"任务已进入下一阶段。"
- 报告发送中……
- 发送完成。

- 三维视景还原程序启动中……
- 祝您体验愉快。

2010年，堪萨斯州，距离大轰炸计划实施还有五个小时。

"肖？"Root梳起自己的头发，嘴里咬着皮筋，含含糊糊地喊着肖的名字。

"怎么了？"

她终于收拾干净自己，即使是在这种境况下，她还保持着讲究的习惯。"你说，要是我没有拿到那份文件，我们现在会不会更幸福一点？"

"……Root，你害怕了吗？"肖转过来，还是那副平静的表情。上天不公平，连平静都要多分给这个女人，现在留她一个人感受血液流动加速的感受。

"我是不怎么想承认啦……偶尔会，不过我会努力在命运的马蹄碾过来的时候睁大眼睛。多难得啊，一生只能见一次的戏码。"

她们周围逐渐聚起来一群人，面目凝重——这是她们信得过的伙伴。Root突然觉得这里站着一批盗火者，而她就是那个火种的传递者。不过是命运罢了，她想，既然不可避免，不如笑着打个招呼吧。况且，肖还在我身边呢。

她利落地拉开手中枪械的保险，声音清脆，未开口先扬起一个招牌微笑。

"再回忆一下我们之前的计划。大轰炸开始前五分钟进入各个人口密集区域疏散人群——别提前，如果被信息区那边的人发现我们察觉了这个计划，结果只会更严重。优先疏散儿童，如果遭遇那边的队伍，不要硬抗，我会尽力入侵'系统'

后台的边界——既然大轰炸已经是不可改变的现实,我能做的只是改动一个小小的数据,为轰炸留下一小片真空区。"

"那片幸存的土地,将是我们的希望。"

– 历史资料卡生成中……
– 生成完毕。

【大轰炸】

不进入主流历史教科书的历史事件。

疑似信息区政府为了尽快完成信息化改革对自然区发起的毁灭性轰炸。

计划执行过程中被 Root 更改了一段数据,留下轰炸真空区,后成为反抗军驻地。

DAY 4 END

DAY 5

2018.10.25 08:00:00 数据来源:诺亚方舟 – 询问室

– 监控摄像头记录 CAM2

– 内容对象鉴定:格罗夫斯、萨姆恩·肖

– 对象行为鉴定模式开启……

– 数据导入。

萨姆恩·肖:早上好,格罗夫斯。现在是 2018 年 10 月 25 日 08:00:00,我们位于诺亚方舟询问室。这是我们的第五次谈话,所有谈话内容将被你斜上方的摄像头如实记录。请问你是否了解以上信息?

格罗夫斯:萨姆恩,现在想聊聊吗?

萨姆恩·肖:昨晚是我失态了,如果给你造成了任何痛苦,你可以投诉我。

格罗夫斯:……我开始后悔了,萨姆恩,如果知道你今天又变成这个样子,我情愿在你昨晚最痛苦的时候让你更痛苦一点。

萨姆恩·肖:……

格罗夫斯:好吧,至少回答我一个问题,为什么觉得自己不是"那个肖"?

萨姆恩·肖:……我是萨姆恩·肖,作为一级改造人出生在 2010 年,从有意识开始进入诺亚方舟工作,直到现在。这是我对我自己的……认知。

格罗夫斯：我相信你已经看到了自己完整的出生信息，毫无疑问，你不愿承认的"那个肖"，正是你成为改造人之前的人生形态，只不过……你忘记了。

萨姆恩·肖：如果你一直坚信你自己，有一天早上起来，有人打破了你所坚信的一切，告诉你，你本是一个你完全不知道的人……你会怎么想。

格罗夫斯：我……

萨姆恩·肖：我会觉得自己被"侵占"了，格罗夫斯女士。

格罗夫斯：萨姆恩……

萨姆恩·肖：你会为在你印象中完全没有经历过的事有任何冲动吗？不会，格罗夫斯。你会开始害怕，如果连我自己坚信的那个我都不是真的……那么我是谁。你能理解这种恐惧吗？你面对的人，永远透过你看另一个你一无所知的人的影子，甚至希望你被那个人取代。你看着我，内心却不期望坐在你对面的人是"我"——别说我和"肖"是同一个人，我在记忆里……找不到一点她的影子，你却要强行把我等同于另一个人？

格罗夫斯：萨姆恩，冷静。

萨姆恩·肖：你不会理解我们的痛苦，格罗夫斯。我们一睁眼，就面对一个已经无比熟悉的世界，仿佛一切都不过是提前写在机械脑里的数据，我们为普通人工作，但他们却赋予了我们工具不具有的——思维。我的记忆永远只有一个断层，没有成长，或许"我是谁"这个问题对你们来说有很多个可选的答案，但对我来说……能抓住的只有我脑中机械设备里的那点数据……那些对你们来说不值一提可以随手抹去的数据——就是我对这个问题唯一能做出的回答。你能理解我吗？

格罗夫斯：我很开心，萨姆恩，我很开心你愿意把这一切告诉我。我知道我看起来没什么资格做出感同身受的安慰，那对你来说不太公平。如果你不介意的话，我可以给你一个拥抱。

萨姆恩·肖：……谢谢。

格罗夫斯：萨姆恩，我向你道歉。如果不想听，我以后不会再提了。

萨姆恩·肖：……

萨姆恩·肖：谈谈她吧。

格罗夫斯：……

萨姆恩·肖：谈谈那个对你来说很重要的……萨姆恩·肖。

格罗夫斯：……好。

格罗夫斯：我和肖的关系……很奇妙，我可以说我爱她，但这种爱似乎要区别于一般人所说的"爱"。我们——可以说是两个完全背道而驰的个体——在一般人眼里，不像是能发生任何联系的一对。

萨姆恩·肖：任何感情都要建立在一定的相似性下——但你们不是这样？

格罗夫斯：没错。我崇尚代码，她钟情武器；我脸上能做出一百种微笑，她可以永远木着一张脸……我逃离本能，而她就是本能的化身。

萨姆恩·肖：就我的数据分析来说，你们之间建立亲密关系的可能性不足万分之一。

格罗夫斯：这就是我改变看法的原因，萨姆恩。上次艳阳模拟时我和你说的话并不是全部，遇见肖以后我改变了自己的一部分看法。再精准无误的程序也推算不出我和肖的可能性，我和她之间的爱是百分之百正确率中的一个错误——这真让我疯狂。一直以来困扰我的问题得到了解答，如果机器能够做出完全符合自然规律的运算，为什么我们不能顺应潮流，让人类在历史中淘汰呢？

萨姆恩·肖：所以我们才要掌控"系统"，用你的话来说，把最高的智慧束缚在丑陋低级的笼子里。

格罗夫斯：这里面有一个悖论，萨姆恩，一种人类中心主义带来的误区。信息区的建立是为了"顺应历史发展"的潮流，但人类却拒绝接受这种潮流的进一步发展，如果你跳出人类的自我认同——动物与人类，人类与完美的程序——你觉得二者的关系有什么差别。

萨姆恩·肖：你的回答是什么？

格罗夫斯：萨姆恩，我的回答是错误代码。让人类之所以不愿意被取代的原因，是错误代码。我们的灵魂、选择、思考，每一次心灵的转向中都可能生成错误代码，在一个程序的模型中，人类是不合理的存在。但正因为无可预测，所以我们才独一无二。我们——就是完美正确率下的错误代码。

萨姆恩·肖：你说……人类是错误代码。

格罗夫斯：是的，错误代码才是人类之所以自我确认的本质。无缘无故的爱与恨，转瞬即逝的绮思，疯狂到违反常理的情感，我们是多么奇怪的生物——我们追求完美，却永远为自己制造错误代码——里面每一个无常的、丑陋的、本不应该存在的 0 和 1 都是我们亲手敲上去的。我们亲手制造出来打碎完美的东西——就是我们赖以活着的一切。

萨姆恩·肖：……

格罗夫斯：所以我憎恨信息区——它把那些 0 和 1 删掉了，还沾沾自喜自己掌握人类发展的正确方向。就像你工作的诺亚方舟，萨姆恩，你掌握着这些服役义务生育的女人的资料，信息区每一个生命的诞生都是计算的结果，排除一切意外元素。生命——一个神圣而不可知的对象被计算出来是一件多么可笑的事。一个人类，从出生开始，她的学习、成长、爱情、婚姻、死亡都被自以为"正确"地规划出来……她甚至不需要去思考连你都会思考的问题——我是谁？当生命这个概念被固定下来的时候，哲学、艺术、生与死、爱与憎，这些与生命挂钩的微妙而不可知的一切——都随即消失了。没有不可明说的触动，没有预料之外的一切——没有错误代码啦，萨姆恩。现在你看看周围，然后告诉我——自然区还有正常的人类吗？

萨姆恩·肖：格罗夫斯，你给自己编写的错误代码是什么？

格罗夫斯：你内心已经有答案了，萨姆恩。何必来问我呢？

[系统警告！目标 A19871205 行为无法分析！]

[系统警告！错误代码 error4353638332936382 产生！]

[系统警告！请尽快将该数据向监察官 01 报告！]

- 操作记录，操作者：萨姆恩·肖
- 操作：储存错误代码 error4353638332936382

"是否发送错误代码记录？"

"否。"

- 操作：新建文件夹"Root"。
- 操作：移动错误代码记录。

"记录已存入文件夹 Root"。

2018.10.25 16:08:12 监控范围外数据

- 录音文件调取中……
- 调取完成。

"下午好，machine。"

"和萨姆恩聊完之后——好像也没有聊天，姑且称作我自顾自地说完一堆话之后。我回忆了一下我的过去,我从未对肖说过任何有关爱的字眼,她也未曾对我说过。"

"爱这个字——太浓烈又太单薄。"

"我自命不凡,总觉得自己和肖是不一样的,我们的感情不需要用任何庸俗的语言表达。"

"现在想想,肖早就对我说过了,真正没有说过爱的,只是我而已。"

"可惜太晚了。"

"肖,你是我的错误代码。"

2018.10.25 纸质文档 – 日记本
持有人:萨姆恩·肖
格罗夫斯说错误代码是我们的一切。
错误代码:error4353638332936382

– 三维视景还原程序启动中……
– 祝您体验愉快。
2010 年,堪萨斯州,距离大轰炸计划开始还有十分钟。

"Root。"

"怎么啦,肖?"

Root 转过来,看到肖把手藏在背后,脸上竟然有一丝别扭。

"肖?"一句话卡在嗓子里,疑问的语气上挑到一半被硬生生掐断。她突然紧张起来,这是末日审判前的十分钟,她和肖待在这片马上要化作焦土的土地上,仿佛每说一句话都是最后的告别。

肖说对了,她在害怕。

拿到那份报告的时候,她已经站在了"系统"的边缘,被绝对的"美"攥住了呼吸。"系统"已经突破了程序的范畴,那里飘浮着运算着变换着的代码,不仅仅是人的手笔——"系统"有了自己的思维,它在自我生长。她不知道创造系统的人是否发现了这一点,那些生长出来的枝丫扭曲地挤在铁笼密集的栅栏之间,在狭小的空间里摩擦,在伤口的破损处不断生成新的代码,像是人体上面目可憎的瘤。

她满眼都是那飘浮的代码和冷硬的铁笼,它们一起构成了一个畸形的——

怪物。

这是凡人妄图束缚神的结果，愚钝至极，可笑至极！

Root停留在那里，却不敢伸出手去触碰那些数据分支，那是海妖的歌声，要人填补进来成为这个怪物的养料。

这就是她害怕的，她打开了潘多拉的盒子，她成了盗火者和这些聚集起来的人的引路人——但她不知道自己能否成功。这是一场别无选择的50:50的豪赌，Root仿佛看着自己站在赌桌的一边，对着空荡荡的对面，押上了自己所有的筹码。

多豪气，她一介凡人，敢对着神show hand。

一旦赌输，便一无所有。

恍惚间，肖的手拂过她耳边，却没有拿走。

她回过神来，感到耳畔不一样的触感，Root顺势握住了肖的手。指间有肖的体温，还有鲜活的柔软和水珠的凉意。

肖别了一朵玫瑰在她耳边。

那本有意落在肖桌子上的《献给阿尔吉侬的花束》不合时宜地跳进她脑海。烫金的标题棱角分明，戳穿了她的理智。

堪萨斯州这个季节容易起风，将肖的长发和她的缠在一起。

她看着矮她半头的女人踮起脚，凑到她耳边，气息灼热，薄唇埋进花瓣。

"很衬你。"

这是她们分别前的最后一句话，没有拥抱，没有亲吻。

煽情暧昧至极。

- 历史资料卡生成中……
- 生成完毕。

【反抗军】

大轰炸的幸存者组成的反抗信息区政府的武装组织。

随着Root·格罗夫斯被捕，反抗军彻底消失。

DAY 5 END

DAY 6

2018.10.26 09:01:21 数据来源：诺亚方舟 – 询问室

– 监控摄像头记录 CAM2

– 内容对象鉴定：格罗夫斯、萨姆恩·肖

– 对象行为鉴定模式开启……

– 数据导入。

萨姆恩·肖：格罗夫斯……

格罗夫斯：早上好，萨姆恩。你今天看起来精神不错。

萨姆恩·肖：今天的例行谈话到此结束。

格罗夫斯：哎?! 不行，萨姆恩，这可是我每天唯一的盼头，你要是这么敷衍，我要向上级投诉你啦！

萨姆恩·肖：……

– 动作识别程序启动。

– 识别目标：萨姆恩·肖

– 识别类型：唇语

– 识别完成。

"今天自由活动时间，我在那个死角等你。"

"来找我。"

2018.10.26 15:48:57 数据来源：诺亚方舟 – 图书室

– 监控摄像头记录 CAM8

– 内容对象鉴定：格罗夫斯、萨姆恩·肖

– 对象行为鉴定模式开启……

– 数据导入。

格罗夫斯：嗨……萨姆恩。

萨姆恩·肖：格罗夫斯……今天中午吃了什么？

格罗夫斯：可惜了，萨姆恩，你今天真的该来食堂的——特供红烧肉！要我说……味道真是好极了。

萨姆恩·肖：你在撒谎——你……从来不吃猪肉。

格罗夫斯：哈？没想到档案上的记载连这——

格罗夫斯：……

格罗夫斯：萨姆恩……

萨姆恩·肖：你从不吃猪肉，你不喜欢穿自然区的麻布衣服，你自己找了渠道搞到了皮革，你自己给它们染色，你自己定做了好多套皮衣……你喜欢把下巴垫在我的肩膀上，你喜欢念我的名字的时候拐出三个音调——尽管"肖"是一个单音节词汇……你不喜欢格罗夫斯这个名字——你喜欢叫自己"Root"。

格罗夫斯：档案上不可能记录这些……

萨姆恩·肖：档案上不可能记录这些。

格罗夫斯：肖……萨姆恩？

萨姆恩·肖：我不知道……格罗夫斯……这是从看见你的第一天时……跳出来的……本来不应该属于我的……错误代码。

格罗夫斯：我从未真正想过这一天……奇迹是存在的。我发誓我再也不会嘲笑自然区那些没发育开的小姑娘看的三流爱情故事了……我得找一本供起来。

萨姆恩·肖：格罗夫斯……我……很混乱。那些……明明不应该是我的记忆……它们是肖的，不应该……

格罗夫斯：萨姆恩，看着我。

萨姆恩·肖：格罗夫斯……

格罗夫斯：如果你感到痛苦的时候……就看看自己的眼睛。肖的眼睛里，不会有犹豫。

萨姆恩·肖：我是……肖？

格罗夫斯：不用这么快勉强自己接受任何你还存疑的假设，萨姆恩。其实……如果可以选，我宁愿你永远不要想起这些记忆……

萨姆恩·肖：……

格罗夫斯：睡吧……我在这里，陪着你。

萨姆恩·肖：格罗夫斯……

格罗夫斯：嗯？

萨姆恩·肖：如果是你……我不会犹豫的。

格罗夫斯：如果是为了我……明天叫我 Root 吧……

- 动作识别程序启动。

– 识别目标：格罗夫斯

– 识别类型：唇语

– 识别完成。

"萨姆恩。"

2018.10.26 15:53:12 数据来源：诺亚方舟 – 图书室

– 监控摄像头截图 CAM8

– 图片生成中……

"萨姆恩·肖蜷缩着，她的头枕在格罗夫斯的膝上。格罗夫斯在指间绕一缕萨姆恩的黑发，轻拍着她的后腰。"

"这里是无数监控镜头、无数数据记录的一个死角，是这个世界上为数不多的——"

"秘密。"

2018.10.26 19:08:12 监控范围外数据

– 录音文件调取中……

– 调取完成。

"晚上好，machine"

"我没有想到这一天来得这么快，或者说也不算快，明天就是我永远离开这个世界的日子了。"

"我应该更激动些的，我应该抓住她的领子质问她，质问她为什么现在才走到这一步。无论从哪个层面，看起来都更真实些。"

"我的错误代码，已经被那场大轰炸删除的错误代码……"

"在我眼前被复制了"

"多可悲，又多可笑。"

"晚安，肖。"

"晚安，萨姆恩。"

– 三维视景还原程序启动中……

– 祝您体验愉快。

2010 年，堪萨斯州，大轰炸计划开始后两个小时。

这段记忆始终是缺失的，为什么呢？

无论是在反抗军的日子，还是在监狱里的日子，一旦涉及这段回忆，怎么都想不起来。

拜托，拜托再给我一点时间，马上……

"Root，信息区的特殊执行小队向你那边来了，马上转移！"

"不行，再给我一点时间，我马上就可以完成！现在离开只能功亏一篑！"

耳机里不同人的嘈杂声音，有人要她走，也有人同意她留下。

她只觉得头痛欲裂，"系统"的数据狂暴似的紊乱起来，她只能提速跟上，恨不得摔了耳边聒噪的音源。

后来……后来是什么拯救了她呢？

对，有一个熟悉的嗓音响起来了。

"所有完成任务的小队向之前划定的区域转移。"

"我来掩护 Root。"

再后来……再后来她成功了，那一瞬间有导弹落在不远处，溅起一片碎石砂砾铺天盖地浇下来。她脸上一阵刺痛，随手一抹，满手鲜红。

但她不在乎了，她成功了！信息区不可能顶着舆论进行二次轰炸，她们可以退回最后一块保留地，她和肖……还可以带着那条马里努阿犬。

她已经想好名字了，就叫那条小狗 Bear 吧，符合她一贯的风格。

她狂喜地坐在废墟里，披头散发，脸上鲜血和灰尘混合着流下来，又狼狈又心酸。

"肖！我成功了！"

堪萨斯州这个时节最爱起风，耳畔风声呼啸。

"肖……？"

耳机另一端只有寂静。

- 历史资料卡生成中……
- 生成完毕。

【义务生育】

信息化改革完成后,为保持人口数量始终保持在稳定水平,生育成为全体女性公民在"系统"控制下的义务服役活动。

逃避生育服役最高可面临死刑处理。

【诺亚方舟】

进行义务生育服役的场所。

DAY 6 END

DAY 7

2018.10.27 06:23:24 数据来源:诺亚方舟 – 工作计划

– 今日处决计划。

"姓名:格罗夫斯。"

"罪名:颠覆国家政权罪、窃取国家机密罪、扰乱公共程序罪。"

"押送人员:萨姆恩·肖。"

2018.10.27 07:48:57 数据来源:诺亚方舟 – 询问室

– 监控摄像头记录 CAM2

– 内容对象鉴定:格罗夫斯、萨姆恩·肖

– 对象行为鉴定模式开启……

– 数据导入。

萨姆恩·肖:……

格罗夫斯:早上好,萨姆恩。

萨姆恩·肖:Root……

格罗夫斯:萨姆恩,需要我帮你提词吗?早上好,A19871205。现在是2018年10月27日07:48:57,我们位于诺亚方舟询问室。这是我们的第七次谈话,所有谈话内容将被你斜上方的摄像头如实记录。请问你是否了解以上信息?

萨姆恩·肖:……

格罗夫斯:萨姆恩……这种表情不适合你。你明明七天前就预知了这个结果,我们当年怎么说的来着?人各有命。

萨姆恩·肖:如果以后无缘得见,至少这是一段有趣的旅途。

格罗夫斯：萨姆恩……

萨姆恩·肖：Root……对不起。

格罗夫斯：萨姆恩，如果真的有人需要说对不起，我想那也不是你。我很抱歉在你已经忘记一切的时候又把你拉回泥潭中，我知道你掌握自己记忆数据库的权限，如果可能的话，今天结束后，就把这一切删掉吧。

萨姆恩·肖：Root，你一直是聪明的那个人，我在等你说，随便说点什么都行。"萨姆恩，我们越狱吧，我找到了一条密道""萨姆恩，你救我出去，我们找个没人的地方度过后半生""萨姆恩，其实我在机器上留了个后门，它能帮助我们反败为胜"。Root，随便说点什么……只要你说，我都可以去做。

格罗夫斯：萨姆恩……我很抱歉。你还记得我曾经和你说过的很久以前的前自然时代遗留的某些小说和电视剧吗，我以前总以为自己是那些作品里的主角，你看我们一个是黑客，一个是杀手，正是主角团的标准配置对不对？后来系统上线了，我开始想，如果当不了主角，我们至少要一起做一次反派。有人说系统是解决人类未来的最好方法。我不这么认为，所以我们得一起阻止这件事变成现实。于是我留在自然区，开始尝试攻破系统的后台。后果你也看到了——我几乎要永远失去你了。

萨姆恩·肖：你现在又抓住我了，Root，你总有办法。

格罗夫斯：萨姆恩，你消失之后我想过，或许我不是主角，更不是反派。我之前对你说过，没有人可以扮演上帝。你会流血，你的伤口会感染发炎，你受了伤需要休养几个星期，你没法像那些动作片里的特工刀枪不入，上一集奄奄一息下一集又能执行那些出生入死的任务。我的计算机可以黑进暗网，黑进别人的数据，但仅此而已。我没法打破系统，最近的几次我站在系统的数据库边缘，从里面抠下来一点无关痛痒的情报。生活就是生活，萨姆恩，我们没法呼风唤雨。

萨姆恩·肖：你知道 Root 这个名字在"我们"这里一直挂在高危名单上吗？你在革命军里做得漂亮极了，至少在大轰炸前，你带领他们取得了许多成果。更何况……你建造了 machine。你已经是造神者了。

格罗夫斯：当你手握能够进行大轰炸的武器时，还会在意脚下捣乱的小小蚂蚁吗？系统背后的人要消灭我们，不过就是动动手指的事。是的，我们是取得过一些成果，然而如果政府一开始就采用大轰炸的策略呢？这对他们来说不过是一个权衡的过程：如何保证系统不受伤害？如何保证社会的稳定？如何不让生活在其中的改造人发生动乱？而对我们来说，这是生命的最后稻草了。萨姆恩，这场战争从一开始压上去的筹码就相差甚远。我建造的 machine 在系统面前只能算是一个收集信息的蹒跚婴儿。你会去……挑战神的荣光吗？

萨姆恩·肖：至少你已经挑战过了。

格罗夫斯：是啊，虽然没有用，但我们尝试过了，用尽一切。我知道这场反抗最终会消失在历史中，但我的意志不允许我就此投降——我信奉的造物主就是我自己。没有人，没有人能获得资格把我珍爱的东西判定为错误代码。萨姆恩，我从不惧怕面对死亡。

萨姆恩·肖：如果我说我惧怕失去你呢？

格罗夫斯：萨姆恩，我有件小礼物要给你。你有能力偷偷查我的档案，一定有能力把它留下来，对吧？

萨姆恩·肖：如果那是你留给我的话。

格罗夫斯：这大概是我今天听到最令人高兴的话了，把你的匕首给我。

格罗夫斯：……哼。

萨姆恩·肖：Root？！你在做什么？

格罗夫斯：萨姆恩，虽然我没法给你许诺什么办法，但我给你留下了这个小玩意。很精巧对吧，大轰炸后 machine 的主机硬件基本损毁殆尽了，我在被捕前改造了最后一点它的残余部分，给自己建了世界上最后一个后门，唯一的功能是储存数据——当然，这个数据是储存在系统监视范围之外的。后门的终端接收器，我把它藏在了耳骨里。里面没什么特殊的，一点录音，用的是我的声音，供你聊表相思。

萨姆恩·肖：只有……这一个后门了？

格罗夫斯：听起来有点自私对吧，我手上握着很多人最后一点希望，但我用它做了这个。

萨姆恩·肖：我相信你的选择，Root。

格罗夫斯：行啦，萨姆恩，别哭丧着脸，现在去把自己打扮得漂漂亮亮的，我还想赏心悦目一下呢。

萨姆恩·肖：Root……无论如何，我还没有对你说过这句话。我爱——

格罗夫斯：嘘——错误代码警告哦。走吧走吧，下午别像个约会前扭扭捏捏的女孩让我等，千万别迟到。

萨姆恩·肖：好。

2018.10.27 12:48:57 数据来源：诺亚方舟 – 押送车内

– 监控摄像头记录 CAM0

– 内容对象鉴定：格罗夫斯、萨姆恩·肖

– 对象行为鉴定模式开启……

– 数据导入。

格罗夫斯：下午好啊，萨姆恩，真高兴你看起来不错。

萨姆恩·肖：……

格罗夫斯：嘿，萨姆恩，不再多看我两眼吗？我走了以后诺亚方舟里可没有这么好看的脸蛋了。

萨姆恩·肖：……

格罗夫斯：萨——姆——恩——？

萨姆恩·肖：别说话。

– 系统数据丢失。

– 下面为您调取复原数据……

– 复原完成，请继续阅读。

格罗夫斯：哇哦，萨姆恩，看不出来你拆监视系统真有一套，怎么，你真的要带我越狱啦？

萨姆恩·肖：听我说，Root，我拆除了这辆车上的摄像头，所以在这里的对话是不会被系统收录的。我很抱歉。

格罗夫斯：嘿……你让我有点糊涂了，我以为我们上午已经解决这个问题了。

萨姆恩·肖：我很抱歉，我并不是能读懂那本《献给阿尔吉侬的花束》的人。

格罗夫斯：……

萨姆恩·肖：我知道肖这个人的存在，我知道你过去的一切细节，我知道你的所有生活习惯和喜好——但那并不是因为我是当年陪你一起经历那些事的肖。这是一个任务，Root——你无法想象上面的人用了多少精力掌握你的一切——你为数不多的资料，你的被抓的同伙的口供——然后他们把这一切给了我。他们要你消失在世界上，但又不希望你在死后还留下什么隐藏的炸弹——介于你在革命军近十年的工作经历中实在过于突出和优异。

格罗夫斯：哈……还真的是美人计？

萨姆恩·肖：上级要求我按照他们提供的资料扮演"还可能残留着过去记忆"的肖。Root，你了解我们记忆生成的机制，改造人最适合执行这种可能会引起情绪动摇的任务，结束后格盘生成，不留痕迹。按你的话说，这不是小说里狗血的失忆复原的套路，系统从不出错。

格罗夫斯：所以说……系统真的从不出错。

萨姆恩·肖：我确实是当年的萨姆恩·肖——从身体层面上讲。当年肖的最后一次任务失败，直接进入了脑死亡状态，有人把她带回信息区进行了脑部机械化改造。我知道你可能不愿意听，但这就是我的产生经历。

格罗夫斯：你知道自己以前就是肖。

萨姆恩·肖：稳定的统治不建立在虚假上，事实上，每个进行过脑部机械化改造的人都会收到自己出生以前一切能被记录下来的资料——尽管肖的资料相对偏少。机器从不出错，脑部硬件的出厂格式只有一片空白。你会被告知你重生前的一切，你会眼睁睁地看着自己过去的所爱所恨所做，但你的心里只有一片空白，那些鲜血和眼泪……甚至不能引起你的一丝波动。我们不仅被抹去了记忆与思想，我们的思想……被置换了，我们……只是过去的旁观者罢了。

格罗夫斯：……所以，为什么要在这里向我揭露事实呢？就像你说的，我已经告诉过你 machine 在这个世界上最后的形态了。只要你把接收器销毁，啪的一声，所有人都高枕无忧。

萨姆恩·肖：接收器里的录音我听了。

格罗夫斯：萨姆恩，你认真的？我以为你的任务仅限于把它交上去，然后回来继续摆出一张苦情脸欺骗一下我这种深情小女生。

萨姆恩·肖：我听完了，我觉得你不会愿意生命的最后一段时光活在谎言与欺骗里。

格罗夫斯：你觉得你很了解我？

萨姆恩·肖：改造人在执行任务时从不被限制投入真实的情感，一切情感都来自体验所形成的记忆，而记忆才是这个世界最不牢靠的东西。

格罗夫斯：这种感觉真是奇妙，一个改造人装作过去的自己，在清楚地知道自己不是过去的自己的情况下，依然对我产生了过去的感情？

萨姆恩·肖：只要你愿意，你甚至可以把我当作你构想的剧本里那个恢复过去的肖。但我想你大概不愿意。

格罗夫斯：萨姆恩，或许我该谢谢你。至少，你确实是个优秀的执行者，政府真该给你颁发终身成就奖，最具奉献精神员工——萨姆恩·肖。

萨姆恩·肖：你不需要，我就不重复一遍你不想听的话了。

格罗夫斯：看来快乐的时间总是短暂的，说真的……我还是第一次看信息区的样子。跟我想得差不多嘛，精确到无人性的可怕。

萨姆恩·肖：Root……

格罗夫斯：嗯哼？

萨姆恩·肖：现在你面前的这个我告诉你，我不想你死。

[系统警告！大脑中枢处理器行为无法分析！]

[系统警告！错误代码 error4353638332936382 产生！]

[系统警告！请尽快将该数据向监察官 01 报告！]

格罗夫斯：萨姆恩……

萨姆恩·肖：如果你现在提出要求，包括越狱，我立刻带你出去。

[系统警告！大脑中枢处理器行为无法分析！]

[系统警告！错误代码 error4353638332936382 产生！]

[系统警告！请尽快将该数据向监察官 01 报告！]

格罗夫斯：萨姆恩……

萨姆恩·肖：当然……或许不会成功，但如果一定要说，你可以把我当作你的安全之地。

[系统警告！大脑中枢处理器行为无法分析！]

[系统警告！错误代码 error4353638332936382 产生！]

[系统警告！请尽快将该数据向监察官 01 报告！]

格罗夫斯：萨姆恩，我想要一朵玫瑰。

萨姆恩·肖：……

萨姆恩·肖：玫瑰？

格罗夫斯：你说你看不懂《献给阿尔吉侬的花束》，我可伤心透顶啦——那是我最喜欢的一本书，我还为你讲过呢。要补偿我的话，为我找一朵玫瑰吧，这就是我提的要求。

萨姆恩·肖：……

格罗夫斯：虽然我的身体没有进行任何改造，但我能感受到。今天上午你说爱我的时候没出现的系统警告，刚刚出现了。

萨姆恩·肖：你……

格罗夫斯：萨姆恩，或许该说抱歉的人是我。能和疯子并肩的只有疯子，你们的资料里永远不会出现关于肖的第二轴人格障碍吧，她不会说出"爱"这个字的，她用来描述世界的语言里，不知爱为何物。除此之外，疯子做事永远不征求别人的意见。

萨姆恩·肖：Root……

格罗夫斯：再见啦，萨姆恩。

- 动作识别程序启动。
- 识别目标：格罗夫斯
- 识别类型：唇语
- 识别完成。

"肖从来不会问我，她会直接抓着我把车门轰开。"

"再见，肖。"

2018.10.27 2:08:12 监控范围外数据

- 录音文件调取中……
- 调取完成。

"晚上好，肖。"

"相信这个时候，你一定明白这一切都是怎么回事了。"

"虽然你和她一模一样，你们甚至是同一具躯体的共享者，但我永远不会把别人错认为她。在你出现的那一刻，我就明白这是政府为我设下的圈套。其实他们何苦如此费心，反抗军、machine，确实如我所说，再也不会出现了。于是我陪他们把这个游戏玩下去了，耳机前面的录音，虽然是为了糊弄政府让他们安心而录制的，但里面一大部分也是我的真心话，可惜没有机会说给肖听啦。"

"其实想想我最对不起的人应该是你，萨姆恩。我没想到你真的会产生这种近似于肖本人的情感。"

"但我不能回应你，抱歉。"

"这份录音将在我死亡后开启，播放一次后立刻自毁，所以不要担心上面会找你的麻烦。"

"就这样吧,谢谢你,萨姆恩。这七天……我过得很愉快。"

2018.10.27 纸质文档 – 日记本
持有人:萨姆恩·肖

我在档案里已经了解到格罗夫斯有多么聪明,如果说建造系统的人是造神者,那么作为 machine 设计者的格罗夫斯就是尝试弑神之人。格罗夫斯和肖的档案我读过太多遍了,为了扮演好她心心念念的角色,我不用投影就能复述关于那个杀手的一切。萨姆恩·肖,出生年月不详,父母不详,在自然区的孤儿院长大,成年后成为一名雇佣杀手。嗜食,缺少欲望,任务完成后的存款经常汇给其幼年时成长的孤儿院。和格罗夫斯相识于一次失败的任务。死于……2010 年的大轰炸,后被信息区军队带回,更换坏死大脑和器官,作为改造人萨姆恩·肖任职于诺亚方舟。

作为她躯体的延伸品,在这次任务之前我已经知道了她在信息系统里留下的一切资料。这种感觉……很奇妙,你看着那个和你一模一样的人的前半生,甚至知道某种程度上那就是你自己——可你永远也不会把自己看作是那个人。格罗夫斯从来没有相信过我能恢复关于肖的记忆,那个小疯子,把我们两个分得可清楚啦。她一直到死都是游刃有余的 Root,只有我还小心翼翼地把自己套在那个"肖"的壳子里。她对我说的最后两句话,我记得格外清晰,"肖从来不会问我,她会直接抓着我把车门轰开""再见,肖"。从第一天开始,她从来只叫我萨姆恩。

我尽量让自己不去想她是什么时候洞悉一切的,那天在图书馆,她的反应确实过于平淡了。或者说,她从一开始就知道这是个骗局,我相信如果不是最后我的坦诚,她会一直陪我把这出戏演到死亡。她为什么要装作什么都不知道呢?是因为觉得无所谓……还是说,即使只是复制品,她也想重新看看属于她的错误代码?

改造人无论在科技如何发达的时代都是一个充满争议的存在,我们时时刻刻提醒着所有人类一个问题——是什么让我之所以为我。如果在一篇童话故事或者任何一个有机会观看我留下资料的人眼里,最好的结局莫过于我重新想起我的记忆,和格罗夫斯重归于好。然而事实是,即使萨姆恩·肖的记忆在我脑子里来来回回翻滚着,我也不会再成为那个人了。我的大脑是一个冰冷冷的硬盘,所有的记忆由飞速滚动的编码组合构成,包括情感。我无法回答痛是什么,开心是什么,难过是什么,从另一个角度来说,当改造人的记忆能够轻而易举地被改变时,人们最重视的记忆……也就一文不值了吧。我摸着自己的胸口,那里有一颗跳动的人类心脏——她的主人却永远不被承认为人类了。格罗夫斯说人类的本质是错误代码，而我甚至不配成为或拥有一个错误代码——它们会被纠正。

我们就是这样一种存在，没有用以定位"我是谁"的信息，空有一副人类的躯壳，成为这个全信息化时代里畸形又不可或缺的工具。

我曾以为改造人是无比强大的，我们不被那些蒙蔽人类双眼的多余的情绪波动所控，我们用数据分析，接入系统的每一个监控，我们是"神之眼"的代言人——而神永生。直到我遇见了格罗夫斯，我的数据无法分析她的一切，无论是行为还是思想，按照萨姆恩·肖的说法——她是个疯女人。然而我违背了自己的行动规范，仅仅因为……我根本不具有的爱？那一刻我真的做好了为她去死的准备，多可笑，却说不出原因——只有数据，数据，数据，没有腺体和激素和荷尔蒙构成的任何元素。

现在我终于明白了，能杀死我的唯有爱，那个错误代码——error4353638332936382[1]。

这是我终其一生无法逃脱的魔咒。

I LOVE YOU。

DAY 7 END

资料【机械脑与玫瑰花】阅读完毕

是否离开资料调阅界面？

是否——否。

欢迎，您是第一位选择否的查阅者。

开启隐藏文件。

是否查看隐藏视频？

是否——是。

恭喜，您是视频[end]的第 1 位观看者。

2018 年，堪萨斯州旧址。

这是钢铁机械之外的最后一片焦土，曾经的反抗军据点。大量无间歇的轰炸摧毁了这里本就脆弱的生态系统，甚至连土壤都只能松松地粘连在龟裂的大地上。

---

[1] 4353638332936382 是"I love you"在转化成摩斯密码时的对应数字。

无法耕种，不能实施建筑工程，于是繁复的机械电路和网络都远远地避开这一小块土地。萨姆恩曾经在地图上端详过这里，密密麻麻的系统里的一小块空白。

有时候她想，人真是一种奇怪的生物，曾经的自然区只有未开化的荒凉，却依然有那么多人宁愿忍受着饥荒线上下的生存水平，也要驻守在这片土地上。现在这里已经成为寸草不生的地界，却成了很多人集成电路器官里无法消除的错误代码。

她深一脚浅一脚踩过发黑的土地，不去想鞋底碾过多少炸弹下化成灰的身躯。泥土的触感与金属地板不同，她走得小心，选了一处相对平坦的地方，把手里的东西插在地上。

那是一方小小的墓碑。

Root 的处决进行得残酷而隐秘，为了防止任何余留信息遗漏，上面没有采取以往注射死亡的方式，回归了一种近乎原始的血腥。最优秀的战士的子弹穿脑而过，器官的损毁才是不可逆的消亡，处决之后她的尸体被秘密运走，此后的一切程序便与她无关了，她只是诺亚方舟的负责人，庞大的数据流中一个小小的字节。

萨姆恩凝视着面前灰白的方块，漫不经心地猜测等待那个小疯子的结局到底是永久的寒冰还是付之一炬。

Root 自己应该倾向于后者吧，她想。脑海里是苍白而消瘦的脸颊贴着地上扭曲蔓延的鲜红，太阳穴上狰狞的圆形弹孔灼伤了附近的皮肤，像是某种丑陋的胎记——Root 要是知道自己得以这个样子被保存千万年之久供人观瞻，只怕要立刻气活过来。她生前美丽动人，死后也不愿要一副丑恶面孔。

她把怀里的红纸制品拿出来，放在那个小方块前面——改造人的记忆数据里不太擅长使用"墓碑"这个概念。在这个年代，纸都成了奢侈品，限量供应，她每次更新物资资料的时候动用权限更改一点点数据，感受信息的异动在机械脑引起的波动，像是她重生以来平淡无味的人生里小小的甜头——我也是一个有秘密的改造人了，尽管是窃取了不属于我的人生。

攒下来的红纸，她颇为艰难地学着叠成玫瑰的样子。她在接到格罗夫斯的任务的同时领到一箱前自然时代留存的违禁品，以便于伪装出"还保留着记忆碎片的肖"的形象，其中一本书籍里还有这种精巧而浪漫的教程。那个小箱子里是各种各样她不能完全理解但对她来说足够迷人的小玩意，最上面是一本《献给阿尔吉侬的花束》。

精装硬壳，油墨印刷，烫金标题。

改造人只能依据已有的数据形式行事，折纸花束显然不在她擅长的范围之内。但她是守信的人，不管当时 Root 想要花束的话是真心还是一句玩笑，至少萨姆恩把它当成了一个约定——尽管从她有意识开始，这已经是一个没有花束的世界了。

上面没有对她的行为做出任何警告，毕竟有关这次任务的任何一个细节都会在记忆重置中消失殆尽。萨姆恩作为诺亚方舟的负责人，工作从不出错，一个小手工，相当于上面打赏的一点甜头。

纸制品的样子歪歪扭扭，但红得烧人，像是地上突然烧起来的一团火，萨姆恩用手指轻轻整理着已经被抚摸得有些毛糙的折痕，调整了一下它们的位置。

她把肖和 Root 的档案调至自己眼前，两份档案被她偷偷存了副本藏在大脑硬盘里最隐秘的角落，像存了什么不切实际的希望，里面每一行字被反复阅读到滚瓜烂熟。她动动手指把两张照片的投影重在一起，看着自己的脸和小疯子的脸慢慢重合——却依然是与她相对的别人的故事。

或者说那不是她的脸，而是与她相似的脸。

天色伴着风声渐暗，萨姆恩关了眼前的投影，机械脑处理器向她发布了新的任务，今晚十点她要回到诺亚方舟接受任务完成后的常规记忆重置。

七天真长，是时候回去了。

萨姆恩点燃了那朵玫瑰，火舌跳动的光印在她的视觉接受器上，连带着被灼烧边缘的焦色，她着迷地盯着那团燃烧物由热烈到黯淡，没理由地瑟缩一下——像是被灼伤了皮肤。大脑深处跳出来一个确认窗口——

"是否保存此段录像？时长：15 秒。"

"录像已存入文件夹 [Root]。"

一阵风来，带走燃烧后的残余物，连带七天中绮丽而危险的错误代码。萨姆恩捻走面上的一小点灰烬，温度传感带来温凉的热度，她盯着自己很快光洁如初的指间，摩挲指腹，仿佛那里本该有谁耳畔的热度。

或者有谁耳边的一抹红。

她转身走向来时已经被昏黄遮住的路，然后回到冰冷而亮度精确的天光里。

她的玫瑰不见了。

佛罗伦萨的中餐厅

○冯妍

第一章

佛罗伦萨又飘起了细雨。古老的墙壁上爬着三月底微青的苔藓，被雨伤透了筋骨，好像文艺复兴时期人像雕塑的脸上耷拉着的睫毛。那座外墙形如麻将牌的著名大教堂，墙体上绽放了数百年的花朵优雅地吸食着雨水，粉红、浓绿和奶白三色折射出彩虹的光。圣母雕塑赤裸的身体也似乎变得湿润而柔软，正印证了女人是水做的。

与洗礼堂相对的四方形钟楼，修长的身段上攀着繁复而华丽的浮雕，洁白的花岗岩在阴雨天显得格外纯洁和冷艳。顶层浑厚空灵的钟声，仿佛是乔托夙愿的忧郁的回响。百花教堂的背影里流动着淡蓝的天空，与柔和过渡的银灰色的云，伴着偶尔的鸥鸟掠过，倒像是一幅真正优美的油画。

阿诺河上泛着阴冷的波纹，古老的维琪奥桥还没张开它那金银闪烁的门脸，唯有一把把同心锁倒挂在桥沿上熠熠生辉。领主广场上的大卫雕塑依然昂着头颅，将他那雄健的男性体魄示以众人，坚毅的眼神似乎毫不在意自己是复制品，因为来看他的游人总是多数，在室内躲雨的才是懦夫。

在佛罗伦萨这座不大的城市，太多的人只作一日停留。这座活生生的历史艺术博物馆，他们以为在广场和教堂走一走，就算看了全貌。

距离领主广场两个街区，胡同里有家不太起眼的中餐厅，门前只挂着一块小小的木制招牌。"LengCui"，是这家门面不大的餐厅的名字。佛罗伦萨人用蹩脚的发音说，那也是老板娘的名字。有时候，遇到的中国朋友会告诉他们，有一个叫徐志摩的诗人曾给这座城市命名为"翡冷翠"。但他们仍然只知道那是两个难念的音节。

行人的身影从中餐厅的窗前掠过，眼窝深邃得像盛满了透明的雨水，金发红发被清晨的阴云压得忧郁。双肩包和公文包以不同的速度划过眼前。叶冷翠把刚沏好的咖啡端上2号桌,桌边读报纸的中年男人含笑对她点头致意。

门铃清脆地响了。一个学生气的年轻女孩提着袋子飞跨了进来,另一只手拎着伞,向斜后方伸出门外,用力甩了甩。红色的裙边随着身体的动作在风中微微颤动。

"啊,小白,来得这么早。"叶冷翠抬起头,对门口的女孩露出微笑。

"学校没课,"女孩递过手中热腾腾的面包口袋,"叶姐,早餐还没吃吧?"说着又把脸稍稍向前贴近,露出天真而狡黠的笑容,"面包店的老板又叫我问候你呢。"

叶冷翠愣了一下,看着女孩,试图严肃却有些忍俊不禁。"白锦,替我谢谢他的好意,但我们不能总这么麻烦人家。你跟他说,这些钱我会悉数转到他账上。"

白锦闪烁着无辜的大眼睛,像放慢镜头一样收敛起笑容,随即又露出春光灿烂的模样。"好啦,那我先去干活,"把仍在滴水的伞立在墙边,走向厨房,又回过头来,"叶姐,你先去吃东西吧,时间还早呢,这些活儿我来做就行了。"雪白的牙齿伶俐地反着光。乌黑的马尾消失在转角的黑洞。

叶冷翠注视着白锦的身影,嘴唇不经意地松弛下来,沙漏流过眼角时漏了一拍。

她在窗边的空桌旁坐下来,小雨按摩着玻璃窗子的肌理,像奶油一样柔软地往下流,悄悄地冒着青草的香甜味儿。叶冷翠将衬衫的袖子挽上了两寸,从袋子里拿出一根刚出炉的法棍,焦烤的香气扑鼻而来,咬一口,黄金的色泽就定居在牙齿上。她觉得很惬意,这金黄色似乎飞出了窗外,在翠绿的雨中开出一簇簇金盏花,而银灰色的云被风的羽翼碾碎了,洒下来成了婚礼地毯上的钻石粉。

店内提前亮起的日光灯投影在白瓷杯的边沿,咖啡温柔的纹路在灯光下慢悠悠地旋转,像一对跳舞的小熊和洋娃娃。

她习惯了在脑海里遣词造句。

接近十一点半的时候,客人逐渐多了起来。大半是外国人,夹着公文包推开店门,自行选择一个桌位,坐下来翻着素朴而不失雅致的菜单。中餐厅里的桌位大多为两人位,一是店面不大,摆上两张多人桌就占去了将近一半的地方,二是来的客人也以单人或双人为主。佛罗伦萨人渐渐发觉,可以蒸煮炒炖的中餐比干冷的三明治更好吃,而在这座不大的城市,冷翠中餐厅也就成了许多外国人乐意落脚的地方。

叶冷翠已经回到后厨，系上围裙，眼前是白锦一上午打理好的食材。

"叶姐，还没招到人吗？"白锦拿着点好的菜单回到厨房，一边帮着递食材器具，一边小声迟疑地问着。叶冷翠抿了抿嘴唇，头低低地摇。"啊，没事的，下周就是复活节假期，我可以从早到晚过来帮忙，我们俩不是也应付得过来吗？"白锦这么说着，一双大眼睛勾成弯弯的形状，笑盈盈地直盯着叶冷翠，"再说了，咱们做小本生意的，盈利也不容易，这么一来，不还省下雇一个人的钱了吗？"

叶冷翠手中翻炒着油锅，转过头对白锦说道："小白，这段时间确实辛苦你了，回头我都会记在你账上。"

白锦听后眼珠子不禁打转，旋即低下头避开老板的视线，顷刻又用新鲜的笑意望着她："叶姐，我说话直白，但如果不是非得要求中国人的话，我们不至于到现在还这么忙活。我是个打工的，忙一点也无所谓，况且你一直待我这么好，我把你当亲姐姐看，你的忙我都愿意帮。但是，你也得为餐厅长远考虑啊，一直缺人手，万一招待不好客人……毕竟现在，干什么都讲究口碑，你说是吧？"

叶冷翠手中的动作停滞了一秒，语气骤然冷淡："这个你就不要管了，好吗？"墨色的眼睛依然温柔，口罩将小巧的脸遮住了大半张，看不出表情来。

厨房里的烟一点点浓重了起来，像河流侵蚀堆积落叶一样，把雪白的墙面一天天熏黑。雨已经停了，清新的空气粒子却像被关在门外，而门里的人也无法出去，被定格在他们所属的那一层空间，在疲软的温热中一日日腐化。

星期日晚上九点五十分，中餐厅送走了最后一桌客人。那对中年夫妇的身影被拖进浓稠的夜色中，门"嗒"的一声关上，橘黄色的灯光吞并了天边零落的星辰。

叶冷翠在厨房里清理残羹和餐具，忽然听到外面隐约传来音乐声，暗自想着白锦这孩子怎么突然有了情趣，打扫卫生竟搞出了夜宴的气氛。转而又听见女孩的轻笑，浮游在乐曲声中，显得甚是柔美可爱。

她停下手中的活儿，好奇地从厨房门口向厅堂窥望。只见白锦的脸映在窗玻璃上，一手轻掩樱唇，咯咯地笑着。窗外正和她四目相对的是一个长相俊美的黑发男孩，弹着手中的吉他，唱着熟悉的调子。

"When I find myself in times of trouble

Mother Mary comes to me

Speaking words of wisdom, let it be……"

男孩唱得很轻,黑发好像芦苇随着晚风轻摇,只是看不清他的表情。橘色的灯光在白锦静立的背影上旋转闪烁,高梳的马尾格外乖巧恬静,远看像一面合拢起来的墨色瀑布。琴弦不经意地泛着光,瞳孔、灯火、星星月亮,仿佛全都跳了上来。

叶冷翠轻轻走到白锦的身后,聆听男孩的弹唱。她看清男孩的五官轮廓,清晰又不过分锋利,纤长的双眼在路灯下像是发着深蓝色的光。但男孩始终只是注视着白锦,声音平稳,感情似水流。他笑得很温柔。

"let it be, let it be

let it be, let it be

Whisper words of wisdom, let it be……"

那扇玻璃好像被烤化了,她的双眼开始晕眩。她很想在窗边靠一靠。

直到听见白锦的声音,带着惊讶,"啊,叶姐……"她努力睁开眼睛,微笑看着他们,"一直没来得及向你介绍,这是我男朋友,他叫Justin。"女孩笑得很甜。

叶冷翠看向窗外,男孩笑着向她挥了挥手,动了动嘴,她听不清。棕红色的吉他安静地躺在他的胸前。她也对他笑着点了点头。

"There will be an answer……"歌声萦绕在她的脑海中。

天外的星星手挽着手。

第二章

四月中,春光正好,佛罗伦萨迎来了旅游的小旺季。领主广场上,游客的欢声缤纷如花盛开,不时飘入中餐厅的窗口。门前生长的三两棵硕大的柠檬树,层峦叠嶂的树叶儿被春风染成了碧绿色,黄白相间的花瓣好似叶间的耳饰,转眼却扑簌簌地落在门口的小地毯上。野猫用柔软的爪子玩弄着,细长的尾巴微微卷着,喉咙中发出呜呜的撒娇声。檐下的风铃也一改初春时寡言的面孔,摇晃着娉婷的身姿,轻叩出恬美的歌儿来。

初见Justin的那天晚上,白锦说,何不让他来店里帮忙呢? Justin是中意混血,会讲汉语,也会做一些简单的中餐。叶冷翠想着他又会唱歌,晚上客人多的时候能营造气氛,也就同意了。这个看起来家境富贵的男孩,工作起来竟出人意料地认真而热情,且作为店里唯一的男性,这两周来没少帮各种忙,这也让叶冷翠更加感激这个决定。

客人一日日多起来。往往是 Justin 负责点餐和送餐，白锦在厨房里帮叶冷翠的忙。上个月，店里原本的厨师辞去了工作，好在白锦在中餐厅工作这么久，也已经跟着学到了不少做饭的手艺。

不忙的时候，白锦和 Justin 也会偷个小懒，并肩坐在角落的圆桌旁，聊些甜蜜的话题。叶冷翠则不去打扰他们，只是坐在柜台后安静地读着小说，偶尔抬起头看着二人的背影，倒有种看自家孩子的欣慰，也不自觉地笑了。

中餐厅的经营越来越顺畅，看着两个年轻人充满活力的身影，叶冷翠时常在想，就这样过也可短暂地称得上无憾了。她甚至还想养一只猫，可以趴在她的书上、腿上，毛发的花纹兴许像百花教堂的外墙。她想到这里暗自笑了，迷人的想象总是具有自我欺骗性。

一个工作日的清晨，叶冷翠像往常一样坐在柜台后面看书。豆绿色针织衫的针脚太过松散，隐约透出白皙的手臂。不到七点半，还没到营业时间，但她习惯了每日早早过来，相比独居的公寓，她觉得中餐厅的风景更加可爱。

门外传来脚步声，伴随着行李箱的滚轮在路面上摩擦的声音。她依旧低着头，思绪却开始穿插各种舞曲，探戈，伦巴，恰恰。

听见了熟悉的叩门声。嗒，嗒，嗒——三下，温柔而又沉稳的手法。

她抬起头。门外的男人穿着黑色的西装，系着黑白斜纹的领带，中等大小的商务型行李箱。她迎上去开门，长及脚踝的裙摆都笑起来。她为他撑着门，他单手拎着箱子走进去，随意地环顾室内四周的装潢，姿态那么自然，竟像是在自家。

他们没有问好，就这么在靠柜台的桌边坐下。

"你应该提前告诉我的。"叶冷翠声音轻柔地讲道，表情却如四月的阿诺河水一般安静平和，又隐蔽地透露着喜悦。

男人只是笑笑，一如他们往常谈话的情形。他看起来三十五岁上下，相貌五官散发出调和的成熟与锐气，气质明亮。

"最近怎么样？"男人轻描淡写地问候道，"听说店里正缺人手？"

"是，之前的厨师——就是老胡，你认识的——上个月夫妻俩回国去了，好像是家里人的原因。现在厨房里是我和小白在打理。"说着将一绺长发绾到耳后，低垂的眉眼格外媚人，宛如一株美而不自知的含羞草。"但好在我们迎来了一位新成员,"明明没人在听,却下意识地放低音量,注视着男人的眼睛说道,"是小白的男朋友,蛮可爱的男孩。"

"哦! 小白的男朋友 …… 那孩子挺聪明的,看人的眼光不会差。"

她笑笑:"你怎么样,这次来准备待多久?"

"一个月。有好几桩生意要谈,"与他气质不相符的过于细长的手指轻敲着桌面,他平视着坐在对面的女人,"怕之后太忙,所以一下飞机就来找你了。要多做点好吃的招待我啊。"

"哪次招待得不好?"叶冷翠笑笑,转身站起来去倒咖啡。热腾腾的香气追随着半透明的白烟跃出杯沿,直升到天花板。

"对了, 这本书不知你有没有读过,"她拿起柜台上那本扣放着、读到一半的小说,将封面朝男人展示,"一个英国女作家写的,故事很有意思,而且就取材于中餐厅。我在想,如果按照我这里的样子做成插画,应该很不错。"

"我说过的, 你也能写出这样的故事。"男人露出自然的笑容, 语气不带一点儿恭维和胁迫性。"哦, 差点儿忘了, 这次我有东西带给你,"他从公文包的侧面掏出一个薄薄的四方形的盒子,外面只有一层朴素的墨绿色的包装纸,却故作庄重地用双手将其捧上桌面,"我走了再拆。"

"好啊, 那我也等你离开佛罗伦萨再告诉你,"停顿了两秒,将脸慢慢地向前贴近,"我很喜欢它。"红棕色的长发柔软地着陆在桌面,前倾的身体曲线如微曲的发丝,男人闻到她身上粉红色的茉莉香水的味道。

他向后靠在椅背上,用不带一丝挑逗意味的目光注视着面前的女人。"冷翠,你真的很美。"他稳重地说。

门铃忽然响了起来,叶冷翠抬起头,看见白锦一个人站在门口。

"是魏来哥哥呀!"白锦眼神里流露着惊喜,快步走来二人身边,"好久没见着你啦!"问候的语气有种奇异的亲昵。

"小白, 今天上午没有课吗?"叶冷翠佯装镇定地问道,试图掩饰内心被窥视的羞愧与不安。

"哎呀叶姐,你怎么跟我妈一样啰唆啊,我跟魏大哥还没寒暄两句呢,真扫兴。"女孩故意装出不悦的样子,引得二人都笑了,叶冷翠也放松下来。

"你也真是的,冷翠,我跟小白好不容易见个面,你倒先问起课业来了。"魏来假装责怪,语气却很亲切,"小白,这段时间在店里忙前忙后的,辛苦你了。"眼珠向下转了一下，诡谲地笑问，"什么时候把男朋友带来让我见见啊？"

白锦面露惊讶，白皙的脸庞涌上一丝红晕，娇嗔地对叶冷翠笑骂道："姐，你怎么这么大嘴巴，这才几分钟就把我的事儿全抖漏出去了！"转向魏来，又笑得十分灿烂和大气，"魏大哥，你今天晚上说不定就能见到他了。可不许说我的坏话啊。"凑近魏来的脸，故意露出委屈怯懦的眼神，嘴角却一点点弯成骄傲的弧度。

"好啊。我可要看看小伙子对我这个大哥表现如何。"

三人都笑起来。"哦对了，小白，这儿有你的一封信，"叶冷翠起身向柜台，稍稍弯下腰从柜台下面拿出一个素白色的信封，递给白锦，"昨天下午刚寄到的。"

白锦眼睛瞟到了信封上歪曲的笔迹，或许因为心情正好，没有过分在意，当即拆开来读。但看到信上内容的一瞬间，她的眼神却直直地钉在了信纸上，眼睛里的光一点点消逝，眼窝成了干枯的井。四下静谧。过了半晌，她恢复了镇定，动作一如既往利落地收起了信，努力集中着目光，说："叶姐，魏大哥，你们先聊，我去后面收拾了……"

"小白，出什么事了吗？"叶冷翠意识到事态不对，抢先握住了她的手，同时给旁边的魏来一个眼神暗示。魏来心领神会，语气轻松地说道："那么，时间不早了，我也该走了。"起身给二人一个微笑，说道："如果顺利的话，晚上见。"

他说的"顺利"当然是指他自己来佛罗伦萨的工作。可在白锦听来，却有着别样的酸楚。

门关上的那一刻，白锦的手一松，紧攥着的信掉落在咖啡杯一旁。"小白，能跟我说说吗？"女孩的表情一秒秒地松弛，黯淡，最终崩溃，软软地扑在了叶冷翠的肩头。

"他，他……又犯了，又……"喉咙里发出微小却滚烫的声音，伴随着哀伤的呜咽。

次日清晨，叶冷翠照例坐在柜台后读那本英国女作家写中餐厅的小说。但她无法集中精神，总是不安地抬头望向窗外，眼前恍惚地出现女孩提着面包袋子的身影。白锦这时候想必已登上了回国的飞机。她那个偷窃成瘾的父亲，两年前刚被放出来，不但没为家里的拮据分担一丝，前不久再度进了局子。自中学起，白锦就靠勤工俭学勉强维持着这个家，还拿到了全额奖学金，才得以继续学业。这些年她不知过得有多难……想到这些，叶冷翠对这个孩子着实充满了心疼。

"他下次要是敢抢银行,我这辈子就再也不会救他。"她想起小白曾狠狠地说出这句话。那时她父亲刚被放出来半年,又动了偷别人家存折的心思,幸亏白母及时发现,阻拦了下来。"我妈真的很不容易,带着我们姐弟三人,偏偏摊上我爸那么个老鬼……"那时小白刚来佛罗伦萨没几个月,以她家里的情况,就算是拿了全奖也不该出来这么远;但叶冷翠一瞬间就明白了,她是想逃。逃没有错。况且,她就算跑得再远,也许终究逃不掉。有一种叫作宿命的东西……但叶冷翠依然希望她去逃,逃得再远一点。

打那次起,叶冷翠就把这个肯对她说心里话的女孩当成自己的妹妹看待。这个艰难又坚强的女孩子,她打心眼里心疼她,倒来不及分辨这种"心疼"含有几成"喜欢"。

昨天她叫白锦去收拾行李,回国安抚一下情绪崩溃的母亲和弟妹,并主动替她承担了往返的机票。晚上 Justin 照常来店里帮忙,不见白锦的身影很是惊讶,看来她并未跟他说自己家里的事。于是叶冷翠也没有主动说出口,只是告诉他白锦在国内的学校有点事情,但不要紧,几天后就会回来,叫他不用放在心上。

中餐厅又恢复了两人的忙碌情形。好在工作日的客人不太多,Justin 的勤劳程度不比小白差,又是男孩子,好多事情做起来效率更高,于是还可以应付。

偶尔闲下来,Justin 也会唱唱歌,他好像很喜欢摇滚,只是中餐厅的环境不太适合大吵大闹的音乐。叶冷翠问他,会不会唱中文歌。他说,听过一些,现在都算是老歌了。妈妈是中国人,嫁过来的时候带了不少唱片,有崔健、许巍、窦唯,其他人记不得了。

"但是中文歌我唱不好。还是英文和意大利语比较习惯啦。"

星期五的晚上,餐厅做完打烊的准备,叶冷翠看到 Justin 站在门口,背朝着她,望向门外。玻璃上映出他的半张脸,高挺的鼻梁被藏在阴影里,脸上的表情有一种生动的忧郁。那一刻叶冷翠仿佛梦回一种时光,初次见到 Justin 的那天晚上,他也是站在那片玻璃前,只不过换了门里门外的位置。似曾相识的,仿佛还有另一种时光,那才是她想着的……

Justin 忽然转过身来,痴痴地看着她,"叶姐姐,你能不能告诉我,我能为她做些什么呢?"

叶冷翠怔了一下,走了两步靠近他:"小白吗,她都跟你说了?"

男孩点了点头。"昨天她问我,如果她的家庭是个累赘,我会不会帮她一起分担……"

他再一次想起了那通冗长的痛苦的电话——

"我当然愿意,我愿意陪你做任何事情。"

"不,Justin,我不是这个意思,我是说如果我需要很多钱,去照顾这个家,你会不会……"

"我当然会,我可以和你一起打拼,我可以……把你的家庭当成是我的家庭。"

"可是,你一定要坚持做你的乐队吗?你父亲的公司不是规模不小吗,我是说,他既然是你的父亲……"

"接他的班?对不起,亲爱的,我做不到。我根本就不适合从事商业,况且,我和他的关系,早就形同虚设了。"他恨恨地说着,那个抛弃妈妈的人,早就不是他的父亲了。"'家庭'对于我而言,也早就没有意义了,我们两个可以组建新的家庭,我们会有很好的未来,相信我……"

"不是我不相信你!你可以不顾你的家庭,可我不能,我是中国人,我即使再恨我的家庭,他们待我再坏,我也必须照顾这个家。这个累赘是我一出生就带着的,我逃不掉,逃不掉。我需要钱,你知道吗……"话筒里传来断断续续的抽泣声。

Justin 坐在餐厅门口的桌旁,叶冷翠站在他对面的方位,亮着的最后一盏灯照在她的脸上。面前的男孩被黑暗侵蚀着,眼窝里闪着蓝色的泪光。他有一双悲伤的眼睛,流泪的时候最美——她下意识地想到,又立刻自责这思绪的不善良。

"我已经……已经答应和她一起照顾她的家,我甚至自己都没有一个完整的家却要照顾她的家。为什么她还不满足?她想要的就只是钱吗?那我呢?……她明明亲口说喜欢我的音乐,她说过她喜欢我的……"男孩含糊的念白,仿佛将心事剪成破碎的枫叶形状。叶冷翠的心也乱了,恍惚中又回到了过去的时光,可她未曾想要同自己一一对应,她讶异于自己竟已处变不惊了。

她缓缓走到男孩的身边,右手在空中犹豫了许久,才终于温柔地去抚摸他的头发。那独属于年轻男孩的、浓密而乌黑的头发。"她只是经受了一些生活上的打击,才会对你说那样的话……她不是认真的,相信我,不是的。"

"可是……我爱她。我想知道她是否爱我。我不是她,我不能变成她,可是我爱她……"

叶冷翠再一次怔住了,心里体会到一种许久不曾有过的感动。"她也爱你。我知道,真的。你愿意相信我吗?"

男孩迟疑地抬起眼睛望着她,却久久不再有其他动作。叶冷翠走到柜台后面,拿出一张模样复古的黑胶唱片——那是魏来几天前送给她的礼物。她把它放进身后格子里的唱机,唱片缓缓旋转起来,保罗·麦卡特尼的声音缓缓响起——

"And the broken-hearted people

Living in the world agree

There will be an answer, let it be……"

头一次见到Justin的时候,他唱的就是这首歌。这令她又一次陷入了戏剧般的想象。宿命啊,宿命。

"I wake up to the sound of music

Mother Mary comes to me

Speaking words of wisdom, let it be……"

"你知道吗,我其实没有妈妈……"门口的角落传来男孩低声的叹息。

叶冷翠没有听见,她的手机在那一刻响了起来。屏幕上显示的是来自小白的信息——

"叶姐:我明天就回佛罗伦萨了。以后Justin不会来中餐厅工作了,我们分开了。我会尽快找到新的服务员。请不要问,对不起。白锦。"

叶冷翠感到头开始发昏。相比震惊,更多的是难过。她没时间也没机会去揣摩因果,只觉得自己刚刚做了罪恶的骗子,说了最伤人的谎话。

保罗依然不顾一切在唱,"Let it be……"

原来世上还有这么美好的事物,却比我自己更虚伪恶毒啊——这是她悲伤的自我安慰。

第三章

"……我们分开了。我会尽快找到新的服务员。请不要问,对不起……"

白锦坐在登机口旁的长椅上,巨大的落地窗上映出面无表情的侧脸。她关掉了手机。窗外,白色的飞机隐匿在灰暗的天际,等待着起飞、着陆、再起飞,周而复始,像一首平淡无奇的歌曲无限循环。

春天凌晨四点半的北方天空,已经泛着蓝里透白的光亮了,像一颗快要彻底擦亮的水晶球,却看不到光束努力撕破天际的样子,太阳还离得远呢。为什么不努力呢？你有这么大的天空，为什么都不肯努力呢？她想着，想到了自己，关于生活或者爱情。她失去了力气。

这个城市并不是她的家乡 —— 那是个太小的县城，怎么能建得起机场。

离登机还有一个半小时。周围阒无一人，空阔的走廊边上只有自动售卖机亮着灯，好似几只逼人的眼睛。只有她一人的身体吸收着来自冰冷铁皮座椅的全部寒意，她将双臂在胸前交叉抱住，缓缓闭上眼睛。她太疲惫了。于是就这么靠着椅背，身体一点点向后倾，向下滑。思绪渐渐模糊。

熟悉的画面像走马灯似的划过眼前。高考的试题册，燥热的夏日午后，一个人背着书包走过人烟沸腾的路口，红白车灯和着刺耳的鸣笛声在眼前翻滚而过。再往前，再往前是什么呢？十六七岁的校园，同年级的男孩女孩们并肩坐在碧绿的藤萝架下，午后四点半的阳光像蜂蜜流落在他们相握的手上。她想起隔壁班的一个男孩，他长着一张纯粹中国人的脸。

不知何时开始，洗手间里有了偷偷化妆的女生，而她总是装没看见似的走开，她知道自己买不起一支口红。她们买关于文学或时尚的杂志，去看当红偶像的演唱会，在装潢精美的店里试穿最新流行的裙子，约会吃的下午茶是她一个星期的饭钱。

那是她一路旁观着，却不曾真实拥有过的青春。

她有的，只是父亲对自己和母亲没来由的毒打，在学校早早写完并小心收好的作业，弟妹们没日没夜的哭喊，以及冰冷水池里终日浸泡着的碗筷。

不，她还有成绩这唯一能让她翻身的筹码。十三岁那年，她就是靠着出类拔萃的成绩考进了这所市重点中学，还免掉了学费和住宿费。但后来的很多年她都觉得，这个由她自己创造的奇迹不过是自取其辱。

她不是没做过努力。

努力……努力抵抗那个年纪的女孩心里的自卑和虚荣，更何况是她这样出身的女孩。努力用品学兼优来证明自己不比其他人差，不应该被他们嘲笑。可是她做不到。住在学校的宿舍里，她没有一刻不感到惶恐，她惶恐走出这间宿舍的那一天就是她和其他同学人生的分界线。然而他们永远只是为下节体育课的八百米测试而担忧。

她不是没做过努力。她努力了十几年。

努力……努力把功利心、悲观情绪和心里的矛盾小心翼翼地藏起来，努力融入养尊处优的同学之中，假装活得一样轻松，因为她害怕自己的一言一行都会受到排挤。可是她做不到。她看得懂别人的眼神，他们从来都只是忽冷忽热，开着不轻不重的玩笑，叫她明白：她生来做不到。

可是她不怪他们。坏的不是他们，而是她自己 —— 她从出生的那一天起，人生就注定腐坏了。只是她不信罢了，所以她还努力想要往前跑，她总不信一切都是徒劳。拿到大学录取通知书的那一天，她奇怪地没有喜出望外，是否也是一种预感呢？

—— 你跑不远的。

……她醒了。轰隆隆的响声塞满耳畔，伴随着广播的提示音。她发现自己已经在飞机上，身旁的陌生男人正无所顾忌地打鼾。四下尽是疲惫的面孔。拉起小窗的边缘，强烈的光线刺痛了双眼。前面几排的通道处，有空姐推着餐车经过，是送餐时间了。

她并不刻意地回忆刚才的梦中梦，这样倒带式的记忆已经在她梦里演示了无数遍。她也从不曾有过怀旧的心情，她总是相信明天是会比今天好的，所以才能在疲惫不堪的时候不停地奔跑向前。她相信未来。

然而她突然想到了 Justin。她想起他们在电话里的争吵。"你一定要坚持你那愚蠢的音乐梦想吗？……我和你不一样，你可以肆无忌惮地去做你的梦，但我是要脚踏实地地活在现实里的。你可以为我考虑吗？……如果是这样，那我们分开吧……"

她感到鼻酸。眼泪扑簌簌地掉下来。

对不起。我知道我自私，不讲理，没有良心。我不懂爱。可是生活，本来就是最自私的游戏。而我是落败者。我哪有资格谈爱呢？

而那些场景却在她心里一一再现。他的脸，他的手，他的声音和吉他。他身边的自己……她怎么能不想念。可是她再也不敢回头看。

—— Justin，我爱你吗？

叶冷翠没再见到过 Justin，也没再放过那张 *Let it be*。白锦已经回来几天了，却像无事发生，反而精力更加旺盛了。她如先前承诺过的，找了同学 Iris 来代替

Justin 的位置。而关于她和 Justin 的事，叶冷翠则不敢过问。

晚上八点半。叶冷翠将几个打包好的饭盒放进一个塑料袋中，拿给白锦。"小白，把晚饭给魏来先生送到酒店去好吗？"叶冷翠对白锦说，"他今天太忙，我已经把饭做好了。店里客人不多，辛苦你跑一趟了。"白锦点头答应。

天色已晚，白锦走在街灯下，总感觉有人在背后跟着她。星期日的晚上，路上的行人特别稀疏，她心里不安地跳动着，偶尔回头看也没发现人影。然而，似乎有一阵熟悉的香味从身后某个方位飘来。但她忆不起是哪个记忆片段里的气味芯片。晚风带着细密的凉意，微微吹起她的衣角和不小心散落的几缕头发，耳边凉丝丝的，脑袋被风吹得隐隐发痛。她加快了脚步。

从中餐厅到魏来所在的酒店大约二十分钟路程，她走进那栋宾馆大楼，上下打量着。楼层很高，内部装潢显露出一种低调的奢侈，她半扬着头盯着看了半晌，然后低下眼帘。前台后面站着穿红黑色制服的年轻女人，金色的头发高高盘起，深深的眼窝，冲她露出微笑。她带着怯意点了点头，快步走进电梯，按下了魏来所在楼层的数字。

门关上的刹那，酒店旋转门外似乎有一个熟悉的身影掠过。她不禁屏住了呼吸。

"叮"的一声，门开了。她左手提着装有餐盒的袋子，右手紧握着手机，快步向目标房号走去。双脚停在门前，小心翼翼地环顾四周，咚，咚，咚——力道轻柔却节奏急促地叩门。

咚，咚，咚。

门里面传来走路的声音。她的心跟着跳起来。

门开了，她看见男人熟悉的脸。

魏来对她露出笑容，"小白，是你啊，"把门开得大了些，大半个身子站在门外，"是冷翠叫你来的吧？"

白锦点了点头，举起右手的餐盒袋子，"魏来哥哥，你的晚餐。趁热吃吧。我……"下意识地朝身后望了望，依旧心神不宁，不知说什么好。

"怎么了，你在看什么？"魏来觉察到了女孩的不对劲，把房门彻底打开，"要不要进来歇一下？"白锦脸上露出迟疑的神色，她明知自己不该进一个成年男人的房间。魏来也意识到自己说的话有些不合时宜，然而这时，他的手机响了。

他打开手机屏幕，看见一条来自未知号码的短信："你不可以让她进去。"是中文信息。谁知道他的号码,还观察着他的动向呢?他不禁感到脊背发寒,思索了几秒后开口说道:"小白,不如你先回去吧,趁着天还没完全黑。"看到女孩脸上依然挂着恐慌的表情,于是补充道:"没事,路上害怕就给冷翠打电话,叫她陪你聊天。"

　　白锦似乎也看出魏来的慌乱。她犹豫了一会儿,想着待下去也不是办法,于是道了再见,疾步走向电梯并按了下行键。这一路上倒是没再感觉到奇怪的身影或声响。而电梯门关上的刹那,在她身后,一个袅袅娜娜的身影正朝魏来的房间靠近。

　　客人逐渐散去,叶冷翠正独自收拾着桌面。Iris 刚刚下班离开,白锦却还没回来。按道理她早该回来了——叶冷翠开始担心。

　　此时电话响了。话筒里传来白锦的声音。"叶姐,我感到有点累,就直接回住处休息了。店里你一个人能忙得过来吗?"

　　叶冷翠听出她的语气有些异常,却并不知她是因为害怕,才选择直接走大路回去的。

　　"好啊,时候也不早了,你最近也很累了,就好好休息吧,店里交给我。"

　　挂上电话的那一秒,叶冷翠不住地叹了口气。疲惫,这种感受,她和白锦都体验得太多了。白锦来店里工作快两年了,叶冷翠时常觉得,她俩相依为靠,互相搀扶,却又时而感到白锦的心里有道防线,她进不去,也摸不清。

　　然而这种孑然一身的疲惫和孤独,哪一天是个头呢?

　　叶冷翠手握着电话听筒发呆。墙上的挂钟已指向九点五十分。滴答,滴答,她的心脏也不知不觉跟着这个节奏跳动了。再过十分钟,不知道还会不会有布谷鸟钻出来,绕着半圆的轨道一边报时一边唱歌。这个钟表买来已经五年了,经常出现故障,她已经习惯了。

　　她抬起头看向门口的方向——落地窗外站立着一个熟悉的身影。微曲的黑发之下,一双幽蓝色的眼睛正定定地看向她。他穿的一袭黑衣使她觉得压抑,但凝视他的眼睛,又让她内心感到一阵悲伤的安宁。

　　"这一夜,不如用来悲伤吧。"她心里想起这句话。可惜太久远了。

　　她将指尖轻轻地贴在窗玻璃上,Justin 也缓缓伸出手,隔着窗子同她触碰。玻璃被按下许多枚指纹,两只手相触的地方似乎有种凹陷的幻觉。他的手大她一圈。她注视着他的眼睛,他眼里的泪光清晰可见,透过窗子在两人之间连成了河。他雪白的皮肤覆盖着的颧骨显出成熟男性的棱角,高挺的鼻梁折射着屋檐下银白色的灯光。嘴唇微微翕动，鲜艳地泛着血色。而他的眼睛，却显出孩童般的天真，却又疯狂地向外溢着忧郁和悲伤。

他们就这样隔着玻璃对望，不说话。室内外都静得出奇，好像末日前的恬美安眠。

她率先把手移开了。他推开门进来。他们坐在和上次同样的位置，不说话。

墙上的电视还开着，上演着绿色的世界杯。此刻电视的声音突然显得异常突兀而洪亮。他们并肩坐着，抬头看，视线没有对焦，隔着屏幕看草场上奔跑的人们，好像在看另一片天空的星星。

"你看世界杯吗？"Justin先开口了，他的嗓音发哑，仿佛水里随波流淌的磁石。

她怔了一下，语气平淡地说："以前会看，但后来经常是一个人了。"她省略了后半句没有说，其实，说不说都是一样的。好多事情没必要注解的。

"我也好久没看了。"他把身子向后仰靠在椅背上，右手臂随意地搭在桌上，修长的手指无意识地敲击着桌面。他棱角分明的下巴微微上扬，叫人看不清他嘴唇的形状，却被灯光映衬得越发鲜红，隐约像一朵含苞的玫瑰。

"喝酒吗？"她问。他迟疑了一会儿，轻轻点了点头。她开了瓶红酒，倒进玻璃杯。

—— 一直跑来跑去，是不是不会累啊？就像我和她如果每一天都玩在一起，就永远不会分开，对不对？

—— 我已经整整一周没见过她了。每一条消息她都没有回复我。电话没有接。

—— 我真的很想她……

他的声音被球赛的欢呼声冲散了。窗外的夜空中，月亮被云影遮蔽了。

叶冷翠看着Justin，就像看从前某个时刻的自己。她几乎又要想起很多事。她感到胸口发闷，于是将门半开着，冷风吹进来。喝过酒产生的灼热感却依旧没有消减，啄食着她的心脏。

"她还会爱我吗？她还会回来吗……他已经快破产了，我没有公司可以接管了，我也想给她想要的一切啊……"她已经听不大清他说的话了。她起身走到柜台后面，从下面的角落里变魔术似的抱出一把吉他，她说："我给你弹首歌吧。"

熟悉的前奏响起，男孩湿润的眼睛盯着她手中的琴弦，她笑了："你不知道我还会弹琴吧。"

"Let it be, let it be…

There will be an answer, let it be…"

餐厅似乎变成了酒吧。她突然无端地想起了《阿甘正传》里的詹妮,于是身上感到一阵燥热,脸上泛起潮红。"活着,不就是顺其自然吗?"她想着。又有些犹疑和不甘。

他跟着哼唱,两个人的和声在寂静的夜里宛若一朵紫色百合。花瓣越张越大,露出花蕊,散发出温暖的清甜气息,内核却很苦涩。"这一晚,不如用来悲伤吧。"她又想起这句话。可惜她和吉他有关的时光,就像这句话一样,一样太久远了。

"我和她,好像从来不能像我和你这样,安静地待在一起,不说话。"他突然说道,她手里刚好弹到间奏,却戛然而止。

他的瞳孔缓缓放大,眼神迷离地望着她,一点点向她靠近。他的头微微倾斜着,手指醉醺醺地伸向她裸露着的肩胛。她怀里抱着的吉他开始滑落,感到凉飕飕的风从门缝里吹进来,贯彻她的脑和全身。她惊恐地站起身。他的手停滞在半空中,眼神里却是无动于衷的混沌。

他们都没有看见,此刻有一个女人正站在窗外。

魏来坐在酒店的床边,心情像经历余震般久久不能平息。

刚才,黄嘉玲就是坐在这个位置,对他质问了许多话,现在想起来还让他脊背发寒。

"你为什么要让她进你的房间?"

"你的妻子呢,她在家吗,知道你正在做什么吗?"

"最近生意做得好吗,赚那么多钱都上哪儿去了?"

她说了很多,他根本插不上话。这个女人,虽然自上次合作结束后已久未谋面,但她依旧那么咄咄逼人。虽然他知道她说的很多都是空穴来风,但他依然感到心痛。尤其是她的最后一句话——

"我最瞧不起的,就是抛弃家人的人了。"

比窗外透进来的冷风还叫人心寒。

第四章

她站在夜深人静的路口,红灯从对面耀眼地传来扑朔的光。四月底的晚风像开玩笑似的,时而温柔,时而肆虐,舔着她微微飘起的头发,带着一丝她不喜欢的狎熟。她向来不喜欢春天，这是跟小孩子一般嬉戏打闹的季节，不像夏天的炽烈，秋天的萧瑟，冬天的冷酷。她告别这种天真已经很久了。

酒红色的裙子包裹着她婀娜的身段，上身披着一件针织的薄外套，把原先裸露着的手臂遮得只剩下乳白色的影儿。只有小腿依旧不堪于暴露，在风中轻微地寒战。天色那么暗了，但仍能隐约捉到云层的轮廓，只是辨认不出蓝与白。

此刻已是十点过半。自从离开魏来住的宾馆，她已经在这一带，沿着弯弯曲曲的巷道走了不下四十分钟。现在她正走在阿诺河边上，对面的建筑闪烁着参差不齐却又排列有致的光点，直落在水面上，宛如一朵朵苏醒了的夜莲花。这使她想到印度和泰国那一带的水上市集——她对于商业总是很敏感。

路上的人已经很少了。遇见的几个还像是游客模样，挂着相机好奇而满足地四处寻望。她也曾有过这样的面孔——可那已经很久远了，现在的她已经完全不把这里看得像异国了。按道理说，像她这样年轻而漂亮的女人，在夜晚独自闲逛是再危险不过的事情了。可是她早就习惯了只有一个人的情形，与其说她懂得了自我保护的方法，不如说她已不在乎所谓危险和安全了。

她来佛罗伦萨已经十三年了——十三年，她目前人生的整整一半时间。她会说流利的英语和意大利语，她认识许多佛罗伦萨人，她有体面的工作、可观的积蓄和自己的双层公寓。她一直以为这些属于一个叫黄嘉玲的中国女人。可是在这里，她只能是 Jasmine。

"你不可以让她进去。"九点十分，黄嘉玲按下了短信发送键。她躲在酒店走廊的隔间的凹陷处，从斜对面大约十米远的位置，暗中注视着房间门口的魏来和那个叫白锦的女孩。她看不见白锦的表情，只听见她说的"可以让我进你房间吗"，语气犹疑而又带着年轻女孩特有的楚楚动人的韵味。魏来的表情闪过一丝惊奇，他似乎尴尬地思索犹豫着，低下头，眼睛对着脚下安稳如尘土的厚地毯。那两个人之间的距离只有不到半米。她看见女孩缓慢地把脸凑过去。

她飞快地编辑了短信。下一秒，魏来的脸上露出惊异而慌乱的神情。

她目送着白锦步履紧张地跑进电梯，听见电梯向下移动的声响。魏来的脸藏在半开着的门后面，向外四处张望，她直挺挺地从隔间里走了出来，地毯消解了高跟鞋踏在地上的声音。她径直向他走去，他看见了她，一脸惊诧的样子。她猜想自己那会儿的表情或许有点可怕，因为他眼睛里轻微流露出少见的恐惧。

她走到他面前,直勾勾地看着他,一秒,两秒,三秒。然后不经意地笑了一下。她回想着,那应该叫作,微微冷笑。

她直接走进了他的房间,鞋跟跨过了那一道门便瞬间发出嗒嗒的声响,室内的木制地板不染纤尘。她看到他的床很整洁。

她脑袋里反复播放着刚刚同魏来说过的话。是什么样的冲动迫使自己做出如此举动呢?这念头一直待在她心里,除不掉,也想不开。她感觉到很累了,不仅身体累,还有那种无法摆脱的思绪和记忆带来的,大脑和心脏所告别不了的疲倦。或许想开了就不累了,但她不喜欢想事情。那些形而上的东西终归没有意义。

经过的建筑里偶尔传来高呼声,想必是开心的人们在看世界杯的比赛。她决定回家了,已接近十一点。此刻右手边的这条路是通往公寓最近的路,她走进这条巷子,走了一段忽然发现左前方的一家店昏暗地亮着灯。彻夜不寐的银白色路灯透过树梢,照着屋檐下熟悉的招牌。她用冷淡的眼光透视着屋内的情形,却在看到落地窗前两个紧靠着的人影的那一刻,目光倏地收紧。惊奇,紧张,恐惧,茫然。她感受到一阵强烈的不适感涌上身体,同时又有因偷窥而产生的不安,于是迅速撤回两步躲在了树后面。

屋里面,橘色的灯光无声地打在叶冷翠和 Justin 的脸上手上,Justin 的手停在半空中,上半身却缓缓向叶冷翠靠近;叶冷翠怀抱着一把吉他,头侧对着窗户,看不到她的表情。背景是高悬着的小屏电视,还在转播世界杯的比赛。

这扇窗仿佛隔开了两个世界。里面是梦幻的,静止的;外面是冷漠的,变幻的。黄嘉玲感到一阵晕眩,站立不稳。她想把高跟鞋脱下来,赤脚走回家。

但是春夜的地面太凉了。

银白色的星星洒落在水面上,好像碎了一池的宝石。

叶冷翠醒来的时候天已经亮了。茶绿色的丝绒窗帘已经被人拉上,外面透进来一片天光。屋内的灯也已被人熄灭了。而自己身上披着黑色的夹克外套。

她的身边没有人影。Justin 已经走了。

叶冷翠站起身,拉开窗帘,走到门外,发现门前挂上了"今日暂停营业"的招牌。她犹豫了一下,终究没有取下,转身回到屋内,两手交叉放在额前,支着头继续休息。昨夜好像一场梦……

墙上的布谷鸟挂钟已经指向七点半。

她发现手机的呼吸灯闪烁着。于是划开屏幕,看到一个许久不曾联系的名字。

"今天有空吗?我们见一面吧,有事找你聊。"发送时间显示是今日凌晨两点。

她正感到疑虑,思忖着要怎么回复,窗外闪过一个似曾熟悉的身影。

黄嘉玲隔着窗冲她会心一笑,瞥了一眼"暂停营业"的招牌,便推开门,身子半倚在墙边望着叶冷翠说:"啊,真被我撞上了。好久不见。"

黄嘉玲和叶冷翠对坐在桌旁。叶冷翠煮了意式咖啡,分别放在两人的手旁,然而黄嘉玲碰也没碰,一夜未眠的她此刻却显得格外精神焕发,连眼神都几乎不曾下垂。反倒是对面的叶冷翠疲容满面,心里琢磨不透黄嘉玲来此地的目的,这更让她感到无比焦灼。

黄嘉玲省去了寒暄。"那个叫 Justin 的男孩,是不是在你这儿工作?"

叶冷翠内心自然地感到被人窥视的不安。她装作镇定的样子。"Justin?他跟你有什么关系吗?"

"我们……应该算是老交情了。"

叶冷翠顿了两秒,回答道:"他曾经在我这儿工作,"抬起头眼睛直看着黄嘉玲,"你想要问什么?"

黄嘉玲轻笑一声,"他昨天晚上……很晚才回家。你不要误会啊,我跟他家住得很近,认识很多年了。他那么晚才回来,跟你这个老板娘有什么关系吗?你应该懂我意思吧。"

"我说过了,他曾经在我这儿工作,但现在已经不干了。我不明白你想说什么。"

"别装了。我都看见了。快三十的人了,我都替你丢人。"

叶冷翠的脸色一下子白了。"他来找我,我们只是谈谈心,并没有做什么。"

"我不管你们做了什么。我来只是想跟你说,别给他灌输你那一套理想家的理论,他喜欢玩音乐,我拦不了,可我也不想看着他以后这辈子……"眼睛看向四周,语气仍是冷冷的,"就开个酒吧。跟你一样。"

叶冷翠感到被人刺穿了伤口,难堪与痛苦堵塞着她的胸口,说不出话来。"你跟他到底是什么关系?你跟我,又是……"你跟我又是什么交情,凭什么这样无情无礼地对我指手画脚。

"我说了,是邻居,再多一层算是朋友。至于我跟你,我们不算是朋友吧。"

"好了。你说完了吗？我想你可以走了。"

黄嘉玲冷笑着，脸上露出释然的表情。"我还有一句。那个叫白锦的女孩，她和 Justin 之间的事，你最好不要管。"

叶冷翠其实很想说一句"那我的事情你最好也不要管"。可是面前的这个女人将她压迫得快要窒息，一种恼怒混合心痛的感觉在身体里像要溢出来。她只是又问了一遍："说完了吗？"语气不像问话，也缺少命令的威严。仿佛只是为了填充尴尬的冷淡的敷衍。

黄嘉玲站了起来，居高临下地看着她，脸上挂着轻佻的笑。"希望我们不会再见面。"语气却出奇地郑重。她转身出了门，没有再回头，叶冷翠怔怔地注视着她鹅黄色的裙子在门前通过，使她联想到那种能让大地变换颜色的女巫的魔法扫帚。是那种喝了药水长得年轻又漂亮的女巫。

杯里的咖啡还存留着温热的气息。不再有热气化作白烟往上冒，屋里的气氛冷静而无聊。窗外的天空呈现出面无表情的鱼肚白，树叶一动不动。叶冷翠很想再把双肘架在桌上，让疲惫的头颅得以休息，却被奇异的沉重压制着身体的每个角落，动弹不得。

隔日下午两点，白锦下班后回到学校，上课前收到了黄嘉玲的短信。"小白妹妹，放学后有时间吗？一起吃顿饭，我们俩好久没见了。"

白锦想到自己晚上刚好没事，Iris 去替她的班。虽然觉得黄嘉玲找自己的意图跟 Justin 有关，免不了尴尬，但基于对黄嘉玲的印象和交情，她还是同意了。跟 Justin 开始交往后不久，她就经由他认识了黄嘉玲。她只知道他们是邻居，又是相识多年的老朋友，关系如亲姐弟一般；又因为同是中国人，自然而然地拉近了同她的距离。还有一层原因——黄嘉玲一个人在异乡，资产却相当丰厚，听说她生意做得风生水起，白锦虽不了解实情，却抑制不住地暗自多了一份仰慕之情。

白锦知道她的英文名叫 Jasmine；但她从第一次见面就让她称呼自己为"嘉玲"。

地点约在离学校不远的西餐厅，离白锦在校外租住的公寓也仅隔两个街区。她赶到的时候，黄嘉玲已经坐下等候了。那是一张心形的二人桌，圆滑的边缘，漆红色的桌面，桌子中间摆了一支蜡烛。白锦在对面坐下，隐隐觉得两个女人坐在这儿有些别扭，可环顾四周似乎都是这样的布置。

黄嘉玲抬起头看见她，露出开心的微笑。她把菜单径直推到白锦面前，白锦迅捷地点了一份西冷牛排，五分熟。她们一边吃着，一边有一搭没一搭地谈着——自然是黄嘉玲主导着谈话——从"好久不见"聊到最近的课业，工作，生活，未来的打算。可就是避开了关于 Justin 的话题。白锦开始感到不安。

"甜点会发胖的，我们不如去旁边的酒吧坐会儿吧。"黄嘉玲带着期待的目光望向她。她的脸在餐厅的灯光下显得格外美艳，精致的妆容跟白皙的脸庞仿佛融为了一体，白锦竟看得有些入迷。

"啊，不用了，我酒量不好。一会儿还得走回家呢。"

"一点鸡尾酒不会醉的，"黄嘉玲却夺过了她的话语，"我会叫他们调得很淡的。再说了，一会儿有我陪你回去呢。"语气无限妩媚，几乎到了骇人的程度，却让白锦无法拒绝。

她们并肩坐在吧台一旁，黄嘉玲要了一杯玛格丽特，白锦点了莫吉托。白锦深知自己是一杯倒的体质，因而不敢多喝，对面的黄嘉玲却一副无所畏惧的神色，使她感到很不自在。奇异的是，黄嘉玲似乎比刚才更清醒了，继续谈论着关于白锦交换期结束后的规划，还承诺如果她想留在佛罗伦萨，可以帮她找合适的工作岗位。白锦却感觉头脑愈发昏沉，透明液体中悬浮着的青柠在眼中晕开，成为含糊不清的青色睡莲，扩散成旋转的陀螺，清新的梦魇。酒吧的背景管弦乐在耳中嗡鸣。

"听说，你跟 Justin 分手了，是吗？"左手边传来语气极尽轻描淡写的话，倏地将她叫醒。白锦的身体颤抖了一下，低着头不敢看她，而黄嘉玲却仍然露着清醒的微笑，似乎想要把她剖开一探究竟。

白锦眼神飘忽，不敢直视她的眼睛。她极力让自己清醒，喃喃地说："嗯，嘉玲姐也听说了……"

黄嘉玲笑了。"没事，过去就不必说了，"她把自己身上的外套脱下，披在女孩肩上，语气温柔地说，"你累了，我送你回家吧。"细白的手臂整条地裸露着，线条充满风韵。柔媚的脸庞被笼罩在阴影里，却笑靥如花。

一朵巨大的食人花。

白锦平躺在床上，双眼松散地闭着。屋里没开灯，细长形状的窗户半开着，一阵阵吹来夜晚的清新空气，夹杂着柠檬和薄荷草的味道，也可能是残存的莫吉托的味道。

她慢慢清醒了。白色的被单搭在小腹上。身上仍穿着晚餐时的衣服，却不记得鞋子是什么时候脱掉的。房间里异常安静，视线渐渐习惯了黑暗，甚至能清晰地捕捉到空气中粉尘的形状，窗外对面的住户还零星地亮着灯，光反在她屋内的墙壁上，一动不动的样子像雕刻出的星星。

她听见房间外面好像有人的动静。这是她独自租住的公寓，只有不到二十平方米，卧室外是一间小客厅，客厅旁是厨房。声音更加明显了。是谁？她回想刚才发生的事情，她是怎么回到家的，现在是几点了？头脑却有些沉重，她翻过身去摸手机，屏幕上显示的时间是十一点半——这么晚了。她不由得打了个寒战。

她听见了脚步声，由远及近，向她的房间踱来。门轻轻地开了。室外的光线一下子射进来，照得她睁不开眼。黄嘉玲站在门口微笑地看着她，手中端着一个白色的托盘。

"你醒了？都是我不好，不该硬叫你喝酒的，"说着便身姿婀娜地走到她的床前，在边缘处坐下，侧身回头面向白锦，"我看你厨房里有新鲜的草莓，就洗了来给你，吃点解酒。"白锦此时已由侧卧转为倚靠在床头，她迟疑地接过黄嘉玲手中的托盘，只看见鲜红色的草莓格外诱人，沾着的白糖在夜色里就像钻石的粉末。她突然疑惑自己何时学会了这样异常的比喻。

晚上是喝了些酒，醉了后嘉玲姐送我回了家。她回忆起晚餐后的一切，于是露出了释然的笑容，但心里头仿佛还有某种疑虑，使她无法真正放松。

白锦向床的内侧挪了挪，示意黄嘉玲跟她一起躺上来。她们把枕头垫在颈后，隔开了僵硬的床板。两个人静默无言，令人有些忌惮，白锦叉草莓的动作愈发小心翼翼。

"小白，其实有件事没跟你说。那天，我看到你和魏来，在他的酒店。"黄嘉玲幽幽地说，并没有看向白锦，而是眼神直勾勾地对着正前方的墙面。

白锦吓了一跳，手中的叉子差点没握住。

"你不要紧张，也不用回答，你就听我说完，听我说就好。"黄嘉玲依然直直地看着正前方，语速更加慢了，"我看到他要你进他的房间，那一瞬间我就……心里很着急，不知道为什么。我给他发了短信，叫他让你离开。看着你走了，我这才放下心来。我恨魏来。我不敢想他心里面打的是什么主意，后面会发生什么……"

白锦心里不住地颤抖。那天晚上，她确实差一点就迈进了他的卧室。如果是这样，她会上他的床吗？她知道魏来有很多钱。她缺钱……她不敢想。

"我和魏来早就认识了。我们曾经是甲方乙方的关系。按说我和他有相似的地方，可我不喜欢他。他叫我想起我恨死了的人。他重利的理由并不纯粹。而我，仅仅是为了自卫。我什么都没有，不能够再没有钱了……所以，我根本不怪你和Justin分手，一点儿都不。我们这种人啊，不配拥有爱情。爱情对我们而言太奢侈了。只有看得见的利益才是正道。你说，是吗？"

她这时转过头看着白锦，白锦像刚受过刺激一样缩成一团，眼睛空洞洞的，黄嘉玲不由得心头一紧。"对不起，"她有些慌了，"我不是故意想让你痛苦的，我只是……"

只是什么呢？说这些她从未对别人说过的话，没什么意义的话。

"我只是想……我觉得你，让我……"

她对这个女孩的感情，是自身的代入感吗，是怜爱吗，是……爱吗？

"……让我抱抱你，好吗？"

她们相对而卧。空气如同静止，恬美得令人窒息。

黄嘉玲用手臂环抱着白锦的颈部，白锦将头安静地搁在她的臂弯里。她们的膝盖隔着零点零一厘米的距离。白锦将手臂放在身前的腹部，感受到暖流淌过身体，头脑又开始发热。黄嘉玲的长发零星地散落在她脸颊上，散发着熟悉的玫瑰香味。她并不去拨开，反而觉得那痒痒的滋味有一丝温暖。

她又一次回想起自己的身世。那些极力攀爬的，努力伪装的，拼命争取的，疯狂躲藏的……那些痛苦，迷失，无助，孤独……那一切的一切，在今夜，在这个女人的怀里，都无须藏匿了，也不怕被想起了。她只感觉到安心，一种堕落的暖意带来的安心。

黄嘉玲此刻也想着心事。可她却依旧痛苦，她没想到卸下防备反而使深渊更深。她恨魏来，他每一次都让她想起自己的生父——那个为了赚钱抛妻弃子，却每日在灯红酒绿、声色犬马之中消耗糜烂的私生活的男人。魏来的妻儿，白锦怕是听都没有听说过吧。他只知道跟那个叫叶冷翠的女人调情，可是无论如何，她都不能让他再把白锦玷污了。

叶冷翠同样令她厌恶。不仅因为她同魏来的关系，还在于她那套该死的理想主义作风。那个女人总是喜欢读一些莫名其妙的书，整天幻想一些不可能的事，然而到头来还是被监禁在一家小中餐厅里，收入寥寥，一事无成。她和黄嘉玲是完全不一样的个性,这一点差异几乎灌满了餐厅的整个氛围,于是黄嘉玲后来就再也没有去过。

她不知道白锦这一年多跟着叶冷翠,都学到了什么。她一直以为白锦跟自己是类似的人。而此刻她以为的同类,正枕在自己的臂弯里,双眼紧闭,不知是否已坠入梦乡。长长的睫毛覆盖在眼睑上,有一种小动物般的可爱的温柔。

她对白锦,到底算是什么样的感情呢?

从认识她的那一天起,这个女孩身上的某种特质就让她感觉亲切。然而她是 Justin 的女朋友,Justin 对自己又像是亲弟弟一样。她哪里多想过什么呢?

可是却看不得她被欺负。想以自己的价值观保护她。在她与 Justin 提出分手后,甚至没有站在 Justin 的角度去责怪她、怨恨她。

是自身的代入感吗,是怜爱吗,是……爱吗?

第五章

星期五的晚上,叶冷翠给中餐厅的大门上了锁,放下了铁帘。这一次,是真正的"暂停营业",何时再开张,是否还会开张,她也不知道。

要不要就此转租呢?她也没想好。毕竟,如果真的彻底放弃这块事业,她又能做什么呢?写书吗?她也知道这太不现实了。

两周前的一个晚上,黄嘉玲突然神色紧张地来到店里,不由分说地叫走了白锦。那是一个暴雨交加的夜晚,天空布满了黑压压的云,雷声阵阵,雨点噼里啪啦地打在窗上、地面上,宛如末日的前奏。她们出去了很久,很晚才回来。店里早已经打烊了,叶冷翠在店里等候着,只见二人浑身几乎湿透,黄嘉玲的头发湿答答地披散在肩上,白锦却双眼呆滞,面无表情,脸上雨水流过的沟壑格外多。

她给二人端上了滚热的红茶,那二人却噤口不言。尤其是白锦,一直呆坐在椅子上,雨水顺着头发不停地向下淌。叶冷翠拿来温热的毛巾替她擦拭,却怎么也擦不干。

她这才发现那原来是眼泪。顺着眼窝不停地往下流。

黄嘉玲示意她走到一旁,悄悄地对她说,Justin 失踪了。今天傍晚有人在阿诺河边看到长得很像他的人,警察都去了,却没有找到。

叶冷翠的表情凝固在脸上。外面暴雨依旧,却听不见一丝声响,好像雨不曾下,不曾停，人也不曾醒。

　　白锦接连请了好几天的假。Iris 也因为课业忙碌，很难做到每天工作。中餐厅不得不暂时歇业，而叶冷翠也开始考虑转让的事情，这一段时间店里一直很不安宁，她确实想要放弃了。

　　魏来说，她可以关掉中餐厅，专职写作。这些年她也有了一定的积蓄，更何况，写作才是她真正擅长的事情。"还有喜爱。"她在心里默默补充道。

　　上锁的那一刻，她又想起了这个念头。或许这就是命运了，她想。她不是不敢冒险的人。她为自己的想法感到些许快活，虽然快乐总是转瞬即逝的。

　　她没有再见到过白锦。还有黄嘉玲。

　　还有 Justin。

　　每每想起这些，她都觉得像一场梦。对人的记忆总是这样，越熟悉，越深入，告别时反而越不真实。这一次她不敢在夜晚将他们梦回，不敢刻意悲伤。

　　她祈祷时间能走得匆忙。

　　五月中旬的天气像冒了火，急着变换到夏季，几乎要比真正的夏天还热。魏来说他后天就回国了，这两天闲下来了，不如一起随处走走吧。她应允了。

　　"去乌菲兹吧。"她说。我真的很想去看看那些画。

　　"好啊，我也很久没进去了。"他说。我真的很想再看看你，跟你说些话。

　　星期六的游人比工作日多。他们跟着人群，走在乌菲兹美术馆的凉廊里。魏来难得穿得很休闲，叶冷翠则换上了薄纱材质的齐肩米色长裙，微微露出锁骨。她随意地戴了顶太阳帽。"先去看波提切利吧。"她语气温柔，却像下命令一般。

　　他们并肩站在波提切利的巨幅油画《春》面前。"很多人更愿意看隔壁展厅的《维纳斯的诞生》，外面的纪念品商店也几乎只做'维纳斯'的小物件。可是我更喜欢《春》。"叶冷翠专注地凝视着面前的画作，一字一顿地说道。

　　"这幅太复杂了，纪念品不好做，才选了隔壁那幅的。"他半开玩笑地回应。

　　叶冷翠并没有理会他说的话。"你仔细看这幅画，画中的每个人都太忧郁了。无论是寓意春天的盛放，还是自由主义的象征，都太忧郁了。我喜欢那种绿色。不知道为什么，明明是这么典型的西方油画，我每一次看到却总是想起林黛玉。"

　　"每一次看，感受会有不同吗？"

"会的。但这个不好说,很难表达出来。但我可以确认的是,站在它面前看跟从画册上看的差异实在太大了。就算是还原度再高的画册,也没办法还原这种忧郁的气氛。它快要把我吃了。"

他们穿过一个又一个展厅,一群又一群人,参观的过程中一直是她在说,他也习惯了听她讲,可有时候他只是在想自己的事。很奇怪,这一次他格外留意那些带有婴孩的画作。他想起了自己的孩子——一个男孩和一个女孩,都只有六岁,他们是一对可爱的双胞胎。孩子们四岁那年,他曾放下工作,一家四口在国内几个省份玩了一大圈,至今他还记得孩子们开心玩耍的场景,还有妻子幸福的笑容。不行,不能再想下去了——回忆快要将他吃了。快乐的往昔回忆是可怕的致郁毒药。

"你很喜欢这幅画。"叶冷翠声音轻柔而郑重地说。他们面前的是拉斐尔的《金翅雀的圣母玛利亚》。圣母玛利亚身着红衣蓝袍,一手持书就座,圣子和年幼的圣约翰在圣母的膝间爱抚着一只金翅雀。

"嗯?"魏来听见叶冷翠的声音,愣了一下,"啊,我觉得很有意思。"

"喜欢孩子?"

"啊……也不算吧。"

穿过走廊,叶冷翠在另一幅画前面停住。她转过头,对跟在身后的魏来说:"这幅画是提香的《花神》。有人说,画中的这个女子是提香当时热恋的情人,画家只是借古希腊女神的名义,表达对情人的爱慕之情。"画中的女子样貌年轻而标致,上半身丰腴,神态端庄中含有一丝紧张。魏来定睛注视着她许久。

"你喜欢她吗?"叶冷翠幽幽地问道。

"她很美。只是,可能不太符合现代人的审美吧。"事实上他不知该如何作答,他强烈地感觉到叶冷翠今天很不对劲,总是自说自话,还问一些稀奇古怪的问题。他被她问得脊背直冒冷汗。

"不,不是她。你在她身上看见了谁?"叶冷翠面朝着魏来,凝视着他的脸,语气严肃地说着,"你的情人。或者是你的爱人。你的初恋……你看见了谁?"

魏来感到一阵毛骨悚然。刚刚他确实想到了他的妻子——他的初恋情人。她也曾经那样美貌、温柔,像小鹿一样活泼,他们形影不离,心中燃烧着炽烈的爱火……而现在他身边站着的却是另一个女人。可是他清楚地记得,他创业,赚钱,都是为了给家人更好的生活。一直到现在他都是这样想的。——为了家庭的未来。

他没有说话。她看着他过了半晌,也没有再问,转过身走了。

他们在美术馆的凉廊处闲逛，趴在长长的瓦萨里走廊窗口向下望，看阿诺河水平静地泛着正午的日光。长裙在光线下显得有些透明。她挂着相机偶尔拍照，却没有叫他给她拍照。他跟在她的身后，感到很不自在，想说的话在脑中乱作一团，总也没机会开口。

离开美术馆之前经过纪念品商店，他说"等我一下"，就走了进去。过了三五分钟，手里拿着一个包装成筒状的东西出来，笑着回到她身边。"这个给你，当临别纪念吧。"

她有点疑惑，同时又有点想笑，嗔怪地说："干吗说得像再也见不到了似的。"伸手接过了礼物。没有问是什么，也没有拆。

下午的时光，他们在市区一带漫无目的地走着，从领主广场走到百花教堂，游人的身影随处可见。拥抱接吻的情侣，其乐融融的家庭，熙熙攘攘的旅行团，导游的小旗，还有那些落了单的独自举着相机，或只是孤单的眼睛。

在阿诺河畔散步，傍晚的云霞是水绿色与粉紫色交织而成的颜料，晕染出了彩虹似的仙境，平静的河水也倒映着梦幻的彩影。走在老桥上像是踩着摇篮的木板，金店在眼前亮闪闪的，当啷啷的声响仿佛生动的摇篮曲。两岸低矮的房屋略显破旧了，然而在这座古老的小城却分外相宜，别有一番韵味；夕阳一点点倾斜，房屋的影子悄悄地摇晃，叫人觉得会不小心跌进这童话的河水里，祭献给河神。

叶冷翠恍然想起了 Justin。她颤了一下，脚下迅速地与河边离远了些。却差点撞上走在她左边的魏来。魏来很想把右手搭在她的肩上；可她此刻面色苍白，让人怜惜，同时又冷峻得叫人不敢靠近。

他们依旧漫无目的地走着。他和她，对这座陌生的城市都相当熟悉了。感情是会随着时间的积累而愈发深厚的。

在老桥的一侧，有一个年轻人正在低头作画。二人走近看，发现他长着亚洲面孔，衣着相当简陋。身前摆着六七张已完成的油画，散乱着的几支画笔和颜料盘，以及一个小盒子，里面的几枚硬币反射着夕阳的余晖。叶冷翠被他吸引了注意力，主动上前询问他的国籍，才知道那人竟也是中国人，几年前曾作为美术生来佛罗伦萨求学。然而看他如今的处境，便知这几年他过的是怎样的生活。他画的画，虽谈不上惊艳，但在外行看来也算得上赏心悦目。叶冷翠不禁心生惋惜。

魏来蹲下身，小心地询问道："我可以看一下底下压着的这幅画吗？"小伙子先是愣了一下，紧接着受宠若惊地连声说"好的，好的"，戴上手套将那幅画拿到上面来，双手递给魏来。他略微低着头说："这是我空闲时间画的，本来没打算卖。先生随便看看吧。若是喜欢，就便宜拿去好了。"

魏来却只顾专心欣赏这幅画——这是一幅工笔画，画的是阿诺河上的景致，笔触和用色都相当到位。年轻的画家用了中式画法结合西式配色，画的效果正是刚刚看到的精致的童话般景观。魏来心中默默地赞叹，对面前这个小伙子产生了由衷的欣赏之情。

"我很喜欢这幅画，而且，我觉得你在画画这一方面很有天分。"他欣喜地对年轻人说道，停顿了几秒，又一字一句地说，"不知，是否有幸邀请你来我的公司做设计工作？"

年轻人半张着嘴愣了好久，双眼迟钝地眨动了好几下，显然是不敢相信自己刚听到的话。过了半晌他才激动地回答"我当然愿意，先生"，又反复确认了几次是不是他所理解的含义，这才一遍遍地道谢，笑得特别灿烂。

叶冷翠站在一旁，对这奇妙的际遇也感到喜悦和欣慰。她把本已准备好买画的钱悄悄塞回了钱包，在画摊前，他们两个是全部的观众。但此时的画摊却显得特别热闹且甜蜜。

聊天中得知，小伙子名叫宋飞歌，几年前也曾怀揣着雄心壮志，来到这座著名的文艺之城追逐美术梦想。然而天不遂人愿，毕业后找不到工作，从中国带来的经费也逐渐用光了，没有了生活来源。曾经的他也不屑于街头的卖画艺人，可事到如今，为了养活自己、留在这座城市，这成了他唯一的选择。

"有时候很多天也卖不出两张画。可是我还是硬撑着告诉自己，我是个画家，和街头要饭的不一样。"他这样说。其实他若是选择回国，总能过得更好，但他就是宁愿放弃尊严，也要供养梦想。

魏来很珍惜他选定的这个人才。他们交换了联系方式和地址，约定明天上午九点见一面，看看作品并详细谈一下工作的相关事宜。

魏来和叶冷翠离开的时候，宋飞歌的脸上依然挂着收不住的笑容。比夕阳灿烂。

他们在外面的西餐厅吃了晚饭。叶冷翠说："以后吃不到我做的中餐了，你会不会不习惯。"陈述句的语气。魏来只是笑，过了好一会儿才说："你又不是再也不做中餐了,我又不是不再来佛罗伦萨了。说这些干吗。"

走出餐厅时天已黑了。魏来说,再去喝杯酒吧,我有话想对你说。叶冷翠说,好啊,别去酒吧了,去我家吧。

叶冷翠居住的公寓,位于市中心的外围,面积不算大,但对于独居也足够舒适了。魏来跟着她爬上大理石质地的旋转楼梯,她用钥匙开门,室内漆黑一片。这不是他第一次进她家。但每次进来,他仍感觉到心不住地跳动,而这一次这种感觉只是愈加剧烈,混合着惭愧与不适感。

她打开灯,室内瞬间亮起来。灯光是乳白色的,不像中餐厅里略显昏暗的橘黄色。室内装潢也极偏美式简约风格,家具几乎都是黑白灰色调的,使人感到安适,和一丝探宝到了尽头般的失望。

"坐吧。"她示意他在餐厅那边坐下。而自己则转身打开橱柜的柜门,取出一瓶未开的红酒。开瓶,洗净两只高脚杯,斟得半满。然后和他面对面坐下,用纤细的手指勾走一只酒杯,拖到面前;抬头用眼神示意他取走另一杯。她鲜红的嘴唇在灯下显得格外勾人。

两人相对沉默了一会儿。叶冷翠先拿起酒杯,把嘴唇贴在杯沿上饮了一口,留下一个鲜艳的吻痕。杯子还停在手中,魏来忽然开口。

"冷翠,有些事我想了很久,想跟你说……"

"我也有话正想问你呢。"她打断他,眼神没有向男人看去,而是低低地、漫不经心似的望着桌面,红棕色的长发从耳后滑落,遮挡住了半张脸上的表情。

"先听完我说的好吗?今天一天你说了很多,也累了,这一次让我说,可以吗?"他感觉到对面的女人受到了震动,但她没有抬头,没有一丝举动,表面上波澜不惊。

他深呼吸,决定继续说下去。

"我们认识很长时间了。我不知道,我们之间算是什么关系,可能我知道却说不出口。所以我当作自己不知道。我也不知道,你是怎么看待我们的关系的,我从来没有回避过,我有自己的家庭、妻儿……但我承认,我也从来没有停止过与你的接触,和对你的好感。每次到佛罗伦萨来,我总是要来找你,已经成了习惯。

"和你在一起让我感觉很舒心。我不止一次地夸过你。你漂亮、温柔、能干、善解人意,我喜欢你,我想我说过很多次。而且,我喜欢听你谈论文学、艺术,你那小小的理想主义,我总是羡慕又沉浸其中。可是,这种喜欢,算得上'那种'喜欢吗?我很多次问自己,但我答不上来。"

"这段时间……发生的事挺多的。白锦走了,餐厅也关了,"他故意没有提到 Justin 和黄嘉玲,"我一直在想,要怎么帮助你,可是我想不出合适的做法。餐厅停业是你自己的决定,我想我没资格插手你的生活和你的未来。如果你想专职写作,我愿意尽我所能为你提供文化界的资源,我一直认定你很有才华,这样大概也是你更喜欢的生活……"

叶冷翠认真听着,感觉胃里一阵发酸。——她想说,你凭什么觉得自己没资格插手我的生活?你凭什么想走就走,我喜欢怎样的生活,你凭什么全都自己揣摩?但她说不出来,她连头都抬不起来,她有能力说的话似乎在白天全都说尽了;可是那些话却一丁点儿用都没有,都没有意义。

她很难受,想哭却竭力忍住。而魏来的脑海里,却只是反复上演黄嘉玲对他说过的话。每一次想起这些,都让他自责,同时又陷入两难的境地。他知道自己已经走错了路,现在无论选择哪边、哪个人,都是不义之举。可是生活不得不继续,他还要多去想想,"未来"。

"冷翠,如果我说,我爱你,你会就这么跟我在一起吗?你想过我原有的家庭吗?我的妻子,孩子,我的父母……我不能这样做。可是你还年轻,你还可以找更好的人,组建家庭。我们还是朋友,还可以常见面。我们之间还什么都没有做。"

——我已经不年轻了。我就快要三十岁了。我只是一个等待着人老珠黄的在异国他乡单身独居许多年的普通女人。我没有你以为的自由,我没有资本。而且,感情上真的有"风险成本"一说吗?抛弃一个十三岁的人,和抛弃一个二十三岁、三十三岁、四十三岁的人相比,在道义上难道更占优势吗?我不懂你说的话。

"冷翠,你听到我说的话了吗?我想,我们这种关系应该到此为止了;往后,你和我都会有更好的未来,我们都会感激今天的这个决定。"

——魏来,未来,为什么不想想现在呢?人活着有三种维度:过去,未来和现在。你为什么断定只能凭借未来做决定?况且未来,哪种未来更好,你真的一清二楚吗?

"我们别再耗下去了。我后天就要回国了。想想未来吧。未来告诉我们应该分开,我们不能在一起。冷翠,你觉得呢?"

——"未来告诉我们应该分开。"他离开我的时候也是这么说的。好一出道貌岸然的戏码。

叶冷翠恍惚中有些醉了。酒精在她身体里扩散，燃烧，叫嚣，她忍不住将头枕在左臂上。脸颊离透明的酒杯只有几厘米的距离，似乎稍动一动头就要把酒杯碰翻。暗红色的液体在杯中轻悄悄地微微涌动着，她看见液体内部分解而成无数个液滴，爆炸开，又迅速合拢。口腔里传来一阵苦味。

她很想把杯中的酒一饮而尽，却没有力量把酒杯举起。

魏来已经从对面的座位上离开了，此刻正独自坐在露天阳台。叶冷翠的脸侧向右边，迷迷糊糊地瞥见了他的背影。她一直趴着，直到恢复了些许力气，才终于站起身走向阳台，在靠着他边上的另一把藤椅上坐下。

她感受到他从左手边投来的目光，比酒炽热；但她已经不再心动了，只是呆呆地注视着正前方远处的楼宇。还是一片黑影，但她相信用不了一会儿天就会亮的。一切事物的变化总是特别快。

微风吹起她的长发和裙边，小腿有些发痒。但却吹得很舒服。她忽然间觉得一切事情都不重要了，这么静坐着就很好。她干脆闭起眼睛，让自己回想过去发生的事，使劲想，肆意地想，发狂地想，要想得清清楚楚，明明白白。想得干净了就再也不会痛苦。

她想起五年前初来佛罗伦萨的自己，和她的初恋情人。她跟随他来到异乡，陪伴他打拼事业，甚至为此放弃了自己的文学梦想。然而来这里不到半年，他离开了她。

"冷翠，我的事业正处于上升期，我想我需要更多的时间去工作。如果恋爱，不仅会耽误我的事业，我也无法给你应有的陪伴。冷翠，我爱你，我知道你已经为了我放弃了你的梦想，所以现在我不希望你再放弃下去了。我们分开吧，各过各的生活，不要相互连累。我们都会有更好的未来。未来告诉我们应该分开。分开是最好的选择。冷翠……"

她想起他们的大学时光。他也曾经给她弹琴，她对着他无忧无虑地笑。他开始创业，她就在旁边读书、写作，他看不懂文学却总是很欣赏。啊，一切就像一场梦，今日与魏来的相遇只是对往昔更浩大的一场追忆和梦回，只是太浩大了，太真实了，因而也太虚幻了。

我为你放弃了重要的事情，你却不肯为我停留。

她一开始就知道魏来有自己的家庭。她知道他同样为了事业，抛弃家庭和爱人，像极了那个他。她一直都害怕，也暗自愧疚，因为在这个故事里，她曾经扮演的角色在跟她自己对立的那一方。所以她不怪他做的选择,如果她乐意,也可以把这看作是对自己错失的爱情的补偿。她只是难过,他,为什么偏偏要在影响了她的生活之后再转身离开呢?为什么,偏偏要在一开始就走错呢?为什么他的心里,只有他自己,只有事业,只有未来……

她想起黄嘉玲说她是"理想家"。她笑了。什么是理想家?她曾经把爱情看得重于个人梦想,她失败了;她被围于那一间小小的中餐厅,她想有自由,去做浪漫的梦想,去旅行,去写作……可是她又遇见了爱情——或许那不是爱情。或许无所谓。

什么是对的,什么是错的,她已经无所谓了。她想要的是什么,即使她知道,也难以把握了。

午夜的风吹得她好冷啊。

她突然冷笑着。眼泪被风吹出眼眶,淌在眼角。她把一切都想得明明白白了。

她什么也不想说了。

蓝色。蓝里透白的天空,在比屋檐略高一些的天际。好似悬浮的宫殿。

橘色。橘色的路灯。叫人分不清凌晨还是傍晚。

白色。白色的路灯把贴近的树冠染得像白菜。对面某栋楼一层大厅的灯也通宵亮着,白晃晃的刺眼,像医院的急救病房。

耳边听见不规则的鸟鸣,却不见鸟的踪影。只有骑车的人偶尔贴着地面掠过。

他们就这么静坐着。酒劲已全部散去。凌晨四点了。

她忽然站起来,径直走回卧室拿了睡衣,却回到阳台与餐厅之间的过道,站着不动。她看见他从阳台回过头来。她面无表情。她就在他面前,开始脱掉身上的裙子,解开内衣,一丝不挂,露出雪一般的肌肤;然后慢条斯理地换上丝绒睡裙,绿宝石般的色泽在灯下发亮,有种神圣感。她重新在阳台上坐下。眼睛依旧直视前方。

她说:"你受不了一事无成。"

句末的语气听不出是问话还是自言自语。

过了许久,她听到他喃喃地说——

"一事无成比'有成'难太多了。真的,太难了。"

从隔壁窗口飘来沐浴露的味道,是小玫瑰的甜味,游荡在头顶悬挂的晾衣架上,盘旋,抚摸,制造温冷的气焰。垂下的散发被风吹在脸上。

"可惜我本来准备了两把钥匙的。"语气里没有一丝波澜。

"其实我一直在写小说。"

太阳正从远方的天际一点点钻出来,烈焰的红色有一种梦醒时分的灼烧感。

天快要亮了。

"这一夜,不如用来悲伤吧。"她在心里对自己说。

第六章

这是我在欧洲旅行的第五十天。途经十余个国家,看过花开和落雨,山川与朝霞,古堡和小镇,教堂与村庄,也遇见了形形色色的人群,文章写满了一整个文件夹。后天就是返程的日子了,旅程的终点在佛罗伦萨。

但我没想到会在这里遇见她。

她安静地坐在我的对面,身着紫丁香色的棉质长裙,长发散落在肩上。香水是淡淡的薰衣草味道。五年未见,她的模样却很少变化,只是眼神里少了曾经那种"慑人"的活力。

"好久不见,冷翠。"我重复了一遍。

她只是微微笑着,低头颔首。餐厅的服务员递上了菜单。

"那么,你现在是专职作家了?"她沉默了许久,突然问道。语气缓慢,谨慎而迟疑。

我从身前的盘子里抬起头。"是的。跟国内一家出版商有合约。就连这次旅行休假,也是带着书稿任务来的。"想起每夜回到住处敲打游记的情形,我不禁自嘲地笑了笑。

"哦……"她缓慢抬起头,露出笑靥,"很想看看你写了什么呢。你还记得吗,我以前……也曾经很痴迷写作的。"

"我当然记得。你现在还写吗? 我一直觉得你是天生适合写作的人。"我看到她的表情有些凝重,便换了话题,"对了,我在上一站罗马遇见了两个很有意思的中国女孩呢。"

我继续说下去:

"其中一个看起来很成熟,另一个更年轻些,学生模样。她们两个手挽手紧紧地走在一起,像是在旅行,又像是在认真筹划着什么。我上前搭讪。她们都很热情,我们坐下来一起吃了下午茶,听说我是作家,她们竟决定把自己的故事讲给我听。

"那个比较成熟的女孩,她幼时便父母离异,十三岁那年随母亲来到佛罗伦萨定居。母亲家在这边有远房亲戚,于是做点小生意,勉强维持生计。那个女孩后来也做了商人。她喜欢外国人管她叫 Jasmine,可是她觉得,无论怎么融入,在这里她始终是外国人。

"那个学生样子的女孩呢,家境不好但成绩优异,作为交换生来到佛罗伦萨留学,还在这里遇见了一个可爱的男孩。但是他却遭遇了意外,女孩说,她始终记得那天晚上下着暴雨,她仿佛把一辈子的眼泪都哭干了。

"啊,还有很多的细节我就不说了,这属于个人隐私呢。但是她们的坦诚使我喜出望外,我被感动了,我当即决定以她们的故事为蓝本写下一部小说,名字就叫《雏菊》,因为她们二人的姓氏刚好是雏菊的颜色。"

我自顾自地讲述着,这才发现叶冷翠已抬起头,痴痴地望着我,眼睛里有光,也有泪花。

"林溪。"她走在我的左边,忽然停下。我回头。
"你真的会把她们写进书里吗?"
"会啊。只要当事人同意,我乐意至极。我本身是缺少故事的人,别人的故事对我来讲就是馈赠。"我答道。
"那你可以做到,为我保守秘密吗?"那一瞬间,她的语气使我仿佛回到了学生时代。
"当然……你是说,你的故事?"
"你想听吗?"
"乐意之至。"

"原来你和他,分开有五年了。"
我和她坐在共和广场边上的长椅上,看奔跑的孩子和旋转木马。
"我们都以为你们大概早就结婚了。"甚至,连孩子都该有了吧。
"大学里,他给你弹琴表白的那天晚上,我们都在。女生都羡慕得要命,都说你不知是上辈子做了多少好事呢。"

"难为你还记得。"

"是啊。"那会儿你俩在学校里郎才女貌,没有哪个学生不记得吧。

她没有再说话。我也决定闭口不提从前。午后三点的暖阳流落在街头,我将头仰起,轻轻闭着眼睛。

"林溪。后来的那个故事,结局还没有告诉你。"

"嗯?"

"魏来的故事。"她停顿了两秒,才继续说道,"第二天早上,他离开了我家。我看着他走的。早上九点,他应该是去找那个年轻的画家了。那天傍晚,我接到了画家的电话。他说,他们正谈着的时候,楼房着火了,所幸楼层不高,他们已经逃到了楼道口。突然他想起自己最珍爱的一幅画作,其实他根本没打算去抢救的,但魏来却冲了回去,这一回,就没再出来……"

我觉得脑袋发昏,产生耳鸣,却被阳光刺得怎么也睁不开眼睛。

我们走到圣母百花大教堂所在的广场。外墙上的花形在夕阳下发出柔和的光芒,天蓝得仿佛水洗一般。教堂前依旧人群熙攘。

"这一路上你大概没少看教堂吧。"她微笑着问我。

"是啊,但这里还是要进的,太著名了。"

"今天是星期天,如果上午来,兴许能赶上做礼拜。"

"没关系,心诚则成嘛。"

我们跟随着人流,排着队走进了教堂。巨大的石柱冷峻地矗立着,高悬的彩色玻璃宛如盛满裂痕的万花筒。正前方的烛台中央是耶稣受难的雕像,手脚被钉在十字架上,头低垂着。我们在后排的长条木椅上并排坐下,学着基督徒的姿势,双手合十放在胸前,闭上眼,低下头。过了半响,她突然问我:"你说这样,人的灵魂会不会得到救赎?"

我愣了半天,才说道:"大概信者则灵吧。"

"我想我是被那些文学给害了的。我太信仰自由和浪漫了,也把爱情供奉得太高了。"

"人的决定和看重的事物,终归是会改变的。"我想起在罗马遇见的那个白姓的年轻女孩,她说暴雨来的那一晚,她突然无比责怪过去的自己。她好想念他,她才发觉自己原来那样爱他,那样渴望爱情。她突然决定:"这一晚,不如用来悲伤吧。"什么都不要想了。

"顺其自然吧。"我说。

走出教堂的时候,我说,我们去吃冰激凌吧,听说意大利的冰激凌特别有名。我没等她回应,就跑到附近的冰激凌店,买了两个圆筒,她一个,我一个。"夏天啊,就是应该吃冰激凌啊。"我对她说。

"夏天啊……夏天,还早呢。"她笑了。

一起吃过晚餐,一起在广场的夜色下听艺人唱歌,一起在河边散步。路过的酒吧里有乐队演奏披头士的歌曲。她说我们走吧,下一首会不会是 Let it be。

"真是宿命啊。"她笑着说。

走进一条小道,她突然对我说:"林溪,我很羡慕你。"

"我恐怕改不了了。我还是喜欢写作,喜欢浪漫自由,还有旅行。像你这样的生活,我羡慕的。"

"你不需要改的。喜欢什么样子的生活,就去做吧。其实,反倒是我想要歇一歇,换一种过法了。"我迟疑了几秒,然后说,"冷翠,我要结婚了。"

"你们是怎么认识的?""他人怎么样,做什么的,对你好不好?""你们住在一起了吗?"……她仍喋喋不休地问着,语气里带着显而易见的兴奋。

"一定要找一个适合自己的人,好好地跟他过一生。"她郑重其事地对我说,又像是在对自己说。我笑着说"会的,会的",她也笑了。

"婚礼在什么时候?"她问道。

"八月底。你会来吗?"

"你邀请我,我当然会去的。其实,我想我也该回国了。在这里一个人,太容易感到孤独了。"

我恍然间回忆起 Jasmine 说的,她一直记得她的中文名字,却很少有人会这样叫她了。她有时不知自己是哪里人,拼命融入一个新的环境,反而弄丢了自己。

"可是,我真的很喜欢佛罗伦萨,"她继续说,"我管自己叫'冷翠'也是因为这城市。这里有时让人觉得,无论发生什么,都能保持翠绿色的希望。就像那些几百年的画,那些音乐,还有古墙和石子路。有希望总是美好的。"

"听说魏来发生意外的那个傍晚,佛罗伦萨又下雨了。我正在公寓的落地窗前俯瞰下面的世界,感觉就像趴在水族馆的巨大玻璃上。一通电话就让它裂开了。那时候我觉得好冷。

"我后来才拆开他在美术馆送我的礼物——你猜是什么?一幅毛毡画,是我最喜欢的波提切利的《春》。我把它挂在中餐厅里了,我想它属于那里。它实在是太忧郁了。"

我静静地听她说着。

"无论如何,我等你回来,"想了想,我决定接着说,"也希望有一天能看到你写的书。我会一直期待的。"

在路口快要分岔的地方,叶冷翠停下脚步,在银白色的路灯下站定。她头顶的树叶葱翠而清冷,她的脸显得格外美艳而又清纯。

"就是这里了,"她说,"我的中餐厅。虽然歇业了但还没有转让。"

"进去喝杯茶吧。"她说。

"好啊。或许你愿意,还可以聊聊文学。"

"哪有那么多可聊的啊。"她咯咯地笑着,钥匙在门锁里发出私语的声音。

这就是我听说的、看到的,关于佛罗伦萨中餐厅全部的故事了。我不知道这本书会不会出版。但我偏爱它胜过旅行中的任何景色和人群。

这是我为她写的故事。

但我觉得,更像是她亲自书写的。

第六辑

艺术批评

清晰到模糊以至于陌生

——《蒙娜丽莎关于微笑的设计》的艺术批评

○朱洁冰

一、引言

尼采说,当你凝视深渊的时候,深渊也正在凝视着你。

那么,当我凝视着她的时候,她也正在凝视着我。

无论外界时节如何变换,亚麻色棉衣似乎让她的季节永恒地停留在秋天;黑色的长发恰好垂落在胸口,融入深黑的背景;她的眉毛携带着某种先天或后天的英气,恍然间会让人误以为这是男性的眉眼,东方人的典型鼻梁连通鼻翼,指向似笑非笑的嘴唇。

五官的组合勉强能够称为清秀,却有无数观者慕名而来。

为了她,也不是为了她。

当观者第一眼望见她,盘旋在脑海里的不是她的面容或神情,而是一个问题:这是照片吗?

这是照片吗?不是,她是中国超现实主义代表人冷军先生的作品《蒙娜丽莎关于微笑的设计》。

二、超现实作品与抽象画名:《蒙娜丽莎关于微笑的设计》

《蒙娜丽莎关于微笑的设计》被公认为是超现实主义类型的作品,但是它的画名却显得相对抽象。显然,画面所反映的内容包含两部分,一是"蒙娜丽莎",二是"关于微笑的设计"。

"蒙娜丽莎"是意大利文艺复兴时期画家列奥纳多·达·芬奇著名画作的名称。而冷军先生在此处将这四个字运用到自己的画名里,则是点明作品的渊源,同时也是对《蒙娜丽莎》的致敬。

而《蒙娜丽莎》里似笑非笑的神情,一直以来就是爱好者们探索的神秘之地。神经生物学家从中央凹视觉与周边视觉的角度解释神秘的笑容;画家用绘画技巧来阐释神秘的微笑;程序员用情感识别软件分析出微笑里的厌恶。同样的微笑,多种角度,多种思路,却同样表现出蒙娜丽莎式微笑的趣味性。

或许正是因为神秘微笑的趣味与无解,或许正是因为冷军先生希望通过在自己的作品里对"微笑的设计"来揭示蒙娜丽莎微笑的秘密,他才会以抽象的"微笑的设计"来命名画像。

可实际上,这份抽象意味与画作并不相衬。因为相对于其他类型的绘画作品,超现实主义作品胜在真实,而在绘画作品里,抽象和真实本就是对立的两面。

所以画家终其一生磨炼的眼光和技巧,实则是在真实与抽象之间寻找平衡和融合。但这种融合并不意味着在以真实性取胜的作品里强行掺杂抽象概念会增添作品的美感;恰恰相反,缺少哲理与沉思意味的画面搭配哲理意味的画名,并不能让观者进入深层思索,反而让人产生厌烦感。

或许正是意识到了这点,冷军先生之后的人物肖像油画的画名就简洁明了许多,譬如 2005 年的人物肖像油画画名为《肖像之相 —— 小罗》,引导观者关注作品本身的真实美,而非作品本身几乎不存在的抽象意味。

三、作品赏评:清晰到模糊以至于陌生

前面已经提到过《蒙娜丽莎关于微笑的设计》与《蒙娜丽莎》间的联系,并且由于两者在构图方面的相似,使人在观赏前者时极易回忆起后者;但观赏后者时,却极少会回忆起前者。这从侧面反映出公众对《蒙娜丽莎》的认知度相对较高。当然,这一方面是因为《蒙娜丽莎》历经数百年的沉积,已经成为众人皆知的作品,名气相对较高;另一方面,也是因为《蒙娜丽莎关于微笑的设计》"清晰到模糊以至于陌生"的缺点。

实际上,当我们欣赏肖像作品时,我们往往会因为作品的模糊性知晓:这是一幅实实在在的绘画作品。

这里的模糊并非指画面模糊不清,而是指适当的细节性省略。省略保留空白,空白则为作品的意蕴提供生存空间。以《蒙娜丽莎》为例,该作品是达·芬奇为佛罗伦萨商人之妻蒙娜丽莎所作的肖像画。而当我们凝视她时,最初的印象并非"真实",而是"美"。事实上,画面的渐变色调、蒙娜丽莎缺失的眉毛都能表明:达·芬奇在绘制该作品时,并没有想过完全复制场景,而是希冀借助色彩和布局为蒙娜丽莎的美服务。所以,画作美感的来源,以及蒙娜丽莎形象美感的来源,都不是因为对现实的完美复制。

由此证实,艺术的美感并非源自真实。

但是《蒙娜丽莎关于微笑的设计》却试图重现真实以展现美感,而画家高超的创作技巧的确实现了场景再现,所以不必怀疑作品本身的"清晰",但凡亲眼见过这幅画作的观众都能切身感受到它的真实感:当我们望向她,绝对不会认为她是画家虚构的作品,而是肯定地知晓,她是现实世界的存在。

这种现实存在感的产生,不仅因为画面整体的真实性,也因为画像的诸多细节,如图中女性的纤纤发丝,女性手背微微凸起的青筋。而这种细微处的处理,即使是达·芬奇的《蒙娜丽莎》也难以匹敌。

但绘画作品清晰到可以与相片媲美,这带来的却是不应该存在的模糊。

美是身感与心赏的结合,可当望向《蒙娜丽莎关于微笑的设计》时,我们的关注点有且仅有它的真实性。换言之,《蒙娜丽莎关于微笑的设计》满足我们的感官自身对高度清晰的渴求,但高度清晰的画面却掩盖住绘画本身蕴含的主题和意义。因而整幅画作模糊了现实与绘画、照片与绘画的界限,心灵的品位无所安置,它无法寻找到通往该绘画作品独特意义的途径。

意义的缺席产生的后果是画作的陌生感。作品的真实性反映出画家高超的技巧,但过度真实往往与机械复制紧密联系,随之而来的问题是,如果绘画的效果和相片无异,那么绘画作品的意义在何处?或者说,如果绘画作品只是对现实的机械复制,那么绘画本身的独特性和艺术性在何处?

艺术作品应当是技巧与意蕴的结合,而超现实的高度清晰实则是将技巧的展示空间释放到最大,同时却将意蕴的生存空间压缩到最低。所以,当我们与蒙娜丽莎相视而笑时,她的微笑永远留存在我们心底;而当我们凝视《蒙娜丽莎关于微笑的设计》之后,脑海里残留的只是复杂的画名和对作者重现技巧的赞叹。

因此,《蒙娜丽莎关于微笑的设计》虽然能够展现画者的高超画技,但是终究无法寻找到被设计的"微笑"背后潜在的深邃含义。而它所代表的超现实主义作品的相关争论仍将持续：高度清晰和完美重现的超现实主义绘画作品是否具有存在的合理性？如果具有，那么该如何讨论超现实主义作品的现实意义？或许这些问题的解答，还需要时间的积淀，以及绘画者和理论家的共同参与。

窥探绘画电影之奥秘

——《至爱梵高·星空之谜》影评

○郝正洋

我一直都很喜欢梵高的画作。幼年学画时,目光很容易被那些明亮的颜色所捕获,任凭自己沉溺于梦幻世界当中;长大后则愈发感知到画面每一笔当中蕴藏的独特生命力,偶然瞥见也能在一瞬间让内心柔软而又坚强。

2017 年上映的电影《至爱梵高·星空之谜》以一种特殊的方式将梵高的绘画作品搬上银幕。在获得豆瓣评分 8.5、国内周排行榜三四位的优异成绩的同时,也有大量国内外影评家对此片持强烈质疑与批判态度。在《电影是什么?》一书中,安德烈·巴赞曾借由《绘画与电影》一章谈及自己对于表现绘画艺术一类影片的看法,提出了一些有助于分析绘画电影特质与水平的视角,我将其概括为以下四个问题——①影片是否在色彩、时间、空间等维度歪曲了原画作与画家本意?②是否有助于观者感知与理解绘画艺术?③影片本身是否具有独立存在的价值?④是否能够体现出创作者的才智?在此基础上,巴赞以亨利-乔治·克鲁佐于 1956 年拍摄的绘画电影《毕加索的秘密》为例,呈现了其理想中的绘画电影形式。

在观看影片《至爱梵高》之后,重读巴赞的这两篇文章,我因片中梵高灵魂之美好而感动的同时也产生许多思考与疑惑。因此我尝试将巴赞关于绘画电影的观点引入对《至爱梵高》一片的分析,将此片与《毕加索的秘密》进行对比,以判断《至爱梵高》作为绘画电影的优劣。

1. 影片是否歪曲原画作与画家本意?

电影为了利用绘画而歪曲绘画是许多画家与艺术批评家反对绘画电影的最主

要原因，并且这种歪曲几乎在所有能够想到的绘画电影中都有体现，主要表现在对画家创作本意的违背与对画作本性的改造两方面。

首先，电影往往追求"戏剧和逻辑的统一性"，因此会对画家创作的顺序进行改编，在破坏画作之间原有联系的同时，也无法还原画家在画作中寄托的精神实质。

其次，电影在色彩、时间、空间三个维度上与绘画艺术具有本质区别，并且这种区别往往来源于艺术本身，无法突破，因此绘画电影从根本上不具备复现画作本性的可能性。具体而言：第一，在色彩上，画作的颜色受到颜料、画布材质、画笔、光线、湿度、温度等多方因素影响，色彩变化、色调关系等都没有办法令观众透过银幕进行感知。第二，在时间上，电影中蒙太奇手法的运用不得不改变画作的时间单元，将视角从纵深方向拉平到水平方向，完全打破原有时间体系。第三，在空间上，画作华丽边框的作用在于将绘画空间限定在画作本身，创造出一种独立于现实空间的绘画空间，而银幕的作用则完全不同：银幕的边沿只能是"展露现实一角的遮框"，与外部世界并没有形成明显分割，电影空间是无限延伸的，这就相悖于绘画的特性。

那么《至爱梵高》中是否存在这种歪曲呢？——答案无疑是肯定的。

我认为，虽然影片的创作者——包括导演夫妇多洛塔·科别拉、休·韦尔什曼和一众主演以及125位世界各地招募而来的画师等，无一不心怀对于画家梵高的极度热爱与尊敬，为此也曾经历过长时间对画家与画作原意的探索与研习，为减少甚至避免这种歪曲做出了前所未有的努力。但正如巴赞所谈，让人遗憾的是，这种歪曲仍然广泛存在。

英国批评家乔纳森·琼斯毫不客气地指出了影片最突出的几处歪曲：第一，影片讲述的故事——梵高生命最后的日子中有许多地方与梵高同弟弟通信中的内容不能完全契合。也许是为了营造戏剧性冲突，影片加入了一些所谓的他人传言作为情节依据，因此不能体现梵高这段生活的原有状态，继而不符合梵高创作原意。第二，影片团队为了尽可能还原梵高风格而训练125位画师模仿梵高的绘画方式，这种手段既是对画作本身的破坏——影片将绘画作品变成一帧帧动画，使色彩与笔触在银幕上显得十分生硬；并且与梵高的精神背道而驰——梵高在绘画过程中对所画对象的热爱以及所寄托的激情与自由也由于刻板的模仿行为而被加上了镣铐。

对这种歪曲的判断，虽然是分析绘画与电影艺术之间关系的一条重要思路，却绝对不是巴赞眼中决定绘画电影价值的核心标准。这主要源于绘画电影帮助观众感知画作的能力以及电影自身的独立性——也就是接下来即将论述的两个问题。我认为巴赞为这三个问题所建立的联系是：在能够符合后两个标准的前提下，第一个标准的缺失可以从美育与美学视角上被接受与包容。这也是阿伦·雷乃的《格尔尼卡》虽然颠倒毕加索各创作时期、将画作空间拓展到银幕空间，但仍然被巴赞视为"绘画电影的第一次革命"[1]的原因。同样，克鲁佐在《毕加索的秘密》中对色彩与表现方式的创新也因此被巴赞评价为是这位导演天才能力的展现而非对毕加索本人的颠覆。

2. 影片是否有助于观者感知与理解绘画艺术？

从实用与美育观点上讲，巴赞认为，绘画电影应当拥有突破绘画艺术本身与"外行"之间隔阂的能力。

相比其他艺术形式，绘画艺术由于集合大量象征性与抽象性符号而最难以被观者所理解，没有接受过体系化美育训练的欣赏者往往无法碰触画作的内涵，这在传播与发展过程中为这门艺术与其创作者——画家们，设置了极大障碍。而电影则因其强烈的现实性特征以及摄影技术最佳的还原能力而能够将这些符号转化为现实空间，"把画作'溶解于'自然感知中，以至于只需一双眼睛就可以直接（甚至可说必然）享受欣赏绘画时的乐趣，无需文化素养，无需入门，因为电影影像的结构使绘画成为一种自然现象印入脑海中"[2]。

《毕加索的秘密》在这一点上无疑是十分成功的。克鲁佐的意图并不在于对毕加索的绘画加以解释，而是将毕加索的绘画展现给观众，并且尝试让观众通过电影这一最能够还原时间延续的艺术手段经历毕加索的创作过程，以此来感触画家"我不寻找，我发现"的极度自由化的创作风格。只要看清作画过程就一定能够理解画作的观点当然有失偏颇，但展示过程的意义更多地在于带领观众进行探索：观众基于银幕上毫无预料、"偶然出现"的线条与色彩而产生的好奇、猜想、疑惑等心理变化使观看过程像是探索毕加索内心世界的一场历险。对于一位神秘的、天才式的画家及其极端抽象化的创作而言，这的确称得上是一次珍贵的"挽救"[3]。

---

[1] ［法］安德烈·巴赞，《电影是什么？》，文化艺术出版社 2008 年版，第 183 页。
[2] ［法］安德烈·巴赞，《电影是什么？》，文化艺术出版社 2008 年版，第 178 页。
[3] ［法］安德烈·巴赞，《电影是什么？》，文化艺术出版社 2008 年版，第 178 页。

对于《至爱梵高》，这也是我认为影片最成功的一点。

梵高绘画的最大魅力在于他将自己对世间万物生灵的珍惜与热爱都融入画作中，那些旋转扭曲的云、光影斑驳的星空、色彩绚烂的房子，本身都有着令人深陷其中的吸引力。而影片中的所有场景都是在梵高原画作基础上经由艺术家们的再创造完成，人物则是众演员依据梵高肖像画中的形象进行演绎后再由艺术家添加油画效果塑造而成，这种呈现方式最大限度地为画作增添了灵动感，用油画笔触表现光影变化、场景切换，用人物语言完成叙事功能，使那些如梦似幻的画面和可爱的人物在银幕上真正"活"了起来。于我而言，身处黑暗的电影院里，当银幕上金黄色的麦田好似波浪一般闪耀着光芒展现在我面前时，当加歇医生那张略带忧愁的熟悉面庞逐渐拉近时，画作的震撼力的确以一种前所未有的方式直击心底，好像我终于能够冲破画框与时间的障碍，进入梵高所描绘的那个充满幻想与生命力的世界当中。

影片的另一个突破在于其情节设置。影片讲述了梵高去世一年后，在其生前负责传达和弟弟 Tio 信件来往的邮递员之子应父亲的要求探索梵高自杀之谜的历程。我认为这一过程与《毕加索的秘密》有一定的相似之处——都是通过营造悬疑效果引发观众好奇，从而创造出一个对于画家精神世界的探索历程。

这种方式的突破性一方面在于观众能够跟随男主角从阿尔勒来到巴黎、奥维小镇，逐渐发现梵高死亡的疑点并寻求解答。另一方面则是能够让观众经历一段完整的对梵高的态度变化：从最开始对于梵高割耳送人等疯子一般行为的不解、到奥维小镇上从梵高与他人接触方式中感受到的温暖、到乘船人叙述"连乌鸦吃食都能够令他开心"时感同身受的独自身处无垠世界中的极度孤独，到最后医生描述梵高与弟弟之间真挚感情时对于他最终放弃生命的理解与释怀，梵高的形象以一种立体的形式展现在观众面前。看完影片后，梵高对观众而言将不再是画面上那个永远皱着眉的割掉自己耳朵的画家，而是一个丰满的、独特的灵魂。

从这个角度看，影片"迫使作品揭示出自己若干奥妙的潜在特性"，再现画家的内心世界，的确是成功的。

3. 影片本身是否具有独立存在的价值？

巴赞接下来从美学视角对绘画电影进行了分析。他认为，与绘画艺术相互联系的电影作品并非仅仅是"对画家作品的新介",停留在这一层面上的影片对于电影艺术而言是失败的。绘画电影必须要具有作为一部电影而独立存在的价值,应该做到"本身就是艺术品"。

这一部分的反例包括《鲁本斯》与阿扎埃尔导演的《从雷诺阿到毕加索》,因其只是介绍知识和评论画品,没能形成一种具有特殊意义的"再创造"。而《凡·高》与《格尔尼卡》则不同,它通过消除画框,改变了绘画的空间格局,在电影中塑造出一个全新的内部与外部紧密相连的空间,从而真正"突破画作局限,把握作品实质"。《毕加索的秘密》则在另一个维度——时间方面,实现了从绘画到电影的转移。前文已经提到,绘画与电影对于时间维度的把握截然相反,一个偏重纵向深入,另一个则强调横向延伸。巴赞认为:"《毕加索的秘密》不仅揭示出人们已经了解的事物,即创作的时间延续,而且表明这段时间延续可以成为作品本身的组成部分,一个附加方面,这是在作品成形阶段被轻易忽视的方面。"[1] 影片借助摄影的记录性特征,从非连续的大致近似过渡到连续视像的时间真实,直至展示出时间延续本身,这是绘画艺术无法实现的功能。《毕加索的秘密》作为一部电影的独立存在价值也由此体现。

《至爱梵高》是否同样具有这种价值呢?我认为,影片在时间与空间维度上的确尝试对画作进行改变,在电影维度内进行创新——在时间上以梵高去世后一年作为切入点,沿时间轴顺序叙述邮递员之子所经历的故事,并且插入梵高生命结束前最后一段日子的时间线索;在空间上将独立的画作定位于不同场所,用电影手法展现画面变化,在不同场景之间形成过渡,比如通过人物的入画出画、视线转移、动作等切入下一镜头。因此可以说在这一点上有可取之处。

但是《至爱梵高》的这种创新对于一部电影而言显得有些稚嫩。影片的画面构图为尽量与梵高画作中的样子保持一致而很少做出改变,因此大多数的场景切换都是通过给油画绘画过程添加动画效果来展现,而不是电影所使用的镜头变化、人物移动等,这就难免使得电影在流动过程中令观众感觉不自然,甚至产生眩晕感,对影片的推进产生负面影响。另外,影片的情节与故事进展对于一部电影而言过于单薄和拖沓,显得略有欠缺。

因此我认为,《至爱梵高》作为一部电影,虽然因其创新性而具有独立存在价

---

[1] [法]安德烈·巴赞,《电影是什么?》,文化艺术出版社 2008 年版,第 183 页。

值,但这种价值并不够完善,质量不够高。这也是许多观影者在观看后对影片持批判性态度的原因之一。

4. 影片是否能够体现出创作者的才智?

画家与导演分别身为绘画与电影的创作者,因此绘画电影这种形式应该能够将二者的才智都展现出来。

巴赞在《一部伯格森式的影片:〈毕加索的秘密〉》一文中对克鲁佐天才般的导演能力给予了极高评价。这种能力最突出地体现在其对影片表现方式与色彩的创新。首先,在表现方式上,克鲁佐不同于以往,他将"观赏作画"这一被视为插曲的短暂过程大幅度扩展为一部影片,用这种极端的处理以一种"纯粹的形态"把绘画过程展现出来。巴赞称其为"对体现于艺术中的精神自由的直接把握",创造出一种从未在电影艺术中出现的奇异感。其次,在色彩上,巴赞认为这部影片应该称得上是"一部二次元的彩色片"。影片实际上是用彩色底片冲印出的黑白影片,当银幕被画面占满时,才会呈现出彩色。这是由于全部使用彩色画面或黑白画面会消除画作中想象色彩与现实色彩的对立,继而损失毕加索抽象绘画与自由风格的特色,因此需要创造出一种"次元色",即仅在表现绘画作品时使用彩色,而在其他部分呈现黑白效果,以此增强画作与现实之间的对比,增加画面的丰富性,复现观众"不由自主抛开自然色彩,去适应绘画作品"[1]的心理过程。

而对于《至爱梵高》而言,这种创作者的才智主要体现在创作团队为表达对梵高的敬意与热爱所做的一系列努力之中。

影片导演多洛塔·科别拉是一位自15岁起对梵高有着深深迷恋的崇拜者。她与丈夫休·韦尔什曼在一次参观梵高书信展后决定为梵高拍摄一部长片,以将梵高的人生"活生生地展现出来"。因此二人首先研究了梵高生前所写的800封书信以及其日常起居的细节,以此揣摩梵高自杀前的心理状态,作为创作剧本的来源。之后他们与团队一起对CG、2D、CG+玻璃画等不同的动画技术进行测试比对,最终选择手绘油画作为影片的呈现形式。在此之后的2014年,导演发起画家招募,从5000多名应聘者中选拔出125名画家接受绘画训练,学习模仿梵高的绘画风格,

---

[1] [法]安德烈·巴赞,《电影是什么?》,文化艺术出版社2008年版,第190页。

以及动画的特殊性。在经历了一年的训练之后，2015年，正值梵高逝世125周年，该片开始投入拍摄。画家们以梵高原画为基础，根据影片剧情需要对同一场景创作出清晨、中午、黄昏、夜晚、春夏秋冬等不同时间下的状态，也要根据天气晴雨的变化分别描绘，画师之间还要处理好彼此之间的不同，弱化差异，让影片显得更为连贯。此外团队选用真人演员，在表演的基础上由画师一帧一帧进行描绘，最后再转换为动画。

影片最终拍摄了835个镜头，绘制1000多幅手绘油画，按照每秒12帧的播放速率被加工成65000帧动画，这才形成最后我们看到的90分钟的电影。制作团队这种"不厌其烦"的尝试是为了在完美再现梵高原画以及油画艺术魅力的同时增添影片的流动感与生命力。而这种方式必须以团队对梵高的至高推崇为前提，是他们的热情造就了这一部特殊的影片。这就是影片创作者才智的体现。

总而论之，依据巴赞的理论进行探查，《至爱梵高》这部影片首先是一部将梵高艺术与精神魅力淋漓尽致展现给观众的具有独特价值的影片。观众能够透过影片以从未有过的方式触碰梵高的内心与想象空间，创作团队的努力更是为这部影片增添了动人之感。而从影片本身的独创性与艺术手法来谈，则具有一定欠缺，应该说是一次不够完美的重要尝试。

抛开理论，于我而言，影片将梵高灵魂最独特的地方——浸透生命的孤独感以及对一切生命的热爱和赞美——淋漓尽致地展现在短短的一个半小时当中。影片结束，音乐 Vincent 响起时我能感受到的，是一个美好到这个世界不配拥有的灵魂的逝去，和后人最真挚的缅怀。而这大概就是创作者们想要带给观众的一切。

从原型的角度看新时代的科幻漫游

——《星际穿越》影评

○丁倩

《星际穿越》是一部成熟的硬科幻作品,不但充满想象力,还有比较充足的科学理论作为故事的依据。诺兰依据知名理论物理学家基普·索恩的黑洞理论,合理演化,讲述了一个未来世界的人类如何拯救人类、延续族群的故事。

地球上沙尘暴日益严重,人类难以生存,而男主角库珀的女儿墨菲受到"幽灵"指示,意外得知"拉撒路"人类自救行动,男主角决定参与计划去寻找太空新的家园,却遭到女儿劝阻,产生矛盾。女儿虽受到"幽灵"指示,但未能阻止库珀离开。在利用黑洞进行空间穿越的过程中,库珀等人不断遭遇失败,并产生分歧,最后库珀选择掉入黑洞以支持布兰德第三次进行穿越,却意外到达超现实五维空间,看见由女儿书房的空间组成的时间盒子,揭示"幽灵"的指示与长大后的女儿以独特的方式沟通。最后女儿通过父亲的指点带领地球人实行星际移民,也救回了父亲。

虽然从结局的处理上来说,把人类拯救自我的方式归结为人与人之间的"爱"略显单薄和主观,但我们不难从叙事角度等方面看出导演试图从一个客观的立场来讲述整个追寻生存地的过程,也提出了在现代社会下人类该如何实现自我认同和价值的回归。而追寻与回归这一主题从荷马笔下的《奥德赛》开始,就一直被人类不断思索和回答着。

荣格在弗洛伊德的"个体无意识"的基础上超越生理、性欲因素,增加社会历史人类文化的影响,提出"集体无意识"的概念。这一概念认为人类作为族群、作为整体的深印于脑意识结构中的以前各代人经验的积累和反映通过遗传等生理机制像本能一样地流传下来,从而形成一种普遍的、非个人的、超越所有文化和意识的共同基底,或者我们把它简单理解为一种"种族记忆"。因此,人类历史上存在跨越时间与空间、不存在联系与交流的可能性却相似的文化现象。

在"集体无意识"这一概念的基础上,荣格提出了在文艺创作上的"原型"概念。原型这一概念的提出者是柏拉图,但它在文艺上逐渐有了新的发展。"原"指最初、原始,"型"指结构范式,"原型"则是最初的结构范式。对比原型概念和集体无意识理论,不难发现,"原型"可以说是集体无意识的主要内容,或者说是外在显现方式。它不是具体的,而"仅仅是一种潜能……没有天赋的观念,却有观念的天赋的可能性","原始意象或原型是一种形象,或为妖魔,或为人,或为某种活动,他们在历史过程中不断重现,凡是创造性幻想得以自由表现的地方,就有它们的踪影"。

而艺术创作就是原型重现的一种重要方式。一些艺术家在创作过程中,从集体无意识中激活原始意象,联系艺术家所处的时代背景,以及他本人创作的更具体的焦虑来源,对它加工造型精心制作,甚至是再发现和突破,基于它完成一部完整的作品。在荣格的美学理论中,集体无意识才是艺术创作的本源,一个真正伟大的艺术家需要深入集体无意识进行发掘,依据时代背景,构造在漫长的历史中曾经帮助储存和建立原始意象的特殊环境,激活受众内心的原型,以达到一种跨越时间和民族的永恒性和全人类性。

显然,《奥德赛》所体现的"追寻与回归"就是一种原型,而《星际穿越》则是对这一原型在当代社会中的再思考与重现。

从人物设定上来说,《星际穿越》的主角库珀同奥德修斯一样,是一个平凡人中英雄式的人物。他是现代电影的英雄角色——"不再是神,也不再是被崇拜的偶像"。在影片开头,我们看见的库珀是一个普通的父亲,为了孩子上学烦恼,在日益恶化的生存环境面前无能为力,他是人类族群中最平凡的那一类,但实际上他是NASA的前宇航员,也是一名工程师,他充满智慧,勇敢坚强,所以他能胜任驾驶宇宙飞船去追寻一个新的希望的重任,并且最后成为一名英雄。而奥德修斯,只是人类某一族群虚名上的王而已,在他离开伊塔卡很多年后,权贵们蠢蠢欲动,家族形势危急,并且他得罪了海神波塞冬,返航途中被百般刁难也只能忍耐,他也只是一个面对自然无力的普通人。

同时,两部作品都设计了超越人类活动范围的力量的存在,即《奥德赛》中的希腊众神和《星际迷航》中的五维人类。这两股力量都在主角的追寻与回归的关键阶段起到了"启示"的作用,主角通过接近他们,与他们交流,追寻到了人类进化方向与归宿的答案,答案正是力量本身,并找到回归一般意义上的家园和精神家园、全人类进化之归途的出路。不过,《星际穿越》中设立的五维生物,其实就是更高形态的人类,是人类在未来可以触碰的存在,而不是人只能无限接近却不能成为的神。

　　从过程来看,两位主角在回归的道路上都经历了种种困境,有两大类是重合的,一是生存的苦难,二是漂泊的乡愁。这些困境都未阻止他们追寻家园、不断返乡的脚步。奥德修斯漂流在海上,时刻面临着生存的危机;而库珀离开地球向太空探索的一个重要原因就是地球已经不再适合人类居住,人类急需另一块生存繁衍的土壤,而当他们在探索的过程中,生命也屡屡受到威胁。无论是卡鲁普索的仙乡还是基尔凯的居所,对于奥德修斯来说,并不是他心灵的归宿,所以他在仙岛上终日以泪洗面,饱尝乡愁的痛苦。对于库珀来说同样如此,无穷无尽的太空带来强烈的孤独感与漂泊感,探索星际的路程就是人类在星辰大海间的孤独旅行。而库珀的农场就是一个人类共同家园的隐喻。"这是一个你能感受到自然元素的地方:沙尘,农作物,自然的光线和变化的气候。"《奥德赛》中为了"回归"而追寻,在"追寻"中回归的命题,于《星际穿越》同样成立。

　　两部作品都以主角父亲身份的重新确立作为回归的重要依据之一。奥德修斯离家时,儿子特勒马科斯尚在襁褓,在他成长的过程中,"父亲"这一角色事实上始终是缺席的。奥德修斯通过归来后与儿子联手惩治求婚人,第一次在特勒马科斯心中建立实在的父亲形象,重新找回他"父亲"的身份。同样,库珀由于决定离开女儿,为人类的未来到太空探索而与女儿关系破裂;在女儿后来的大半生中,他同样未能实质性地参与她的成长。无论如何,女儿后来也加入了与父亲目的相同的事业,父女俩在殊途同归的追寻中逐渐重新建立联系,共同奋斗。最后,库珀通过五维空间向女儿传递解开谜题的关键信息,父女间跨越时空的交流拯救了人类,帮助人类找到并走向新的家园,库珀的父亲身份也得以重塑,完成了身份上的回归。

　　此外,两者回归后都建立了新的社会秩序,帮助整个社会与社会中的人类完成了秩序上的回归。奥德修斯,代表神对不义者进行审判,重建伊萨卡王国的社会秩序。伊萨卡中遭到异化的人被清洗,由于异化的人而异化的伊萨卡也由此重获新生。库珀通过掉入黑洞的机器人掌握了建立"新地球"所需的信息,女儿凭此创造了"Cooper Station",即人类新的家园。这个新的家园美好、纯净,与影片开头营造的异化的灾难地球形成强烈对比。它是库珀父女联手建立的仿佛回到无工业时代的新世界。

但不同的是，奥德修斯最终的回归是向神靠拢，成为"人格神"或言正义的化身。"他历经磨难，而被他所消灭的人所背负的则是傲慢、邪恶、贪婪与侵占等卑劣的行径。"他是神的代言人，是民间的审判者，获得和诸神相同的崇高性和力量感。但库珀不同，他的灾难来源于人类本身，并且个人也很难因为某一贡献成为整个人类的审判者，这是现代社会的特性。而电影中取代"神"形象的角色就是来自未来的"五维人"，在电影中，我们不难发现这一倾向，即人类终究有一天会进化成这一未来生命形态，神不再是不可触及和接近的了，这种人神关系的改变是消解英雄主义的重大体现。

整部电影可以看作是对于《奥德赛》中"追寻与回归"母题的现代性反思，同时体现了科幻电影的自反性的特点，人类的灾难自科技发展、人类自我意识、理性意识的发展始，最后也通过科技获得救赎，人类自我意识、理性意识的回归作为结局，对科技和人类命运呈现出导演本人的乐观态度。

《请以你的名字呼唤我》：
维斯康蒂式美学与酷儿电影的无界化表达

○路子杰

2017年是酷儿电影大放异彩的一年。前有《月光男孩》斩获奥斯卡最佳影片奖，后有《请以你的名字呼唤我》（以下简称《请以》）、《每分钟120击》《上帝之国》等作品强势上映，获得前所未有的好评。其中，《请以》更是获得票房口碑双丰收，并且成为角逐2018年奥斯卡大奖的实力选手，虽然最终未能获得最佳影片奖，但足见影片的成功。

《请以》的艺术成就巨大，甚至被誉为能够与《断背山》相比肩的巨作。在我看来，《请以》作为一部同性题材的电影，的确具有划时代的意义，它以一种细水长流化的维斯康蒂式美学，冲破了同性题材原本固有的主题窠臼和表达范式，创造了真正无关性别的爱情叙事模式，开启了酷儿电影的无界化表达时代。

盛夏,色彩,桃子与维斯康蒂式美学

1983年的意大利小镇，来旅行的美国人奥利弗和陪同家人前来的法国少年艾略特相识。影片以艾略特的主观视角出发。这场度假结合了夏日、游泳、湖水、暧昧的杏子和桃子、欧洲小镇等元素，但又绝非像糖水片一样。也像探访世外桃源一样，他们获得了乌托邦式的爱情，但他们的身份早已注定是旅客。随着奥利斯的离开，夏日消散。转眼来到了凛冽的冬天，艾略特在来电中得知奥利弗将要结婚，便坐在光明节的壁炉前流泪，基甸之幻的配乐响起 I have loved you for the last time.Is it a video？Is it a video？我爱你终将是一场幻象吗？

如果没有看过电影而仅仅阅读了电影的剧情简介，你一定会认为这是一部剧

情烂俗、流水账式的三流烂片。这部电影缺少跌宕起伏的情节,采用了一种细水长流式的情节模式,如果没有影片高超的节奏把控和画面美学,这必然是一部平淡无奇的作品。那些细腻的画面,让人想起韦斯·安德森的《布达佩斯大饭店》,但与其强烈的精致感与设计感不同,《请以》的画面是自然的、慵懒的,带有无与伦比的清新和唯美。

影片在导演小时候居住的意大利南部小镇拍摄,完美地复原了 20 世纪 80 年代的南欧风情。石板路、池塘、阳光、半裸的身体,都还原出真实的盛夏图景。此外,导演特别注重构图和场面调度,尤其喜欢使用仰角和后背机位进行拍摄,带给画面意想不到的唯美感,也撩拨着观众的窥视心理。在色彩的运用上,影片注重还原 20 世纪 80 年代的风格,高饱和度的 POLO 衫,素净的墙壁,灰调的街道,都给人极致的色彩感触,细腻度满分。

影片就在这样唯美而诗意的画面中展示着两人的欲望和爱情,他们正青春,一举一动都带有蓬勃的生命力和抑制的欲望。两人的欲望和激情被细节化的镜头放大,落在脚背上的细吻、轻轻画圈的手指、极具性符号意味的桃子以及草丛中轻轻摩挲少年嘴唇的手指,都以一种微妙的态度和细腻的视角表现着蓬勃的欲望。影片中,艾略特作为一个十七岁的懵懂少年,面对自己的性启蒙——奥利弗时所表现出的那种天真但炽热、渴望的姿态,太美好也太真实。影片以一种近乎音乐和诗歌式的画面展现少年的欲望,让人无法将它视作色情或者邪恶,而是以审美的态度去欣赏,呈现出维斯康蒂式美学色彩。

就影片完成度而言,《请以》不算出众。破碎化的情节处理和大量以静态画面承接的叙事线索往往会打破正常逻辑,使观众时有"出戏"之感。但导演所坚持的画面美学极大地提高了影片的艺术水准和可看性,影片更倾向于以画面叙事而非情节,通过唯美的画面带给观众一段写意的审美体验。

破碎、静态、音乐与画面叙事

前面已经讲过,影片的一大特色在于破碎化的剧情和画面叙事原则。抛弃了叙事情节的连贯性,突出画面带给观众的感官体验,以概念化的诗意和唯美定义整部影片的基调。

整部电影中画面处理以静态为主,这意味着尽量少的机位移动和变换、长镜头的大量使用、受限制的活动范围。在这样的画面呈现方式下,演员需要充分发挥表情和肢体语言的表达能力,将十分微妙的情感态度变化表演给观众——并且还不能让人感觉夸张。好在两位主角演技足够精湛,精彩地诠释了需要的情绪转变。另外,电影音乐成为影片重要的表达方式,通过纯抒情化的音乐语言赋予静态画面以情绪渲染,成为影片写意化表达的重要环节。独立音乐人 Sufjan Stevens 的几首配乐都十分精准地迎合了主题和场景的需要,以一种少年式的哀愁腔调呈现出与电影相契合的情感态度。

在经历了几天的冷淡和回避之后,艾略特终于无法忍受奥利弗的冷淡,他写了一张字条塞进奥利弗房间的门缝中,表白了自己对奥利弗的爱和渴望。奥利弗也终于放下所有的心防,允许自己勇敢地表达自己的爱意,他与艾略特约定在午夜的阳台上会面。接下来的时间里,画面在楼上的艾略特和在楼下的奥利弗之间来回切换。奥利弗心不在焉地听着教授的讲话,而投影仪上的美少年雕塑暗示着他对艾略特的渴望;楼上的艾略特辗转反侧,偷听着楼下的讲话,在房间各处寻找属于奥利弗的气息。背景音乐始终贯穿其间,将两个人的情绪链接在一起。近乎静态的画面与舒缓惆怅的背景音乐共同承担着叙事的角色,弥补了情节上的缺失,给人格外特别的审美感受。

欲望、自恋情结、爱情哲学与无界化表达

欲望是影片所呈现的核心,对于欲望的写意化表达也体现出影片的艺术水准。

对于十七岁的艾略特而言,他的欲望是蓬勃、强烈、直接,却又是天真而毫无经验的,在表达他的欲望时,影片往往使用更直接的、充满荷尔蒙气息的画面。比如他对奥利弗身体的幻想,直接体现在他对奥利弗气味的迷恋,他偷偷潜入奥利弗的房间,将他的短裤套在自己头上,或者穿上奥利弗的衣服,幻想他拥抱着自己的感觉,抑或是用桃子自慰,都简洁大胆地表现出艾略特的欲望。在与奥利弗亲吻、和奥利弗第一次结合的时候,艾略特都表现出一种不知如何进行但就是很渴望的形象,这样的表现方式并没有让人感到色情,反而更凸显了少年懵懂和欲望并存的美好。而奥利弗的欲望则是深沉且隐忍的,他清楚地意识到这段仅能维持六个星期的感情最终是一场悲剧,因而始终克制着自己,不希望对方受伤害。在表现奥利弗克制不住的欲望时,往往从细节入手,但这些细节往往,更能撩拨人心——落在艾

略特脚背上的细吻,阳台上用手指在艾略特手上轻轻画圈,用脚摩挲艾略特的脚,这些细微之处体现着奥利弗克制着的欲望,却让观众体会到两人之间的暗潮涌动。

影片最经典的一幕应当是两人第一次结合后互相以自己的名字呼唤着对方的场景。"Call me by your name and I'll call you by mine."这不仅仅是对片名的呼应,更展现着两人深到极致的爱情。弗洛伊德精神分析学在对同性爱情的探究中提出了自恋情结的解释。同性恋者往往会有较为明显的自恋情结,并倾向于爱上与自己相像的人。对于同性爱情而言,至高的追求便是二者的融合,精神上的绝对共鸣和和谐,当说出"请以你的名字呼唤我"时,恰恰代表着自己对对方的爱已经深刻到了使得二者同一的境界,我爱你,就是我爱自己,这也是片名的立意所在。

《请以》的成就在于对传统酷儿电影表达范式的突破,它既无意于展现酷儿群体的困境与反抗,也不想要单纯表达禁忌环境之中的同性爱情多么轰轰烈烈。它更倾向于呈现爱情的过程,无关性别,仅仅是两个存在,在最美好的时间相遇,经历了试探、伤心、暧昧、结合之后又分散,不用过多的语言和跌宕的剧情,恰恰呈现出顺其自然的爱情全貌。影片的最后,奥利弗离开,艾略特极度悲伤,而父亲的话再次明确了影片的主旨,升华了主题:"为了快速愈合,我们从自己身上剥夺了太多东西,以致在三十岁时,自己的感情就已破产,每开始一段新感情,我们能给予的便越少,但是为了让自己不要有感觉而不去感觉,多么浪费……你只要记住,上帝赐给我们的心灵和身体只有一次,而在你领悟之前,你的心已经疲惫不堪了,至于你的身体,总有一天没人愿意再看它一眼,更没有人愿意接近,现在,你充满了悲伤、痛苦,别让这些痛苦消失,也别丧失你感受到的快乐。"

这一番话不仅仅是对艾略特说的,更是对所有观众说的,它是一种人生智慧。

——我们应当铭记、应当经历所有的过程,忘记爱情的美好或者痛苦是一种浪费。这番话使得《请以》突破了酷儿电影的藩篱,它真正在表达的是一种无关乎同性恋与否的爱情经历和哲学,无论是爱情的甜蜜还是必然的悲剧性结局,我们都应当意识到爱情的美好,经历应当经历的,铭记应当铭记的。

《请以》对于酷儿电影类型而言具有里程碑式的突破意义,它以一种无界化的表达方式向我们展示了细水长流的美好爱情,以维斯康蒂式美学态度表现欲望、感情与性的美好。人无再少年,青春悸动时的每一次甜蜜和痛苦,都是美好而诗意的存在。

流淌的真实与孩子的目光，苦涩与柔情的二重奏

——评《小鞋子》

○杨榕雨

Childhood is measured out by sounds and smells and sights, before the dark hour of reason grows.

在黑暗的理性到来之前，用以丈量童年的是听觉、嗅觉以及视觉。

20世纪60年代对于整个世界来说是很特殊的时代。60年代的法、英、德深陷求新求异的思想风暴之中；60年代的美、日经济和科技开始高速发展；60年代的东欧正在铁幕的阴影下寻找未来；而60年代的西班牙、拉丁美洲和非洲，独裁者的黑暗统治又积聚着人们反抗的力量……最终在那个年代里诞生了一个新的名词——"新浪潮"。而在伊朗，从1969年到1999年，这30年被视为新浪潮电影时期。作为一部典型伊朗新浪潮电影，电影《小鞋子》又名《天堂的孩子》，用舒缓诗意的叙事，讲述了一对兄妹与一双小鞋子的故事。同时表现出此类电影的典型特点：低成本、小制作，以及孩子为多数影片的主角，呈现孩子眼中的底层人的世界。以下是我对《小鞋子》的简单评价：

一、阿巴斯·基亚罗斯塔米模式

本片不仅使用典型的阿巴斯·基亚罗斯塔米模式即纪录片式的框架，即兴式的表演，真实生活的节奏，现实主义的主题，同时使用严格的顺时、线性叙事结构。

本片开头即用长达1分40多秒的长镜头，从容地呈现补鞋师傅一丝不苟地修

补着莎拉那已经开绽、破旧的鞋子,崇尚纪实美学的巴赞在《电影是什么?》中提到"叙事的真实性是与感性的真实性针锋相对的,而感性的真实性是首先来自空间的真实",也曾历数过长镜头在叙述事件完整性与关注人物细微表情变化上的好处,这组景深镜头的运用不仅增强了影片的纪实性而且成功地将观众的视线集中到这双粉红色的小鞋子上,引起下面的一系列事件。除此之外,电影中有大量的手提摄像头跟拍场景和固定镜头的拍摄,最大限度真实再现,带有浓郁的纪录片色彩,最典型的是影片高潮时马拉松比赛时使用的新闻纪录片式的拍法,首先是发令枪响起后大全景中呈现的奔跑的马拉松赛选手,然后阿里出现在逐渐接近的小全景、中景镜头中,这种拍法酷似纪录的摄影机,不经意间捕捉到选手的律动。充满伊朗文化色彩的音乐渐渐响起,伴随着短暂的升格拍摄,时间被放大拉长,画面变得凝滞缓慢,伴随着逐次出现的喘息声和脚步落下的"嗒嗒"声,观众好像真实地感受到阿里身体的极度疲惫,升格镜头与正常速度拍摄的图画交替出现,一方面以拉长的时间呈现阿里的心理状态,另一方面突出了紧张的竞赛氛围,记录了客观的比赛进程。

  对于结局进行现实化的处理,鞋子事件始终是压抑的,虽然以鞋子为线索的影片,有张有弛,有孩子洗鞋时阳光下五彩缤纷美丽耀眼的泡泡带来的温情,但是生活的激流如同妹妹遇到的水流,是孩子无法应付的,最后帮助莎拉打捞鞋子的是两个大人。最后阿里的奔跑并没有为他赢得梦寐以求的运动鞋,最后解决问题的是一家之主父亲。但这一切都是隐晦的,既保留了影片脉脉温情,但也绝不把生活理想化。

  同时,影片以真实的伊朗为背景,采用写实主义的手法,真实场景和自然光源等描绘出酷似现实的伊朗风景画,涵盖了伊朗的宗教与社会生活等元素,其中有宗教对生活方方面面的渗透和伊朗人虔诚的信仰,阿里的父亲为清真寺敲糖时,"怎么不给爸爸准备糖呢?""你手边不是有那么多糖吗?""那怎么行,这些是给清真寺的,我们只是代为保管,不可以拿的"的对话,父亲在礼拜念诵中落泪,以及哥哥阿里每次被教导主任逮到回答问题时,他不自觉举起的右手和朝天竖起的食指,这一动作在伊斯兰教里面是指相信"万物非主,唯有真主,穆罕默德是主的使者"。也有巨大的贫富差距,父子俩外出打工时,穿过了高楼大厦、车水马龙,一个与阿里居住生活的地方有天壤之别的地方,无言地告诉观众,阿里居住的贫穷、前现代化的地方并不是位于我们想象的偏远山区,而是在深受现代化福泽的地区,而是位于巨大繁荣大都市的旁边,将伊朗社会巨大的贫富差距撕裂展示给观众。除此之外,在马拉松开篇,在阿里的主视点镜头之下,再一次将两个分裂的阶级进行对比,富裕人家母亲手中的家庭摄像机、鲜艳的运动服……最后是母亲为衣冠艳丽的孩子系上鞋带的近景镜头和阿里自己系上破旧的运动鞋的特写镜头,两者构成了一组鲜明的对照像——富裕与贫穷。当然还有许多充满本土风情的画面例如伊朗集市、买馕,并且导演将现场一切声响原封不动地收录进来,集市喧闹声、大街上的叫卖声,展现了一个立体写实的充满生活气息的伊朗社会,声音的收录,打破了影像表面形式的真实,径直戳入直观真实的范畴,将简单的二维伊朗风景画变成了三维立体化的实践体验。

二、镜头语言的隐喻性

在影片的尾声,阿里脱下彻底报废的鞋子,将特写镜头中展露的磨破红肿的脚放入水池。大全景下:圆形的水池,池边的盆栽,坐在池畔的少年构成一幅富有装饰风格的画作,如同伊斯兰教中的两个乐园"那两座乐园里,有两洞流行的泉源,他们靠在用锦缎做里子的坐褥上,那两座乐园的水果,都是手所能及的"充满了安抚的意味,画面切换成水下的场景,伴随着轻松的拨弹乐,池中红色的金鱼"好像红宝石和小珍珠一样"(引自《古兰经》)轻快地游过来,聚集在阿里的两脚,轻柔地划过甚至是亲吻他受伤的脚和腿,就像温柔地抚慰他内心的伤痛。三次出现的红色的金鱼好像一个明亮的符号,每一次都带来微笑,抚慰之前的苦涩,就像是贫穷世界中的美好与纯真。

除了三次出现的金鱼,最让人印象深刻的是反复出现的"小鞋子"。这里的鞋子有穿在脚上的鞋子,比如丢鞋后莎拉第一次上课时,平移的特写镜头如同莎拉的目光,摇过同学们脚上一双双漂亮的鞋,镜头切换成莎拉视角的特写——她低头看自己破旧的鞋子,紧张地向后缩。这个属于莎拉的视点带着一点点的自卑、巨大的耻感和无助,在不断扫过同学们的鞋子时流露的是深深的忧郁。这里巧妙地将贫穷带来的耻辱转化成女孩对美的渴望与自己丑陋鞋子的自卑,将社会性巨大贫富差距所带来的压抑变成一个孩子内心的波澜,冲淡了影片的暗淡和对社会的批判性。当小全景中,同学摔倒,老师表扬了穿球鞋的同学,切为特写,莎拉终于露出灿烂的笑容,俯拍镜头下,球鞋又回到了原位。这一鞋子的特写将女孩天真和细微的心理波澜展示得惟妙惟肖，隐喻着一个孩子内心的变化。再比如结尾非特写镜头中，筐中依稀可见的红色小皮鞋和一双雪白的新球鞋，充满了爱怜的味道，将失败的伤痛抚慰。也有想象中的鞋子，比如橱窗里那些漂亮的小鞋子，傍晚一家人吃饭时电视里出现的鞋子广告，就在孩子们出神地看着电视里的鞋子的时候，电视信号中断了，信号恢复时图像已经变成了电闪雷鸣的场面，这个细节带着两个孩子深深的失望，预示着某些理想的难以实现。"鞋子"作为重复出现的视觉符号，在这里更多地象征着孩子的渴望，同时引导观众进入两个孩子充满幻想的美丽世界中去。

三、孩子目光下人性书写

在对阿巴斯·基亚罗斯塔米模式的分析中，似乎苦涩占据影片的绝大部分内容，但是总体来看，这是一部让人泪中带笑的电影。《小鞋子》用模拟儿童视角的低平视角，通过孩子单纯清澈朴素的世界触及现实社会问题——严重的社会贫富差距。贫穷使阿里兄妹俩过早地体认了生活的艰辛。从某种意义上说，影片正是通过孩子的视野和孩子的体认柔化了贫穷与苦难的图景。而导演关注的重心也在于对社会底层人们的善良美好的讴歌，他用一组组近乎写实的镜头语言、含蓄质朴的叙述方式，向我们展示了贫穷中的人们积极的生活态度，贫穷并没有磨灭他们身上最朴实的品质。

整部影片中几乎没有一个严格意义上的坏人，坏脾气的菜店老板阿巴尽管斥责阿里，也默许了阿里家的赊账；恶声恶气的房东尽管两次来催款，也没有将阿里家驱逐；责骂阿里的教务长，在马拉松上极力为阿里加油、呼唤。人物之间笼罩着脉脉的温情，他们之间的互动又无言地触动人心最柔软之处，小兄妹一起去追索丢失的小鞋子，可是发现女孩父亲是盲人时，便无言地放弃了对"珍贵"的小鞋子的"征讨"；盲人的女儿尽管对那支金色的圆珠笔爱不释手，但最终将它还给了莎拉；而多少带有苦涩和社会批判意义的打工之旅，当阿里将毛绒玩具放在孩子身旁，默默告别时，儿童的柔情再一次将冰冷的社会暖化。

总之，导演用孩子纯洁的视角看待残酷的人生，在苦痛和温情来回交替中，将温情融入苦涩之中，含蓄地表露对人性的赞美，又温和地表达了对社会现实的批判，试图用这种儿童的探索挽回社会的良心，这一切的一切都如同平静大河的深流，所有的抒情都不露声色。

后　记

临近岁末，正是纷纷攘攘的"总结"时间，听闻书已编竣，即将出世，不胜之喜，乃应机写下几句，权作纪念。

这是北京大学艺术学院本科生课程"创意写作"的第四本作品集，也是"创意写作"课程开设至第四年的某种展现。一方面延续了前三年的一些方式，譬如诗歌、随笔、小说、剧本、非虚构、艺术批评的大致文体分类，安排课程，延请校内外的专业人士讲授，布置组织课堂内外的作品写作与讨论交流……另一方面，也加强了若干实验的内容，做了一些写作（趣味）练习，如本书中的"词语练习""童话改写"等等，作业形式也由三种文体变为任选一种文体来完成一篇"中等规模"的作品。

相较于以往，这增加了同学之间的作品交流。记得曾经专门安排了两次课，大家分为四组，来正儿八经地讨论作品的设想及自由评点。这大概是有些别开生面的样子。（有一回课后，我从红三楼经过未名湖去食堂，听身后不知哪几位同学叽叽喳喳议论了一路刚才交流的情景，几乎是精确复制。）或者这些交流，才是"创意写作"的应有之义？我感觉，在交谈中，不仅同学的思路得到了延展，而且一个与以往略有不同的"自己"也慢慢出现在目光中。

照例，我们邀请了一些相关领域的从业者、教师来讲授了部分课程。除陈旭光老师和我主持并讲授数次外，还有艺术学院彭锋老师、李道新老师，中文系邵燕君老师及"媒后台"团队，校外的有小说家徐则臣、贺奕、刘丽朵、侯磊，北京电影学院的影视制作人吕远等，还举办了两次沙龙，分别和皮村文学小组、中国美术网记者石皓进行了交流。感谢师友们的助力！

一学期倏忽而过，此地空留下这许多作品（如今还堆在书桌下方，似乎在提醒我某些事物）。于是期末的一日，我赶紧动起手来，依据课堂上的练习以及自然的惯性，对这些作品进行了分类选编，卒成此编。

感谢宁波出版社的袁志坚总编、苗梁婕女士,不仅慨允出版此集,而且居然很快就水到渠成了。

愿读者读到本书时,能稍稍停留在"这个世界"一会儿(如歌德笔下的浮士德?),因为确如书中漆园(非庄周)所云,这是一个"偶有不同"的世界,尽管最终仍将——"如常"。但庸常依旧有光。

陈　均
戊戌十月廿二日于未名湖畔

图书在版编目（CIP）数据

偶有不同却最终如常的世界：北京大学"创意写作"课程作品选：2018 / 陈旭光，陈均编．— 宁波：宁波出版社，2018.12

ISBN 978-7-5526-3388-7

Ⅰ．①偶… Ⅱ．①陈… ②陈… Ⅲ．①中国文学—当代文学—作品综合集 Ⅳ．① I217.1

中国版本图书馆 CIP 数据核字（2018）第 267563 号

偶有不同却最终如常的世界
——北京大学"创意写作"课程作品选（2018）

编　　者	陈旭光　陈　均
出版发行	宁波出版社
地址邮编	宁波市甬江大道 1 号宁波书城 8 号楼 6 楼　315040
责任编辑	苗梁婕
责任校对	黄　薇　李　强
装帧设计	金字斋
印　　刷	宁波白云印刷有限公司
开　　本	787 毫米 × 1092 毫米　1/16
印　　张	23.75
字　　数	409 千
版　　次	2018 年 12 月第 1 版
印　　次	2018 年 12 月第 1 次印刷
标准书号	ISBN 978-7-5526-3388-7
定　　价	58.00 元

本书若有倒装缺页影响阅读，请与出版社联系调换，联系电话 0574-87248279